有爱的青春陪伴者

心动延迟

XIN DONG
YAN CHI

砂梨♡著

天津出版传媒集团
天津人民出版社

图书在版编目（CIP）数据

心动延迟 / 砂梨著. -- 天津 : 天津人民出版社,
2021.9
ISBN 978-7-201-17506-5

Ⅰ. ①心… Ⅱ. ①砂… Ⅲ. ①中篇小说—中国—当代
Ⅳ. ①I247.5

中国版本图书馆CIP数据核字(2021)第144380号

心动延迟

XINDONG YANCHI

砂梨 著

出　　版　天津人民出版社
出 版 人　刘　庆
地　　址　天津市和平区西康路35号康岳大厦
邮政编码　300051
邮购电话　（022）23332469
电子信箱　reader@tjrmcbs.com

责任编辑　玮丽斯
特约编辑　廖　妍　胡湘宁
装帧设计　颜小曼　cain酱
责任校对　周　萍

制版印刷　长沙鸿发印务实业有限公司
经　　销　新华书店
开　　本　880毫米×1230毫米 1/32
印　　张　11
字　　数　407千字
版次印次　2021年9月第1版 2021年9月第1次印刷
定　　价　45.80元

目录

CONTENTS

目录

CONTENTS

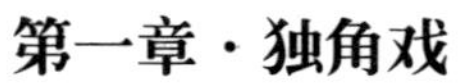

第一章·独角戏

池颜总在想，自己到底还能演多久。

二楼的露台从主卧延伸到花园。

靠着栏杆就能听到花园里笑声婉转。

从池颜站着的角度，刚好能看到三五成群、穿着考究的女人正说说笑笑地往湖边的玫瑰花廊走去。

她放下手机，偏头对管家说："去盯一下座位，让林家千金坐在花廊最外面，她有鼻炎。"

"好的，太太。"

管家转身挪步，余光瞥见池颜有再开口的趋势，立马驻足等待。

"别忘了吩咐厨房下午茶一块儿上。"

"好的。"

管家应完，步履匆匆地往楼下去了。

管家心里暗叹：太太哪有一点传闻中的骄纵，竟然还有人睁眼说瞎话，讲他们家太太是惹事精，真是瞎了眼。

从老宅搬到思明区的新居已经月余，今天是回宴几家沾亲带故的女眷。楼下这些人和老宅那边走得近。虽然他们这位年轻的梁太太没见过这些人几次，但是她把来人底细都摸得清清楚楚，喜欢什么忌讳什么，昨晚无一疏漏都叮嘱到位了。

茶点送到花廊的时候，池颜刚好也到了楼下。

她换了身衣服，是件收腰的黑色小礼服，肩带和腰间镶一圈碎钻，落日余晖下，光芒细碎耀眼。

细腰盈盈一握，锁骨精致凹陷。

那截始终保持优美弧线的脖颈也分外迷人，美得像只骄傲的小孔雀。

眼尖一些的人早就发现她换了衣服过来，众星捧月般把话头抛了出来。

"池颜这身衣服更好看，我还以为下午那件藕粉色的已经够衬你皮肤了呢。"

“人好看才穿什么都好看，是吧？”

“真是羡慕你这白皮肤，什么颜色都能驾驭。”

……

下午那身衣服好看是好看，不过与客人撞了衫。

池颜不着痕迹地扫了一圈众人，目光在某件藕粉色的长裙上停留半秒随即收回。虽然款型不一样，设计也不一样，但在她这儿，撞了色系也叫撞衫。

为了避免比较，她找了个由头上楼换掉那一身，这会儿坐回人群中，神情疏懒。

一群女人坐在一起喝下午茶，消息传播得比互联网还快。

话题由近及远，先说到了桌上的点心。她们连下午茶的置办都在暗暗较劲，虽然她们今天到梁家品尝了这一顿，说池颜温柔得体，然后又说梁砚成颇有福气，指不定没几天就会有人办出更精致的一桌把人比下去。

池颜对不走心的夸赞也只是随便一听。

别人只当她是接受了。

话题开始跑偏，然而当事人一句也没往心里去，表面云淡风轻，心里却在暗暗骂人。

池颜骂的不是当场哪一位，而是她们话里提到的梁砚成。

还有不到两个小时就进入晚上的正餐环节，梁砚成电话不接，短信不回，比人间蒸发还干脆。

今晚的宴席又不是临时起意，这一周的时间里，她就三番五次叮嘱过了。

他现在突然找不见人，也一直没回家，池颜面上撑着，心里却烦得要死。

明明早上临出门前——

池颜倚着更衣间的门叫住他：“晚上记得早点回来，你爷爷那边的人下午就要过来的。”

梁砚成微抬下颌，慢条斯理地打着领带，闻言往她的方向望了一眼，眼尾垂下，像是还没扫去昨夜的疲惫。

半晌，他音色平淡地问：“今天？”

废话。

池颜忍住翻白眼的冲动，腹诽他能精准得像机器一样周一到周五美式早餐、周末轻断食、早上的煎蛋只吃单面熟、撒黑胡椒雷打不动转瓶一圈半、一周开三次例会——其中两次晨会、一次晚会。

之所以清楚这些，是因为开早会那两天他会提前出门，开晚会那天不回家吃晚餐。

当然，这些都是在还没搬出老宅时，梁老爷子逼着梁砚成每天必须回家，池颜才摸清的规律。

就这么一个什么都恨不得列入计划的人，跟他说了五百遍哪天要早点回来，他竟然跟第一次听到一样。

“对，今天，”池颜咬了咬后槽牙，“你最好下午就回来。”

池颜敢肯定，自己绝对有说过让他下午就到家。

她神游间隙，话题不知不觉绕了回来。

终于有人佯装不经意问起梁砚成的踪迹。

“对了，怎么没见小砚总？”

梁老爷子直到梁砚成婚后才正式放了权，上有梁老董，中间还有梁砚成的父亲梁董，到了梁砚成这里，为了区分上两代，都习惯喊他小砚总。

池颜把玩着茶匙，佯装烦恼：“那么大的担子在阿砚手上，他都快忙死了。回头我要跟爷爷告状，不然他身体哪吃得消。”语气里都是浓浓的关心之意。

问话的人立马笑称：“你啊，这是幸福的烦恼，男人有事业心是好事。”

“我们砚成真是有福气，看看家里这位多牵挂他。看看我家潇潇，自己还是个孩子，哪会关心别人？当初……”

似乎是觉得话题不合适，那人起了个头便没再继续说下去，但硌硬人的重点就在“当初”这两个字上。

池颜维持着一贯的姿态靠上椅背，视线轻轻落在长桌对面的藕粉色的长裙上。

——许潇潇。

许潇潇当初差点就跟梁砚成订了婚。

即便只是家族联姻，池颜还是花时间打听清楚了梁砚成的过往感情史。

梁家是从梁砚成父亲那代才迁入陵城的。当初不少股东也跟着总公司来陵城定居，许潇潇他们家就是其中之一。

许家又是梁家这么多年的股肱大臣。要不是梁老爷子为了在当地稳固集团地位，找了陵城池家，这段婚姻或许还真没池颜什么事。

池颜从小好胜心强，被人硌硬了一下哪能作罢，小口抿了一口茶后，说道：“我怎么牵挂他了？是他烦人。”

尾音拖得柔软绵长，一听就不是真在抱怨。

她把垂落在耳侧的碎发拢到耳后，偏头间不经意露出脖子上暧昧的红痕，恰好对着长桌对面。

这句“烦人”就说得别有深意了。

池颜端着杯子起身的时候，刚好看到许家那位大小姐眼里有晦暗不明的神色。

快到开宴时间，众人陆续就座。

尽管是小型家宴，但打听小砚总什么时候现身的宾客越来越多。

池颜打太极似的敷衍了几次。

她刚推托完，许家母女开始火上浇油："砚成以前也不至于忙成这样，家里设宴都没时间回来一趟的呀？我们都算自家人。池颜，你就尽管放心说，他是不是对你不好？许姨要帮你去梁老董那里讨公道的。"

池颜心中冷笑，面上无辜道："怎么会，阿砚就是刚接手公司，太忙了。改天有空，我肯定叫他亲自回请大家。"

许潇潇笑得温柔，说："那要不，你再给砚成哥哥打个电话吧，要是真的忙，我们就不等他啦。"

明枪暗箭，你来我往，几乎能看到宴会长桌两端竖起的耳朵都朝着主座方向。

池颜半推半就陪着演戏，拨通电话。

她做好了对方不接电话的准备，没想到这次竟然通了。

有个稍显陌生的嗓音"喂"了一声。

池颜给梁砚成打电话的次数很少，她还在想自己是不是拨错号的时候，对方以公事公办的口气问道："夫人有事吗？砚总正在忙。"

哦，像是梁砚成身边的特助，叫易什么……

池颜顿了半秒也没有想起来，便管他三七二十一，立马换上溺死人的笑："老公……你什么时候回来？"

易俊愣了一下，马上回道："夫人，砚总在忙。我是……"

"我知道你忙啊，但是今天不是家里摆宴嘛。大家都想知道你要不要回来，不过真不用勉强，你自己要好好吃饭。"

易俊："……"

"嗯嗯，我能理解，特别理解你，你那么忙是为了养我。好啦，我会好好吃饭的，爱你。"

易俊："……"

迅速把电话挂断，池颜朝众人耸肩："阿砚还在忙，我们自己吃吧。"

她演了一通恩爱把自己胃口演没了。

但池颜乐在其中，因为许家热衷于挑事的母女俩整场晚宴吃得比她还少。

宴席过后，池颜算着时间送完客人，在最后一拨客人离开之前，嘱咐厨房准备好精致的便当。

行至花园路口，宾客万分客气地说："梁太太别送啦，车就在外面。"

"没事，我也得出去一趟。"

对方想起刚才她让人准备好的便当，会心一笑：“是去看小砚总吧？你们夫妻感情真好。”

“哪有。”池颜笑了笑。

两方寒暄几句，她转身坐上在一旁静等的黑色轿车。不出意外的话，现在那些没有她的群里都该在钦羡她婚姻美满、夫妻和睦了。

轿车平稳行驶，窗外夜幕沉沉。

司机小声问：“太太，真去集团大楼啊？”

“去，我这人喜欢有始有终。”

演戏也得演全套。

池颜靠在后座假寐片刻，等车停到梁氏楼下的停车坪时，还真提着保温盒下了车。

夜风把裙边吹得摇曳，她本来想晃一圈后，随手扔掉保温盒就回去，穿过花园时，倏地被从草丛里蹿出的小影子绊住了脚。

是只垂着耳朵的小狗，朝她摇头摆尾。

她晃了晃手里的保温盒：“想吃？”

小狗“哼唧”一声。

池颜提着裙边蹲下身，索性打开盒子，一层层依次排开，自言自语道：“扔了也是可惜，还不如给狗吃。你今天碰到我算运气好了，连吃带盆，全送你。”

小狗抖了抖耳朵，眼睛湿漉漉地看着她。

“吃吧，”池颜忍不住伸手摸了摸它毛茸茸的小脑袋，仰头望着梁氏大楼指桑骂槐，“好狗。”

梁氏集团顶楼灯火通明。

椭圆形会议桌前，管理层一群像受过军事化管理似的，纷纷四十五度角垂头。

只有会议桌主位前的男人肩背挺拔，双腿交叠而坐。他此时取下金丝眼镜，正一丝不苟地擦拭着镜片。

取下眼镜的同时，他仿佛褪去了儒雅斯文，望向众人的眼神尤显锋利。

安静的那么几秒，众人皆提心吊胆，生怕一抬眼就对上主座上的人的视线。

半晌，男人屈指叩了几下桌面，发出沉闷的敲击声。

“还有谁起来说说？”

上季度公司大权还未完全交到小砚总手里时，管理层某些人浑水摸鱼，高价收购了一块地皮。如今这块地不涨反跌，到底是收购前没做足调查，还是有人从中吃回扣获利，并不好说。

过去一个季度了，没想到小砚总还咬着不放。

投资小组自然难辞其咎，不过背后的高层更是感觉如同芒刺在背。

底下都没了声音。

梁砚成轻轻擦拭着镜片，一边擦，一边报着名字，他擦完眼镜重新架回鼻梁，神色冷冷地说：“今晚每人拟一份止损方案。拟不出，下周就不用来了。”

报的那几个名字不偏不倚，刚好是当初私底下强烈要求收购地皮的几个人。

“就到这儿吧。”

他快狠准地下完结论后，利落起身，不留给任何人辩驳的机会。

秘书立即上前收拢桌上的文件，一路跟着回到办公室。同一时间，总助易俊马不停蹄迎上来汇报开会期间的待处理事项。

说完工作，易俊话锋一转：“刚才夫人打电话过来了，问今晚的宴席您要不要回去？”

梁砚成翻阅文件的手指一顿，抬腕看表，墨色表盘上的钻石折射出璀璨的光。

他仰身靠向椅背，裁剪得宜的西裤随着动作舒展开褶痕。

半晌后，他才问道：“还说了什么？”

易俊说：“让您注意身体。”

感觉不像池颜会说的话，梁砚成十指交握，抵住桌面，面无表情地说：“原话，一字不漏。”

易俊顿了几秒，吸了口气，硬着头皮凭借良好记忆力完整复述着大段矫揉造作的情话：“老公，你什么时候回来……要好好吃饭……知道你那么忙是为了养我，爱你。”

办公室的气氛陷入诡异的静谧。

易俊说完偷偷抬眼，顺着笔挺的衬衣轮廓往上看，打量办公桌后眸色深沉、一言不发的男人。

小砚总虽然沉默居多，但此时的沉默仿佛裹着一股森然的冷气，连那副金边眼镜都失了往日的斯文。

易俊刚咽下憋着的那股气，就听小砚总冷冷开口：“对你说的？”

易俊突然吓出了一身冷汗。

小砚总从没公然发过怒，说话做事一贯游刃有余。他若是不满，以冷暴力示人的多。

或许是因为他表情冷淡，显得严肃又不近人情，总让人不自觉望而生畏。

刚才会议室那一番精准出击时，他只是慢条斯理擦着镜片，就搞得全场落针可闻，先在心理上击垮了对方。

但比起现在，易俊觉得会议室那一幕根本就没什么可怕的，此时才是真正令人如芒在背。

大脑飞速运转，他在心里揣摩了一遍后回答：“是夫人隔空对您说的。”

说完，他再次抬眼偷瞥，只见小砚总不知何时收回目光，望着窗外墨色深重的夜幕，指节按着眉心，有一下没一下轻轻揉捏着。

“结束了？”

小砚总问的是家宴。

易俊还没回答就听小砚总又开口问。

“算了，手机呢？拨给她。”

易俊马上拨了池颜的号码递到梁砚成手里，梁砚成看着屏幕上那两个字陷入深思。

池颜喂完小狗转身从花园出来，迎面就碰上了梁氏的几位股东，他们脸色青白，都不太好看。

见小砚总夫人难得过来，几人立即收起上一秒还愁苦的表情迎了上来。

“夫人来找砚总？巧了，会刚开完，这会儿上去人应该还在办公室呢。”

池颜记得昨天开过例会，于是拢了下被风吹乱的碎发，问道：“今晚又开会？是出了什么急事吗？”

地皮收购是上个季度的事，谁也不曾料想梁砚成会在今晚突然发难，翻旧账可不是什么非得今天就干的紧急事宜。

其中一人摇头道：“没，砚总就跟我们聊聊上季度报告，不是什么大事。”

不是急事？

上季度报告？

这人是得了什么毛病，非得在她三令五申让他早点回家的这天选择开会？

池颜一秒消散想要大事化小、小事化了的心，攒了半肚子的气瞬间发作，碍于面子还是保持得体，却不禁语气发冷。

“开完了是吧？那我上去找他。”

她转身就走，一双精致的细高跟踩在石砖上掷地有声。

被抛在身后的股东面面相觑，总觉得听这声势不像是探望，倒像是背着大刀去寻仇的。

梁砚成的电话就是这时打来的。

空空荡荡的电梯间，大理石亮得能照出人影。

池颜被突然响起的手机铃声吓了一跳，匆忙从包里翻出手机来接通。

“谁？”

“我。”

脾气还没理顺，就突然接到梁砚成的电话，池颜还没想好从何处发难。

安静的那几秒，电梯在一楼停稳，发出悦耳清脆的提示音。

梁砚成那边率先开口：“你来公司了？”

池颜抿了下嘴唇，突然意兴阑珊。

“没，你听错了。”

对方似乎并不想拆穿她的胡扯，低沉的嗓音从话筒里传了出来：“那你在哪儿？”

“酒吧，玩呢。”池颜胸口堵着一口气。

又过了几秒，电梯门闪烁着灯缓缓闭合。

池颜依然站在空旷的电梯间没动，然后听到一阵窸窣声。

他突然道破：“酒吧？车不是还在楼下吗？”

池颜没作声。

“上来。”

凭什么他说上去就上去？臭男人自我感觉未免太过良好。

池颜想起第一次见到梁砚成。

那时，她还在国外上学，留学生的圈子很窄，只要同校同母语，互相之间就算不认识也听过名字。

她刚表演完钢琴独奏从后台下来，就收到了一束过分热烈的玫瑰捧花，是同系师兄送的。

师兄大她四岁，平时以学长身份对她多有照顾。

不过池颜向来心思通透，知道婚姻不能自己做主，因而没有半分想恋爱的打算，省得到最后动了真情难免受伤。

她的视线掠过花束，匆忙一瞥间，她对师兄身边那位气质清贵的男人倒是留下点印象。

那个男人穿着白衬衣，袖口休闲地往上挽起，衬衣边缘却一丝不苟地掖进了西裤，裤边紧贴着腰。

他身姿笔挺如松，站在那儿沉默不语，连眸光都被金边眼镜挡去了大半。

可不知为什么，她一眼就把他记得清清楚楚。

或许是他身上独特的斯文气质吧。

后来几番见面不曾深交，没想到回国后，竟然阴错阳差成了他太太。

当初还算及格的印象分也是在这之后迫降到了零。什么儒雅斯文，什么温柔

绅士，其实就是块冷漠无趣的死木头。

池颜看着电梯数字稳稳停在一楼没再跳动，很坚决地拒绝了对方的要求："不，梁砚成，你今天什么意思？"

明明知道家里有很重要的客人过来却不出现，是想躲清闲，还是想让别人看她这位新上任的梁太太的笑话？

池颜说着突然顿悟："想说开会？早不开晚不开怎么就非得今天？你要想向你爷爷示威，有本事亲自去老宅那里唱黑脸。"

爷孙俩较劲儿，关她什么破事。

活该她得在中间穿针引线？

梁砚成仿佛没听到一系列控诉，扣上西服第一颗金属扣后起身，平静地说："等我几分钟。"

见他抬步往外走，易俊迅速跟上，一番察言观色后私下吩咐司机暂时不备车。

电梯下行至一楼，电梯间的大理石墙面通透，清晰照出前后两个男人的身影。除此之外，再没第三人。

梁砚成面露不悦，早该知道池颜没那么听话，别说几分钟，几秒都不愿意等。

夜已深，庭内花园还亮着灯。

不知从哪处灌木丛钻出来一条小狗，嘴里叼着舔得锃亮的盘子往地上一蹲，眼睛黑亮有神。

注意到梁砚成多看了一眼，易俊立马上前解释："是保安队捡的，看着可怜养在了园区。砚总要是不喜欢，马上就叫人送走。"

"不用，"他单手揣进兜，语气平淡，"养着吧。"

看得出，狗只是普通土狗，但养的人喜欢。

因为狗盆倒比狗值钱多了。

从内庭到正门只有几步路远，司机已经重新待命。

梁砚成靠着椅背才后知后觉感到疲乏，接任梁氏这么久，原有势力盘根错节，压得他改革难行，这次总算是借着地皮收购的幌子，才能剔除几个毒瘤。

车行平稳，他揉了揉眉心，抬手示意易俊继续汇报。

一盏昏黄的阅读灯被点亮，车内很快再次响起易助理公事公办的嗓音。

新居灯火通明。

两人前后脚到的家。

宾客散尽，但前厅依然人影繁多，光新来的做中西餐的厨子就够组织起来打场篮球赛。

这会儿还在前厅穿梭的人看到小砚总回来，连脚步都忍不住放轻几分，井然有序低头做着自己的事。

梁砚成不喜欢家里人多，但池颜相反。

婚后，家里的人丁开支滚雪球似的越滚越大。

他一度叫池颜别管家里的琐事，一并交给管家。池颜极度不满似的，问他懂不懂什么叫有人气儿。

总之说什么她都有理反驳。

梁砚成倏地打断易俊的汇报，转头吩咐管家："准备点消夜，叫太太一起用。"

管家以前就跟着梁砚成，亲近多于拘谨，闻言感叹："您最近胃口不错吧？"

梁砚成抬了下眉，示意管家往下说。

管家笑道："太太晚上给您去送的晚餐量也不小，难得见您回来还要叫宵夜，那就让厨房准备点简单易消化的？"

晚餐？

连个餐盒都没见着。

梁砚成睨了一眼易俊，易俊脸上似乎显而易见地写着"我也不知道"几个大字。

梁砚成沉默数秒，不知为什么，这一瞬间他竟然想到了内庭那只叼着精致餐盘的小狗。

梁砚成觉得太阳穴一跳一跳活跃得厉害，沉声问："用什么餐具装的？"

管家虽有不明，但还是一五一十答得清楚。

"六层保温盒，每层都统一装着镏金骨瓷餐盘。"

与梁砚成心里的答案一致。

他缓缓闭了闭眼，再睁眼时神色冷硬。

"叫太太下来用餐。"

池颜下楼的时候，前厅的人已经散了，只剩水晶吊灯折射出一地璀璨的光斑。

长餐桌两端面对面放着骨瓷餐具。她面前的那盏是橙黄色的，装着南瓜炖燕窝。

她很少在夜里吃东西，但今晚确实没怎么用餐，胃里是空的。

空虚的胃抵不过诱惑。

看梁砚成安然坐在对面，池颜拢了下睡裙端起冷脸才坐下。

"干吗？一盏燕窝就想收买我？"

这位与她感情并不和睦的先生还穿着剪裁得体的西服马甲，修身款型勾出良好身形，大概是因为在家，又没有别人，他难得解开了衬衣颈口的两颗扣子。

纽扣同样考究，周围镶了一圈琥珀金边，在灯下乍一看，就与他高挺鼻梁上架着的金边眼镜一般，显得格外儒雅斯文。

与她沐浴后闲散的样子大相径庭。

池颜晃着足尖，上身前倾，语气与发梢散发的水汽一样冷："想你也没那么好心。"

梁砚成深深看她一眼，绸缎般顺滑的真丝外袍半垮不垮地罩在她纤细的肩膀上，欲拒还迎似的露出一段极漂亮的锁骨。

他眸色深沉，不接话，而是问道："你去公司做什么？"

池颜没转过弯来，略顿了一下："无聊，路过。"

"从电梯间路过？"

他放下汤匙，抬眼看她，眼底的欲望被嗤笑掩盖。

池颜扫了一眼前厅，没见着管家，猜到他定是回家后听说了什么，心里冷哼一声：明明什么都知道，还在这儿装模作样。

她板起小脸说："你有什么资格兴师问罪？论今晚，谁先道歉还说不定呢。"

在外面事事得宜的太太，私底下就是这副谁也不服的骄纵样子。

得理不饶人时露出的小表情尤其衬得她长相明艳。

她有一种少见的、浓墨重彩的美。

当初还在国外时，梁砚成的那位朋友就经常吹嘘自己有个长得贴近八九十年代港星风格的美人学妹。

阴错阳差，别人的钦慕对象成了天天要与他作对的年轻太太。

梁砚成双手交叠，撑着桌沿往后靠了靠，嗓音低沉夹着不悦。

"池颜，你还有什么不满意的？"

什么叫你还有什么不满意的？

听起来这话的潜台词就像"钱任你花卡任你刷、吃喝玩乐血拼到底任你造作，你还矫情什么玩意儿"。

池颜收放自如的脾气每每对着梁砚成就乱了，差点没把自己气晕过去。

她，池颜，背后是池家，大池科技。

缺他那么点钱？

简直笑话！

"啪嗒"一声，大小姐停箸端坐，质问道："听你这意思，我该是事事顺遂满意得不得了？"

梁砚成皱着眉头，隔着长桌望向她，眼底写着：不然？

他确实想不通，除了没给这位小孔雀一样的太太造一座二十四小时恒温恒湿金贵的孔雀馆让她尽情释放魅力之外，还有什么没满足她的。

池颜看着他若有所思的表情，双手环胸，也往后靠，与他拉开距离："那我婚前过得可更顺遂，吃喝玩乐也不差你养。"

说得就像谁没钱似的。

"哦，是吗？"

梁砚成随手解开马甲扣，语气平静道："看来大池效益是不错。"

一句话直戳池颜的痛处。

先前还好，大池的分红总是准时到账。前段时间她无意间查账，破天荒地发现竟然迟了两个季度。

往前推，也就是她与梁砚成婚后，分红就再没到过。

这事梁砚成绝对不知道，但莫名踩了她的尾巴。

池颜面色不悦地说："你管呢。"

她想到这事顿时没了胃口，连带着原先的气也自我消化了一半。

不过表面夫妻，今晚他回不回她都有本事撑着局面，同理，她送不送那顿晚餐对他也完全没影响。

哪就值得大半夜在这边计较边复盘，真是昏了头了。

有这时间她还有更重要的事要做。

想到这里，池颜忽然转身回到餐桌边："你和你爷爷怎么斗我不管，想下他面子我也可以配合。"

梁砚成倒是没想到她会这么说，静待下文。

华丽灯光下，他太太绷了整晚的小脸终于露出浅淡笑意："毕竟夫妻一体，我这人很大度的。"

她的笑亮得晃眼，梁砚成下意识地应答："所以？"

于是很快被反将一军。

池颜笑着说："那周末陪我回去吃饭。"

很做作地应了刚才那句夫妻一体，套路来得比龙卷风还快。

梁砚成："……"

回宴这件事，梁砚成确实有故意的成分。

忙只是幌子，他实则是不想给那些倚老卖老的股东面子。

池颜能看出来，梁家老爷子不会看不懂。

不过是看他大刀阔斧整顿的决心很坚定，反倒暂时没再有别的动静。

周末，梁砚成提早到家。

或许是先前多少下了池颜的面子，这回只说了一次，他便把陪她回家吃饭的事列入了计划。

黑色轿车在门廊下静候。

车里只有易俊一人汇报工作的声音。

直到把下周日程汇报结束，池颜才姗姗来迟。她穿着一袭仙气十足的法式荷叶边连衣裙，妆容精致。

梁砚成习惯了他这位太太的日常精致，从车窗外收回视线，抬手打断易俊："就到这儿。"

话落，座舱间的挡板缓缓上移，把前座的两人隔断在外。挡板自带音效隔断，没了来自身后的威压，前面两人连坐姿都放松不少。

易俊往窗外看了一眼没说话，只觉得今天小砚总收得尤其利落。

挡板后。

池颜一上车就察觉到了与以往稍显不同的氛围。

梁砚成正靠着椅背闭眼小憩，金边眼镜搁在手边的小桌上，没了镜片遮挡，山根线条凹陷出凌厉的棱角，长睫安静覆着，凌厉之余又不失柔和。

听到她上车的动静，他的眼皮掀了一下。

两双眼蓦地对上，他在打量池颜，池颜也在打量他。

婚后没见过几次梁砚成不戴眼镜的样子，她那时候还以为眉眼温柔是男人事后的自然反应。现在看来，窄双眼皮、深邃眼窝、下压眼角，没了眼镜的遮挡，组合起来看人时自带深情。

她被看得不太习惯，咳了一声："怎么没在工作？"

梁砚成重新闭眼："差那么一会儿也养得起你。"

一句话把池颜的后话堵了回去，她后悔自己没事去搭什么话。

什么温情，一开口还是熟悉的配方。

她抿唇不语，自顾自玩起手机。

直到车身拐进池家临山别墅大院，安静了一路的车厢里突然有人开口："只是回来吃顿饭？"

池颜还在想他这话是否有深意，尾音上扬地"嗯"了一声。

他又问："需要怎么配合？"

他们前些天住在老宅时，在梁老爷子面前装得恩爱有加，默契不算差。池颜本想不用特意交代，但他既然主动提起，她就不客气了。

她眨眨眼，说道："就老规矩啊，宠我。"

池家的临山别墅占地极大，旁边还有一个18洞高尔夫球场。从前人丁兴旺，住一起倒从没觉得地方大得空旷。

池颜指着不远处修剪齐整的草坪，仰头问梁砚成：“还没开饭呢，要不要和叔叔打一会儿球？”

她也就在演戏时话里话外才透着亲昵，尾音都像软在了嗓子眼里。

梁砚成侧目，意料之中收到他太太闪着碎光的爱慕眼神。

不怪管家常在他面前说太太的好，她变脸可比翻书快多了，让人一时分不清单独在他面前和在外人跟前，到底哪个她才更真实。

梁砚成握了握她搭在他臂弯的手，淡淡开口：“不了，还是陪你。”

与她演了一出有来有往、如胶似漆的开胃戏。

池颜的婚事家里早有考量，最终是她叔叔池文征和婶婶赵竹音做的主。

看他们感情那么好，赵竹音极为高兴地说：“就知道你和砚成脾气性格都合得来，看看，现在这样多好。以后多回家转转，家里总不能少了你俩一顿饭吧？”

池颜转身挽上赵竹音的胳膊，撒娇道：“婶婶不嫌我烦啦？”

赵竹音笑着说：“这话说得没道理，叫你叔叔听到，还以为我欺负你了呢。”

说话间，池文征从楼上下来，问道：“又背着我说什么坏话？”

他见梁砚成一道回来了，谈笑两句后就自然而然邀请梁砚成进茶室喝茶。

前厅这就只剩池颜和赵竹音二人。

池颜用余光扫了一圈，没见到堂弟池硕，于是牵着话题往池硕身上拖。

赵竹音只说他和同学出去玩了不用管。

她装作细想，故意揶揄：“真和同学出去啊？不是什么小女朋友？”

“池硕才多大。”赵竹音嗔怪。

“不小了，我上高中那会儿也都懂了，”池颜面上笑吟吟的，“一眨眼就成年，一眨眼就毕业，一眨眼又要结婚。婶婶有没有关注陵城谁家千金？”

赵竹音脸色微变：“还早呢。”

池颜点了点头，说道：“嗯，也是，男人得先考虑事业，不过……”

她拖了下调子，装作失落地说：“小硕直接就去大池接班好了，哪像我，嫁出去就成了外人。”

赵竹音一听，假意板脸：“又瞎说。”

当然是瞎说。

池颜才不会真把自己当外人，她姓池，这是她从小长大的地方，所有东西都有她的一份。

原本这座大宅子就没分家。

池颜一家住东楼，叔叔一家住西楼，爷爷住主楼，一直就是一起生活，多少年都不曾变过。

前些年，爷爷和长子长媳，也就是池颜的父母，在外遇上事故身亡，这座大宅一夜之间空旷许多。

池颜匆忙回国，傻了许久才缓过来。

怕她独自在东楼害怕，忘了是谁提议，最后都住到了主楼。

在池颜记忆中，从小到大，叔叔婶婶是真心疼她的。她不愿破坏这份来之不易的平衡，于是心里有什么疑惑也只能小心试探。

她想了想，仍然从池硕的角度入手："对了，没几个月就是小硕生日吧？我要跟阿砚商量商量得送他什么成年大礼。都是大人了，说起来也能拿股份了。"

兜了赤道一圈，终于落在股份俩字上。

池颜不指望赵竹音能说出什么别的，意思带到即可。对方要是真有心做文章，必然能听懂。

果然，开饭前，她发现叔叔婶婶同时消失了一会儿。

原以为饭后叔叔会单独与她谈谈，没想到池文征回来后直接在饭桌上开了口。

"小颜最近缺零花钱？"

池颜全心全意演着表面夫妻，正好给梁砚成夹着酱汁海螺，闻言手一松，海螺落在餐盘上发出清脆的声响。

她下意识抬眼看梁砚成，对方的视线还落在海螺上没抽回，唇线抿得平直。

完了，梁太太缺零花钱。

这简直是在公然打梁砚成的脸。

池颜扯了下嘴角："怎么会？"

池文征笑道："我想也不至于。以前当我们家千金时什么都不缺，现在成了梁太太不得更潇洒？"

池颜在心里判断着这话的意思时，池文征又加了一句："哦对，前些天公司在重新理账，你查分红了吗？"

池颜摇摇头。

摇头有两层意思，可以说是没到，也可以说是压根儿还不知道这件事。

她不想表达得太清楚，也不想让人看出端倪，只是盯着那个她刚夹的海螺。

男人修长的手指落入视野，一手拿刀一手拿叉，干净利落地剔出螺肉，然后送回她的餐盘。

她诧异地抬头。

他温声问道："你想买什么了？跟叔叔说不告诉我？"

旁人看来，只觉得宠溺得不行。

池颜现在脑中混乱，一方面在想叔叔怎么偷换概念把股份说成了分红，另一方面在揣测今日不提此事，是不是就此断了红利。

她表情微僵，察觉到桌下有人轻轻把手搭在自己腰窝，立马缓过神来换上浅笑装亲昵："你真烦人，看中一块表好适合你，买给你的怎么能叫你花钱。"

梁砚成低语："都结婚了，没有你的我的。"

他眼底温柔如水，有那么一瞬间，池颜差点信以为真，但马上转念一想，当初可是在梁老爷子面前把婚前协议签得清清楚楚的，立马醒过神来。

男人，果然是鬼话连篇。

但他一打岔，池颜清醒许多。不管现在池文征到底什么意思，她都不能表现得太过咄咄逼人，于是顺势不提。

饭后，池文征又和梁砚成进了茶室。

婶婶赵竹音则拉着池颜不停明里暗里嘱托早些要孩子，把梁太太的位置坐得更稳。

池颜左耳朵进右耳朵出，心不在焉，总觉得偌大的池宅让她失了安全感。

家里出事的时候，大池科技一夜间群龙无首。

她那会儿在国外学业未完，又没成年，即便手握股份也做不了国内公司的决策，更何况，她并没有管理经验。

出于信任，股份由叔叔代持。池颜不直接参与管理，每季度只拿自己的分红。

前些日子查账，突然断了的分红让她不由自主开始居安思危。

大家都是一家人，只想着不动干戈把股份拿回来才是。

池颜望着茶室的方向陷入深思。

如果连池文征都靠不住……

梁砚成那个塑料丈夫就更不用提。

从临山别墅出来，一离了旁人视线，池颜立马放开梁砚成的手臂，坐到了车厢另一边。

晚上的事她还没完全消化，一会儿托腮望窗外，一会儿面露烦躁快速刷手机。

难得看到小孔雀瞻前顾后、忧思深重的样子。

梁砚成何等聪明，突然开口："想要回股份？"

"你管那么多干吗？"

池颜随口应完突然噤声，用警惕的眼神望着他："婚前协议是不是得改改，婚姻存续期间我拿回属于我的股份，不能算共同财产吧？"

梁砚成深感他太太是不是脑子有问题，嘴角勾起嘲讽的弧度："我在乎你那点钱？"

"那可说不定，"池颜抬了抬下巴，"哪天一拍两散，我分不到你的，你倒能分走我的一半，我多吃亏。"

男人收拢掌心，不知垂眸在想什么。

良久，他才开口，温润的嗓音也掩盖不了其中的冷淡。

"怎么，才几个月，你就想着离婚的事了？"

车内的气氛骤然降至冰点。

池颜从对方淡漠的表情里捕捉到暗火在隐隐燃烧。

她也不知道分赃不均和一拍两散，到底哪一点刺激了对方。

梁砚成不是话多的人，池颜察觉氛围不佳开始装透明人，他自然不会揪着话题不放。

于是一路静默到家。

池颜径直上楼，看似不在意，却始终在用余光去瞥几步之外时不时纳入视线范围的衬衣袖口。那枚简洁的宝石袖扣泛着幽光，伴随着平稳脚步声，她能轻易察觉到来自身侧的威压。

行至二楼起居室，一扇黄花梨雕花门把两人与外界隔断。

终于不用装模作样，池颜逐渐松缓肩线，一扭头，撞见梁砚成晦暗不明的神情，下意识又绷紧了后背。

"你干吗？"

她站在氛围灯带前，橘色暖光把她的轮廓勾得温暖无害。

因为扭头的动作，耳坠晃晃悠悠折射出光斑，添了几分灵动。

池颜并不知道梁砚成在想什么，只觉得他的目光先是停留在了自己耳侧，而后慢慢下移。

她条件反射想起上一次两人的深入交流。

他细碎却没什么温度的吻就那么从她耳后顺势而下，像是一个开端信号。

池颜醒了醒神，猛地后退一步，双手环胸。

"等……等等。"

四目相对，梁砚成缓缓吐出三个字："又怎么？"

池颜红着脸说："你这周的额度用完了！"

周遭仿佛按下暂停键。

梁砚成短暂蹙了下眉，显然在思考这句话是什么意思。

在他反应过来之前，池颜窘迫开口：“不是，我的意思是，我这几天不方便……”

即便早就有了亲密关系，池颜说这话时仍然因为不好意思而眼神微闪。

直到她说完，梁砚成才明白刚才她所说的“额度用完”是什么意思。

他笑了声，语气冷然，跟笑完全搭不上边。

“我看起来有那么禽兽？”

池颜腹诽道：谁知道呢？

她转身往衣帽间取过男式睡衣掷在他身上，说道：“反正我不舒服，就想一个人，你睡客房。”

本来这几天就容易心烦，要是旁边再躺个心思难猜的人就更烦了。

谁知道他什么时候心情好，什么时候又冷下脸呢。

池颜打定主意霸占主卧，下颌微微仰着，环胸而立的姿势像极了要把来人即刻驱逐出境的样子。

梁砚成与她对视半晌，沉默不语转身向外走去。

他手搭在门把上顿了好一会儿，突然又回头：“下周不回来。”

“哦。”

池颜懒洋洋应着，等关门声响起，才紧跟着不屑地“哧”了一声。

臭不要脸，回不回来关我什么事。

搬入新居之后，梁砚成不北在老宅，回家次数屈指可数。

池颜很是习惯一个人独享主卧，睡眠质量直线上升。

尤其是某人说到做到，后面一周还真就没回家。

池颜这几天没闲着，凭记忆把大池内部股东关系理了一遍。她的信息还停留在上学那会儿被父亲拉着往里灌的时候，依稀记得时常来东楼与父亲碰面的监事翁伯伯。

再一查证，这位姓翁名永昌的伯伯前几年已经退居二线颐养天年了。

这几年，公司内部无声无息变动着，等她回过神来，赫然发现当初的老臣退得七七八八，乍一看都是一些生面孔。

那股惴惴不安的情绪如海潮般，退开稍许后再度猛烈袭来。

池颜身边值得信任的也就只有从小一起长大的俩闺密，几人约了 SPA 关起门来商量对策。

室内流水潺潺声不减。

听着这样的白噪音，水疗后让人充满昏昏欲睡的疏懒念头。

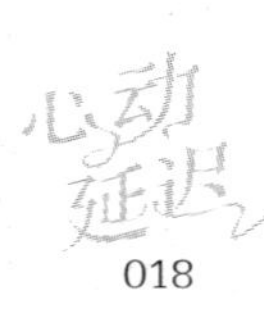

池颜勉强掀了下眼皮，头偏向左侧的裴芷，说道：“以前确实没想过这些问题，这几天细细分析过了，真觉得不对劲。”

裴芷还没开口，趴在右侧的江瑞枝先行打断：“哪能那么巧，先是公司大换血，让你爸、你爷爷身边的人都退了，再断了分红。我看你叔叔就是想独占大池没得跑。”

池颜这几天最烦心的点就在于此。

“叔叔婶婶以前对我也是真的好。”

“嗯，以前，”裴芷终于插上话，“先不说人会不会变，你要回自己的股份不过分，又不是抢别人的。”

池颜想了想，支起下巴慢慢算着：“没错，我得要回自己的那份，还有我爸妈的，还有爷爷的，笼统一加……”

她自己在心里估了个数：“那大池就是我的。”

裴芷：“……”

江瑞枝：“……”

这位小姐一如既往思维敏捷且善于说服自己。

三人就着话题一商量，发现现在池颜处于绝对劣势，在公司没影响力，断了分红又没资本支持。

不过好在没和她叔婶一家撕破脸，装模作样的功夫池颜排第二，没人敢称第一，并且她现在身为梁太太，这重身份很有优势。

毕竟明面上只要不过分，梁砚成总得与她夫妻恩爱、同仇敌忾。

池颜不能明目张胆地四处打听大池，以免打草惊蛇，立马想到了如今与大池合作颇多的梁氏。

梁砚成可是她手中的一张王牌。

只要还是夫妻，她拿回股份对他来说百利无一害。

池颜想到这里立马抛开懒意起身，也不陪闺密躺了。

这间店有她的常用包间，额外备了衣物。她起来叫人化了个精致的妆，换了一身优雅吊带鱼尾裙，裙边收褶，暗藏心机，让曼妙的腿部弧线若隐若现，更抓人眼球。

池颜望着镜子里精致到发丝儿的自己极为满意。

她心情一好，顺手给梁砚成打包了下午茶。

司机将她送到梁氏集团楼下的时候，还没到下班点。

池颜这几天与梁砚成疏于联系，不确定他到底在不在，又极少在白天过来，下车后随手给他发了个信息：“在公司？”

她路过内庭时，灌木丛窸窣作响，猛地扎出一个小狗头，它眼睛乌黑油亮盯着她手里的甜品盒子。

是那天替梁砚成吃了晚餐的小狗。

小狗的后半身藏在灌木丛里，光听树丛里发出的连续不断的声响，就知道小尾巴摇得有多欢。

这是讹上她了？

池颜莞尔，晃了晃手里的纸盒："对不起啊，今天要去拍马屁，不能给你吃。"

小狗"嗷呜"一声，像是听懂了，上身下伏乖乖趴在地上。

池颜被黝黑的小眼睛盯得心软，最后还是忍痛割爱分了一半草莓千层酥给它。

这个点，公司一楼大堂人员繁杂。

池颜进来的时候，碰到一拨刚从休息区出来的白领。几个人捧着咖啡杯有一句没一句，边走边讨论今日八卦。

"我听说啊，人事新来的这位跟顶楼……嗯，咳，差点就成了。"

话说得含糊，池颜竖起耳朵。

"不清楚，反正最后不是没成嘛。"

"谁说就到最后了？人家显然还没断了心思，今天一来啊就找机会去顶楼报告了。我要是小砚……咳，那位的夫人啊，都气死了。"

"但我听说的版本是这样的，梁家和许家本来就青梅竹马，懂吧？"

许家？许潇潇？人事部新来的？

池颜整理了下脑内信息，迅速串联成组。

她推了下墨镜，朝背对着她的八卦爱好者凑近一步。

"哦……你的意思是，现在的夫人是第三者上位？"

"我可没说。"

"不过都没见过那位夫人，我看许家那位挺漂亮的，顶楼那位连她都没看上？"

"又不光看长相，你知道大池科技吧？对方可是大池千金，家世在那儿呢，长成什么样门槛照样被踏破。"

八卦爱好者们像是在消化新信息，沉默了片刻，有人总结道："这怎么听着像苦命鸳鸯被联姻打散的戏码？不是，咱们公司这么有钱，何必？"

"那是现在，以前啊，我也是听别人讲的。"

一个捧着咖啡杯的人神神秘秘道："自梁董那代开始咱们公司才把总部迁到陵城。先不说强龙不压地头蛇，很多以前过来的人都知道，梁董为了女人闹过事，那时候公司就乱了。这么多年都是梁老董硬撑着呢。前些年和大池越走越近，于是就有了后来的联姻。”

池颜愣了一下，第一次听说这里面的弯弯绕绕。

“前些年”三个字很微妙。

家逢突变也是前些年，她的联姻对象梁家，到底是在出事前早就挑选好的，还是出事后敲定的，她无从得知。

如果婚事是爷爷早就定下的，大可安心，起码梁氏是认准大池，而非池文征。

要是后来由叔叔一心促成……

即便梁氏大权从梁老爷子转交到梁砚成手里，他那样的工作机器，公事大于一切，很难保证他不与叔叔在同一阵营。

池颜思及此，心里有些疙瘩。

个中利益让她不由得重新思考从梁砚成这儿打开突破口这件事来。

万一梁砚成更希望股权依旧掌握在叔叔手里，那之前在车里与他讨论拿回股权的事想必是不妥。

池颜恍然大悟，依稀记得那天他突然冷了脸。难道就是为了这事？

池颜还没消化完突如其来的信息，就打消了上楼找梁砚成的打算。

不巧的是，她刚转身没走几步，身后突然有人叫住了她。

“池小姐？”

来人声音柔软温和，称呼却不怎么合适。

在梁氏能认出她又喊一声池小姐，而不唤小砚总夫人的……

池颜驻足转身，视线被墨镜滤过而稍显昏暗，落在某处。

果然是刚才八卦中的苦命鸳鸯之一。

刚才还讨论她长相的八卦组听到一声“池小姐”，便远远驻足隔空望了过来，瞬间噤声。

池颜虽被宽幅墨镜遮去大半边脸，但露在外面的精致线条仍然惹人瞩目。

池颜心知肚明，却打算装到底：“许小姐怎么来这里了？”

“我啊，我以后就过来上班了，”许潇潇表情无辜，“好在上学时修的 HRM（人力资源）还能派上点用处，砚成哥哥那么忙，要是能替他分忧就好了。”

听听这话说得。

池颜斜觑她一眼，小姑娘眼睛不大口气挺大。

还在这明里暗里玩内涵。

怎么，去人事部上个班就是给老板分忧了？

池颜不是个能吃亏的主，当即先抛开对梁砚成的猜忌，面不改色地回敬道：

“那真辛苦，回头我叫阿砚给许小姐加工资好了。”

话中直指家属和员工的天壤之别。

许潇潇愣了一瞬很快恢复过来，这次恶心人似的换了新称呼：“池姐姐以前修的是什么？也能来梁氏帮忙啊。”

外界只知道池颜在国外修的艺术相关专业，却不知道她被父亲逼着学过金融。池颜懒得在许潇潇面前解释，把碎发别到耳后，浅笑：“阿砚说他一个人辛苦养家就够了。”

八卦组的耳朵灵敏得堪比雷达，纷纷露出羡慕神情。

许潇潇看她油盐不进，尴尬地笑道：“哦，这样。池姐姐怎么不上去？我从顶楼下来的时候，砚成哥哥快忙完了，现在应该有时间见你了……”

这人有完没完？

池颜因为有墨镜挡着才没完全显露出眼底的不耐烦，刚想开口说点什么，一阵齐整的脚步声渐近。

她循声望去，梁砚成不知什么时候出现的，身量颀长地立于一行人的首位。

众人簇拥下的他实在是过于瞩目，此时他的头微偏正听旁人说话，下颌拉伸出锋利的线条，这番浑然天成的矜贵气场仿佛天生就该做高高在上的决策者。

短暂几秒后，两人视线撞上。

多次配合完美的人前恩爱系统自动亮起警报。

看到池颜，他冷淡的表情忽然有了些许松动，朝后做了个暂停手势，问道：“你来了怎么不给我电话？”

池颜顺阶而下：“怕你在忙，刚刚她们说你在顶楼忙着，我想就是顺路过来看你一眼，也没别的事，就想算了。”

她此时摘了墨镜，明眸皓齿，顾盼生辉。

那副明媚又暗藏委屈的样子太戳男人软肋。

没想到梁砚成的反应比想象中更让人惊喜。

他顿了一下，皱眉道：“下午我没在顶楼，谁跟你瞎说的？”

许潇潇前一秒还满脸骄傲地炫耀自己刚从顶楼下来，还说砚成哥哥在忙，下一秒风向全变。

梁砚成话音刚落，已经溜到墙根的八卦组竖着耳朵又摇摆回去，因为强憋笑把脸涨得通红。

池颜还得继续往下演，又不能笑得太浮夸，微微翘起嘴角权当心情好。

许潇潇从顶楼下来不假，不过没见到梁砚成。就算她亮出许家千金的身份，都没能通过大公无私的助理组。

总裁室的大门紧闭，只叫她先预约。

许潇潇气不过，在楼上逗留许久才下来。

她本来想在公司众人面前树立她与小砚总关系匪浅的假象，没想到下楼巧遇池颜。

原本她在池颜面前说的那些话是为了争一时口舌之快恶心池颜，可没有料到梁砚成竟然就在附近，而且他一开口就像是打了她一巴掌，打得她晕头转向。

知道池颜后面会把矛头指向她，许潇潇便抢先一步回答梁砚成的问题：“砚成哥哥，你下来了？”

明眼人都能看出许潇潇自导自演，尴尬得脚趾抓地，可她竟然还能自己对上戏。

这是个狠人。

也不知道梁砚成是无心还是故意，像是才看到她，惊讶地问：“你怎么在这里？”

语气透着浓浓的疏离。

许潇潇一咬唇，满目委屈：“我今天来人事报到，以后就能天天……”

“是的，许小姐说来咱们梁氏工作了，”池颜浅笑吟吟地打断，“我还说两家这么熟，得给许小姐加工资。”

池颜知道怎么说会让梁砚成生气，故意公私混为一谈。

果然，梁砚成脸色又冷了几分，漠然开口：“凭本事说话。”

池颜乖乖点头：“知道你大公无私，你看人家许小姐都快哭鼻子了。”

许潇潇是真的眼角泛红，不过不是要哭，是被气的。

没到下班，一楼大堂发生的小摩擦就传得公司内部人尽皆知了。

此时池颜已经端坐在顶楼办公室。

鱼尾裙束住的一双腿交叠摆放，斜斜支在地上，弧线优美迷人。

梁砚成与她不过几步距离。

快一周没见，他依旧穿着齐整的高定西装，手肘微屈，露出半截闪着碎钻的墨色表盘。

他手指在表盘上摩挲到第二圈的时候，打破沉寂缓缓开口：“找我什么事？”

刚才楼下那番境遇，让池颜打消了从他这里找突破口的念头，心中已经设好了其他局。

这会儿梁砚成问，她无辜眨眼道：“说了呀，顺道路过，给你送点下午茶。”

说罢还煞有介事推了下桌上的甜品盒。

"说实话。"

男人抬手揉着眉心，顺势摘了眼镜。

再抬眸时，池颜就对上了那双自带柔情的眼。她尽管心虚，但还是嘴硬道："就送下午茶啊……"

找个话不多且不好相处的老公的缺点再次暴露。池颜不说话，室内自然而然陷入静谧。

对面这人心思难猜，她还没练成听呼吸猜心情的境界。

两人大眼瞪小眼，哦不，是在池颜单方面瞪着梁砚成许久后，他突然抬手动了下桌上的纸盒。

包装似乎不太稳固，顶端的蝴蝶结也打得歪歪扭扭。

他扯开缎带。

余温未散，烘烤过后的草莓千层酥香气扑鼻，精致的几片摆出等边三角形的图案。

梁砚成垂眸片刻，看着边角的细碎残渣陷入深思。

有一种被狗吃过的错觉。

"嗯，下午茶。"

他意味不明地看了她一眼，淡淡道。

池颜每次心里没底的时候，都忍不住去闺密小群里吐槽。

"少了一两块也看不出来吧？我怎么觉得姓梁的在内涵什么东西。好歹我辛辛苦苦跑一趟，他居然没吃？他敢不吃？"

静默几秒，池颜补充："狗都吃了。"

江瑞枝冒头："懂了，你的意思是你老公不如狗？"

"倒也不必过分解读，"池颜回完一句再加一句，"起码狗赚不了那么多钱随我花。仔细想想，赚得多还不回家，这种老公打着灯笼都难找啊。以后不在他面前提股权，还是能愉快相处的。"

江瑞枝回道："好的，宝贝，所以你现在去哪儿浪？出来喝酒？"

池颜马上说："不，要事在身，还有一场戏没演。"

池颜说的另一场戏在大池科技。

为此，她还拒绝了梁砚成叫司机送她回家的好心，从梁氏出来直奔大池。

问过池文征的行程后，池颜使劲揉花眼角妆容，重新戴上墨镜，一见着池文征就委屈巴巴地撇了嘴。

"叔叔——"

池文征微愣，把闲杂人等从办公室清出去才问："怎么了，谁欺负你了？"

池颜见办公室只剩他们二人，才摘下墨镜，眼眶红红的，连妆都花了，十足惹人怜爱的样子。

她吸了吸鼻子："我今天去了梁氏大楼。"

池文征问道："砚成欺负你了？"

"倒没有，"池颜慢吞吞往外吐着词，"还没上去，在楼下碰到了阿砚的青梅，她说我……"

"说你？"

"说我只会吃喝玩乐，就是个没用的花瓶，说他们许家是梁氏老臣，她进梁氏理所当然。不就是进了区区人事部嘛，她有什么了不起的？"

池文征了然："就因为这个吵起来了？"

"哪有吵，我吵得过她吗？"池颜闷声闷气，"她公然这么挑衅我，就是看我游手好闲没正事儿做。"

池文征还以为怎么了，原来是小姑娘家吵吵架而已，于是笑道："那叫砚成随便给你安个什么职位压她一级，多简单。"

"叔叔又不是不知道阿砚，一说到公司的事就那么一本正经，他才不帮呢。"

池颜说着眼睛又红了，拽住池文征的袖口，可怜兮兮地说："叔叔，你就给我在大池安个什么职位吧！我要求不高，那谁去了梁氏的人事部，我也要个大池的人事位置，你看怎么样？听起来比她官大就行。"

池文征看她一眼，没说话。

池颜趁池文征拒绝的话还没出口，赶忙接道："我才不要随便来个人就奚落我没正事儿干，好歹以后我也有个由头能反驳。太憋屈了！"

池文征像是还在思虑什么，有些敷衍地说："空挂职怎么行，不来上班叫下面的人怎么说？"

"叔叔——"池颜甩着手，"叔叔你这么厉害，总能有办法的。就挂个职嘛，大不了我以后一个月来一次？哦，不，我一周来一次？"

顿了顿，她小声说道："我就不想上班。"

池文征细细观察着依旧耍性子的侄女，一如既往骄纵且不像有野心的样子，才稍稍安心。

他无奈地点头："行行，给你挂个职。"

"要比她高！"

"好好好，比她高，主管行不行？"

池颜终于破涕为笑："行。"

池颜兴高采烈回去之后，池文征细想了一会儿后，叫人去打听了下今天池颜在梁氏的事儿。

大概是因为争执发生在一楼大堂，这会儿公司已经大范围传开。

池文征叫去打听的人传回来好几个版本——有说许家千金奚落小砚总太太反被打脸的；有说小砚总太太被许家千金阴阳怪气怼得说不出话来，躲在墨镜后偷偷红了眼眶的；还有说小砚总特批让许家千金进公司，坐享齐人之福的。

各式版本的故事都有。

池文征想起池颜来的时候摘了墨镜的红眼眶，就自动带入了版本二。

不管怎么收的场，闹矛盾看来确有其事。

他霎时更觉安心，自己这个侄女看来并没有别的目的，就是娇气了些，被宠坏了，哪哪都吃不得亏。

而另一边。

池颜忽悠了个人事主管的位置心潮澎湃。她一开始就没打算做什么，只要在公司混个脸熟，摸清现在这些人脉于她来说就足够。

演完戏，疲惫感一齐涌了上来，池颜在车里睡了一小会儿。

司机放慢车速开得越发平稳，到家时已经过了六点半。

几乎是池颜一下车，管家就迎了上来。

“太太，您总算回来了。”

池颜把手提包递过去，问道：“怎么了？”

“先生等您吃饭呢。”

梁砚成回家了？

池颜从前厅穿过到露台餐厅，看到梁砚成闭眼静坐于银色烛光灯下，金边眼镜置于手侧。他听到动静抬了下眼皮，朝她淡然一瞥。

他不置一言，但池颜仿佛在他眼底看到三个字：回来了？

她问道：“你今天怎么回来了？”

梁砚成从容地握起刀叉，不耐烦地轻碰餐盘示意她坐下。

“我以为，下午那份甜点的暗示够明显了。”

池颜愣住了。

还……挺能脑补？

池颜摘了墨镜坐到对面，没来得及开口就听他轻呵一声：“你去动物园了？”

池颜莫名其妙：“什么？”

在脸上摸了一圈后，她才后知后觉眼妆晕了。

池颜当下连晚餐都不想吃了，只想先卸了妆，细细抹好护肤品维持住仙女的精致。不想对面伸过来一条手臂，不由分说地把她按回座椅。

灼人的手心温度留在她白玉般的腕上。

“先吃饭。”他蹙眉道。

池颜腹诽了梁砚成一顿饭的时间，她都觉得自己闭了嘴牢骚也能从眼睛里冒出来，可对面那人就跟看不到似的毫不受影响，慢条斯理吃完了整顿饭。

饭后，池颜迫不及待上了楼。

独自待到将近十点，房门一响，是梁砚成进来了。

他在家时除了就寝，大多数时间都待在书房，视频会议大小决策不断，像个永远不知停歇的机器。

池颜偏头望了一眼时间，一看时间尚早，池颜再望向梁砚成时，就能从他平淡无波的眼神中看出别的意思来：这周的额度来了，她瞬间就确定了对方的意图。

不知该说他是闷还是闷骚，固定的一周一次夫妻生活从不主动开口说要，只是掐着点比往常早一小时回房。

昏暗中，他从她耳后吻起，宣告开始。

他不知什么时候换上了绸质睡衣，缎面光滑柔顺，把他这个淡漠无趣的人也衬得柔和许多。

床头灯的灯光在他偏浅的瞳仁里留下一圈光影。

光影越靠越近，投进了她的双眸。

当晚可以说得上是和梁砚成最为和谐的相处时光。

他不开口，专注看着她的样子，确实有几分温柔丈夫的味道。不怪当初池颜知道联姻对象是他时，心里竟生不出一丝抗拒。

长得一等一的俊，斯文又温柔。

这样的老公谁不喜欢？

池颜暂且忘了他那一大堆缺点，事后滤镜容易让人卸下防备。

于是，当倦意袭来时，她无意识往他怀里拱了几下。

清晨醒来。

池颜睁眼就看到一大片冷白肌肤，衣领凌乱地敞着，再往上是男人修长的脖颈。

他长睫覆着，眉间残留少许倦意。

池颜从没在神思清明时与他贴这么近，更不会和平相拥而眠一整夜。

她战略性后仰，小心翼翼地离他远一些，一下牵动了腰肌。

“嘶——”

昨天只是有些不适，今天感觉又酸又痛。

她顿在那儿的须臾，突然有人开了口：“醒了？”

他的嗓音不复平日的温润，有些低沉沙哑。

池颜还红着脸，猛地拉高薄被遮住自己：“没醒。”

梁砚成似乎是发出了一声轻笑，后面还说了句什么。

她没听清，好像是叫她多睡一会儿。

紧接着床边微陷，脚步声往浴室方向去了。

池颜这才露出头，裹着薄被坐起。她歪头揉了下耳朵，怀疑自己听错了。

梁砚成这种不解风情的木头怎么可能会好心叫她再睡会儿，再说了，就算他不说，她本来也没打算这么早起。

池颜重新躺下，卷着被子翻了个身。

几秒之后，她猛地坐起。

算了，睡不着。

于是，早上的露台餐厅里破天荒坐了两个身影。

管家偷偷打量，发现先生比平时迟了，太太比平时早了，两个人都打破了原有生物钟坐在那儿吃早餐。

他手里捧着一盒燕窝立在桌边，说道：“太太，这是林家叫人送过来给您的，说很喜欢之前的下午茶。”

池颜抿了口早餐茶抬眼，是盒包装精致的印尼燕窝。

她上回多关照了一点林家千金，知道她有鼻炎就特意让人把座位安排在了花廊最外侧，显然对方是来聊表谢意的。

换了旁人收了就完事，池颜略一沉吟，交代下去：“一会儿去储物格，有条白贝母锁骨链，给人家送过去。”

“是蓝丝绒盒子装的那条？”

“对。”

池颜待人处事有一套自己的法则，从小人情往来见多了，她对这方面通透得很。

不管别人送给她什么礼物，出于何种目的，从她手里再送出去的总会比收到的再贵那么一些。

恰恰好把握着礼尚往来的点，从不欠人情。往后真有什么有求于她，也不至于因为先前的来往不好意思回绝。

以前在池家她就向来如此，现在还多少代表着梁砚成，更是做得滴水不漏。

她可不愿因为一些小恩小惠拉低自己。

管家很是佩服这位太太，闻言便利索地找项链去了。

池颜一回头，发现梁砚成在看她。

她向来摸不透他的意图，如今隔着镜片更难窥探那双浅色瞳仁里暗藏的深意，索性敞开了问："看我干吗？"

他薄唇微动："看你好看。"

池颜腹诽：梁砚成什么时候也学会花言巧语了？

池颜心里的问号一个接一个往外冒，到底还是因为被夸了心情有些愉悦，翘了下嘴角："算你有眼光。"

其实于梁砚成而言，从未深入了解过他这位太太。家族联姻，以双赢为目的的婚姻在他这里只需保持表面和平。

他原以为只是多养一只漂亮小孔雀，她安排的这手回礼确实让他察觉到小孔雀也是有智慧的。

不过距管家说的识大体、通情达理还是差了那么点。

想起昨夜，他眼神微敛。

刚才在池颜看过来的一瞬，他不知不觉就说出了平日不可能讲的话。

实在有些昏头。

他收起外露的情绪，抿唇起身："先走了，这周住公司。"

池颜："……"

这是变脸精吗？

上季度地皮收购的事扯皮至今。

先前被点名的几个高管深知不管写不写得出止损方案，梁砚成都没打算再次放权。

这些日子，顶楼派了专员接管附属部门的工作汇报，他们几个直接被架空，难免心里有怨气。

不知是谁一状告到梁老爷子那里，把人请来了公司。

梁砚成抵达顶楼时，助理组分站在走廊两侧，战战兢兢前来迎接。组长转达给易俊，易俊再附到梁砚成耳边，小声说："老董事长在里面。"

梁砚成点头，眉心轻蹙，本能地透露出不耐烦。

到办公室的短短几步路，他情绪收得极快，再开门时已经恢复了往日面色。

他在茶几对面坐下，把茶推了过去。

"爷爷。"

老头梁霄穿一身黑色金纹唐装，精神矍铄，手指轻轻点在沙发扶手上，淡淡地问："平时都来这么晚？"

梁砚成不知想到了什么，态度温和地说："别的事耽搁了。"

"我也不和你兜圈子。地皮那件事你睁一只眼闭一只眼算了，凡事别太过，别搞得那帮老股东寒心。"

"我知道。"

梁霄不依不饶道："听说你还派了专员接管，这是铁了心赶他们退休了？"

"是。"

梁砚成应得很简单。

但偏偏就是这个"是"字听起来实在气人，但凡委婉一些，即便加个语气词，都比现在要舒服不少。

梁霄知道他的品性，瞪着他说："胡闹。"

都是为了公司未来发展，但梁霄那套拉拢人心的老法子显然不适用于如今的梁氏。不清老蛀虫，就会从骨子里开始溃烂。

梁砚成反问道："爷爷是真心想把梁氏交到我手里？"

"不然呢？"梁霄眯了下眼，面露愠色，"难不成等你不成器的爸回来？"

梁砚成摘下眼镜放到一边，换了个舒服的坐姿。室内灯光映照在他偏浅的瞳仁上，掩盖住眼底情绪。

他清晰地说："既然如此，那听我的。"

祖孙俩本质上不属于真正对立面，只是为人处世的方式各有不同。

梁氏集团交到梁砚成手里后，虽时时有人到老宅变着法说小砚总过于不近人情，但数字不会骗人，业绩是直线上涨的。真正损害的确实只有那一帮吃着股想着权又比不上年轻人的老股东。

梁老爷子只是不喜梁砚成身上那股冷漠的劲儿，与他母亲如出一辙。

此行无功而返。

梁霄走后，梁砚成也不急着处理那几个嘴碎的高管，没事人似的正常开会。

他惯爱冷处理。

心惊胆战了一整天，几个高管也没听到顶楼任何风声。

顶楼灯光不灭，他们不敢下班。

晚间，好友江源从自家酒庄拿了瓶珍藏的红酒寻了过来。

江源与梁砚成同岁，上学时就与他是至交。

当初在国外一心钦慕池颜，逢人便吹捧小学妹的就是这位江姓朋友。

两人关系好，都知道各自婚姻不能做主，再加上后来江源看出池颜一直都没那个意思，放得很快。不过听说梁砚成与池颜结婚时，他还是忍不住酸了梁砚成一阵。

别人家结婚都是伴娘为难新郎。

梁砚成一身矜贵往那儿一站，没人敢闹，结果想着法子折腾梁砚成的是自己人。

江源熟门熟路进了办公室，自己往醒酒器里倒酒，说道："我自己一人没舍得喝，特意拿过来给你尝尝，够意思吧？"

梁砚成处理完最后一份文件才抬头，扫了他一眼："要喝酒去外面。"

"行。"江源起身，"下雨了，去不了露台。要不去你休息室？"

梁砚成点头："随你。"

玻璃落地窗隔音极好，人在室内丝毫听不出外面下起了大雨。此时往外望，雨水贴着玻璃蜿蜒而下，割裂了窗外金融区的未灭霓虹。

江源属于一喝酒话就多的那类，聊完公司聊家庭，又没什么忌讳，自然而然把话题牵到了池颜身上。

"别告诉我你现在还老睡公司，你就忍心让我漂亮的小学妹独守空房啊？"

梁砚成在心里"啧"了一声："公司事多。"

"那也不能冷落人家嘛。我跟你说，我虽然没结过婚，但我谈的恋爱多，这事儿我有经验听我的。你老不回家这感情就培养不起来，培养不起来感情就容易有摩擦，容易有摩擦就陷入恶性循环。"

江源虽然跟他掰扯，但没指望他能完全听进去。

果然，这个不上道的男人沉吟片刻后说："下周吧。"

什么这周下周，回家住还要选黄道吉日？

江源咋舌："我这学妹啊，真挺不错了。那时候还在国外，我去找她，看到和她合租那姑娘，跟她一比，简直……"

梁砚成像听到了什么不可思议的事，没等江源说完就径直打断："你记错人了吧？"

江源："没有啊。"

他轻笑："她跟人合租？"

本年度最佳笑话，没有之一。

他家这只小孔雀有理没理都霸占主卧，生活骄奢。就算是上学那会儿，合租两个字也压根儿不可能出现在她的字典里。

梁砚成刚当笑话听完，江源就轻嗤一声："你是什么都不关心，当然不知道。

那边老建筑多，故事也多，在学校都传疯了。小姑娘嘛，那个年纪的都怕寂寞，怕牛鬼蛇神的，你以为都像你？”

“是吗？”梁砚成平淡道。

江源越说越来劲了：“不过学妹是真怕自己一个人住，听说那会儿她不收房租免费叫朋友过来，纯陪住。”

梁砚成又想到家里越来越多的闲职人员，深感确实像是池颜会干的事情。

他下意识问：“还有呢？”

江源微愣：“什么还有？”

他片刻才反应过来，问道：“你自己老婆你不知道，要听我说？”

两人对视须臾，半夜雨中突然闷雷滚滚，倏地劈开道闪电。

从顶楼往外望，有几分惊心。

江源看着那道光把他好友清隽的面容笼上冷意，他刚想开口说话，就见对方揉了把眉骨起身，说道：“改天喝吧。有份文件留在家，我回去一趟。”

乌云裹着闷雷翻滚。

天气这么糟糕，料想小砚总晚上不会再离开公司，司机原本都回休息室了，猝不及防被叫起来备车，人也是蒙的。

梁砚成的工作是年前刚提上来的，之前的司机不知触了小砚总什么逆鳞，没交接就离了职。这任司机与小砚总相处的时间只有每天车上那短短几十分钟，总是见他冷着脸不好相与，不由得提心吊胆。

此刻，司机把雨刮器开到最大挡，借着后视镜偷偷打量后座那人的神色。

街边商场的灯彻夜不休，白光透过车窗笼在男人清隽的侧颜，更添几分淡漠的冷意，他唇线平直，眉梢似有不耐烦。

司机鉴貌辨色，力求稳的同时提高了车速。

二十分钟后，黑色轿车驶进花园车坪。

刚进小区，家里就收到消息说小砚总回来了。此时管家已经候在门口，臂弯搭一件风衣静静等着。

车子停稳，管家迎了上去。

“先生回来了。下雨天凉，要不要加件衣裳？”

“不了。”

梁砚成摆摆手，下颌微抬，目光不由自主落在黑暗一片的二楼主卧方向。

睡了？

他提步上楼，黑暗中手指不自觉握紧了楼梯扶手。

不就是下了场雷雨，又不是婚后第一次，匆匆忙忙赶回家的举动显得过于愚蠢了。

卧室里还残留着佛手柑的清香，味道浅淡萦绕在鼻尖。他这位小孔雀太太确实娇贵，每日睡前有熏精油的习惯，导致他现在一闻到与之类似的香气，心口就像有什么呼之欲出般，微微发痒。

他目光沉沉落在黑暗中大床的方向，突然就更渴望她身上散发着的、更甜一点的香气。

忙了一天，梁砚成退后半步带上门，单手解开西服扣子丢到外间沙发上，双手交叠撑着额坐了一会儿，才觉得在胸口乱撞的郁气冷了下来。

在外间洗漱完，已经将近深夜一点。

主卧的一切依然陷于黑暗中，悄无声息。

属于男人的高挺身影趁着夜色回到卧室，掀开一侧薄被躺回大床。似乎是不满足于此，他伸出手臂搭到另一边，想把什么拢进怀里。

片刻，落空的手蓦然收紧。

卧室大灯在下一刻被打开。暖光骤亮，照在平整空旷的大床上。

另一侧哪有什么安睡着的人。

梁砚成绷紧了后背，连肩胛处平直的肌肉线条都透露着当事人的不虞。

几分钟后，他稳着情绪一边拨电话，一边往楼下走。

电话接通的瞬间，一楼门厅忽地响起一道手机铃声，划破夜晚的寂静。

然后就传来管家关切的声音："太太，您回来啦。"

另一道女声小声抱怨着："嗯，突然下这么大雨，差点回不来。哎，等等，接个电话。"

静了那么几秒后，她从嗓子眼发出一声上扬的语调："奇怪，这么晚打我电话干吗？"

管家即刻反应过来："您说先生吗？先生在楼上，大概是担心您吧。"

突然就没了响声。

梁砚成斜靠在楼梯转角，讥讽地笑了一声。

伴随着轻盈的脚步声，楼道灯光一路向上蔓延。池颜刚过转角，就愣在原地。她的视线随着那双男士拖鞋缓慢上移，然后对上一双清冷看不出情绪的眼。

她张了张嘴，刚想说什么，面前的男人突然冷冷开口："你也知道这么晚？"

完美应了她刚在楼下的那句抱怨。

想是他早就在那儿偷听了。

虽然她回得晚，但他听墙脚就是不对。

池颜很是理直气壮地说：“也没有很晚啊，夜生活这才刚刚开始呢。”

他像是没听见，继续沉声问道：“做什么去了？”

“喝酒啊……”

气势仿佛弱了一些。

池颜故意把台阶踩得闷声作响，想借机从他身边溜过去。擦肩而过的瞬间，她的手腕猛地被人扣住，顺着力道一趔趄，猛地撞到了男人硬邦邦的胸膛。

她抽不回手，埋怨道：“你干吗啊？”

男人微烫的呼吸似乎就落在眉间，她感受到对方深深吐纳了几次，随后真情实感地嫌弃道：“难闻。”

池颜一愣，难闻吗？

池颜歪头嗅了嗅自己，后调是白麝香和西洋杉的木质香氛，自然中透露着典雅，典雅之余还藏着性感。

哪儿就难闻了？！

“不是，你鼻子是不是出了什么问题？你再闻闻，闻清楚了再说话。”

池颜恨不得把自己送到对方鼻尖下，此番动作惹得梁砚成径直偏开了头，眉间紧蹙。

池颜突然意识到和这么一位没情调的老公讲香氛的前中后调是白费力气，想到其他，话锋一转：“你不是说这周不回来吗？哎……你放手，别抓我了，手疼。”

手上的力道确实松开一些。

但他沉在光影交错中的面庞依然显得情绪不佳，冷冷地说：“回来取文件。”

“哦，取文件啊，让易俊回来拿不就好了。”

梁砚成回道：“重要文件。”

半晌后，他补充了句：“你和他关系很好？”

池颜脑中缓缓跳出个问号。

谁？和谁关系好？什么和什么？易俊吗？易俊不是他助理吗？为什么要和自己关系好？

诸多疑惑还没得到解答，他及时打断：“没什么。”

两人在楼梯间对峙许久，池颜终于按捺不住又扯回手腕要往楼上去。

这次倒是轻轻松松抽了回来。

她揉了揉还残留他指尖温度的手腕，往上走了几步后突然顿住，问道：“你回来拿个文件换睡衣干吗？”

意识到自己好似识破了什么了不得的事，池颜后背一凛，立马道：“倒也不是不行……哎，你今天还睡家里吗？”

匆忙回家的举动仿佛成了笑话，梁砚成冷声拒绝："我回公司。"

江源得来的消息不假。

与其说池颜怕寂寞，倒不如说她是讨厌单独一个人。

自从家里出事后，她再回到国外，突然就不适应独自生活了。以前疲于应对的聚会宴会反倒成了让人安心的去处。

慢慢地，家里也得充满人气儿。

不是一个人不敢睡，就是想醒着的时候，走到哪儿都能听个声响。

梁砚成走后，池颜依然一觉安睡到天亮。

要不是他丢沙发上的那件西装外套还没被收走，她几乎以为昨晚他突然回家只是幻觉。

昨晚下了场大雨，今晨天气晴朗。池颜坐在露台餐厅吃早餐时，送进来的秋风也带着丝丝凉意。

她一早就收到了大池那边发来的信息，上回半是撒娇半是耍赖要来的人事部主管位置算是落实了，还挺正规给她发了工牌。

池颜冷了那边两天，决意今天去晃一圈。

既合情合理，也没表现得过于殷切。

池颜几乎每天都有外出活动，很少一整天都待在家里。婚后一直为她服务的司机习以为常，照例听令把人送到大池楼下，只是抵达之后给助理组发了消息：太太今天来大池了。

太太对他很好，平时出门如果需要他在外候着用车，总会叫人打包吃的喝的送到车上。

并非普通的司机餐，好些都是平时他吃不到的，他就原封不动用打包盒装着带回去给小女儿，现在一家人都喜欢太太。

想起昨夜离家前先生阴晴不定的脸色，他逾矩地补了一句："太太昨天回家晚只是特例。"

池颜不知道背后这些事，进大池之后直奔楼上。

人事部知道她今天过来，早就准备好了办公室。

池颜满意地转了一圈，问道："档案呢，我先熟悉熟悉咱们公司人员。"

与她对接的人姓钱，在人事部当了多年差，听上面命令就给准备了一间办公室做做样子，没想到池颜一来还真像模像样要看人事档案。

钱姐闻言愣了一下："是看咱们部门，还是……"

"当然是咱们部门了，"池颜一开始只是虚晃一刀，待人走到门口才道，"要不把其他部门管理人员的档案一起拿来吧，我先记记平时常需见面的管理人员都长什么样儿。”

她仰起漂亮的下颌，一副我想见谁都是尔之荣幸的傲慢样子。

钱姐点头出去，一五一十地向池文征反映完情况，待他说了可以，才叫人抱着档案重新敲开池颜的办公室大门。

公司光是她刚说的范围就有不少人。

池颜关上门细细翻阅起来，她学过速读，动作很利落，几乎翻页的同时就能在脑海里留下大概印象。

她花了半天翻完七七八八后，一边在心里整理信息，一边假意懒散地拨通内线。

“钱经理，这也太多了，我看不完。要不明天再看吧，你问问叔叔几时有空，我去找他吃饭。”

电话那头的钱姐很是恭敬地应下，转头就给楼上拨电话。

“池总，池小姐说看累了，想找您吃饭。”

电话里，池文征反倒满意地笑了一声：“她啊……那叫她过会儿上来等吧，我还有个短会。”

“好。”

半小时后，池颜准时等在会议室门口，斜靠着墙百无聊赖地拨弄着这几天新做的焦糖色指甲。

会议室隔音良好，但时不时仍能听到一两声突然拔高的音调。

又过了几分钟，短会结束。

与会人员鱼贯而出。

池颜漫不经心打量着每一张脸，在心里与刚才档案上记下的内容一一对应。池文征似乎还在里边与人说话，最后走出的那人她很眼熟。

正是以前时常来东楼找她父亲的监事翁永昌。

只知道他退居二线，倒没想过能在这里再见着面。

池颜展露笑颜，甜甜地喊着：“翁伯伯。”

翁永昌盯着她看了好一会儿才反应过来：“小颜，是不是？好久没见，漂亮得我都认不出了。”

“翁伯伯的意思是我以前不漂亮？”

翁永昌笑道：“连你伯伯我的玩笑都敢开。”

两人正谈论着近况，翁永昌突然提到从前：“你小一点的时候练琴还经常哭，现在呢，现在总不哭了吧？”

“都多大了，还哭。”

池颜隐约记起，她那时候更娇气，弹错了或者弹不好了就哭得稀里哗啦，不管父亲是不是在忙，抓着他的衣服埋头就擦眼泪鼻涕。

这么想起来，翁伯伯对自己的印象多半是自己在父亲怀里泪眼婆娑时留下的。

时过经年，记忆也跟着模糊不少。

她收起神思，笑道：“我现在弹得特别好，要不周末在家组个局，您来听听？”

翁永昌点头：“我家那个倒是很喜欢音乐。”

算委婉应了邀约。

没多久，池文征从会议室出来，身侧跟着另一位才俊。两方望了一眼，这位才俊礼貌性点头从旁借过。

倒是池文征，看到她和翁永昌站在一起似乎是有些在意，视线多停留了几秒后才挪开，笑着问道：“聊什么呢，那么高兴？”

翁永昌在池颜之前笑答：“说她小时候哭鼻子呢。”

池文征颇为赞同：“她确实爱哭，骄纵的性子一点没变。”

两人一人一句把她小时候的糗事抖得七七八八。

池颜佯装不满，八百个心眼齐齐进入高度警戒状态察言观色。

她至今不知道关于股份的事叔叔究竟是何意。

如果真打算吞了她那一份，那翁伯伯是否可以拉入阵营？

过去那么久，人心多变，她需要更多机会来接触试探。

于是周末的邀请显得格外重要。

婚后许久未碰钢琴，原先家里那台也没搬入新居。且要在自己家开聚会，得提前知会梁砚成一声，以免他突然出现扰乱节奏。

池颜想了想，走到另一边给梁砚成打电话，也不是商量，纯粹以通知的口吻告知：“周日我会在家里组个局……”

话还没说完，电话那头冷声打断：“知道了，我会到。”

不是，我没说邀请你啊。

梁砚成或许在忙，说完利落切断电话。

池颜蒙了下，立即追加短信：“你可以不用来，真的。”

梁砚成回道：“哦。”

他签完手头合同推回给易俊，突然开口：“周日有什么安排？”

易俊听到小砚总问话，立马挺直腰杆：“上午七点健身，九点公司旗下网售平台剪彩，十点半高层会议，午后两小时空闲，三点约了江先生高尔夫……”

“高尔夫取消。”

易俊点头记下："是。"

他刚想问是否要把后续行程提前，又听小砚总道："也不用安排别的了。"

易俊顿住半秒："好的。"

他从办公室出来，立即通知下去取消高尔夫球场的预约，同时将晚间行程一一延后。

自小砚总全权接管梁氏后，只有把行程往前提的，这还是头一次延后。助理组众人摸不着头脑，只好向易总助打探。

"那是有更重要的安排改到周日下午吗？"

"需要提前知会驾驶班吗？"

"要预约会议厅、餐厅还是酒店？"

……

易俊面对众多疑虑也很困扰，良久摸了摸鼻梁："暂时把重要级提前，原地待命吧。"

而另一边，办公室内。

池颜又发来了信息："还有个事想跟你商量一下。"

后面跟着可怜巴巴的表情包——我只是个宝宝你一定要答应我。

梁砚成扫了一眼，回复："？"

他甚至都没意识到自己正在做往日觉得最浪费时间的事，比如像现在这样说几句都踩不到重点的聊天方式，放平时他能多看一眼已属不易。

池颜哪知道他这些臭毛病，自顾自一条条发着。

"我有架钢琴在临山别墅的琴房，结了婚不是在老宅住了段时间吗，听说爷爷不喜欢，那会儿就没叫人搬进来。周日要用琴，我叫人搬到新居用一用？还是你怕爷爷知道要生气？不行我就另约别处，就不在家招待客人了。"

梁砚成知道爷爷不喜欢任何音乐，还讨厌在家里摆乐器，归根结底还是他母亲温仪的原因。

在遇上他父亲之前，温仪是个还算小火的歌手。

恋爱也好，后来怀了他也好，温仪从始至终都没被爷爷认可过。

这种厌恶情绪延续至今，如若梁家除他梁砚成之外还有第二个接班人，必然不会轮到他头上。

梁砚成闭眼靠上椅背，缓慢揉按眉骨。

在这一点上，他觉得是亏欠池颜的。

第一次见她的时候，小孔雀刚弹完一曲从台上下来，那时候满堂喝彩，掌声连绵，她骄傲明艳的样子动人心弦。

却因为他爷爷的原因，有段时间没碰钢琴了吧。

几分钟后，梁砚成往外拨了个电话，然后再次点开池颜的聊天框回复：“不用去搬。”

池颜等了许久才收到这四个字。

她严重怀疑对方用的老年手机，打字都得一个个键慢慢戳，还附带大声播报功能。

她盯着那几个字看了半晌，意思是不让她把琴搬回新居？

这男人真是油盐不进。

最近他不是找着机会就和他爷爷对着干吗？亏她还思前想后故作委屈，竟然毫无成效。

池颜盘算着要不就请翁伯伯夫妇去她华江区的房子小聚。

心思未定，信息提示音又响了一声。

“我来安排。”

她迅速敲下一行字，问：“还是在家？”

梁砚成：“嗯。”

字如其人。

池颜完全可以想象到手机那头男人冷淡的脸。

她叹了口气，抬手把备注改成了“梁木头”。

梁砚成说由他安排之后就没了声响。

池颜一度以为他忙忘了。

直到周六下午，她一回家就发现管家立在花园门口指挥工人们从门廊前后穿梭而过。

她下了车，慢悠悠撑开洋伞，好整以暇地瞧着。

见她回家，管家立即眯眼笑着解释道：“太太，您的钢琴到啦。先生说想放哪儿得问您，现在还在大厅摆着呢！”

池颜往大厅里探了一眼。

银灰色防尘布勾出三角钢琴的轮廓，与她放在临山别墅的那架十分相似。

她疑惑道：“不是去临山别墅搬的？”

管家颇为自豪：“不是的。这架是先生托人刚从国外空运回来的，说您以前就用这个牌子，好上手些，调音师也一起请来了。”

他说完，池颜再看大厅，才从人群里辨出调音师。

倒不承想梁砚成做事还挺周全。

她翘了下嘴角："放二厅吧，对着后花园，景色好一点。"

她上楼换好衣服再下来的时候，后厅已经整理妥当。

巨大落地窗前，一架桃木红的三脚钢琴安静沉稳地立着，与窗外花园的景色极为和谐。山茶接了芙蓉花期簇拥而开，花枝满缀，隔空装点着琴上一角，显得高贵典雅。

与她家里那台斯坦威几乎一模一样，只是琴盖内侧还多了串金色签名。

竟然是音乐家签名款。

池颜忍不住上手敲出一串音符，音质如想象中一样明亮悦耳。

她极为满意，高兴得拍照发微信动态。

"老公送的。"

每个人的微信朋友圈总有一群塑料姐妹，秒速赶到战场点赞回评一条龙服务。

"哇，小砚总对你可真好啊！"

"呜呜呜，羡慕，想叫我老公去跟小砚总讨教一下。"

"签名款！宝贝，是我看错了吗？这款有市无价啊！我只敢想想。这是什么纪念日礼物吗？有没有闻到我的酸味？"

池颜随机挑了其中一条回复："没有啦，不是什么特殊的日子。"

有钱人的快乐你想象不到。

当然此条微信屏蔽了梁砚成。

他惯用的冷脸嘲讽伤害力已经够强，要是让他知道自己的微信朋友圈那么"贵气"，池颜觉得自己一时半会儿承受不住更强攻击。

于是发给他的信息转而就变了味，一如既往高贵冷艳。

池颜："爷爷不喜欢，你就专门弄好的送我。气爷爷还想我帮你挡刀啊？"

池颜："不过很漂亮。"

池颜："我是说签名。"

消息发过去好久，他那边才有了回复。

梁木头："想象力不错。"

他针对性很强地只回复了第一句，后面两句选择性无视。

池颜用手点着对方的头像，小声嘟囔："我夸你呢。"

几分钟后，不出所料，界面依旧停留在"想象力不错"上丝毫无进展。

池颜盯了一会儿屏幕，终于放弃了挣扎。

周日下午。

翁永昌如约携妻黎萍来梁家做客。

聚会规格虽比不上之前的回宴，但处处精心布置，显然花了心思。

如翁永昌所说，黎萍确实喜爱音乐。

池颜打听到她早年是音乐老师，对音乐的喜爱刻进骨子里似的，一见着那架签名款钢琴就走不动了，爱不释手地摩挲好几遍，问道：“我能试一下吗？”

池颜用了她喜欢的称呼：“黎老师请便。”

今天的小聚只有他们三人，翁伯伯的态度事关池颜今后的股权大计。而梁砚成这枚不确定因素没在，于池颜来说，更利于临场发挥。

黎萍很快试弹完一曲，目光落在池颜干净整齐的指甲上，笑得尤为柔和：“听你翁伯伯说，你学了好多年了，可以听你弹弹吗？”

池颜当然注意到这点细节，不枉她特意卸了指甲油朴素上阵，昨晚加紧练习了下手感，理应不差。

她不推拒，大大方方坐下。

手指在琴键上灵活翻飞，音符随之倾泻而出。

窗外的山茶压满枝头，仿佛与琴面相接。

这样的环境下，琴音唯美，也格外撩拨一心沉醉在乐符里的人心。

梁砚成处理完临时工作赶回家时，看到的画面与第一次与她相遇时的场景极为相似，只不过当时礼堂人头攒动，而此时后厅不过寥寥几人，倒是窗外山茶热烈竞放。

一时不知是花好，音妙，还是人美。

一曲完毕，翁永昌夫妇还沉浸在音乐曼妙的旋律中。

短暂安静了几秒，池颜听到身后传来熟悉的脚步声。

她回头，见梁砚成站在几米开外，他隽挺的身形一半落于窗外照进来的阳光中。

第一时间她竟然不是想他怎么突然回来了，而是觉得午后日光也能把他衬出几分温柔。

翁永昌率先反应过来，招呼道：“小砚总？”

池颜这才起身：“你怎么突然回来了？”

梁砚成与客人打过招呼，才低头轻声说：“你说周日家里有客人的，忘了？”

池颜语塞，心道：那我还说叫你不用来呢。

她拂了拂头发，说道：“你们先聊，我上去换件衣服。”

既然人回来了，她没法堂而皇之打探翁伯伯的想法，那就先刷一下黎老师的好感度。

池颜心里计划横陈，还特意换了一副全新的黑珍珠耳坠，珍珠内敛温柔，阳光下泛着幽幽孔雀绿光泽，很是好看。

她刚把长发绾起，房门口倏地传来一道不合时宜的清润男声。

“你不是一直嫌珍珠老气吗？”

原本应该在楼下陪客人的某人不知何时靠在门框边，单手抄兜静静地打量着她。

池颜从嗓子眼发出轻哼：“你懂什么。”

她此番态度叫梁砚成原本还算不错的心情大打折扣，他抬手不耐烦地松了松领结，声音也冷了下来。

“池颜，你什么意思？”

池颜扭头回正，拨弄着耳边的珍珠：“什么什么意思？”

“上次我没回来，你要性子我能理解。”

“嗯？”

听到身后脚步声越来越近，她一转身，只见梁砚成停在身侧。

他忽然抬手擒住她下颌，迫使她对上他的眼，冷冷地问道：“今天我回来了，你还是摆脸子，到底什么意思？”

镜片后面，他眉眼间罕见的温柔不复存在。

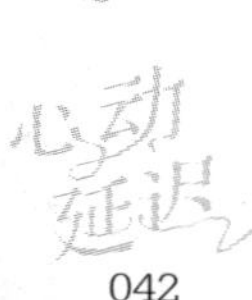

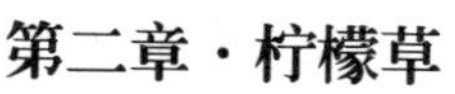

第二章·柠檬草

他就是那潭水，由浅至深，看似清透却怎么也摸不到底。

只要没瞎，就能看出对方的不悦。

池颜缓缓眨了下眼，颇感微妙。

她觉得梁砚成最近对她意见很大，而且还像滚雪球似的，最初还能忍着维持表面和平，现在终于突破某一点，隔三岔五就找她的事给她脸色看。

能有什么意思？

平时不就是这么说话的吗？

池颜拍掉他的手，抬眼冷冷地说："我们关系很好吗？是戏演多了给你造成了什么错觉？我平时不也这么和你说话？以前就好好的，干吗突然挑我刺儿？"

她想了想，又补一句："客人在呢，有什么意见晚点说。"

说罢利落起身，也不管身后人是什么脸色，径直往门外走。

梁砚成在原地静默片刻，指腹还沾着她皮肤的温度，直到女人的身影从门边消失，才面无表情地重新放回兜里。

池颜这会儿没工夫交流夫妻感情。

她下楼没多久，梁砚成也下来了，褪去西装马甲换了件没那么商务的衬衣，劲瘦好看的腰线在衣摆勾勒下依旧英挺。

他们之间隔着一段阶梯。

池颜的目光在他腰腹处停留几秒，然后若无其事收回目光继续和黎萍说话："回国后就没怎么弹过，还是生疏了。"

"我听着还是不错，天赋和努力都不可少。"

黎萍笑眯眯的，语气温和，忽然注意到她新换上的耳坠，由衷地赞叹道："呀，你这副耳坠真好看。"

"好看吗？"

池颜左右晃了晃。

黑珍珠泛起的莹莹幽绿全方位闪耀着，更是动人。

她平时极少戴珍珠饰品，太稳重太内敛，与她不怎么契合，但今天这副坠子藏了心机——完全是按照黎萍的喜好戴的。

据她了解，除开音乐，这位黎老师还是个狂热珍珠收集者。

翁永昌当监事那么多年，家境颇丰。次一点的珍珠她必然瞧不上。池颜记得这副珍珠耳坠是婚前在某次拍卖会上得的。

见那边两个男人已经聊上天，池颜偷瞄一眼，小声说："也就在他面前装温柔戴这一次，其实我不怎么爱搭珍珠。珍珠啊，得要气质压着，我可没有。"

她嗔怪的样子少女感十足，也难怪说自己压不住珍珠。

黎萍笑了笑没接话。

然后，池颜开始怂恿："黎老师，我看你戴肯定合适。"

她作势要摘，动作突然停顿，面露犹豫："虽然只戴了这一次，也是戴过的，你不会嫌弃吧？"

黎萍忙摆手："怎么会……"

她也没想池颜直接要摘给她试，婉拒的话没来得及出口只能顺口说不会嫌弃。

于是那副耳坠就这么送到了她面前。

黎萍一看便知这副黑珍珠价格不菲，虽然极为入眼，但她也不可能收这么贵重的礼。

她只当试一试就还回去。

谁知刚戴上，池颜就特别真情实感地夸好看，还扭头问另外二人："阿砚，你看黎老师戴这副耳坠好看吗？珍珠果然就是得衬合适的人，对吧？"

梁砚成望她一眼，回道："嗯，不错。"

"翁伯伯觉得呢？是不是特别漂亮？"

梁砚成都这么说了，翁永昌只能顺其自然："是好看，不过这是……"

池颜巧妙地接了话头："在我这儿压箱底吃灰，黎老师不嫌弃就太好了。"

一副珍珠耳坠被她自导自演送了出去。

梁砚成尽收眼底。

这些天注意下来，他发现自己的太太还惯会做人情。

八面玲珑的人免不了世俗，他此时看着她因为愉悦而露出的小表情却不那么觉得，反而看出了些许灵动。

就像画龙点了睛，她在他心里的形象鲜活不少。

从平淡无趣的平面画像幻化成了扬起下颌得意扬扬的小孔雀，人前左右逢源，人后抖着漂亮的尾羽问他：厉害吗，厉害吗，快夸我。

见他迟迟未收回目光，身边翁永昌疑惑，没头没脑地问道：“小砚总，是有什么好笑的事吗？”

梁砚成没明白他的意思：“嗯？”

翁永昌说：“我看你在……”

“在笑”两个字还没说完，梁砚成抬手用指节抵了下嘴角，恢复漠然：“没有。”

而另一边，黎萍得了新耳坠爱不释手，和池颜聊得更是火热。

加上有人刻意引导，说着说着自然就聊到了工作上。

黎萍很是惋惜：“你爸和爷爷要是没出事，现在大池说不定更好。”

可能是翁永昌回家说了不少公司的事，连她这个外人都知道这些年大池科技往研发立项上投入得越来越少，舍本逐末弄起了地产。

池文征手握重权这么多年，一言堂在所难免。

池颜笑了笑说：“现在管事的只剩叔叔了。”

“别这么想，那天……”黎萍突然压低声音，“老翁回来说开小会时和池总吵了一架。我不懂公司的事，不过这么多年能让老翁真动气的也就只有股权吧。”

池颜不禁想起那天在会议室门外听到的突然拔高的那几声，以及……叔叔似乎格外在意她和翁伯伯站在一起的神色。

她顿时充满信心，恨不得立马把梁砚成赶到楼上，好坐下跟翁永昌慢慢共商大计。

连带着此时望向梁砚成的目光都显得格外嫌弃。

梁砚成自然不懂女人心，更不懂他这位太太的七窍玲珑心，缓缓眨了眨眼，扭过头去，假装没看到。

夕照斜落。

直到翁永昌夫妻从梁家新居离开，池颜都没找到与翁永昌单独相处的机会。

梁砚成的突然闯入打乱了她发挥。

池颜不想给他半点好脸色看，卸了妆，一边用仪器蒸脸，一边凉飕飕地讽刺他：“平时都没见你这么闲。”

梁砚成褪下腕表，慢悠悠地说：“现在没有别人。”

池颜后知后觉，想起了下午她自己留的那句话。

——客人在呢，有什么意见晚点说。

这人记性怎么这么好？

长期立于不败之地的经验告诉她，这时候要先占据道德制高点，于是反将一军：“你最近干吗老挑我刺儿？”

梁砚成不紧不慢地解开袖扣，才答道：“你想多了。”

他解到另一边，又问道：“那你在不高兴什么？”

“你也想多了。”池颜面不改色地说。

约莫有十几秒静默。

池颜的第六感告诉她，此刻背后一定有道深沉注视自己的目光。

她本能地反思自己这两次截然不同的态度确实不妥，不引得他多想也难。

毕竟还不想让他知道自己请翁伯伯夫妻两人来家里做客的真实目的。

池颜只用了沉默的那几秒就做了决定。

她的手一抬，“啪嗒”一声把按摩仪砸在桌角。

动静挺大，黄花梨桌面发出闷响。

她转过身，双手环胸，不满地说：“是，我是不高兴。”

梁砚成愣住了。

“我这人就是记仇，一时半会儿消不了气。那天许家母女俩在我们家左一句你右一句你的，不知道的还以为你们两家成功结亲家了呢。”

原来还在计较那么久的事。

梁砚成抿起嘴唇，没说话。

“你不回来就算了，我一个人撑场面也不是一次两次。然后呢？她又堂而皇之进了梁氏，你敢说你不知道？你就这么帮着许家母女俩打我的脸？”

池颜说得情绪激动，自己都被自己的真情实感惊到了。

她说罢偷瞄对方。

梁砚成耷拉着眼皮说：“在那之前，我确实不知道。”

他虽然脸色未变，声音却低缓不少，像在哄人。

池颜“哦”了一声：“那你后来知道了啊，知道也没见你有什么动作，还不是明摆着帮别人。”

这次梁砚成切身体会到了他太太有多难顺毛。

他扯了扯领结扣，说道：“我会处理。”

“那还差不多。”

这话似乎意味着僵局暂时得到缓解。

他解开了领口，人也开始逐渐放松下来，看着池颜扭过腰继续蒸脸，目光不由自主地落在她漂亮的脊骨上，最上边几截露在睡裙外，显得女人的背影格外纤细，让人怜爱。

他的喉结很轻地滚了下，食髓知味。

再开口时，他的声音也低了几度。

“还有多久？”

“嗯？”池颜懒得回头，眯起眼问道，“好一会儿呢，干吗，你也要蒸？”

水雾浓密，朦胧地笼在她巴掌大的小脸上，隐隐可见红唇在上下翕动。

梁砚成皱着眉，靠良好的自制力拉回思绪：“正事。”

他太太虽然有点小脾气，爱记仇，但这样八面玲珑，有些事正适合她出手。

光许潇潇一人出局，怎么杀鸡儆猴。

他忽然俯身，在她耳边低语数句。

他说话时，轻微的气流拂开水雾落在她耳边，耳后那一片越发成了池颜最敏感的区域。

她歪头想躲，又觉得自己这番动作欲盖弥彰。

犹豫间，话音停了。

池颜紧绷着肩胛骨，刚打算舒口气，他两片柔软的唇倏地落于她颈边。或许是延绵不断水雾的原因，连突如其来的吻都是湿润的。

她张了张嘴，没发出声音。

越是清冷禁欲的人，只要显露半丝热烈，就越会让人得到心理上的极大满足，欲罢不能。

池颜去拽他的领口，隔着水雾看他。

果然，他的眼神比平时更温柔几分。

借着这股错觉，她顺从地勾住他的后颈，把他拉得离自己更近一些。

这段日子，姓梁的依旧老作风——生活规律，夫妻生活也卡死了一周一次的频率，但今天显然比往日凶狠许多，不把她弄得精疲力竭不结束。

恢复了两三日，池颜才计划起他那晚附在耳边说的事。

于她来说不难，演场戏而已，举手之劳。

不管以池家大小姐还是小砚总夫人的名头，只要她找人喝下午茶，就没有不到的客人。

陵城金茂中心顶楼的旋转餐厅。

这里的英式下午茶全城闻名，池颜丝毫不放过薅梁砚成羊毛的机会，顺便给自己办了张金卡。

她踩点到的时候，邀请的人已经来了七七八八。

邀请名单是梁砚成给的。

原本都是梁氏集团高层的家眷，池颜觉得自己这么邀请太过刻意，于是还另外叫了一群人，但也都是圈子里时常见的面孔，邀到一起丝毫不显突兀。

池颜经常开聚会，请人喝下午茶。

她一到，立马有人殷勤上前。

“你怎么才来？今儿个什么日子，叫这么多人出来聚？”

池颜笑道：“能有什么日子，在家无聊而已。”

几个刚刚接触这个圈子的女人闻言互相看一眼，意思都在眼神里传达了出来——

看，人家小砚总夫人，无聊就包整层餐厅供自己喝茶。

不是我有攀附的意思，就单纯看小砚总夫人面善，想跟她交个朋友。

……

池颜被簇拥着坐在长桌中间，左一句右一句都是奉承她的话。

她状似神情疏懒地听着，实则在努力分辨里边有没有自己想要的信息。

对面有人说到过两天去做医美，坐在池颜身侧的女人立马小声告诫：“你不要听美容机构说得天花乱坠，有风险的。”

“怎么？谁做出风险来了？”

“还有谁，许家那位呗。”

池颜抿了口茶，竖起耳朵。

“她也不知道听谁推荐的，说做了笑唇会显得脸部柔和，男人都喜欢这一款，就去做了。现在她的嘴又肿又僵。”

“不会吧，这么惨？难怪今天没看到她……”

“有些人啊，美丽要作假，连学历都作假。换了我，都丢死人了。”

哦？

池颜只挑了下眉，就有人极有眼力见儿地解释道：“她那个学位是买的！”

“奇怪，她不能出来见人，她那位爱社交的妈怎么也没好意思来？”

池颜准备要接的正是这句。

她清了清嗓子，面露烦色：“还说呢，我又没请她们。”

“怎么？你和许家那两位闹矛盾了？”

明眼人都能看出许家母女对池颜表面亲厚，背地里阴阳怪气。真闹出矛盾，拿出来讲一讲算无聊下午茶的配料。

其他人不清楚，但有几个梁氏高层的家眷是听说过前段日子在集团一楼发生的事的。

当即有人劝解道：“她那种人就是小家子气，你不要跟她生气，气伤了自己多不好。”

池颜没什么情绪地笑了一声：“怎么可能因为那点小事跟她们计较，还不是因为公司地皮的事……”

她倏地收声，摆了摆手：“算了，没什么。”

说话最乱人心的就是说一半藏一半。

不相关者想听后续故事，和梁氏扯上丁点儿关系的听到类似于内幕的事更是焦心，恨不得让她多吐露几句。

但池颜说漏几个字之后立即转开话题，没再提第二句。

几位高层夫人好奇疯了，多次把话题抛到小砚总和梁氏集团上，想探个究竟。可惜就是没人接茬儿，池颜顶多说一句阿砚最近心情不好，为公司的事烦着呢。

一块司康下肚，池颜去洗手间补妆。

她一起身就给梁砚成发了短信：“给我打电话。”

对方很配合，在她迈进洗手间的同时，手机就响了起来。

池颜往里间瞥了一眼，没进去，只坐在最外侧的镜子前慢悠悠地摸出手机，接通电话的同时另一只手从包里摸出口红。

“怎么了？”

她打开免提，把手机放在桌面上。

那头响起了男人清润的嗓音：“在哪儿？”

“喝下午茶呀，才和你说过就忘了？”她对着镜子细细描着唇线，忽然丧气，“阿砚，我今天嘴快，一不小心就说了地皮的事，应该对你没影响吧？”

那边静了几秒，问道：“具体说了什么？”

“嗯……其实也没说什么，就是一不小心说到‘地皮’两个字，后来我就没敢再说。那些人胆子竟然那么大，趁你没接权就从地皮上捞那么多好处费，以后说不定还能背地里偷偷摸摸干什么呢。”

她描完唇细细打量着自己，漫不经心道：“你干吗老护着他们，全处理了不更好？又不是没逮到尾巴。”

他轻声道：“安分的话，养几个老头也不是大事。你身边没别人？”

池颜借着镜子往洗手间里侧轻瞥一眼：“没有啊。哦对了，今天下午茶我没请许家的，怎么样，我们是不是心意相通？”

电话那头似乎传来一声轻笑，紧接着道：“玩够了来公司，等我一起回家。”

“嗯，知道啦。”

她挂断电话，对着镜子细细补了一遍粉底才出去。

没多久，餐桌上消失的另一人也回归原位。

那人是集团某高管夫人。

池颜愣了一下，突然问：“你也去洗手间了？刚刚倒没看到你。”

高管夫人惊讶地摇头："洗手间又能用了？我去的时候看在做卫生，就去了楼下的。"

"哦。"池颜舒了口气，"能用了。"

她传达到意思便觉得下午茶索然无味，施施然先走。

待人一走，几位高管夫人立即凑到了一起，猜测池颜无心说出的地皮是什么事。

刚才洗手间确实有人。

其中一位高管夫人嘘了一声，把自己在洗手间的听闻都讲了出来。

另外几人也不笨，立即摸到了事情的关键。

小砚总因为地皮的事说过让某些人不用再来上班的话，不过他们这些高层手握股份，责令只到他们下边一层。

大家本以为梁老爷子一进来缓和局面，就不会再有后文，没料到小砚总一直咬着这件事没放，再联系池颜今天单单没请许家的来喝茶，基本确定小砚总要从许家开刀。

确实，在这件事上许家获益最多，也该负责。

本来那几位高管最近还配合着许家仍然不太安分，但听这对夫妻的口气，安分守己还能守着一亩三分地过得清闲富余。

高管夫人们想通关键，纷纷下定决心回家好好与家里那位商量，别搅浑水，只求安分度日。

到哪儿都是一朝天子一朝臣，梁老爷子都退了，往后还不是小砚总说的算。

在梁氏赚得够多，也该退休养老了。

池颜从金茂中心出来，没把梁砚成电话里说的鬼话当真，打算直接回家。

和司机说完，司机面带犹豫："太太，先生说您这边忙完了叫您去公司。"

池颜疑惑地问道："戏要演这么全？"

司机没明白："啊？"

她无奈地摆了摆手，说道："没什么，去公司就去公司，开车吧。"

临下班晚高峰，车行缓慢。

池颜靠着座椅小憩片刻，醒来时，车子刚到楼下。

这次来梁氏大楼与先前有着天差地别，易俊一早就到了楼下等她，见她过来，立即上前引着她往休息室走："夫人，您先喝杯茶还是直接去餐厅？"

"餐厅？"池颜莫名，"什么餐厅？"

"砚总晚上在附近订了位置，没和您说吗？"

池颜在心里惊叹着：这算他给的惊喜吗？

池颜在心里“啧”了一声，问道：“他怎么不问问我有没有时间，自己就做主？”

易俊不知如何接话，又听她自己往下接道：“算了，正好今天有空，算他瞎猫碰上死耗子。”

易俊偏头咳了一声，没敢说话。

嗯，小砚总要是瞎猫，夫人不就成了死耗子，这种伤敌八百自损一千的骂人的话闻所未闻。

易俊闷头把她带进休息室，叫人送了茶点，随即上楼去通知“瞎猫”。

池颜独自在休息室晃了一圈。

都快入冬了，大楼里还开着冷空调，二十六度恒温冷风吹在手臂上还是觉得凉。池颜扫了一圈没找到控制面板，正想着出去叫人进来关了冷风。

门开一条缝，前台小姑娘窸窸窣窣的聊天声就传了进来。

“那就是砚总夫人？好漂亮，气质也好好，太绝了！”

“好看是好看，但我听说小砚总原来和人事的许潇潇是一对，还是青梅竹马呢，砚总夫人好像是……上位。”

中间模糊了用词，但池颜一下猜到了此处该填充：小三。

她原地翻了个白眼，朝前台“喂”了一声：“小妹妹，哪儿来的八卦啊，说给我听听。”

两个小姑娘被吓得够呛，直接从椅子上蹦了起来。

其中一个面色惨白：“不是，夫人，我们瞎说的。”

听出说话的是刚才说自己绝美又有气质的小姑娘，池颜语气柔和几分：“没怪你呀，我就问问哪儿听说的。你说实话，我不会为难你。”

小姑娘垂下头：“就……就人事部那边都这么说。”

果不其然，妖人在哪儿妖风就从哪儿吹出来。

池颜“哦”了一声，像是不怎么在意：“来个人，帮我把空调关了。”

“好，好的。”

十五分钟后。

梁砚成到休息室时，里边空无一人。

他握着手里的盒子面无表情地看了一眼易俊。

易俊往里探了一眼，难得露出委屈的情绪：“夫人刚还在的。”

小砚总犀利的眼神落在他身上，隔着金丝眼镜都能感受到威压。

易俊叫苦不迭，只好转向前台两个小姑娘，问道：“夫人呢，刚才不是在休息室吗？”

其中一个姑娘像是快要哭了，撇着嘴小声道："夫人……夫人她去人事部了。"

梁砚成闻言愣了愣。

人事行政同属一层。

此地简直是集团内部小道消息的集散中心。

临近下班，本该是放松热闹的时候，此刻公共开间却鸦雀无声，尤其是规规矩矩抵墙而站的几人，低垂着头大气不敢出。

而她们面前，穿着精致、妆容气场俱佳的女人坐在办公椅上气定神闲地喝着茶，仿佛感知不到与之格格不入的气氛。

她小口吹着热茶，听到一阵高跟鞋声急促渐近时，稍微抬了下眼皮，耳边适时响起一道柔软的女声。

"池姐姐最近来公司好勤呀！"

妖人吹着妖风来了。

池颜慢条斯理地喝了口茶，说道："要不是多来两次，都不知道现在公司里边都怎么说我呢。"

嫌茶烫，她将其放到一边。

瓷碟在桌面上磕出一声清脆的响声，把刚才在池颜进来时还编排着她消息的几个女人吓得一抖。

许潇潇进了公司，请吃饭、送小礼的事情干得不少，拉拢了一帮心眼少、嘴又快的同事，每天借着吃饭闲聊，抖筛子似的讲过去许、梁两家如何如何好，眼看着就要订婚，却被池家横插一脚的故事。

有时候越是不辨真假的消息传得越快，很快飞出人事部，搞得公司上下都在暗自揣测小砚总的家事。

有种奇怪的共情叫作弱者有理。

看如今小砚总夫人处处压许潇潇一头，还真有人被骗得真情实感地万分同情可怜青梅的境遇。

甚至当池颜找上门来往这儿一坐时，有人表面害怕，心里仍然止不住站错队。

池颜管不着别人心里怎么想，更懒得看来人是什么脸色，轻飘飘道："我来就想听听，我是怎么小三上位的？"

公共开间听热闹的一个都不敢吭声。

安静数十秒，许潇潇开口："池姐姐说什么，谁敢那么说你……"

"你呀。"池颜莞尔一笑，接了话茬儿。

许潇潇一顿，转瞬装作委屈起来。

"我只是和砚成哥哥认识得久一些，从小跟在他身后长大，没别的意思。你

要那么想，我也没办法。”

简直是修炼成精的“绿中绿”“茶中茶”。

池颜要不是正与人当面对质，真想叫个人把语录抄下来替许潇潇出本书。

她从对方话里听出了浓浓的炫耀：怎么了，我就是比你认识他的时间长一点，我们青梅竹马、两小无猜，这就是先来后到。硌硬吧？硌硬就对了！

很可惜，池颜没觉得有多硌硬，就是好胜心作祟。

她淡淡地说：“既然只是哥哥妹妹，那怎么我听说自己是小三插足了？”

她略一沉吟，继续说道：“难道你就是传说中的‘妹妹婊’？”

“扑哧——”

有人听着热闹没绷住，笑场了。

之前每次与池颜打擂台，许潇潇眼里的池颜就是装模作样，好像就池颜高高在上看不起人似的，一面装出懒得计较的态度，一面又吃不得亏。

许潇潇没见过池颜撕破脸针锋相对的样子，不由得愣了几秒，气血上涌。

当着众多公司员工的面被骂得这么难听，她眼都红了。

“啊，不是啊？”池颜摆明了气她，得理不饶人，“那我还真不知道明知别人结了婚还上赶着叫哥哥妹妹的人，你们喜欢叫什么？”

周围的人看向许潇潇的眼神越发复杂。

许潇潇又碍着平日温和柔弱的人设不好发作，不得不搬出父亲。

“池姐姐，你用得着这么咄咄逼人吗？我爸也是出于好心，想让我进梁氏帮忙，不就来上了个班吗？也没有和砚……小砚总抬头不见低头见，你突然对我敌意那么大又是做什么？”

池颜领悟到了许潇潇话里的真谛——只有和老公貌合神离才会像被踩着尾巴的猫一样处处受惊。

她端起茶杯，借着喝第二口茶的间隙想到底是先嘲讽许父泥菩萨过河自身难保，还是嘲讽许潇潇多大个脸，就这点水平没拉垮部门已经是祖上庇荫了。

倒没注意到身后走廊忽地更沉寂了几分。

不比池颜风风火火踩着高跟鞋出现那会儿，这次原本窸窣低语的人群像一人含了一颗定身丸，静得鼻息都快断了。

池颜单手支起下颌，一个侧目刚好看到停在自己身侧的身影。

她顺着笔挺西装裤往上看，是张板正着的、极其严肃的脸。

嗯？易俊？

池颜还没发话，就听易俊用一板一眼的语气说道：“人事部许小姐似乎没有按照正规程序进梁氏集团。鉴于你以不正当手段进入公司内部，以及工作期间并无优异表现，公司决定与你解除人事关系。”

许潇潇瞪眼：“什么？”

“如果许小姐实在想加入梁氏的话，”易俊顿了几秒，“建议参加来年开春的春季招聘会。不过以你目前的资历，或许有些勉强。”

连池颜都是刚知道许潇潇的学历有水分，易俊这番话简直太合时宜了，又损又大快人心。

池颜恨不得起身给他鼓鼓掌。

众人都知道，易助理在公司代表着小砚总的立场，极少来这层的易助理突然出现护着小砚总夫人，自然是小砚总暗示的。

人家夫妻情深，突然蹿进来的许潇潇就显得格外不知好歹了。

易俊完成小砚总给的任务，半弓下身，说道：“夫人，砚总在那边等您。”

池颜心里爽得直接起飞，但好歹要维持住砚总夫人大人不记小人过的宽容形象，只抿了下极力往上扬的嘴角，也没多看许潇潇，利落转身往走廊外走。

走廊尽头背光。

男人英挺颀长的身形被笼在一片余晖中。数十米远的路程，她似乎穿过时光，从舞台下第一次见面，到一步步走上红地毯，再走到今日。

脚步声在走廊那端停下。

池颜不知为什么，突然觉得不怎么好意思，垂眸落在他紧握的左手上。

五指内扣，边缘处凸出丝绒质地的盒子。

“是什么？”她问道。

梁砚成动了动薄唇：“送你的。”

“送我的？”

自打两人结了婚，她就没收到过这根木头送的礼物。

结婚戒指除外，那是必需品。

斯坦威签名款钢琴除外，那是她自己要的。

池颜在心里一一排除后，仍然感到惊喜，语气也愉悦起来：“我看看是什么？”

蓝丝绒饰品盒打开，是条极为夺目的项链。

即便此处背光，她依然能看到切割完美的钻石棱角透着耀眼的斑斓。

如果她没记错，应该是法国德鲁奥拍卖行秋季拍卖手册上的那条钻石项链。

池颜不好意思地拂了下耳边碎发，小声问道：“干吗突然送我礼物？”

“你不是帮了我忙嘛。”

他的声音极淡，视线落在她的发顶。

池颜这才恍然大悟，她还以为木头开花，原来在他眼里不过是笔交易。

心里倏地冒出些许不爽，但很快又被她压了下去。

池颜只用一秒就把情绪成功切换到了满意——起码这笔交易绝对超值，一场茶话会换一条价格不菲的钻石项链，哦对，还有会员卡，怎么算她都不亏。

她微微抬起下颌，态度倨傲：“那你帮我戴。”

梁砚成破天荒没有冷嘲热讽，只往她身后看了一眼。

易俊接到眼神立马挺直身板转过身去。

几乎没什么动静，池颜只是感觉到身侧黑影压近，脖颈忽地碰到凉物。一眨眼，项链就贴着锁骨戴好了。

她抬手拨弄了一下，就听男人略低的嗓音贴着耳边传来。

“珍珠不适合你，”他的声音沉进身后的光里，“还是戴钻石好看。”

池颜和梁砚成在一起，难得有心情这么好的时候。

池颜来了兴致，菜单都能被她看出花儿来，一不小心点了琳琅满桌。

菜品一一上桌，梁砚成轻蹙眉心，提醒道：“就我们俩。”

“我知道啊，”池颜点点头，叫来服务员，“麻烦这几道帮我打包送到停车坪，车牌是……”

她忽然记不起梁砚成的车牌，转头问道：“你车牌是多少来着？”

梁砚成深深看她一眼，报出几个数字。

他这位太太果然无时不刻不在做人情，难怪家里管家、司机风向一边倒。

池颜今天心情好，等人走后，自顾自拿起蟹八件开始剔肉。动了有几分钟，再抬眼时发现梁砚成依旧是刚坐下时的样子，手边一杯白兰地，餐盘空空荡荡、异常整洁。

不知是不是错觉，她好像从对方肃冷的表情里读出了“麻烦”两个字。

“喏，我给你剥一个。”

她动作熟稔地剔出蟹腿肉，送到他餐盘里。

梁砚成刚想说什么，就被她难得的殷勤打断在嗓子眼，只垂眸扫了下餐盘，淡淡地说：“不用麻烦了。”

池颜没领会到他的意思，低头剔出第二条蟹肉放到对面：“不会啊，没什么麻烦的。”

谁叫她心情好呢。

池颜以为梁砚成胃口不佳，又提醒他说：“啊，对，刚才我看菜单上今日首选是瑶柱汤，我刚尝了一口好像有加柠檬利口酒，挺开胃的。”

桌上的菜品几乎都是她点的，又难得好心情地亲自布菜。

梁砚成松了松领结，浅尝几口。

池颜像是时时刻刻关注着，看着他时，眼里映满了餐厅灯光："怎么样，还不错吧？"

"嗯……"

是不错。

我看你是想要了我的命。

梁砚成不是个喜欢解释的人，喜欢或不喜欢都很少有言语流露。

在他身边的人都是惯会察言观色的。

某道菜他碰得多一些，就知道还合他胃口；他不怎么动筷，那下次从菜单去掉。

他吃不了海鲜这件事，更是被管家和助理牢牢烙在了脑子里。

他一看到满桌海鲜大餐的时候，甚至以为池颜在故意整他。

但他太太的眼神过于真挚，又让他觉得自己想得太多。

突然，有一种透着酸气、不知胃里为何物的感觉冒出了头，在胸腔撞了一会儿才平息下去。

"还吃不吃？"

池颜把纤长的手指沉进玻璃盏里仔仔细细地去腥，然后支着下颌询问他。

是服务员送完餐回来了，周到地替代了她一时兴起的剥蟹工作。

梁砚成示意服务生："都给我太太。"

"好的，先生。"

他这种若有似无的推拒到了池颜眼里，就成了男人哄老婆的一种表现。

今夜月明星稀，气氛正好。

这一天梁砚成的表现让她感觉到塑料夫妻也能有春天。

池颜于是软下口气问他："你今天在人事部那边，为什么要让易俊来帮我啊？"

梁砚成不理解她又是何意，说道："你是我太太。"

"我是你太太，所以就与别人不一样吗？"

小孔雀散发魅力的时候有些难以抵挡，尤其是托着腮望向他时，他甚至从她眼里看到了崇拜。被灼热的目光看得不太习惯，梁砚成下意识点了下头："是。"

"那你会无条件站在我这边吗？"池颜一步步引诱着连环发问。

在一旁兢兢业业剥蟹的服务生听来，就像是骄矜的大小姐在向自己丈夫撒娇。

平日在餐厅，虽然极少见到如此养眼的一对，但对话听得多了不足为奇。

服务生不动声色垂眼听着，心想：下面该是男士出场——当然，宝贝，我永远站在你这边。

服务生的视线刚好掠过男人的袖口，精致的宝石袖扣往上游走几寸，男人大概是取了什么东西在手里。再一瞥，他手里多了一副金边眼镜，不急于回答问题反而细细擦着。

手指捏着软布游走到第二圈时，他突然开口：“无条件？什么意思？”

“就是……”

池颜也没遇见过明明氛围正好，还要跟她理性讨论前置条件的。

但对面是梁木头，一切皆有可能。

这么一想似乎也不奇怪了。

池颜举例说明：“万一有什么事和你公司利益有冲突，就比如今天，如果许小姐是个工作能力突出的绝世好员工……”

“不可能。”

话还没说完，就被男人面无表情地打断。

池颜在心里翻了个白眼，继续说：“我说比如。”

这个人太绝情了，如果许潇潇在场听到这话大概会血溅三尺。

她竟然有一瞬间心疼起许潇潇来，不过立马收了没任何用处的圣母心，继续举例道：“所以说要是我的选择真和你公司利益有那么一点点冲突，你怎么办？”

她眨了眨眼，充满期待地看着他。

几秒后，男人像是没怎么经历激烈的内心抉择，就淡淡道：“公司利益为重。”

垮掉。

整段垮掉。

从餐厅出来，池颜沉着脸独自一人先上了车。

也就让易俊有了给他们家明知自己海鲜过敏还吃了的小砚总送药的机会。

易俊只是不解，明明晚餐前气氛还不错的两人，怎么一顿饭的工夫又冷脸相待了？

易俊小心翼翼观察着，但不敢问，只好把满肚子疑虑塞了回去。

他没问，架不住小砚总突然发难。

“许潇潇的事都办完了？”

易俊肃起脸，认真答道：“都处理好了，人事档案也剔出公司了。本来以为许董会借机来闹一下，但很安静，什么事都没有。”

梁砚成“嗯”了一声：“他不敢。”

如今公司众人都明哲保身，没人陪他闹，一个人翻不起浪来，只能权衡利弊选择闭嘴。

在地皮上赚了一点小甜头，相应的，以后的权力就都斩断于此了。

既然都已经处理妥帖，那还生气什么。梁砚成望向几步外安静等候的黑色轿车，心生不解。

车后座安静得毫无声息，只有手机屏幕亮着莹白的光。

“我问他我和公司哪个重要，他竟然毫不犹豫说公司为重！听听，这是人说的话吗？请问我现在改嫁还来得及吗？”

所谓好闺密，就是在你气得半死的时候落井下石。

江瑞枝打着一串哈哈出现：“这不就是梁式发言吗？隔着屏幕我都能想象到他的语气了。哈哈，说真的宝贝，如果他不这么回答那可能就不太对了。”

池颜：“虽然……但是你能不能看出我的重点？我是说他毫不犹豫！毫！不！犹！豫！”

江瑞枝：“哦，好的，容我再笑三分钟。”

后面接上了满屏“哈哈哈”，搞得池颜差点认不出这个字。

她自上车起就全身心投入吐槽活动，没再与梁砚成多说过一句话。

平静之后，她心里反反复复地暗骂——臭木头。

安静一路，车头拐进家门口的花园停车坪。

池颜刚刷着手机下车，就听身后传来一道声音。

“明天开始，许潇潇不会出现在公司了。”

是因为这个吗？！

谁在乎许潇潇去不去，你就和公司过去吧！

池颜在心里骂完一圈，嘴上冷冷回应：“哦。”

高跟鞋落在地砖上，每一声都清脆得仿佛敲在天灵盖上。不远处迎出来的管家都感受到了太太不悦的气息，再看先生，嘴角抿出平直弧度，同样沉默。

吵架了？

管家接过池颜手里递过来的外衣，回身打算去接梁砚成的，却被池颜先一步打断：“之前让送去护理的包呢？取回来没？”

管家只好收回脚步，一路跟随：“前几天就取回来了，在小衣帽间放着。太太要哪一个？”

“哦，我也没想看，就随便问问。”

池颜脚步急促，很快和身后的人拉开一段距离。

她行至楼道拐角，余光一瞥，正好看到后厅琴房门口挂的婚纱照。

当初自己都忘了到底拍了多少套，什么风格都有。这是一张偏复古风的照片，

照片里的她倚在梁砚成身边，复古妆容和古典礼帽衬得人格外唇红齿白。

当初选择这张挂在后厅如此瞩目的位置，也是因为拍得极好。

无论是照片本身还是勾勒着繁复花纹的相框，都与琴房典雅的布置很相衬。

池颜这会儿还生着闷气，余光扫到照片，只觉得上边一身清贵的男人过分不解风情。不说浓情蜜意，那好歹别坐那么端正也行，不应该拉个小手或者搂个小腰吗？她越看越不满意，转头就对管家说："明天把相框撤了，这怎么拍得像去上坟？"

管家心惊，记得当初也是夫人说这张拍得好，搬进新居才放在这么显眼的位置。

他回头偷看一眼先生。

几步开外，先生正垂眼看着手机，眉头都没动一下。

大概在处理公事。

管家拍了拍胸口，还好没听见。

几步外的梁砚成确实在看手机，不过他听力极好，加上池颜也没收着声，他很幸运地听全了。

楼梯上响起一串女人特有的轻盈脚步声，他不动声色地收敛烦躁，感觉女人实在是不可理喻。

他转眸继续看手机。

手机上是江源发来的信息：

"不在公司？我还到公司找你喝酒来了呢。"

"可以啊兄弟，听说你和老婆出去吃饭了？不错，有长进，终于学会哄女人了？我就说英雄难过美人关，那必须没例外。"

好朋友难得开窍陪老婆吃顿饭，江源没想着梁砚成能回，发完信息随手把酒存在了他公司，自顾自往回走。

没走两步，手机"叮"一声响起来。

梁砚成："公司等我。"

在那一瞬间，江源突然觉得自己像个争宠的小妖精？

江源没等多久，就等来了梁砚成。

江源一边在心里默念罪过罪过，一边开腔问他："干吗啊？我都不知道什么时候自己魅力这么大了，怪不好意思的。"

"你确实没那么大魅力。"

梁砚成气质清冷，说话更冷，话锋一转，问道："酒庄的项目怎么样了？什么时候签合同？"

江源有些无语：“你大晚上的不陪老婆来跟我谈工作？这也不急吧？得过完年了。”

“哦。”

“等等，”江源仔细瞧他，“你不会是跟我小学妹吵架了吧？”

梁砚成沉默。

“猜中了？”

梁砚成冷下脸：“没有。”

“那就是吵架了。女人嘛，哄哄就行了。漂亮女人嘛，一个道理，努力哄哄。”

江源随口一说，没指望他能接茬儿。

两人对视几秒后，梁砚成动了动薄唇，说道：“哄过了，没用，还有……”

江源竖起耳朵：“什么？”

“改改称呼，还是你小学妹？”

“哦！”江源终于懂他突然冷脸的原因，连连点头，“是是是，你老婆，你老婆行了吧？啧，横刀夺爱还臭不要脸的。”

眼刀冷飕飕横过来，江源蓦地打住：“行，是我不要脸，好吧？”

而另一边。

池颜从浴室出来，发现卧室依然空荡无人。

床头时钟显示已经过了十点。

她一边擦着湿发，一边往起居室方向走，在落锁的瞬间忽然停了手，开门往走廊尽头探了一眼。

二楼走廊只开着几盏光线微弱的氛围灯。

光线延伸到走廊那头，书房门缝底下没有从里边透出来的光。

池颜理了下睡袍衣襟，探身叫楼下的人：“人呢？”

二楼挑高处能看到一楼客厅全景。

不一会儿，管家探出头，问道：“太太，您找先生？先生有事去公司了，要给他打电话吗？”

又去公司？

池颜摆摆手：“不用，你去睡吧。”

“好的，太太。”

她转身回到起居室，还没落门锁就急不可耐点开群聊：“又去公司，又去公司！真的和公司过就得了，这位老公谁要，麻烦你们领走。”

江瑞枝仿佛随时在线：“宝贝你醒醒，这不就是你的人生理想吗？赚得多还不回家，你自己说的，这样的老公打着灯笼哪里找？”

裴芷发了个点头的表情包：“宝贝，你变了。”

这么说好有道理。

池颜突然觉得今晚的小情绪来得莫名。

对啊，赚得多还不回家的老公多好啊！上哪儿找去啊？

她很会调整心态，一旦重新回到老公赚得多又不回家的设定，池颜就觉得未来可期。

临时接到黎萍的电话，她的心情直冲云霄。

黎老师约她喝下午茶！

之前约了翁永昌夫妻俩到家做客没找到机会单聊，这次黎老师主动约她，等于把机会送到了面前。

池颜选了家私密性不错的会员制餐厅。

去的当天更是出乎意料，她发现除了黎萍，连翁永昌也在。

以翁永昌的身份坐在这儿陪她们喝下午茶，这种三人局免不了让人遐想。

池颜还没坐下，黎萍就笑着跟她解释：“老翁在附近办事，正好顺路送我过来。喝口水，一会儿就走了。”

池颜莞尔一笑：“我可没嫌翁伯伯。”

她不是个喜欢由自己开局的人，有些话就算憋在嗓子眼里想问，但自己先说出了口就失了主动权。

往常都是别人提，她就顺着话往下接；别人要不提，她就想办法往那方面引，然后再接茬儿。

这次见面也是如此，不过看得出翁永昌是个不喜欢绕弯子的人。他嘬了两口龙井，率先问池颜：“小颜，我和你父亲多年朋友，看你嫁得不错心里也高兴。嫁到了梁家，不知道你现在怎么看大池？”

此话正中池颜内心，她立即道：“我姓池，当然永远是池家的一分子了。什么嫁出去的女儿泼出去的水，说这些话的人也不觉得可笑？”

“既然这样，我就开门见山了。”翁永昌态度认真地说，“原先你父母的股份和应当分给你的那部分，我在会议上提过转给你，还提议让你加入股东会。不过你叔叔并不是很想提及此事，囫囵过了。”

那天在会议室外，她确实听到池文征扯了嗓子。

翁伯伯夫妻俩没必要合伙诓她。

池颜记得她爸爸说过，翁伯伯这个人，重情重义又公正廉明，这么多年只有他最能坐好公司监事的位置。

思及此，池颜也不藏着掖着了，索性将自己的想法和盘托出：“我发现自从和梁家联姻，叔叔连我的分红都断了后，我才想到这些股份。自己的东西总是要握在自己手里的，是我懈怠了。”

她略顿说：“但是翁伯伯，现在他们都说您退居二线，不怎么参加公司会议，怎么突然想到股份这事了？”

“原本我是不想管了，”翁永昌叹气，“咱们大池，搞科技出身的班底越走越偏。你看每年研发投入是越来越少，我不想看大池走偏路，可是你叔叔这个人啊……”

池文征接管大池后，活像个倒爷。

风能、地产、直播……什么赚钱开辟哪块业务。最初是圈了些钱，不过近两年越做越杂，下面不好管，反而有点砸了招牌的意思。

再回头看大池科技，初心不再。

池颜一旦上心，记忆力非常好。之前看过的人事档案都记在脑子里，发现近几年加入股东会的不再是大池一如既往推崇的技术入股，她也能看出问题来。

既然翁永昌先提了此事，她就顺口往下追问：“那翁伯伯觉得，公司里还有谁能用的？”

翁永昌来之前应该想过众多可能，此刻丝毫没犹豫：“关诉。”

池颜对关诉这个名字很有印象，不仅因为他年轻得与职位不符，更因为之前有过一面之缘。那天她在会议室外的走廊与翁永昌聊天时，关诉陪着池文征最后才从会议室出来。

他年纪轻轻就被叔叔破格提为副总，换句话说，他是叔叔那边的人。

池颜略作迟疑：“他和我叔叔……”

“我知道你的担心，”翁永昌抬了抬手，“但你父亲一定教过你，这个世界上没有永远的阵营。”

翁永昌说这话的时候，池颜仿佛穿过时光轨迹，听到父亲常说的后半句——看你舍不舍得。

想到自己正好有段时间没去大池了，池颜当下点头：“我知道了。”

每回去大池，池颜都要摆出一副无所事事的闲人样。

池颜要去的楼层和关诉不在同层，她正想着怎么去认识一下这位关副总，老天眷顾她似的，电梯从负一楼缓缓上升，门一开，她在电梯外，关诉在电梯内。

他穿着得体的衬衣西裤，外套随意搭在腕上，与电梯外的池颜对上眼，便稍往侧边让开一步。

关诉的年纪与梁砚成相仿，气质更内敛一些。

他之前一直带着研发团队，掌握着公司的核心技术。

这几年，大池科技的发展与核心业务背道而驰，或许是为了安抚技术人员的心，关诉被破格提在池文征身边，多了一层身居高位，却没管理实权副总的身份。

池颜对他的了解基于人事档案，起码他进入大池之后的轨迹在她心里门儿清。

她知道对方所有登记在册的联系方式，但总得有个契机先熟悉起来。

池颜进了电梯，若无其事地靠在一边刷着手机，只在某个抬眼间，忽地诧异出声："我是不是见过你？"

招数老套但好用。

电梯里只有他们二人，关诉自然记得池颜，礼貌地回道："确实见过池小姐几次。"

池颜装作记忆模糊："是在……"

"上次是在楼上会议室门口。"

"对。你和我叔叔在一起，我记得，"她笑起来明眸皓齿，"他们都说叔叔身边有位副总年轻有为，原来就是你呀。"

关诉似乎不想认下这个位置，只平淡道："是池总高看了。"

池颜很自来熟地问道："我上楼找叔叔，他在吗？"

找池文征只是个幌子。如若关诉说在，她会在电梯抵达之前找个急事为由头临时先走，走前还要演一番权衡犹豫，装作没办法——我现在有点急事，要不你留下我手机号，看叔叔什么时候忙完，你给我电话我再来。

如果叔叔不在楼上，那更好办了。

今日简直是出门的黄道吉日，她诸事顺遂。

关诉想了一下，答道："池总？池总今天应该没在，有个剪彩活动。"

"不在？"池颜懒懒"哦"了一声，压住暗喜掏出手机，"那我不上去了。要不你记个我号码，等叔叔回来，电话叫我一声，我有事找他当面说。"

池颜叫他拨了一遍自己的号码，互相存下名字。

她还特意晃了晃手机："别忘了，下次请你吃饭。"

这部电梯是高管专用，使用率并不高，平稳上行途中，停在了中间休息层。

电梯门应声而开的瞬间，池颜下意识抬眸，视线顺着门外三双锃亮的皮鞋往上，看到了一双有些熟悉的、笔挺修长的腿。

纯手工高定西服线条感极佳，内敛中暗藏特殊。

她的视线继续往上游离，落在袖口处同色系暗纹刺绣和露出的半轮墨色表盘上，蓦地一愣。

她呆呆地对上电梯外三双情绪不一的眸。

梁砚成、易俊和池文征。

叔叔不是不在吗？

她下意识去看关诉。

关诉脸上也闪过愕然，随即朝门外几人颔首：“池总，砚总。”

除开易俊，池颜能察觉到另外两个人虽然表情各异，但隐藏在表情背后的是同一个疑惑：你怎么在这儿？

对池颜来说，更尴尬的莫过于她刚和关诉说找池文征有事要当面谈，下一秒池文征就出现了。

这就是个幌子，她找池文征根本就没事！

池颜只能期待关诉别哪壶不开提哪壶，迅速上前挽住梁砚成一脸亲昵：“你怎么和叔叔在一起？看，被我逮到了吧。”

现在是夫妻恩爱时光，闲杂人等速速退散！

梁砚成只觉得手臂内侧被人狠狠掐了一把，不由得蹙了下眉。

紧接着，他的视线往里扫了一圈，在进入电梯的瞬间，不动声色地抽回手搭在了她腰间。

池颜没注意到他的小动作，满脑子都是——你们继续谈工作，别管我，千万别管我。

但她今天的好运似乎在遇到梁砚成的那一刻消失殆尽了。

电梯里四个男人个个都不是省油的灯。

先是池文征笑着问她怎么突然来公司了。

紧接着关诉跳过她连贯作答：“刚巧在电梯碰到池小姐，说有事找您。”

关诉这后半句是对着池颜说的：“我也不知道池总还在公司，池小姐别误会我故意说错就行。”

“哪有。”

池颜扯了扯嘴角勉强笑起来。

对面池文征点了下头：“哦，小颜有事找我？那说说，怎么了？”

平时脑子有多活络，在被四个人同时盯着时就有多僵硬。

她观察了一下每个人的脸色后，结结巴巴地说：“就是……现在人有点多，不太好说。”

能拖一会儿是一会儿吧。

池文征刚想说都是自己人，还有什么事儿不能说的。

就听梁砚成突然沉下嗓音开口：“哦，是我在这里，你不好跟叔叔告状吧？”

池颜脑子里那根断了的弦突然被续上。

她灵光一闪，撒开拽着梁砚成衣角的手，小声抱怨道：“我刚刚都主动拉你了，你怎么还记仇？再说明明是你老睡公司不理我，该你道歉才对。”

哦，原来是小夫妻俩拌嘴来告状的。

池文征笑着摆了摆手：“行了行了，多亏这都是一家人，你俩这事儿自己解决，叔叔可不帮忙。”

池颜依旧委屈巴巴地说：“但……他欺负我。”

“砚成，你太太得你哄。不过叔叔还是说句公道话，”池文征以长辈口气说道：“结了婚还是得多住家陪太太。”

“好。”梁砚成的目光落在女人漂亮的脖颈线条上，随即转开，“我今天就搬回去。”

自这天起，梁砚成果然如他所言，连人带工作搬回了新居。

工作时间他在哪儿，易俊也在哪儿。

易俊来得多了，池颜就叫人打听了易助理爱吃的，晚餐多准备一些。

于她来说不过是举手之劳，也没怎么放在心上。

某天晚餐时刚好大家都在，她随口叫易俊就当在自己家别客气，厨房做了他喜欢吃的粤菜。

很简单纯朴的客套话，池颜并没觉得有什么不妥。

第二天起，晚餐饭桌上再没见过易助理，跟着公司的事儿一齐消失了。

这事她后知后觉，当时真没注意，等发现的时候已经过去好些天了。

那几天她的关注度都集中在了手机通讯录里新添上的名字——关诉。

因为互换了联系方式，池颜通过号码加了他的微信。

虽然对关诉的第一印象是内敛，但显然他与梁砚成的内敛不一样。

梁砚成多数时候的沉默是在不泄露自己情绪的同时给对方施压，他的锋芒无处不在。

而关诉看起来要比梁砚成好相处多了。

池颜翻了翻他的微信朋友圈，他除了偶尔转发一两条新闻报道，就只剩下健身房打卡了。

她记得对方档案上填写的住址，在附近搜了几家健身房一一对比，很快就确认关诉常去的那家位于华江区。

她往群里甩了个地址，问道：“有没有宝贝去健身？”

江瑞枝：“？”

裴芷："？"

江瑞枝："你家健身房它不香吗？"

池颜不用在闺密面前遮掩，说道："想去偶遇个小哥哥。"

江瑞枝："我听见雨滴落在……"

裴芷："青青草地。"

池颜这会儿正坐在衣帽间的地上找衣服，听到身后脚步声渐近，忙不迭收起手机，也不知道自己在心虚什么。

梁砚成停在身侧时，她已经恢复了漫不经心翻找的姿态，只抬了下眼皮，问道："干吗？"

梁砚成看着一地凌乱，只觉头疼："找什么？"

"好久没健身了，找衣服呢。"她脖颈后仰，把散在脑后的长发绾成一股松垮的马尾，"我一会儿出门，你找我干吗？"

"爷爷让我们周末回去吃饭。"

他略停顿，忽然屈腿膝盖点地与坐在地上的她平视，问道："不在家健身，还出去？"

池颜被他突然凑近看得心更虚，悄无声息地移开视线："一个人没有气氛啊，很难跟你这种不喜欢热闹的人解释清楚。"

他近在身侧，衣襟上有股淡淡的檀香。

池颜躲避似的撑地起身，像在给自己洗脑，多补充了一句："和闺密去。"

"去吧。"男人起身松了松领口，"早点回来。"

池颜从家出来再打开微信，已经被刷了屏。

江瑞枝："我能怎么办，当然选择原谅她啊。"

裴芷："天命之子，让我为你加冕。"

江瑞枝："戴正，乖，都歪了。"

……

这两个无聊的人刷了满屏绿帽子表情包，一眼望去整个屏幕特别生态环保。

池颜一脸无奈："正常点，到哪儿了？"

江瑞枝："我今天没空啊，阿芷在路上了。"

裴芷就住华江区，过去很近。

两人都知道不是真正为了健身去的，裴芷抽空陪她去一趟也是为了让她出现得更为合理。

华江区某处的健身房。

池颜和裴芷一直待到快十点，也没见着需要偶遇的人。

池颜一度打算放弃，择日再来，从休息区出来，迎面就看到了背着健身包刚进门的关诉。

这不是很巧吗？

池颜不去演戏真是可惜，都不需要过渡，很自然地装出诧异："关副总，你在这儿健身？"

关诉不像在公司里穿得那样正式，此刻穿着简单的T恤和运动裤，额发柔软耷在眼前，看起来邻家得令人咋舌。

还真让人有种躲开梁砚成出来密会男人的错觉。

她问完，视线静静落在对方身上，毫无演完戏后的心虚。

池颜和裴芷往门口一站，自带光芒似的吸了健身房一大半的注意力。

关诉进来时一眼就见到她们两人，发觉是熟人也很诧异："池小姐也在？我常来这家，以前倒没遇见过。"

池颜的朋友都是聪明人，裴芷立即明白过来，岔开话题："你们认识？"

池颜点头道："算是吧。"

"这么巧，"裴芷明面上邀请，实则解释了池颜出现的合理性，"正好叫上你朋友下次一起啊，省得你偷懒就陪我这一次。"

两人一唱一和打完岔，裴芷自称还有事要先走，把池颜独自留了下来。

玻璃门外，池颜就见裴芷走了两步突然回身，趁关诉背对大门，故意做了个戴帽子的手势才跑。

池颜强憋笑意，凛神撞上了关诉的视线。

关诉问道："池小姐怎么回？"

"哦，我等司机来接。"

池颜在这里，关诉不好把她撇一边自己去运动，只好也在休息区坐了下来。

池颜不叫司机，司机就不可能来，而两人所有的交集只有大池和梁氏，于是不再像之前的刻意引导，池颜反而觉得轻松，不管怎么聊都能聊到自己想要的话题。

最近公司发生的，并且能放在明面上聊的也就那么几件大事。

关诉提到了梁氏那块亏损的地皮，池颜一脸不明白的表情，附和道："我不像你们一直参与管理，我是不懂。梁氏电商玩得好好的，转型弄什么地皮，亏了那么多就不心疼？"

关诉心说大池也在搞地皮不务正业。

池颜自己接得飞快："还好咱们大池没那么多烦心事儿，是吧？"

关诉张了张嘴，没说出话来。

池颜狐疑道："不过说起来我爸爸在的时候，大池那会儿有款挺出名的VR，后来怎么就没听见响声了？我还想推荐我圈子里的朋友都去买呢。"

当初大池的研发团队在做VR项目时投入巨大，可惜领先市场太早，配套设备一直没能跟上。现在的池总上任后，因为不盈利就没再继续往下推进。

如果坚持做到现在，该止损转盈利了。

关诉是研发人员，比任何人都觉得惋惜。

他垂下眸，情绪也跟着低落下来："这几年推进得很慢，主要没有资金。"

"没资金？怎么会？"池颜愣了几秒，很快反应过来，安慰道，"哦，是股东会不批吧？你是副总，你在会上提一下肯定行。"

她假装说得天真，不过是故意戳在了关诉的痛处。

关诉抿了下唇，说道："池小姐可能不太了解现在的公司，我只是挂名而已，没有实权，也参与不了股东会。"

"嗯？你不在股东会吗？"

池颜拖长了调子："对不起，我还以为……"

她顿了下，满脸歉意："以前你这个位置都在股东会里的，而且我老听说你是研发团队提上来的核心人才。这种以前都是技术入股，所以就……"

处处提着以前，什么话都点到为止。

她知道关诉极有可能已经把她说的某些话种在了心里，她只要时不时浇浇水、施施肥，静待种子发芽长成大树就行。

于是她不再纠缠，随口转开了话题。

"说起来，最近大池和梁氏是有什么新合作吗？我老见着阿砚和叔叔在一起，"她慢吞吞说着话，像是抱怨，"都没空陪我了。"

关诉不是个善于攻心计的人，也没有玲珑心。不得不说，美人在很多事情上确实拥有特权，拧着眉抱怨起来极能调动男人的保护欲。

关诉没想太多，老实说："不太清楚，不过隐约听到过几次说并购。"

池颜斜支着下颌："并购啊，说了我也不懂。"

她嘴上说不懂，却记在了心里。

该说该聊的都差不多了，池颜一点不留恋地起身往外看："司机好像过来接我了，我得先走了啊，关副总。"

聊那么会儿，囫囵回来依然是陌生的姓氏带职称。

关诉沉默片刻："叫我关诉就行。"

"好。"池颜低头看着手机，有些心不在焉，"关诉。"

手机又响了一声，她摆摆手：“这回真走了。”

“好。”

他的视线落在池颜身后，一直把人目送出门才慢慢收回，一时也没了锻炼的心情。

谁能想到当年走在市场前沿的大池科技，居然有一天主业不再搞科技创新。

实在令人扼腕。

池颜一边往外走，一边低头回着信息。

前面都是梁砚成发的。

梁砚成：“还不回？”

池颜清晰记得某天喝完酒回去太晚，对方笼着一层寒冰似的脸。

以前上学时贪玩，回家晚了偷偷溜回家，她爸爸像是为了专门逮她就守在东楼门口，弄得池颜每回晚回家了，都会下意识心虚，继而惴惴不安。

现在的心情和那时一样。

她反应过来又觉得微妙，好像时隔好几年都没有这种家里有人冷着脸等她回去的感觉了。

她路上催了几次司机，也不知自己到底在心虚什么。

卧室的灯还没有熄。

池颜一进门就看到梁砚成穿着绸质睡衣半倚在床头看文件的样子。

暖色床头灯打在他那副金边镜框上，反射出微光。在听到响动的瞬间，他抬了下眼，眼神就这么穿过光雾淡淡落在她身上。

“回来了？”他的声音没起波澜。

池颜也不知道自己怎么回事，悬了半天的心忽地就放下了。

她“嗯”了一声：“健身房的氛围就是比家里好，玩得有点久。”

说罢用余光偷偷瞥他。

男人依旧岿然不动仰靠在床头，视线在她身上停顿了好几秒，忽然收起手头的文件丢在柜几上，说道：“过来。”

这种感觉很微妙。

她嘴上不情不愿说着干吗，腿却不由自主往那边迈。

等反应过来时，她已经站在了床头边。

池颜感觉到他的身影压了过来，有股力道落在脑后，轻轻拍了几下。

“去洗澡吧。”

池颜一愣：“啊？就这？”

她缓缓直起身，满肚子疑惑地往浴室方向迈了一小步：“哦。”

浴室渐渐响起水声，在静谧的夜里显得格外突兀。

水声间隙，有人轻笑了声。

健什么身，倒是装备齐全地出门，香水还是之前的味道。

梁砚成心想是不是之前有次晚回来时自己脸太冷，凶了她，弄得她和朋友出去玩儿也不敢说实话。

猜想刚起了个头，几声清脆的手机提示音接二连三响起，振动近在床头。

他下意识往侧边看了一眼，笑意倏地停在了嘴角。

“搞定没？”

“开什么玩笑，没有我们宝贝搞不定的男人。”

“宝贝宝贝，出来汇报战况。”

“等等，汇报之前，让我们先给梁先生加冕。”

“将将将将——[动画表情]”

用脚趾都能猜到，不是什么好图片。

等池颜做完一整套精致的皮肤护理出来，手机屏已经被刷爆了。

她点进去翻了片刻，忽然心中一凛，看向梁砚成。

床头灯调到了柔和模式，把他整个人笼在淡淡光晕中。

他不知什么时候摘了眼镜，双手环胸仰靠着背枕假寐，眉间微锁，隐隐透着倦意。

在她盯着他看的第二秒，他像得到了精准感知，猛地睁开了眼。

视线蓦然相对，池颜总觉得他心情不好，像暗潮涌动的汪洋大海，看不到底。

她掖平衣襟，问道：“你干吗这么看着我？”

“这么看着？”他咀嚼了她话里的意思，“怎么看着？”

像看犯人一样看着。

池颜在心里作答，嘴上却说：“没什么，反正你这么看我怪怪的。”

她像是听到一声没什么情绪的笑，再看过去时，压根儿没从对方脸上捕捉到笑过的痕迹。

他淡淡出声：“心虚什么？”

她本来不心虚的，被他一说就心虚了。

池颜还想扯点什么别的，忽然受到一股拉力，脚下不稳，整个人很合时宜地跌在了自己睡的那边，身下压着他的一条手臂。

像拖尸体似的，她被往后拖了好一段距离，直到脊背撞入某个怀里。

她往外拱了两下，没挣扎动。

“扭什么？”他的声音落在她颈侧，“你最好乖点。”

男人的心思委实难猜。

这几天梁砚成工作完准时到家，弄得池颜都不太好意思出去玩儿，有些神经衰弱，时时刻刻都觉得只要他在家，就有道目光如影随形，始终跟着她。

冷不防回眼再辨，他自顾自翻看手头文件，压根儿连眼神都没分给她。

池颜以为自己在犯癔症。

一晃到了周末。

这是自从搬入新居后两人第一次回老宅吃饭。

池颜早就叫人准备好了哄梁老爷子的礼物。

梁砚成这个爷爷，脾气顽固、思想古板，脸一板看起来怪严肃的。但就是这些老头身上的共性，让她时不时觉得梁砚成与自己的爷爷有些相像。

在老宅住着时，她与梁霄相处得还算不错。

至于亲祖孙俩的相处模式反倒微妙。池颜有时候觉得梁霄是真心疼爱梁砚成的，有时又觉得落在梁砚成身上的目光透着隐晦的厌恶。

她大概猜到其中缘由。

梁砚成的母亲温仪，是早期赫赫有名的歌手。

温仪确实是个美得像罂粟一样的女人，但可惜的是从始至终都没得到过梁家的认可。

池颜只见过很久以前留存的影像资料，能看出梁砚成眉眼生得与温仪相似。

至于温仪真人，池颜从没见过，无从判断她是个什么样的人。

如今老宅那儿只有梁老爷子独自住着，比他们临山别墅还冷清，没什么人气儿。

池颜与梁砚成兵分两路，她从新居过去，梁砚成临时有点事要处理，直接从公司回的老宅。

他们前后脚到老宅，梁砚成要早一些。

池颜到的时候，偌大的厅堂只有梁老爷子的保姆王妈在。

王妈朝楼上努了努嘴：“爷孙俩在楼上谈话呢。”

池颜点头：“我和阿砚有段时间没回来了，确实得陪爷爷说说话。”

池颜独自吃了一会儿水果，又去前后花园都转了一圈，转完回来，厨房开始走菜。她反正无聊，就陪王妈盯着红木八仙桌。

人到了梁老爷子这个年纪，就极其注重养生。

一道接一道菜都是以素菜为主。

池颜站着晃了晃神，突然听到王妈在说话，便马上收起飘散的神思。

“……空运刚到的，晚点叫人送到你们那儿去，你爷爷这个年纪不吃这些。”

池颜问道：“什么？”

“今早空运到的海蟹，”王妈重复了一遍，“挺多呢，不过蟹性寒，你也不能多吃，小心闹肚子。”

池颜点了下头：“那回头叫人做刺身，或者用蒜蓉清蒸，阿砚吃。”

王妈摸不着头脑，干巴巴地问：“谁？砚成？”

“对啊。”

王妈睁大眼表示惊愕：“他海鲜过敏，吃不了。”

“啊？”

池颜愣在当场。

梁砚成还海鲜过敏？她怎么不知道？

再细细一回味，婚前调查履历似的把他整个人生历程过了一遍，至于忌口喜好这么有亲密度的问题……她好像还真不知道。

甚至说，她压根儿没往这方面想。

之前每每宴请客人，她都会细细打听对方喜好，然后吩咐给厨房。

但梁砚成，整个梁家都是他的，清楚他喜欢什么不喜欢什么的人太多了，压根儿不需要她这个十指不沾阳春水的太太知晓。

只不过……

池颜记忆力超群，突然想起在池家她给对方夹的海螺，最后被他剔了肉送回自己餐盘，以及在餐厅点的那一大桌海鲜，那天的他真没怎么动筷子。

她心里冒出一丝愧疚，随之而来的是有个小人在脑海里大喊：他是木头吗？怎么就不会说？狗不爱吃还会打个响鼻呢！

到底还是觉得他有些亏欠的。

池颜摸了摸鼻子：“那他……还有什么别的不能吃的吗？”

王妈摇头：“没啦，就不能吃海货。小时候一吃那些就长一屁股红疹子呢，可吓人了。”

怎么听起来好笑比吓人多一点。

池颜憋着笑，看菜走得差不多了，难得热情地毛遂自荐：“我去叫爷爷和阿砚吃饭。”

书房在三楼楼梯口。

池颜走到一半就听到从门缝底下隐隐往外窜出老头中气十足的斥责。

他有时候凶起来，还真不知道他是对这个孙子爱之深责之切，还是因为他一

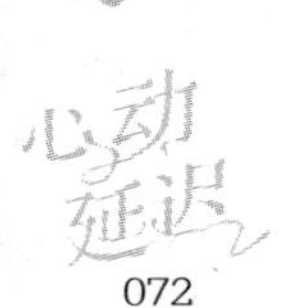

直不喜欢孙子的母亲的缘故，搞得爷孙俩关系也时好时坏的。

此时里边氛围显然不好，甚至隔着门板都能感受到剑拔弩张。

池颜吸了口气，刚想敲门，就陆陆续续听到里面蹦出几个令人格外在意的词来。

大池？梁氏？并购？

每一声都与遒劲的拍案声混在了一起。

“这事早就商议出了结果，没必要再谈！”

她一时之间没理解什么意思，只是条件反射地收回了搭在门把上的手。

里边安静片刻，随即响起脚步声。

池颜下意识往后连退几步，一直退到楼梯转角处。书房大门应声而开，梁砚成先一步从里面出来。

他站在门口，脸色有些沉，眸光被镜片挡住大半，不知在想什么。

池颜快走几步，从转角处出来，一脸诧异：“聊完了？正好该开饭了。”

梁砚成抿了下嘴唇，最后只点点头说：“好，我去叫爷爷。”

池颜没给他更多反应的机会，转身就下了楼。

只凭听到的几个字，她暂时还没理出头绪，细想最近在大池和梁氏的所闻所见，压根儿没人提过什么并购。

不对，提过。

那天关诉随口提了一嘴，说是隐约听叔叔和梁砚成也提过什么并购。

在关诉那里听过一次，在梁老爷子口中又听到一次。

难不成是梁氏和大池并购？真正意义上的强强联合？

池颜慢慢消化着听到的信息，晚餐用得心不在焉，好几次梁老爷子与她说话，她都是反应好几秒才回答上来。

似乎是注意到她的异常，池颜察觉到身侧那人把手搭在自己腰间轻轻拍了下，声音随之响在了耳边。

“在想什么？”

她吓得一激灵，或许是心理作用，此时看梁砚成总觉得他那双眼里在酝酿什么。

池颜意兴阑珊放下汤匙，说道：“牙疼。”

他蹙眉：“牙疼？”

“疼得不想说话。”

再回神，她手边的香槟就已经被换成了温开水。

“那就别喝冷的。”

他的声音和被换下去的那杯酒一样生冷。

池颜看着身侧一如既往情绪淡漠的男人，不知怎的，脊背紧张得绷了起来。

她心里装着事，更没有心情与往常那样应对旁人，饭后不久就说牙疼得厉害，要早些回去。

梁砚成大概在饭前就谈完了正事，没多留，与她坐同一辆车回新居那边。

车厢比外边静谧许多，没有阅读灯点缀，只剩星空顶细碎的微光。

池颜半合眼靠着椅背，一下放松了神经投入思考。

刚才在脑海里零零散散的思维逐渐拼接成图，她仿佛明白了。

如果梁氏与大池两家公司真要完成并购，对外人来说是资产重组、强强联合，但于内部，就是一场重新清算资产的斗争。

梁砚成如今是梁氏的大股东，池文征在大池说一不二。两人只要站在一起，梁砚成能借机剔除老毒瘤，这是他一直想做的。

而池文征……

原本属于他的股份自然还是属于他，原本属于她父母、爷爷，以及她自己的那部分，在大池或许还会有人替她申辩，但经过清算后，这部分数额不菲的资产极有可能被暗箱操作，从名义到实际都归池文征之手。

甚至有一部分可能作为利益报酬流向梁砚成。

对池文征来说，就算有所割舍也完全不亏。他把原本就不属于他的部分分割出一小块，剩下的大部分就真正意义上属于他自己了。

而池颜，什么都没得到。

联想到最近池文征频频与梁砚成接触，避开旁人私谈，哪怕车内开着暖气，池颜还是觉得指尖发冷。

天天与她同榻而卧，她以为还能凑合过日子的老公竟然时时刻刻在与旁人谋划自己家的资产。

也难怪他对她那些小股份表现得不屑一顾。

他野心勃勃，想要的可比这更多。

池颜思绪纷乱，万千情绪同时涌了上来，有一瞬间竟然觉得委屈。

委屈这种情绪于她来说很陌生，以至于她没有什么招架能力，一下子红了眼角。

指甲反复揉掐指腹，她维持着表面平静的同时，极力想让自己在最短暂的时间里想出对策。如若发展到并购势在必行，再做阻止就等同于螳臂当车了。

要怎样才能让两个关系稳固的姻亲集团放弃强强联合的想法、放弃并购？

姻亲集团……

池颜反复琢磨着这几个字，顿觉柳暗花明。

离婚啊，她要和梁砚成离婚！联姻都不稳固了，看你们还怎么并，以什么名义并购。

大不了，她离了婚不要梁太太的身份，再从长计议怎么拿回股份的事。

池颜思及此，嘴与脑子同样快地做了决断。

她倏地睁开眼，打破车厢的安静。

“梁砚成，我们离婚！”

池颜喊完离婚的那一瞬间，突然觉得整个人挣脱开婚姻枷锁，已然拥抱到了自由之光。

然而随之而来的沉寂如夜色般逐步反噬。

刚拥抱到的光束昙花一现，顷刻只剩下一簇小火苗。

她察觉车内微光中，有双深不见底的眸子与她静静对峙。

啪嗒——

清脆一声。

是金属镜框与桌面碰撞的声音，听声响磕碰得还不算轻。

她下意识去看眼镜，目光还没找到焦点，就听男人一字一字慢慢说出口：“你说什么？”

语气平直，没有任何质问的意思。

池颜微愣，想起小时候学钢琴时，她撒泼说手指断了不想学了，印象里钢琴老师从没真正发过火，每次只是歪着头看她，甚至带着点笑意问：“你说什么？”

不知为什么，她从来不怕明着与她宣泄情绪的人，就怕表面装作一池死水，却不知道水底到底在酝酿什么。

这种看不透的未知才让人觉得惶恐。

当初的钢琴老师就是能治她的那类人。

而此时，梁砚成语气中带着的情绪让她猛地忆起往日。他仿佛就是那潭水，由浅至深，看似清透，但摸不到底。

池颜紧张地抿了下唇，硬着头皮对上他的视线。

她不想让对方知道自己已经知晓他们的并购计划，只是顾左右而言他：“我想明白了，觉得这样有名无实的婚姻很无趣。这么久你也该了解我了，这不是我想要的。”

“有名无实？”梁砚成轻嗤，“建议你查一下这个成语的正确意思。”

都是聪明人，这时候扯什么鬼话呢！

池颜闭了闭眼：“你别扯别的行吗？我的意思是没有感情的生活很累！很累

你懂吗？比如现在，我和你这么解释我就很累。而且，你真觉得我们合适吗？”

梁砚成抬手轻揉太阳穴，问道：“哪里不合适？”

“哪里都不合适。说个最直观的吧，我喜欢人多，你喜欢人少。你看，我们就是天生不合。”

池颜思维开始活跃，想举出更多不合的例子。

梁砚成抢先一步说：“过去几个月，我不觉得你没有享受到。”

结婚小半年有余，之前互不干涉过得都还不错。

感情基础薄弱的商业联姻，在外面相敬如宾，在家里和平相处，说起来已经是最融洽的模式了。

没有什么理由在数月之后突然开始翻旧账发难。

池颜多次被推回来，心烦意乱，索性放话：“你要怎样才肯离婚？”

一口一个离婚，梁砚成发现他这位太太似乎期待极了一别两宽后的生活，不耐烦地说道：“池颜，别的事情你可以任性。离婚不是小儿科。你要真想离，可以，但想清楚后果。”

车驶上高架，速度渐快。

周围霓虹灯的彩色光晕从窗外一闪而过，连风声都变得更大。

她察觉到对方的声音真正冷了下来，不放心地反问：“后果？”

“会因为你，让梁氏和大池的合作全部中断。”

还有这种好事？

她有一瞬间，差点忍不住嘴角上扬，硬是靠强有力的自制力憋了回去，然后装作一副痛心疾首的样子：“叔叔不会怪我的。”

毕竟同榻而眠。

池颜有些不为人知的小表情，他慢慢能摸透是什么意思。

比如刚才强压下的嘴角，梁砚成默不作声盯了她好一会儿，忽然觉得她不像是难过，而是在强压着快要爆破的高昂情绪。

“池颜，”他看着她，一字一句慢慢问道，“你到底在想什么？”

他眼睛里有微光波动：“你不想梁氏和大池合作？”

暴露了？

看她心虚地移开半寸目光，梁砚成倏地放下心来：“有什么话大可直说，没必要用离婚要挟。”

“我没有，”池颜下意识往后仰了一下，“你想多了。”

“真没有？”

平稳行驶中的车厢，男人忽地倾身靠近，手掌压在她身后的椅背处。

池颜能用余光瞥见落在她颈侧不远、属于男人的手。

他皮肤很白，在光线黯淡的车厢里，也能看到浮起的青筋。

这样的姿势让她备感压迫，他却得寸进尺，手肘微屈又靠近一些，直到双方的眼底倒映出对方的影子。

梁砚成问道："你想要股份，是不是？"

池颜惊呆了："我……"

离这么近，她似乎做不到脸不红心不跳地撒谎。

池颜说是也不行，说不是也不行。

她踌躇间，落在颈侧的手掌不知不觉离得更近，抵在她后颈处。

梁砚成轻声说："我可以帮你。"

池文征最近与梁砚成约谈的次数越发频繁了。

易俊过来汇报行程的时候，梁砚成忍不住蹙了眉："没完了？"

易俊说："池总说没有时间的话，一起吃个便饭也行。"

"不用了。"梁砚成把文件夹拍在桌案上，"周末我会去临山别墅吃饭。"

梁氏与大池并购的事，在梁砚成还没完全接手梁氏前就有所耳闻，他当时就极不赞同。

梁氏发展至今，一步一个脚印没走过捷径。自然，在陵城扎稳脚跟这件事上也没必要这么做。不知是不是他父亲为了女人忽然抛下集团撒手不管，自此以后爷爷变得激进许多。

以他的婚姻作为稳固集团的工具，是他最后的妥协。

但要让梁氏和其他集团并购，以后大小决策上可以互相掣肘，他觉得完全没有必要。

大池在当地财力雄厚，愿意同梁氏并购同样微妙。

这种微妙的猜忌一直到婚后，梁砚成的疑惑才得到了解决。

作为公司后备继承人的小叔叔怕是被庞大资产压昏了头，想要独吞权和钱。而他这位太太也是大心脏，像是从不猜忌似的只顾血拼、看秀和保养。

不知为什么，他总觉得这样漂亮又没心没肺的小孔雀要是知道自己家房子要塌了，大概会哭得梨花带雨，可怜得要死。

池文征频频在他面前提起并购事宜时，他莫名觉得烦躁。

那天在茶室再次提及，梁砚成只顾喝茶，却不言语。

池文征被晾了很久，有些心急："侄女婿，你这是什么意思我就不懂了。我和梁老董早就商议得差不多了，现在只卡在你这关上。"

“叔叔不用心急，”他慢条斯理地转着茶杯，“我接手公司不久，需要点时间。”

“你看，你和小颜结婚也好几个月了，再一晃又要过年……”

梁砚成淡淡道：“那就年后再议吧。”

池文征无语。

池文征并未就此任凭他拖到年后，当即找了评估公司又把梁砚成请上门。

评估公司都到位了，一切就像箭在弦上，不得不发。

梁砚成却稳如磐石，借机用公司内部发生的地皮亏损事件打掩护：“这些事情还没处理妥当，就不拖大池后腿了。”

梁砚成如此一拖再拖，完全没有实行并购的意思。

最终风声又透到了梁老爷子那里。

每每有事往老宅捅，就触了梁砚成的逆鳞。

他立于书桌前，听着梁霄高一声低一声训斥，散漫地垂着眼情绪不明。

直到老爷子喊累了，梁砚成才喘了口气，抬了下眼皮，不咸不淡道：“爷爷年纪大了，这些就不用管了。”

男人眼角天然下压，瞳仁偏浅。

与池颜近距离对视时，好像能看到他淡漠的情绪被柔和所替代，如静静流淌的小溪，淙淙淌过心弦。

池颜招架不住，先一步移开视线。

“你开什么玩笑？你帮我？你是帮我快点凉吗？”

梁砚成把嘴角抿得平直，良久后才问：“你是这么想我的？”

“不然呢？你们这些资本家就是狼狈为奸、一丘之貉、同流合污……”

池颜搜刮了一肚子成语来表达不满。

听她叭叭叭诉说不满，似乎回到了动不动就耍小性子的时候，男人抵着她的力道松开一些，缓缓说道：“我知道你在想什么，梁氏不会参与并购的。”

池颜被看穿很心虚，只能强装镇定，仰起下颌，问道：“你说不会就不会啊，你怎么保证？”

“你想怎么保证？”

池颜说：“叫律师来，咱们白纸黑字写下来。”

陈律师连夜被叫到梁家，以为有什么重大疏漏需要缜改，没想到一进书房就对上了夫妻俩肃着的脸。

他愣了一下，问道：“小砚总，这是……”

“立书面协议，”男人神色疏冷，“和我太太。”

陈律师无语。

见池颜不放心，梁砚成当着她面立了协议，承诺梁氏不会与大池科技做并购计划，如若违反协议，他所持的梁氏股份将无条件与妻子池颜共享。

拿着他手里的梁氏股份做担保，池颜终于愿意相信。

毕竟梁氏的这些股份，可比大池那部分值钱多了。

池颜是个受了人情就极为别扭的人，左腿换右腿，右腿换左腿的，找了好几个姿势才小声开口："那你总不是无条件帮我吧？你想要我做什么？"

"公司才交到我手上不久。"

梁砚成手指上不知什么时候缠了块软布，在镜片上打着圈，停顿片刻后，他抬眼望过来时，脸上少了几分冷冰冰的情绪："在我完全把控之前，不能有负面新闻。"

池颜有些不解："所以？"

"不能离婚。"

池颜自动脑补完他的前置条件，于是问道："在这期间是吧？也不是什么难配合的事。"

梁砚成身材高挑挺拔，即便坐着，看向她的视线也微微下垂，像是自带上位者的高高在上。

池颜清楚地看见他眯了下眼，不像是脱了眼镜的自然反应，倒像是因为什么不开心。

看他情绪沉了下来，她补充道："我当然没问题，会配合你。等我拿回股份，等你稳住公司，我们就不用这么装模作样过日子了，一别两宽，各生欢喜。"

毕竟有梁太太的身份，很多事上助力更大。

池颜自觉说了一番完满的话，静等他的回音。

她一不说话，室内仿佛陷入了无限沉寂。

梁砚成看起来不太想说话，陈律师是不敢说话。

池颜只能追问："我说错什么了吗？"

"没有。""木头"终于开了金口，但还是语气生冷，"这期间少去酒吧。真要去，我会去接你。"

他抿了下嘴唇："避免负面新闻。"

池颜本来听到他要限制自己挺不高兴，一说后话，又觉得情有可原，想着暂时修身养性也不是不能接受，便点了下头："那我也加一条。"

梁砚成："你说。"

"为了避免后续分割不清，我们不能有孩子。"

梁砚成沉默。

“还有我之前就提过的，婚姻存续期间，我拿回的股份不属于共同财产。”

见梁砚成没反对，池颜立马给律师递眼神：“写呀，陈律师。”

陈律师从旁听了这么多秘密，脑门渗出了一层冷汗，当下只敢偷偷瞄小砚总，看他开不开金口，才能确定这些到底能不能写进协议。

磨人的沉寂持续了几十秒。

陈律师都觉得自己要交代在这里了，忽然看到男人面无表情地重新戴回眼镜，像是耐心告罄般利落起身，随后用淡漠的嗓音说：“写。”

陈律师再抬头时，看到的是小砚总夫人不怕死地朝显然情绪不佳的小砚总伸出了手：“合作愉快。”

池颜确实没发现他又不高兴了。

梁砚成的情绪就像正式入夏前的黄梅季，沉着闷着，怎么也拨不开云雾。

别问，问就是心情不好。

久而久之，池颜就懒得揣测了。

不过她还是因为大池无法与梁氏达成并购，让绷紧的神经放松了片刻，周末如期赴闺密的约去看音乐剧。

她们预约的位置在二楼包厢，视野好，私密性强，又不怕说话扰到其他观众。

池颜和这两个从小一起长大的闺密无话不谈。

只不过婚后她的话题大多在吐槽自己老公，次数多了，就变成三人凑在一起管他对错同仇敌忾。

以至于池颜说梁砚成愿意帮她拿回股份，阻止梁氏和大池并购时，另外两人都觉得不可置信。

来的路上，池颜已经把最近的事七拼八凑在群里说得差不多了。

比起她的理所应当，江瑞枝显得格外疑惑：“但梁砚成为什么选择帮你？就算资产清算，也是梁氏所持股份占更多，并购后还是把持决策权。”

裴芷同意她的说法：“本来他手里的蛋糕是十二寸的，并购以后是十六寸。即便有一部分他尝不到，但权力还是变大了。难道他突然变好心了？”

立协议前，池颜只顾着赶紧让律师白纸黑字写下来，没想那么多。

后来她确实也意识到了这个问题。

但她很快用自己的理论为其找到了动机。

很简单，以己度人。

对她来说，立下协议之后，万一发生并购她就能分到属于梁砚成一半的股份，

比起她在大池所持股份来说，显然这部分更丰厚，更让人垂涎。

换了旁人或许直接躺平，甚至有一丝期待——并购好像也不错。

但池颜认真分析后得出结论，她竟然丝毫不动心，从始至终只想拿回本该属于自己的。

她对自己的东西有一种独特的占有欲。

本该是她的，她势必不让，也不愿意与他人分割，就要全权独享。

池颜不知道梁砚成是不是也这么想，隐约觉得他虽然表达欲低，但骨子里是个与她同样占有欲很强的人。

让他把梁氏与大池搅和在一个蛋糕盘里不分你我，即便旁人觉得他手里的东西变得更多了，但他本人大概会硌硬死。

于是在两个闺密眼里，池颜此时的表情像是有些小小的得意，像开了屏翘着尾巴到处炫耀的小孔雀。

池颜得意地说："这点啊，我觉得他和我挺像的，我能理解。"

江瑞枝缩了缩脖子："你觉不觉得你现在夸你老公的样子特别迷妹？我们批判三人组房子终于塌了吗？"

"我有吗？"

池颜抿了口茶，瞬间恢复平时吐槽时的高贵冷艳。

"我看错了吧？"江瑞枝以手遮眼，忽然问道，"话说回来，你大周末的怎么不在家当好太太了？音乐剧有什么好看的，不如回家看老公。"

"他出国了，不在陵城。"池颜莞尔，"这是我短暂的快乐时光。"

此时江瑞枝的表情可以用几个字概括：真的吗？我不信。

进场前，几人的手机都调成了静音模式。

池颜刚好把手机摆在贵妃椅侧边的茶几上，没顾得上吐槽江瑞枝的表情，手机突然闪了起来。

来自翁永昌。

翁伯伯几乎没有主动给她打过电话，池颜下意识觉得有急事，丝毫没耽搁。

走廊里铺着厚重的长绒地毯，很是安静。

她一接通就听到了翁伯伯略显急促的声音。

"小颜，有个事我跟你先通下气。今天收到公司的临时通知，说明天，也就是周一一早全体股东必须出席会议。"

池颜疑惑地问："股东会？"

"不像是普通的股东会，我找人探了探口风，"那头声音压得更低了，"这次股东会还有个你猜不到的人出席。"

“谁？”

翁永昌答道：“梁老董。”

“梁砚成的爷爷？”池颜忽然就迷惑了，大池的股东会关梁老爷子什么事。

“还有一个事，”翁永昌顿了一下，确保池颜已经消化完之前的信息，“这次股东会召开得比较急，有几个股东在外地回不来，通知说届时不在场人员参与视频会议。”

她沉默几秒后，问道：“有没有说开会内容？”

翁永昌摇头：“这也是奇怪的一点，突然召开股东会这么大动静，却没说开会要做什么决议。我觉得有蹊跷，想着问问你知不知道梁老董的事？”

话说到这里，池颜大概知道了。

这事已然不能用荒唐两个字来概述，如果与她猜想一致，那简直是闻所未闻。

如果梁砚成所说属实，那两家并购其实是卡在了他那里。

而梁老爷子和池文征是一心想促成这事的人。

池文征的目的暂且不论，只说梁老爷子，一是为了让梁氏集团彻底在陵城站住脚；二是他自觉梁氏占优势，并购后仍能把控主要权力，何乐而不为？

就这么巧，偏偏挑唯一一个反对的人梁砚成不在陵城时，急急忙忙要召开股东会，届时还会邀请梁老爷子出席坐镇。

梁老爷子往那儿一坐，就算不置一言，也会给大池众股东一种梁氏已经认同并购的错觉。

这不是大鱼吃小鱼，而是强强联合。

并购成功，说不准股东手里的股价都会翻番，利益面前很少有人站得住脚。

到时候大池股东会一开，决议一通过，先给公众透出点消息，等梁砚成回来就是赶鸭子上架。梁砚成若是坚持不愿意，那在公众眼里就是两家不和，并购失败。

影响迄今为止所有的合作不说，连自家股价都会受到重创。

梁霄之所以堂而皇之坐镇，更是吃准梁砚成回来必会点头，会在利益面前做出更明智的选择。

池颜简单向翁永昌透了个底，说道：“不知道您对两家并购有什么看法，但我是不愿意的。”

翁永昌几乎没有犹豫地回道：“大池就是大池。”

两人统一战线，但翁永昌即便拉拢以前的老股东，能争取到的决策权也不超过15%，很难对大局产生影响。

池颜沉默了一会儿，妥协道：“我去找阿砚。”

她迅速给梁砚成拨了电话，连续几通都没能接通。

此事已经火烧眉毛，池颜在长廊里来回踱了两圈，给他留言：“爷爷要去大池开股东会，看到速回。”

她发完信息靠墙长长吐了口气。

这一晚辗转反侧，一宿无眠。

池颜数次拿出手机看有没有新消息，都没有收获，界面安静地停留在她说速回的那条消息上。

周一早上九点半的股东会。

池颜好好化了个妆遮去一夜的疲惫。她本就长相明艳，唇红齿白，特意挑了件老派又讲究的黑风衣披在肩上，气场犹如冬日凛风。

如果说找梁砚成说理那天像背着刀去寻仇，那今天简直像背着双刀去灭门的。

这次去大池，她是做好了实在不行撕破脸也要阻止股东会的打算。

或许是临时股东会的原因，公司众人一早就进入了工作状态，行色匆匆。

池颜没多逗留，直接坐专梯抵达楼上会议室。

从还未完全闭合的百叶窗往里看，长条形会议桌前已经满座，黑压压一片。

此时秘书正在分发手头的文件，于是肉眼可见众人接二连三显露出惊愕的表情。

台上，池文征的声音通过麦克风时不时穿透玻璃回荡在走廊。

像与之配合似的，每句话间隙，梁老爷子端坐一旁不厌其烦地微微颔首以示同意。

池颜深深吸了口气，拢平衣襟，心里默默说：池颜，你可以的，3……2……

还没倒数至数字 1，电梯方向忽然响起一阵急促却沉稳的脚步声。

池颜下意识往后看。

两秒过后，她以为自己看错了，拧着眉又看了一会儿。

这一眼看得她思绪紊乱，直到男人路过身侧，她闻到他衣襟上熟悉的味道才回过神。

那股淡得几乎捕捉不到的檀香仿佛化为有形的手轻轻搭在她肩上。

她对上他眉间的倦意，有一瞬语塞。

当下不是叙述前情的时机，擦肩而过的瞬间，池颜又觉得好像什么都不用说。

她眨了眨眼，忽然就感觉踏实了。

几秒后，她听到“啪”一声，有什么被甩在了桌案上。

随后里面经历了长达半分钟的静默。

梁老爷子刚从嗓子眼冒出了个“你”，就被男人冷淡的嗓音打断。

“我看，谁敢？”

底下的股东，包括离梁老爷子最近的池文征，谁都不知道甩在梁老爷子面前的那份文件上写的是什么。

梁老爷子坐镇，梁砚成又突然出现，怎么负责人突然都双双到齐了？

众股东还没摸清楚到底发生了什么，当下只是看气氛不对，大气也不敢喘，只能看向自家池总。

此时池文征脸色同样不好，在梁砚成出现的瞬间，他就知道这事基本黄了。但他依然猜不到那份文件里到底有什么内容，能把梁老爷子气得脸色瞬间青白。

几乎整个会议室都在等梁老爷子宣布后续。

但梁霄怎么可能会说得出口。

不孝孙竟然敢签这样的协议，把自己的股份拱手让人，梁砚成是疯了不成？

梁氏这么多年攒下来的基业，从旧地搬至陵城，在梁砚成手里如同儿戏？

梁霄手指隔空戳了好几下，一口气噎在嗓子眼上不去下不来，人都快要被气晕厥过去。

梁砚成像是有所预料，缓缓向后打了个手势。

很快，易俊带着另外两个男助理出现，一左一右架起老爷子小心翼翼往外走。

梁砚成抚平衣襟替代了梁霄坐上那个位置，缓缓说道：“爷爷身体不好，这里我代为继续。”

听到他说“继续”两字时，池文征有一瞬诧异。

梁砚成双腿交叠，换了个舒适的姿势。

上午的日光洒满会议室各个角落，落在他领夹上的光芒尤其耀眼，那排低调的钻石如同他这个人，棱角分明，锋芒毕露。

池文征年长他两轮，也被他浑然天成的威压之势压得眉头紧蹙。

在池文征以为会议真会继续的前一秒，这位梁氏集团年轻的小砚总扫视众人一圈，缓缓开口：“希望你们明白，只要我在这里，没有并购，只有收购。”

众人哗然。

如果说并购对于双方来说更像平等谈判，那收购就是大鱼吃小鱼，从此大池的决策权全部归属梁氏。

话毕，会议室里如同一锅粥忽然炸开了。

直到讨论声逐渐平息，坐在首位的人就像看戏似的垂下眼睫，很恶趣味地追问一句：“还购吗？”

池文征愣住了。

不了不了，我们各自欢喜吧。

股东大会因为梁砚成的出现无疾而终，仿若一场闹剧。

梁老爷子被请去休息前，池颜已经掩到了拐角后，既然还没有撕破脸，她出现在这里并不合适。

只是一转身，她巧遇了刚从电梯那边过来的关诉。

她打了个招呼："关副总。"

"池小姐。"

关诉远远朝她颔首，烟灰色西服显出几分书生气。

他不是个善于找话题的人，站定在池颜面前一时不知如何开口。

还好池颜是个很会带气氛的人，含着浅笑，问道："你从哪儿过来呢？"

关诉并非股东，虽然职权高，但参与不了股东大会。

他有点不好意思地说："我去研发部看了看。"

哦，去研发部啊。

池颜心想：是不是之前我对关诉说的话起了作用。

她故作平静地闲聊起来："研发部得是咱们公司最重要的部门了吧，是得多去转转，哦，对了……"

池颜往会议室方向指了下："一会儿别告诉叔叔我来找过他。刚才我过去看里边氛围不太好，好像正生气呢，我反正没什么正事，就别添乱了。"

关诉不疑有他："好。"

会议室里确实氛围不佳，多半是被梁砚成吓得。

始作俑者放完话丝毫不感到愧疚，很理所应当地把一室不安的人留给池文征来安抚，头也不回迈出会议室大门。

他抬腕看了眼表，上午十点十分。

从昨天得知大池和梁霄的最新动向后，他察觉有异，乘坐最近一班航班飞回。

今早才看到池颜的信息。

真要论起来，他的消息比她还要快几个小时，本来就不想通知她，却不想她的消息也够快。

他这位太太办起正事来倒是有几分像样。

外面日头高照，连续休息不足让人觉得烦躁，梁砚成不做深想，食指撑着眉骨揉了下太阳穴。

他转向拐角时却因为听到某些动静突然放慢了脚步。

角落里一男一女言笑晏晏聊得正欢。男人他眼熟，是池文征身边的关副总，至于女人……

即便被绿植挡了一半身影，他也几乎一眼就能确定那件价值不菲的黑色大衣在他进会议室前，在他太太身上见过。

不知为什么，率先涌进脑海的是那天在大池，电梯门打开，专梯里正是池颜和这位关副总。

那时他只以为是巧合。

他眯了眯眼，往前多走了几步，停在女人斜后侧。

他垂着的目光肆无忌惮落在她身上，平静问道：“走吗？”

池颜被身侧突然发出的声音吓了一跳，看到是梁砚成才松了口气，于是点点头说：“要走的。”

她有一肚子疑问要问他，当即与关诉告了别。

不知是不是因为没有助理没有司机没有管家，没有任何旁人的两人独处，池颜觉得空气特别干冷。

电梯墙泛出金属光泽，这一瞬间的静默似乎被拉得无限延长。

她抬眼，对上男人眉眼间暗藏的倦容，一肚子想问的话就这么憋了回去，再到嘴边已经换了句：“你要不要回家休息？”

电梯嗡嗡的运行声持续不断。

在这片几乎可以忽略不计的噪音中，她看到男人的喉结滚了一下，不答反问：“你跟他很熟？”

池颜觉得自己不停运转的思维齿轮似乎跟着卡了一下，下一秒反应过来：“谁？你说关诉？”

“关诉。”他扬声。

池颜不知是不是自己的错觉，她在梁砚成波澜不惊的语调里听出了海啸的前兆。

她抿了下唇，淡淡地说：“你说关副总吧？也不是很熟，见过几次。”

见梁砚成落在自己身上的目光很淡，就像与人说话时很正常的礼貌凝望，池颜莫名心虚，扯开话题：“所以你要不要回家休息一下？”

“不用了，公司还有事。”

他终于收回目光，不过下一秒又重现几分认真打量的意味，问道：“你昨晚没睡吗？”

熬夜真的很伤皮肤。

池颜下意识抬手遮掩，手指并着挡在眼下：“你看出来了？昨天知道后，我怎么可能还睡得着？”

她说这话没有别的意思，但听在梁砚成耳朵里，却联想到了旁的。

他偏头“哦”了一声：“昨晚我在飞机上。”

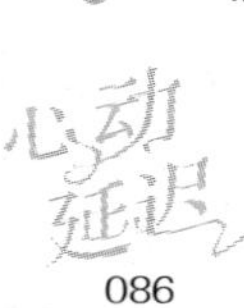

池颜点点头，转念又觉得不对。

怎么觉得……

他像在解释。

她狐疑地看他一眼，男人侧颜棱角分明，山根凹陷鼻梁高挺，眉眼间除了不易察觉的倦意，剩余的冷漠与平时如出一辙。

想多了。

池颜听到“叮”一声，电梯停稳在一楼，便率先迈出电梯。

几步后，男人身高腿长追上了她，隔着一掌距离，存在感极强。他似乎是偏了偏头，声音就落在她发间。

“先跟我去公司？处理完事情一起回去。”

池颜点点头，没反驳。

大家都是一宿未眠，但他显然更辛苦一些。

她想，难得也要当一回体贴的太太。

心里是想着要体贴的，但一到梁氏顶楼，池颜就被安排进了连通办公室的那间休息间。

梁砚成临时回国，手头还有些棘手的事需要处理，只叫她先休息。

休息室收拾得异常整洁。

池颜抵挡不住倦意，躺下只觉得鼻尖萦绕着若有似无的檀香，很快进入了睡眠。

她这一觉不知道睡到几点，醒来手机没了电，但天还是亮的。

外间隐隐传来争执声。

她睡眠浅，大概率是被外边的声音吵醒的。她细细听了一会儿，倒是不像争吵，而是单方面发难。

声音也很熟悉，是属于梁老爷子的。

或许是早上被气了那么一遭，终于缓过劲来，他越想越窝火，忍不住跑来公司再发一通火。

细想梁老爷子也挺不容易的，儿子撒手不管集团，孙子又是个硬脾气，频频把他气得想吐血，要不是梁家只有这么一根独苗，多半还不愿意把公司交到梁砚成手上。

祖孙俩意见不合，不像别家那样好商好量，次次都要搞得恨不得拔刀相向。

池颜叹了口气，心想这次为了保住自己的股份，梁砚成不得不回来处理这件事。但起因在大池也在她身上，她想着劝解几句。

门拉开一条缝，梁老爷子的声音忽地像开了扩音器，变得字字清晰。

“你今天就跟我说个实话！是不是小颜给你吹的枕边风？”

池颜不禁一愣。

行吧，她还是不太合适出现。

池颜默默退回一步，揉了揉眉心，心想：老头年纪挺大还挺梦幻纯情，我又不是褒姒、妲己，两个感情都没有的人，吹什么枕边风。

果然梁砚成矢口否认：“爷爷不用把事扯到池颜身上，我说过以后公司的事由我全权处理。这件事是我提的，以防您趁我不在自作主张。”

他声音冷肃，池颜惊讶地发现原来木头平时与她说话的调子已经放得极为平缓了。

不过他气人真是一把好手。

两句话差点又把老头气晕过去。

就听老头“你你你”了好几声，才完整说清整句话。

“你为了防我，把股权大事这么当儿戏？好啊，我看你是像你爸一样，为了女人自毁前程！”

外间静了片刻，连池颜都想冲出去跟梁霄说——爷爷您想多了，您孙子是个木头，我也没那么大魅力。

她仰头，百无聊赖地数起天花板的格子。

数到第九格时，才听到男人情绪寡淡地回应：“随您怎么想。”

唉，木头。

怎么连解释都不会？

十几分钟后，梁老爷子气呼呼地走了。

池颜又等了好一会儿才装作刚醒的样子推开休息室大门出去。

她一眼就看到宽大的梨木桌后，男人合着眼，拧眉仰靠在椅背上小憩，连眼镜都丢在了桌角。办公室里静得落针可闻，仿佛刚才的争执都是幻觉。

池颜轻手轻脚凑过去，在他眼前晃了晃手。

像是真睡熟了，一点反应都没有。

她直起身，刚打算去里边找条毯子，手还没来得及收回，就见他眼皮抖了一下，突然出手擒住了自己的手腕。

他掌心很热，与她天然偏凉的皮肤赫然相反。

就像男人的硬与女人的软，碰到一起自然激起的反应，池颜条件反射地绷直了脊背。

他长睫翕动，没睁开，只拧着眉问：“干吗？”

“没干吗。”

池颜没好气道：“累了就回家休息。”

“嗯。”

他这一声像是拖腔带调从鼻腔里发出的声音，有些慵懒，与他平时的说话声截然不同，又麻又痒地往耳朵里钻。

池颜保持着原来的姿势立在一旁，忍不住抬肩蹭了下耳朵。

她感觉到他手心的温度下移，在快要碰到她的手指之前，轻轻一握，随即放开。

下一瞬，男人已经起身，朝她说道：“回家吧。”

池颜很少和梁砚成这样并肩走在梁氏。

她依然披着那件价格不菲的黑色大衣，肩线直挺，远远看去，气场丝毫不输给小砚总。

于是从顶楼一路往下，撞见他们的员工情不自禁用余光一个劲地偷看这位总裁夫人，再结合前段时间传出的八卦一对比，显得许潇潇格外不知天高地厚。

如今许家被端，就算是私底下，也再没人愿意相信风言风语了。

池颜早就习惯到哪儿都是焦点的感觉，无视众人窥探的目光，只想着回头要约个深层保养弥补下昨夜未眠的憔悴。

路过内庭，脚边灌木丛忽然窸窣作响。

她条件反射地偏头寻找声源，又是一阵窸窣，修剪得一溜儿高的低矮灌木底下蓦地钻出个小狗头。

耳朵耷拉着，毛黄澄澄、毛茸茸的。

像是在这里特意蹲守池颜，黑亮的小鼻头小幅翕动，闻准了味道尾巴自然而然摇摆起来。

池颜飞速瞥了一眼近在身侧的男人，想过去。

谁知小狗看准了她，跟兔子似的连蹦带跳蹦跶到她脚边，小脑袋一仰，乖乖巧巧一屁股坐下，刚巧就坐在她鞋面上。

小狗比第一次见时大了好一圈。

坐在脚面上已然能感受到分量。

池颜吃惊地“啊”了一声，动弹不得。

大概是黑黢黢的小眼珠子太真挚，池颜与它对视半晌，没忍住俯身揉了揉小狗的脑袋，于是肉眼可见小狗的小尾巴电动马达似的摇晃起来。

听到一声亲昵的呜咽，池颜觉得自己被碰瓷了。

她脑海里刚冒出这个想法，身侧的人一声轻笑：“狗你也很熟？”

很精妙地用了“也”。

几个小时前，梁砚成在电梯里问她和关诉很熟?

池颜第一反应是这个男人怎么那么小心眼又记仇，停顿两秒，才有更多想法涌入脑海。

那晚到公司给他送晚餐，他最多不过以为她半路把东西丢了，怎么也不会想到她拿来喂了狗。

要是他知道给他准备的晚餐最终送到了狗嘴里……

池颜抿了抿唇，几乎可以想象到男人冷下的脸和嘲讽的语气。

她心里想着给你的东西都给了它两回了，能不熟吗，嘴上却矢口否认：“不熟啊，我这个人吧，可能长得太无害了，小动物缘很好。”

小狗“呜”了一声，也不知是赞同还是反对。

“是吗？”梁砚成懒得揭穿她，淡淡道，“你喜欢就带回去养。”

“啊？”池颜看着那对黑黢黢、亮晶晶的小眼睛，踌躇起来，“可我没养过啊。”

“你亲自养？”

清冷的声音把池颜的理智勾回。

她觉得甚有道理，她哪儿用得着会这些，家里自然有人会安排得宜。

思绪还在乱飞，就听耳边又有人说了句话，不过不是对她说的，而是招呼了跟在身后的易俊。

梁砚成：“处理一下。”

池颜还没明白要易俊处理什么，易助理不愧长期跟在梁砚成身边，立马领会到精髓：“好的。”

傍晚时分，狗就被送到了新居。

池颜补完觉下楼的时候，管家正在吩咐人安装狗窝。

一见她下来，管家很负责地把所有事情都交代得清清楚楚：“太太，这条小狗做了全面体检，很健康，补全了疫苗。来得太匆忙，这些都是临时买的，以后再慢慢地补齐其他的。”

新居的花园环着主屋，由玫瑰花廊连接小径。

此时小狗正在长廊下追蝴蝶追鸟，玩得不亦乐乎。

池颜收回目光，问道：“先生呢？”

“先生有客人，是江先生，现在正在后厅说话。”

她点点头：“哦，江学长啊。他好像爱吃法餐，晚上叫厨房准备。”

管家听了令，动作很快。

临近饭点，池颜不打算再上楼，看新宠在花园蹦跶，也一起过去玩了一会儿。

小狗似乎很依赖她，一见她就围着她的腿打转儿。

一人一狗玩到晚霞沉进地平线。

池颜顺着花园小径回主楼，小狗就在她身后跑跳跟着，刚进门，就碰上了本该在后厅与客人在一起的梁砚成。

她顿住脚步，往他身后看了一眼，问道：“江学长呢？”

梁砚成平静道：“回去了。”

“都快吃晚餐了怎么还回去？”她小声抱怨，“我还叫厨房准备了法餐呢。”

还知道别人爱吃法餐。

却记不住老公不吃海鲜。

男人从鼻腔发出轻哼：“吃太好，怕他消化不良。”

池颜被他突如其来的冷言冷语搞得莫名其妙，让开一步，说道：“那我去换件衣服，你叫小宝别跟着我了。”

梁砚成蹙眉：“谁？”

“小宝，”池颜指着身后的小脑袋，“我给它取的名字。”

她迈开步伐上楼，小狗蹦跳着也想往上跟，蓦地被黑西裤挡住了去路。

它仰起小脑袋不解地一歪。

“小……”男人张了张嘴，最后没能喊得出口，严肃地交代，“你就在楼下，懂了吗？”

自从家里养了小狗后，池颜外出频率骤减。

前段时间她出门只是为了去健身房偶遇关诉，拉近下关系。

关诉毕竟是叔叔身边的人，她原本对关诉防备多于其他，现在却慢慢明白了翁永昌当初毫不犹豫推荐关诉的原因。

整个池文征管理下的体系，关诉是个掌握核心技术的人才，但可惜的是，他没什么实权。

副总的位置就像是把他架空一般，有名无实。

而他本身是个热衷开发，所有心眼都投注在研发上的人，虽然人情交往上有所欠缺，但反倒让人放心。

池颜一段时间观察下来，安心许多。

将近年关，大池又到了一年一度拟定年度发展目标的日子，这项传统持续多年，至今依然留存。

池颜与翁永昌商量过后，觉得该是时候抛出橄榄枝了。

这天她如常抵达健身房。

池颜去私教那里混了个脸熟就去了休息区。她去的次数多了，前台都摸清了她的喜好。

刚坐下，一杯柳橙汁送到她面前。

池颜小口抿着，远远看见关诉便不紧不慢招了招手。

这段时间，两人越发相处得自然。池颜自然不用说，只要她花心思，没有维持不好的关系。

而这位关副总，为人内敛，独来独往更多，往往这样的人，只要混熟了，很容易把对方当朋友。

他点了杯苏打水坐到池颜对面，说道："你今天比平时早。"

"对啊，"池颜直言不讳，"因为有事跟你说。"

"是什么？"

她像催促小学生作业似的问："快到写年度计划的时间了吧？你今年写了没有？"

关诉挠挠头："写了……点。"

"那正好，我还怕你写完了没地方让我发挥，"池颜说，"你能不能把当时的 VR 重新写进计划？"

"VR ？"

"对啊，现在市场上配套设备也出了不少了，推行起来不像原先那么困难。"池颜顿了下，"私心里，我还是很希望爸爸当时推的这个项目能做成功的。"

关诉想了想，说道："其实我也有这个想法。今年研发部资金骤减，其他项目也不乐观，重新捡起 VR 项目相对投入会少很多。"

关诉说着突然顿住，补了一句："池总问起来……"

"问起来的话，当然与我无关。"池颜莞尔，"拜托，我就是个闲人，现在的大池和我哪有什么关系。要是我爸在啊，肯定气得要重启研发部。像你这种核心人才，竟然不能参与公司决策是怎么回事儿，不太像话。"

"要是我，"她想了想，"我也这么想。"

池颜说这话时，半仰着头，眼底盛满一室灯光。

关诉情不自禁脱口而出："真的？"

"当然了。"她点点头，转而自嘲道，"不过我现在没股权也没法决策，说话自然好听。你可以选择不信，就当随便一听。"

"我信。"关诉坐直身体，"我回头再当面和池总提一下重做 VR 项目。目前市场确实有需求，会赚钱的项目他不会错过。研发那块，我先详细做个计划书，到时候看看有没有机会呈给股东会。"

关诉说完抿了下嘴唇，看着她又加一句：“其实我觉得你可以参与公司管理的。”

池颜笑道：“我？”

关诉认真道：“你不像闲人。”

那当然。

池颜抬了下眉，没再说话。

股东会她有翁永昌，如今看形势，关诉多半也会倾向于她，到时候消息亨通，也用不着混个人事主管的位置惹人猜忌。

池颜向来明哲保身，一边不愿意自己出头，一边用玩笑口气承诺关诉将来的股份和权力。

于她于关诉都是不赔本的买卖。

并购的事过后，池颜不信池文征没有多想。

毕竟在外人眼里，梁砚成必然与她战线一致。自那之后，她有段时间没去临山别墅了，当然也没去大池。

池颜想了想，给赵竹音发了条短信：“婶婶，我想吃松鼠鳜鱼……”

赵竹音回得很快：“明天回来呀，叫张妈做。”

等她再想发点什么，屏幕上跳进来一条新信息，来自梁木头——

“顺路经过，在门口。”

顺路经过？

她都到华江区了，也不知道梁砚成前面去了哪里，能顺路往这儿走。

她发了个问号。

对方也回了个问号。

像是没了跟她一人一句继续聊的耐心，下一秒电话直接打了进来。

男人平淡的语气让人很有画面感地想起他的冷脸。

“你需要进去接？”他问道。

池颜望了一眼近在咫尺的关诉，一个激灵：“你真在？好好，我马上出去。”

这人最近脾气古怪得很，池颜懒得听他用负面新闻什么的说教，说着站起身，朝关诉挥了挥手，加快脚步往外走。

夜色里，黑色轿车安静地停在树影下，朝她闪了下大灯，沉默无趣得如同它的主人。

池颜上了车，眸光扫过后车厢，最后落在男人修长的指节上，多了枚很素的婚戒。

他先前没有佩戴婚戒的习惯，即便款式低调，乍一看也很是扎眼。

池颜指了指他的手，问道：“你怎么把这个找出来了？”

男人正借着车内阅读灯看文件，闻言抬了下眼：“稳定的婚姻关系有利于提高谈判成功率。”

还有这种说法？

她轻哂，表示不信。

大概是不想纠结于此话题，梁砚成合上文件，转而问道：“之前不是说要拿回股份吗？”

池颜闻言，有些惊讶：“啊？”

他的手指轻点文件封皮，说道：“我给你找了个不错的律师团队。”

当时他好像确实说过可以帮她。

但池颜以为梁砚成所谓的帮忙，只是到保证梁氏不会与大池并购那一步，她没想到梁砚成会给她找律师团。

要是真想这么简单粗暴拿回股份，她早这么干了。

事到如今，池颜才发觉自己也是有野心的，四成股份算什么，拿到公司的决策权才能真正无后顾之忧。

她愣了一会儿，才说道：“但律师团吧，我暂时也不是很需要。”

梁砚成越发觉得他跟不上这位太太的思维。

他只淡淡看着她，抿平了嘴角。

池颜被他直勾勾盯着，沉默了片刻终于开口：“晚点……可能会用到。等我办点事再……”

她没往下说太深，观察着对方的神色，觉得他大概率在期待“谢谢”两个字，于是很能屈能伸地演足了诚意：“谢谢亲爱的……”

可能演太过了，梁砚成顿时僵住了，表情古怪地说：“倒也不用……”

第三章·酸葡萄

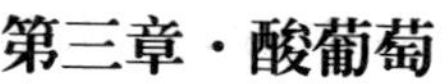

——“新年快乐，送你个礼物。”

池颜眼巴巴地期待着，最后换来一条商业消息。

池颜发觉自己骨子里挺恶劣的。

戏弄完木头，她心情好得不得了，甚至在回到新居之后还难得去后厅琴房弹了会儿琴。

月光如轻纱般透过玻璃窗洒在琴面上，音符流畅悦耳，伴随她指尖的跳动倾泻而出。

这首曲子很短，最后一个音符弹完后，池颜有很长一段时间一直闭着眼，手指压在琴键上没松，也没再起一曲的趋势。

她就这么安安静静坐着。

她的五官生得很好看，很明目张扬的美，所有的灯光舞台都与她相配。但这一刻,在未开灯的后厅,又好像美得不那么有攻击性了,柔和月光也与她融为一体。

梁砚成倚在门边听了很久，她不动他也不动。

仿佛这一刻的安静平和来得极为不容易，谁都不舍得破坏。

昏暗中，池颜动了动手指，敲出一个短促的音符，而后睁开眼，说道：“再偷听要收费了。”

梁砚成站直身，“嗯”了一声：“想要什么？”

“要珠宝、首饰、车子、房子、股份……”

池颜没转身，就这么说一个词敲一个音符，看他什么时候打断她的胡说八道。一直念到股份，都没听他有什么反应，她下意识回头想去看他。

她偏头的动作很慢，于是有什么擦过耳垂的触感也像放了慢动作般被无限延长。

她借着月光定睛看了一会儿。

如若没回头，此时他大概就以俯身的动作从后把自己揽进了怀里。

池颜没习惯突如其来的亲近，条件反射地开始计算上次交流感情是什么时候。

算着算着，她就发现最近之所以没有这个概念，是因为不知道什么时候早就打破了一周一次的魔咒，木头也不是那个只会提前回房以表暗示的木头了。

最近只要不是太忙，他晚上都会待在主卧。

有时候翻翻文件，有时候听视频报告。两人共处一室，于是有些事情就显得格外顺其自然。

此刻后厅也只有他们二人。

虽然没有招呼不会有人出现，但……

池颜往后仰了一下，红着脸说：“别在这儿。”

“那在哪儿？”他松了松领口。

夜色遮掩，男人偏浅的瞳仁显得格外深不见底。池颜看到他喉结轻轻滚了下，有些难以招架，竟然觉得嗓子眼躁得厉害。

她忽然后悔之前在车里自己太得意忘形了。

在脸皮方面，木头果然比人类更胜一筹。

她咬了下牙，说道：“我觉得，要不咱们传统点？也没有这么想要开辟新场地是吧？而且这个窗帘……”

话没说完，就听“啪啪”两声，窗帘应声缓缓闭合，把皎洁月光拦在了窗外。

她忘了，家里的窗帘是声控的。

他的呼吸落在耳边，问道：“还有什么？”

对啊，还有什么呢？

池颜耳后的肌肤特别敏感，他说话时的气息清清浅浅落下，在她心里就像巨石坠入水潭，一砸一圈止不住泛起涟漪。

池颜慢慢闭眼，觉得自己正在妥协，忽然就不想开口了。

不知为什么，她有点难以承受忽然沉寂的氛围，只晃了晃腿：“你说点什么，太安静了。”

安静得我有点紧张。

衣料窸窸窣窣摩擦的响声被无限放大。

他哑了声，问道：“想听什么？”

不知道。

池颜还没来得及回答，就感到整个人蓦然腾空，她手指自然垂落，触到了高低不平的琴键，噼里啪啦一大串音符杂音似的冒了出来。

他的鼻息更近了一些，轻声问道：“用的什么香水，很好闻？”

池颜抿了下唇，没说话。

同样的香氛，留香很长的麝香和西洋杉后调。

之前喝完酒回来还被某人嫌弃得要死说她难闻，怎么这时候变好闻了？

她轻哼出声，不理人，手指就这么反撑在琴面上，砸出一串音符。

池颜在迷蒙中睁开眼，看见他衬衣衣摆乱了，胡乱散着，又感觉好像乱了意识的只有她自己而已，于是不耐烦地伸了下腿，如愿感受到一瞬暂停。

她眯了下眼，心想：没输，不过如此。

中间好像听到管家起夜去前厅一路关了灯，池颜紧张得冒汗。她一紧张，细腰也不由得绷紧。

猝不及防就结束了。

她洗漱完卷着毯子窝在一角，不大理人。

身后很快响起脚步声，床榻微陷，最后动静完全消失了。

池颜闭上眼，就听有道声音落在了身侧："最近喜欢健身？"

她闭着眼没睁开，懒懒道："还好吧。"

她脑子里还在想着刚才的事。

丢人，太丢人了，明明都听到了走廊里有脚步声，她不知因为紧张还是格外刺激，忍不住出了声。

她竟然是这种人？

池颜死死闭着眼，几乎把整张脸都埋进了毛毯里。

然而身后扰人的声音不断。

他似乎轻笑了声，说道："效果还行。"

池颜闷得更深了，没好气地说："困了，别烦我。"

"嗯。"男人像是丝毫没被她的态度惹恼，只淡淡说了句，"下次陪你去。"

脑子里乱七八糟的思绪瞬间被击飞，池颜猛地睁眼，缓了好几秒才佯装不在意似的慢慢转过身与他相对。

他微微耷拉着眼，看起来敛去锋芒，比平时柔和许多。

但池颜总觉得刚才那句陪你去暗含深意，观察无果，索性闭上眼，吸了吸鼻子，说道："年后吧，最近好多事，懒得去了。"

"随你。"

不像是试探，他好像真的不在意她到底怎么回答。

只是在完全陷入黑暗之前，池颜感觉到有只手搭在自己颈边。

黑暗中，那人说："你乖点。"

"你最好乖点"和"你乖点"，少了两个字，但池颜听出了本质的区别。

好像警告意味没那么严重，重要级也下降了许多。

下降到她一觉醒来就忘了叫梁砚成去临山别墅。

和赵竹音约好要回临山别墅吃饭，池颜没叫梁砚成，只好独自过去。

正巧池硕从学校回来，池文征也在，一家人其乐融融。

池颜表现得极为自然。她来的路上调整好了心态，该叫人叫人，丝毫不心虚，随时准备接池文征的招。

果然池文征在吃饭期间佯装无意开口：“小颜啊，怎么没见砚成一起来？”

“阿砚啊，”池颜给自己夹了块鱼肉，“他早上去公司忙去了。”

“周末也这么忙？前段时间，砚成来大池那件事，你听说没？”

池颜点点头，很坦诚地说：“我不仅知道，我还亲眼看见了呢。我听说他匆匆忙忙回国往大池赶，像有什么急事，我那天也去啦。”

她顿了下：“不过我去的时候他正黑着脸往外走，所以那天到底怎么了？我问他，他也没说。原本我还想着来问叔叔怎么他了，但后来玩儿忘了。”

语气听起来还挺可惜。

“能怎么？”池文征意味不明地笑了声，“你这个老公本事大得很，叔叔可不能怎么他。”

“哦，那是他气叔叔了？”池颜安慰道，“您也知道他就那个冷脾气，和他爷爷梁老董还经常老吵架呢，您别往心里去。”

那天她跑去大池的事，不可能只有关诉一个人看到。

池颜索性大大方方承认，真假参半说出来给池文征听。

她坦荡荡的样子反而让池文征拿不准，猜不出梁砚成这么做到底是不是与她有关。

池文征缓和口气，话锋一转：“年后忙吗，不如学学管理，来公司帮忙？”

池颜疑惑道：“我这不是已经挂了职了吗？”

“你那点儿小打小闹给谁看？”池文征稍做思索，目光沉沉落在她身上，“这样吧，当初你的股份拨回给你，来参与下股东会管理。”

有那么一瞬，池颜几乎信了。

她缓缓眨了下眼，理性依然处于上风，池文征说的是“你的股份”而非“你父母与你的股份”。

她那点儿就够塞牙缝，池文征只不过是拿着一小口无足轻重的蛋糕来试探她到底有没有野心。

还真够小气的。

倘若她要了，不管池文征最后到底给不给，都坐实了她想要进入集团管理层

的心，踩那么一遭雷最后万一没给，那可就更冤枉了。

池颜满脸写着拒绝："不要吧，那不是以后每次开会都要必须到场？那我可不行，我太忙了。"

池文征笑："忙什么？"

"年后有好几场秀要看，还和姐妹约了出国度假，光这就够我满世界奔波好几趟了。"她摇着头，"不要不要，叔叔别折腾我，麻烦死了。"

她的回答极大取悦了池文征，他偏头递了个眼神，赵竹音立马接上，一边说着特意为她做的鳜鱼，一边小心剔了肉送过来。

池颜慢条斯理接过，分了一半给身边的池硕，又说道："那叔叔记得要帮我打掩护，开了春那么忙，我估计都没时间去人事部那儿闲逛了。"

说罢，她自言自语加了句："反正什么小青梅小竹马的早解决了。"

赵竹音马上问道："什么小青梅？"

池颜摆摆手："也没什么，就老爱黏着阿砚的那个许家。"

赵竹音似乎有些踌躇："你和砚成感情还好吧？"

"好啊，"池颜忽然就想到昨晚上的胡闹，脸色微窘，"好得不得了。"

"那就好。"赵竹音安抚似的点了点头，"之前喝下午茶时听别人说，高尔夫球场有个女孩儿老缠着砚成。我想也不会，砚成这样一个人……"

池颜第一次听到这样的闲话，条件反射地就做了辩驳："婶婶肯定听岔了吧。"

"嗯，估计是，要么就是别人搞错了。"

赵竹音还在边上说着。

这边池颜已经暗暗摸出了手机，单手熟练地打开聊天框。

池颜："怎么回事啊？我怎么听说打高尔夫那儿有个女的老缠着你？"

她想了想，觉得这么问显得自己过于咄咄逼人，又加了一句："避免负面新闻，你自己说的。"

陵城依山傍水，靠近陵山的那片高尔夫球场自带天然坡度，是资深爱好者最爱去的一处。

恰好江源家的酒庄也在附近，梁砚成经常与他同去。

那天也很凑巧，碰上了林家小少爷组了朋友局在那儿玩。

江源跟朵交际花似的和谁都熟，远远打了个招呼。

林小少爷见梁砚成也在，立马殷勤地迎了上来："砚成哥，源哥，我们正说着去后面那个坡打球呢。人少无聊，不如一起凑个局？"

他本来凑了不少人，眼下说人少无聊，只是因为这两人的突然出现让其他人都成了将就。

圈子里都说梁砚成高尔夫打得漂亮，手稳眼准，要是还能顺便与他谈两笔生意，那就是血赚，所以林小少爷看准了要和梁砚成打球。

梁砚成不喜欢人多，本想拒绝，不过江源是个爱热闹的，立马应了林小少爷：“行啊，怎么个玩法？”

“正好咱们今天就把这儿包了场，”林小少爷笑道，“一人带一陪练，你一杆陪练一杆，十八洞杆数总和加起来最少的获胜。”

江源知道他在想什么，损道：“这么多人不够你玩的，还带陪练？”

“要真玩谁玩得过砚成哥，带了陪练可就说不定了，我挑个水平好的没准儿就能赢。”

一群人熙熙攘攘，林小少爷找来经理指定了一排陪练，个个都是蜂腰长腿、一溜儿 POLO 衫超短裙、扎着干净马尾辫的姑娘。

每个来打球的高级贵宾都有私人陪练，梁砚成自然也有。

或许是为了讨好客人，这里的陪练不是俊男就是美女。当初入会时分配给梁砚成的陪练叫杜婧，长得格外清丽，身材也是一等一的好，即便是穿着统一发放的工作服，也遮不住她凹凸有致的曲线。

当然，她给这位贵宾客户当陪练的最重要原因还是因为球技突出。

只不过没想到作为梁砚成的陪练，她从始至终就像空气一样，没得到过表现机会，甚至连多余的话都没说过一句。

此刻杜婧站在人堆里，只敢抬眼悄悄打量不远处神情淡漠的男人。

一众公子哥儿里，梁砚成显得尤为沉着稳重，手指搭着球杆有一下没一下轻敲，似是不耐烦，又好像只是无聊，漫不经心点着，浑身散发着与冬日气息极为契合的清冷。

这样的男人即便没有身后背景做支撑，也势必让人趋之若鹜。

杜婧垂下眼，想着这次终于有机会能与梁砚成一道打球，身侧忽然出现道声音打断了她的想法。

“喂，你跟我一起！”

是林家小少爷。

杜婧往人群外看了一眼，面露犹豫：“可是……”

“可是什么可是，没打过球啊？怎么，你还想挑人？”

她抿了下唇，借着把碎发别到耳后的动作，又往外看了一眼，见梁砚成依然是一副冷冷淡淡的样子，没什么反应，这才低声应道：“没有，我打。”

她的球技在陪练里算顶尖的，常来俱乐部的，很少有人不知道她。

此刻被林小少爷指名也无可厚非。

林小少爷脾气阴晴不定，与他做搭档打得好算命好，打不好少不了一顿奚落。

杜婧身边的其他女孩儿都暗自舒了口气。

再看其他人，认认真真挑陪练的也就林小少爷带来的这拨人。

晚来的两个人，即便是愿意与他们玩到一块的江源，也只是偏头自顾自与梁氏那位小砚总说着话，仿佛毫不关心一会儿要配合的陪练是什么人一般。

一行人乘车到发球台准备。

林小少爷虽然兴致高昂，但还是很有眼力见儿地把第一杆位置让了出来，乐呵呵地说："砚成哥，你得让让我啊，别上来就打个老鹰球，那我可就输在起跑线上了。"

梁砚成不置可否，从球童那挑了根杆出来在手里掂了掂，才说道："不至于，今天风大。"

场边的人屏息凝神，须臾，耳边响起一阵肃杀风声。

那一竿子挥出去，仿佛空气都连带着划出一道波动。

再抬头顺着半空中划过的球体轨迹一路追随，远远目测，已经到了球道与果岭的交界处。

"不是吧？"人群中有人低呼，"再推一杆不就进了？"

"那不就是老鹰球？这么大风也太牛了吧！"

第二杆该由陪练小姑娘推，众人说着下意识把目光移过去。

这小姑娘也是不巧，忽然一阵腹痛，拧着眉面色难堪："我……我……"

入冬的天，陪练们还穿着超短裙，露着笔直的两条腿。

也不知道真是被风吹的，还是紧张的，小姑娘腹痛难忍，又不敢说，声音蚊子似的在嗓子眼呜呜咽咽。

眼看公子哥儿里有人已经开始沉脸，杜婧咬了下牙，先一步从人群里站了出来："要不我来推吧？"

林小少爷咋舌："你一会儿不是跟我搭档吗？"

杜婧垂下眼睫："一会儿林小少爷那杆我也会努力打好的，先做个顶替。"

这是她陪练这么久，第一次真正意义上和梁砚成一起打球，她的嘴唇用力抿得青白。

第一杆是梁砚成的，其他人没发球，只能留在发球台。

眼下只有他们二人要乘车去果岭推第二球。

脱离了人群，杜婧放松不少，一点点用余光偷偷打量着身侧的男人。

他即便沉默不语，也好看得要命，明明唇线平直，面色清冷，说不出是什么感觉，总觉得就这么并排坐着未置一言，也有种难以言喻的甜蜜。

以她平日的技术，第二杆极有可能推入洞。

杜婧思前想后，还是鼓足了勇气，小心翼翼道：“梁先生，如果没有推进，能不能别骂我？”

男人似是看了她一眼，片刻冷冷淡淡回道：“嗯。”

但如此难得的表现机会，她怎么会错过？

杜婧打起十万分的精神，观察了一会儿风向与距离，抬杆一推，球跳出个弧度随即一圈圈滚着离球洞越来越近。

远处的人群依然在不懈观望。

“怎么样了？怎么样？进了没？”

“等我看看，还在动，还在……”

“进了！”

高尔夫球滚进球洞的瞬间，杜婧觉得自己的心也跟着一起稳了下来。

她唇边含着笑意，回望身侧的男人：“梁先生，没给您拖后腿。”

梁砚成点点头，把预备打的第三杆丢回给球童，说道：“打得还行。”

梁砚成这一杆给后面众人开了场，也给杜婧树立了信心。

她陪在梁砚成身侧跟着，轻声问：“那您以后单独来的时候，我能给您陪练了吗？”

梁砚成没什么表情地回道：“再说吧。”

她不知道“再说”两个字在梁砚成这儿几乎就是没有后续的意思，只觉得没被人断然拒绝，心情都飞扬起来，须臾试探着又问：“梁先生，您还认识我吗？我们见过的。”

梁砚成拧了下眉，再看过去时，小姑娘脸上泛着红晕。

他来这家俱乐部次数不少，以前大概也是这个陪练，只以为她说的是在球场上。

“是见过。”他平静道。

果岭在下风口。

毕竟是户外，就算被后坡挡了一半风还是寒风不断。

梁砚成不知怎的就想到这两天出门，池颜嫌冷，叫司机一直开到廊下才上车，一丁点冷风都吹不得。

他目光落在小姑娘越发显红晕的脸上，下颌朝车后座微抬，淡淡地说：“这天穿件厚的，没人会扣你奖金。”

杜婧受宠若惊：“谢谢梁先生。”

说着兔子似的一溜儿小跑去车上披了件外套。

今天梁砚成在，十八洞次次低于标准杆入洞。

杜婧在林小少爷那儿虽然发挥得也很稳定，但林小少爷失误几次，还是拉开了一段差距。

林小少爷输了也不恼，嬉皮笑脸跟梁砚成开玩笑："砚成哥，你今天赢得这么爽，乜心疼心疼我呗？"

林小少爷自己弄了个小百货商场，想线上一起同步售卖，看准了梁氏的平台，就是服务费还没谈拢。

他好脾气地讨价还价半天，拿到一分让利。

蚊子再小也是肉。

见没有再往下谈的余地，林小少爷很知趣地转移话题，故意拿捏着美女陪练抬气氛。

"刚才我看也就她最卖力了，给你打得尽心尽力，都是好球，怎么到我这儿还输了好几杆，别是看上哥哥你了吧？"

林小少爷说这话的时候，杜婧屈腿在另一边整理球杆。

距离不远不近，刚刚好听到了两人谈话。

她不由自主地停下了手里的动作，极力想从风声中听到那边说话。

风里，梁砚成的声音和今天的温度一样冷。

"你想多了。"

"就是，你脑子里都装的什么呢？"江源很及时地替好友嘲了回去，"你可管住你的嘴，别到时候传到人家老婆那里，不是平白无故添乱吗？"

"我就随口一说，没有那个意思，"林小少爷立马揭过，"对了，颜颜姐最近怎么样？我这老不在家，上回听说还是我姐去家里和颜颜姐喝下午茶来着。好久没见了，怎么不出来一起玩儿？"

身后大概沉默了两三秒。

这两三秒不算长，但杜婧在心里闪过无数种猜测——

提到太太梁砚成没说话，是不是没有外人以为的那么亲近？是不是吵了架？是不是他压根儿不喜欢太太？

是吧，他看似冷淡却温柔，他应该是喜欢同样柔和的人吧？

听说他的太太嚣张跋扈、骄纵难驯，那样的大小姐脾气能好到哪里去？

脑子里众多想法还未完全成型，杜婧下意识握紧了球杆，下一秒似乎听到身后有人轻笑一声。

笑声很浅，但不失温柔，或许还有些无奈妥协的语气在里面。

“她怕冷，就算了。”

当天打球的人众多，林小少爷一句玩笑话不小心被传了出去。

到赵竹音这里就成了有个女孩儿一直缠着梁砚成。

池颜私底下给梁砚成发完短信依旧端架子坐着，不显山露水，没一会儿手机振了一下。

她迅速低头。

梁木头：“？”

问什么号，我还想问你呢。

池颜没好气地回道：“都传到我耳朵里来了，你自己心里没点数？”

梁砚成确实没数，他去高尔夫球场不是和江源一起，就是与人谈合同，完全不知道池颜听来的胡言乱语是在指代谁。

何况最近这两回过去时他身边都有江源。

梁砚成随手截了图给江源发过去，问道：“谁？”

江源挺纳闷，想了一圈，不确定道：“是不是上次林家小少爷瞎说被别人当真传了出去？就陪你打球那姑娘，你还记得吗？”

某人很是绝情：“记不太清。”

江源叹了口气：“算了，你哄老婆吧，吃醋了。”

梁砚成收到短信时，盯着“吃醋”两个字看了好一会儿。他觉得陌生，好像从来没想过这种情绪会在池颜身上出现一样，突如其来就这么炸了他一下。

有种说不清道不明的愉悦悄然滋生。

不过须臾，手机在他手里振起来。

他这位太太以极其不满的语气追责道：“干吗不说话？你面子重要，我面子就不重要？咱们可是签了协议的，劝你想想协议。”

协议条条框框，一着不慎都指向离婚。

脑子里有根弦连着太阳穴嗡嗡震颤，刚冒尖儿的那点情绪很快被理智压了回去。

于是烦躁不耐烦的情绪也一起涌出，他手指在键盘上飞速敲下一行字：“劝你少听乱七八糟的东西。”

隔着屏幕都能看出语气生硬。

池颜本来没怎么放在心上，赵竹音提及，她就顺口问一句梁砚成，没想到他语气还挺冲。

当下她有些不太高兴，索性连消息都不回了。

这边池文征两口子，因为池颜的不思进取而显得格外心安，继续扮演着好叔叔好婶婶，硬是留她到吃完晚饭才放她回家。

冬日白昼短，点灯的时间似乎就格外长。

池颜到家的时候，点缀在低矮灌木丛中的花园灯每一处都亮了起来，泛着荧荧暖光。

微弱的灯光越靠近主楼越显得单薄，完全被主楼敞亮的灯光遮去了光彩。

天冷，往常穿过花园的那段路她都不愿意走。

让司机停到门廊才下的车。

几乎是她的脚刚着地，脚边就传来一阵呜呜咽咽的撒娇声，小狗不知什么时候已经蹿到了身边，激动地打着转儿迎了上来。

家里多了条小狗。

如今进出花园大门都会留一条缝儿，刚才它或许就是从门缝里溜出来的。

见天气这么冷，池颜一边叫着宝贝，一边把它往里边引。

她的视线掠过客厅，蓦地与坐在单人沙发上看文件的某人撞上了眼神。

他应该刚到家不久，衬衣西裤穿得一丝不苟，只松开了最靠近喉结的那颗纽扣。此刻，他拿文件的手微微屈着，露出腕上的半块表盘，满室灯光似乎都留印在了表盘上，闪得夺目。

池颜那声“宝贝”还在嘴边，不知出于什么心理立马改口成了“小宝”。

她目光收回，连搭理对方的意思都没有。

偌大的客厅除了小狗时不时撒娇的哼哼，还不时夹杂着文件翻页的动静。

池颜逗了一会儿狗，看梁砚成没有张口解释的意思，抬腿叫着小宝直往楼上去。

两层阶梯过后，身后有人叫住了她。

梁砚成问道：“想好没有，过年在哪儿过？”

池颜停下脚步，只消几秒就在心里“啧”了一声。

木头解释个事情怎么这么烦，还要另找话题起头然后再圆回去吗？

她想：算了，就大发慈悲给他个面子吧。

于是，池颜回头看着他，问道：“不回老宅？”

梁砚成薄唇微动：“不回临山别墅？”

有几秒钟的工夫，谁都没说话，好像都在刻意把沉静拉得冗长来揣测对方话里的意思。

片刻后，池颜了然。

他是不想回老宅，但临山别墅……

说实话，她自己也不是很想回去，大过年的，电视里载歌载舞演着，她在外面也得陪着演，没什么意思。

谁都没回答对方的话，像是默认自己的揣测一般。

直到最终池颜打破沉寂，说道："那我去找朋友玩儿吧。以前有时候在家过，有时候去江瑞枝和裴芷家，都习惯了。"

梁砚成不着痕迹地抵了下腮帮，把原本即将说出口的话咽了回去，重新拿起文件："嗯，正好我也有工作。"

那就是分开不一起过了？

池颜盯着他看了一会儿，没忍住问道："你没别的要说了？"

"什么？"男人问。

视线交缠，池颜将他冷淡的表情尽收眼底，懒得纠缠："没什么。"

"小宝，"她偏头用更柔和的语气叫了声小狗，头都没回，"走，我们上楼。"

小狗爪子踩在木地板上"嗒嗒嗒"作响。

梁砚成抬手，手指抵着太阳穴按了一圈。他不知道什么时候连狗的地位都蹿那么快，一眨眼能上楼了。

伴随着渐行渐远的"嗒嗒嗒"声，他拿起手机。

"把国外的业务合作提前。"

易俊秒回："您之前不是说推到年后了吗？"

他刚发完，觉得不妥，想撤回时已经见对方发了个看不出情绪的句号过来，立马重新打了一行："好的，立马安排。"

新旧年交替那几天，管家、厨子都放了假。

家里没了人气儿。

池颜如她所说，带着小狗去了裴芷家蹭年味。

裴芷家里就她和爸爸裴忠南两人，简直像迎接贵宾一般欢迎池颜和小狗的到来。

尤其是裴忠南，还特意给小狗弄了个窝放在客房。

不过年饭过后，闺密两人边看节目边浅酌几杯，累了就像以往那样睡到了一个房间。

距离零点钟声响起还有最后几分钟。

池颜头上兜着浴巾，趴在床上边晃小腿边和裴芷胡天海地地乱扯。

裴芷的姿势与她相反，仰躺着以同一频率晃腿。

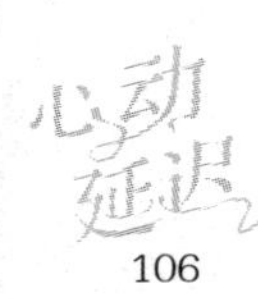

聊着聊着，不知谁的手机响了一声，没人管。

几分钟后，响声变成了视频提示音。

池颜侧头瞥了一眼，懒懒蹬她："你的，快接。"

"你丢过来。"

池颜勾手把手机丢了过去，下一秒，听筒公放出年轻的男声。

"姐姐又不理我。"那边抱怨道。

池颜做了个恍然大悟的表情，听着墙脚的同时给自己嘴唇上了道锁，示意裴芷：你尽管说，我听不到。

裴芷吸了吸鼻子："干吗？"

"还有一分钟，"那边扮可怜似的轻声说，"想和你一起跨年。"

池颜这位好朋友不知道怎么回事儿，特别惹年轻小弟弟的喜欢，两人分了合，合了分的，总有人先低头。

池颜够长手臂捞过自己的手机，听着电话那头不属于自己的那道倒计时，漫不经心地翻着通讯录。

常驻微信朋友圈的塑料花们早就排队给她发了新年祝福。

最想祝福的两个闺密，一个就在边上跟人通着视频，另一个在群聊里也没断过声音。

一圈翻下来，好像也没什么特别想发祝福的人。

她懒洋洋地躺直，在倒计时到最后十秒的时候，下意识点进备注为木头的聊天框。

虽然塑料，但毕竟是夫妻，那不如就大发慈悲给他发一条好了。

她想着，在聊天框输入："国内过零点了。"

她的手指停留在发送键上迟迟没往下按。

"5、4、3、2、1——"裴芷那儿的倒计时进入尾声，可以听到年轻男孩儿的声音怀着期冀对她说："姐姐，新年快乐。"

与此同时，池颜握在掌心的手机微微一振。

那行还没发出去的信息上多了条新进来的消息。

梁木头："新年快乐。"

零点到来的这一刻，没有烟花绽放的轰隆声，只隐隐可以听见小区楼下因为特别的这一天，小孩被允许拿着烟花棒在黑夜里肆意奔跑追逐的声音。

配合屏幕上的那条新消息，这个年好像也不错。

池颜弯了弯嘴角，迅速删掉那行没发出的消息，维持着高贵冷艳对梁砚成说："谢谢。你也是。"

他还在国外，那边应该是早晨。

池颜几乎可以想象到男人手边摆着文件，身边还有人汇报工作，并不专心用餐的样子。

她看到聊天框上显示正在输入，紧接着他的消息又出现在最新一行：“送你个礼物。”

池颜马上问道：“什么？”

木头开了好大一朵花。

池颜备感欣慰，连带着心情随着新的一年到来明朗得不得了。

不再是短信交流，很快视频电话打了进来。

池颜看了一眼在边上接电话的裴芷，坐起身换了个姿势往边上挪了挪。

是什么礼物呢？

她接通。

与她想象中一样，梁砚成穿着铅灰色的马甲，衬衣衣领理得一丝不苟，像是临出发前特意抽空给她拨的这个电话。

池颜很是满意新的一年、新的态度。

只不过接通不过几秒，就看他短暂地蹙了下眉，问道：“你头上是什么东西？”

池颜后知后觉想到兜在头上的浴巾，迅速抓下，手指插进长发随手捋了几回，没好气地说：“你可以不用注意这些细节。”

“细节？”

他像是不太赞同她的用词，只抬了下眉梢。

池颜不满道：“快说，什么礼物？”

“你叔叔在法国买了块地……”

池颜莫名其妙，打断道：“又不是买给我的。难道，你想高价买回来送我？”

男人弹了下屏幕：“想得挺多。”

不解风情。

池颜对他所说的礼物还摸不着头脑，拖调“哦”了一声：“然后呢？”

“原意是针对国内过去的高端旅游开发度假庄园，不过很可惜，还没拿到当地政府的审批资质。”

她好像摸到一点头绪，追问：“已经动工了？”

“对。”

买地造度假村，这事她没听股东会透露过消息。

所以不太可能是以大池的名义，或是大池出资做的。

不管出于什么目的，没拿到资质就急于动工肯定不妥，更值得挖掘的是，这

笔钱是从哪里刨出来的？

池颜对着屏幕陷入深思，片刻之后，猛然忆起。

梁砚成送礼，给你一条商业消息……

这是池颜二十六年内收到的最不浪漫、最实用主义至上的礼物。

她挂了电话万分不解，问裴芷："你见过这样送礼的吗？"

裴芷刚在一边接自己的视频，零星只听到一点儿，看好友的脸色就觉得好笑，勉强安慰道："起码……值钱。"

按商业价值来说，确实挺值钱的。

这次池颜没吭声，找不到理由辩驳。

时值阖家团聚的时刻，她把手机丢回床头，抱着枕头往后一倒，叹了口气，说道："算了，年后说吧。"

过了正月十五，家里热闹起来。

梁砚成这次行程很满，一时半会儿回不了国。自他搬回家住开始，池颜许久没有独自在家这么长时间了，隐隐察觉八卦姐妹群要拿这事做文章，先下手为强带着小狗连办好几场聚会，夜夜笙歌。

传到梁砚成耳朵里，就成了太太自己在家没人管，快乐得不得了。

池颜这边当然快乐。

她得了一手消息，表面上表演灯红酒绿、不务正业，私底下偷偷和翁永昌通气儿。

两人约在之前的会员制餐厅，还是以黎萍做幌子。

池颜与翁永昌夫妇相处得极好，一边是父亲好友，一边是亦师亦友。

来之前，她找翁永昌调查了公司近期的财务支出。

翁永昌毕竟在大池当了一辈子监事，人脉甚广，很快约她详谈。

"明面上都算正常，"他敲了敲桌面，"但你的消息如果没错，那我现在对之前有件事有些疑虑。"

池颜立即警惕起来："什么？"

"公司年前把去年的年度分红压了下来，说是会与第一季度的合并发放。这件事你叔叔在股东会上提过，当时因为涉及今年要投的好几个大研发项目，所以股东会没提出异议。"

池颜点头："研发部的资金去向我会再和关诉确认。我记得以前叔叔手里有家自己全额出资的工程公司，那时候没并入大池集团，现在还是属于他个人的吗？"

“是，”翁永昌确认，“不在集团体系。”

“听说法国那块地不是以大池名义购的，您再帮我查查那家工程公司最近的动态，还有……”

池颜本想如果突然大幅出现外汇业务，那多半就是以工程公司的名义买的地。

翁永昌与她想到了同一处，说道：“这倒不用查，年前与银行总行那边的人吃饭，人家倒只是客气客气，说现在大环境不好，池总为什么还往海外扩展这么多业务。”

“那时候我还疑惑，大池出口业务同比没怎么增长，怎么就增加外汇了？”翁永昌拍了拍胳膊，“原来答案在这儿，池总是池总，说的却不是大池。”

顿了顿，他又说道：“这样，我再找人查查最近和工程公司的资金往来。”

“好。”池颜托腮，很是崇拜，“翁伯伯消息可真灵通。”

翁永昌抿着茶，挑眉道：“你才知道？你翁伯伯我现在可是随时掌握一手动态。”

池颜笑着说：“那就全仰仗您了。”

年后池颜还没去过大池，不过梁砚成不在家，健身房她去得很勤，隔三岔五依旧能碰到关诉。

与翁永昌说了要去找关诉确认资金走向，她当晚就决心去逮人。

现在两人关系近了，找关诉就不用再盲目撞日期。

池颜早先给关诉发了条微信，确认了他今天会过去。

一左一右两台椭圆仪上。

池颜开门见山：“你的项目进入正轨没？”

“还算顺利。”关诉心系研发，闻言笑了笑，“项目拨款比往年多多了，加上之前基础好，本来项目就停在完成的卡口上，上半年进入测试的希望很大。”

池颜确实是希望当初她父亲池文远一手带出来的 VR 项目能真正面世，听到这话也为之高兴：“还有什么别的困难吗？”

“别的？”关诉想了下，“目前还行，只是后期拨款好像还没达到预期。”

没达到预期？

那就不对了。

资金缺口不就是拨给了研发项吗？如果这还不够维持后期的话，实在过于不合理。

池颜压低声音，朝他比了个数字：“有没有这么多？”

关诉愣了下，椭圆仪三圈过去，才回过神：“是池总在哪儿说过有这个数吗？我这签字审批的不到三分之一。”

放眼整个大池，没人能比关诉当副总更合适。

池颜开始只以为池文征为了安抚核心技术人才，才把关诉放在如今的位置上。

现在深想，关诉为人内敛稳重，不善人情交际，又无权参与股东会。如果不是她得了消息在中间搅和，压根儿不会有人特意去问关副总研发项目的事。

一是在外人眼里，关诉本就是池文征的人，问，就是与池总口径一致；二是研发项目也在正常推进。就像今天，池颜问到时，关诉最初的说法是项目拨款比往年多多了，一切顺利。即便有好事者多了一句嘴，拨款确实有，他答得并没有毛病。

无人察觉到异常，谁还会继续纠缠下去？

池颜这会儿基本确信了在法国那边买地用的钱有部分是从研发款项里私扣出去的公款，还有部分是暂挪了股东分红。

不过光靠这些还不够，说不定查一下工程公司，还有其他惊喜。

工程公司没并入集团总部，她管不着。

但一旦动用了大池内部的钱，池颜就觉得此事可以从长计议了。

她出神的空当，手指不小心压到了椭圆仪上的按钮。阻力变化起来其实有个过渡期，但她想着事儿没注意，等发觉脚下机器的频率发生了变化时，如同爬楼时突然踩到高低不平的一阶，不由得一个趔趄。

她在抓稳扶手的同时，一双手扶了上来，牢牢抵住了她后腰。

她今天这件健身服只到腰腹，一截漂亮的腰线就这么露在外面。

那块算禁区，尤其紧贴脊椎那段肌肤，与耳后那片肌肤的敏感程度不分伯仲。

池颜像张弓似的条件反射绷了起来。

关诉也没想到她反应这么大，手僵持在半空扶也不是，收也不是。他轻拢手指，只觉得手指烫得仿佛刚过了遍油锅，脸上浮起淡淡一层窘意：“我……就想扶一下。”

“好，”池颜脚下站稳，直觉自己这么大反应不太礼貌，点了下头，“谢了。”

不知怎的，原本还算和谐的气氛就这么微妙起来。

同样是沉默少言的男人，关诉显得比梁砚成更柔和斯文一些，刚才那一下像个开关，让她脑子里不受控制，像是电影似的 360°无死角闪过梁砚成的影子。

她越待越觉得气氛诡异。

她从椭圆仪上下来，佯装累了仰头喝了口水，说道：“我去休息室坐一会儿。”

关诉还闷着：“好。”

脑子里的想法几乎控制了手上的动作，池颜边往休息室走，边忍不住打开了和木头的聊天框。

她的手指在视频通话按键上方顿了好几秒，明明脑子里还没有结论，手指却点了上去。

短暂几声过后，画面一晃，男人单手推了下领结，偏头望过来。

“怎么了？”

怎么就通了？

池颜忙不迭去点挂断。

几秒后，视频拨了回来。

她硬着头皮清了清嗓子：“哈喽……亲爱的。”

他那边是清晨，这会儿没戴眼镜，看身后像是在衣帽间，画面随着她那声热情的问候晃了下，随之看到他调整领结的手指一顿，双眸也垂了下来。

“好好说话。”

池颜在内心翻了个白眼，心说真是脑子进水才会觉得关诉与他像。

关诉说的是人话，梁砚成说的是狗语。

像什么像。

她的微表情被对方捕捉了，男人的眼神落在屏幕上某一处，视线通过摄像头沉沉落在她身上。

池颜把视线移开一些，说道：“你是不是想问我一大早找你干吗？很简单，我按错了，你别多想。”

他的声音很淡：“是吗？”

“其实也不完全算按错，”池颜忽然想到别的，问了句，“你知道法国那块地的资质什么时候能拿下来吗？”

果不其然，下一秒，她在对方眼里看到了某种叫作我就知道的情绪。

梁砚成把手机支在一边，慢条斯理调整着腕上的锈铜色浮雕袖扣。

“中间人出了点问题，一时半会儿很难办下来。”男人眸色微敛，多加一句，“当然，如果你希望我出手阻拦，或许会更久。”

“也有可能……”他故意顿了下，“永远办不下来。”

倒也不必这么狠，毕竟花了大池的钱，直接影响到后期到她手里的钱。

如果能拖到第一季度分红，池文征那资金回笼困难，必定会想别的办法。

池颜斜支着下颌往休息室的桌前靠了靠，说道：“我跟你商量个事儿。”

或许是凑近了屏幕，声音无须放得太大。

这会儿听起来她的声音柔和又缱绻，好像真是一副温柔娇气好太太的样子。

梁砚成眉头微蹙，先一步打断：“要我出手？”

“还不用，”池颜莞尔，“到时候如果叔叔来找你……”

她对着屏幕小声说了一通后，像是撒娇似的说：“行不行？好不好？你也能赚的，你再想想，真的一点儿都不亏。”

她提的建议确实不亏。

梁砚成也不知道自己哪来那么多耐心，“嗯”了一声：“知道了，你还有什么事？这么晚还不回家？”

镜头里，只照到她上半身，肩带式的健身衣露出几近完美的锁骨。

这只无时无刻不在意美的小孔雀高高绾起长发，坦然露着漂亮的线条。

他觉得嗓子眼发紧，咳了一声。

他再转头想交代点别的，镜头后背景一晃，有个熟悉的身影晃了过去。

再定睛一看，人已经站到了池颜身后几米处。

大池的关副总像是没注意到她在聊视频，很娴熟地同她打了个招呼，问道：“还过去吗？还是今天早点结束？”

池颜被身后动静吸引，应声扭头。

两人说了两句话再回来，手机屏幕不知什么时候切断了，回到了聊天界面。

最新一条显示着视频通话已结束。

她本能地发了个视频邀请过去。

再接通时，屏幕那边男人的脸都黑了。

梁砚成此刻确信，多次看到池颜与大池关副总在一起并非巧合。

甚至可以说私交甚密。

可没多久前，有人理直气壮地回应说他们不熟。

池颜眼睁睁看着镜头那边的画面在半空中晃过模糊残影，沉闷一声，画面静止，手机像是被掷在了桌角，直勾勾对着天花板那圈光线惨白的灯带。

她听到男人生冷的语气：“说说吧。”

其实……也没什么需要特别解释的。

池颜戴上蓝牙耳机，找了个僻静角落。

“这位关副总，”她很理智地冠上了职称来说明，“对我来说很有帮助。他懂技术，人又不花里胡哨，还是可以信任的。”

池颜知道梁砚成不愉快的点在哪儿，补充道：“当然你放心，不可能有负面新闻的。我们每次见面都很小心。”

易俊把熨好的西服送进来时亲眼见证了小砚总黑着脸把手机摔桌上的那一幕。

他小心翼翼地挂好衣服，不可避免地听到夫妻俩对话。

夫人像是有什么特殊魔力，前后两句话能把人仿佛置身于夏日雷暴天，上一秒还是晴天，下一秒就开始暴风洗礼。

在“每次见面都很小心”那句之后，小砚总的脸就没再晴过。

手机仰躺在桌角，画面里只剩吊顶白光。

他轻呵出声：“何必绕这么大圈子。”

有时间找别的男人帮忙，却不回家提一句。

就这么不愿意找他？

夫人毫无察觉，絮絮叨叨继续说着：“虽然咱们现在统一战线，但我想吧，这么细节的事也没必要都跟你说。你看你本来就挺忙的，我这儿自己都能搞定。对了，我和关副总的事你别告诉叔叔啊，当然，我觉得你肯定不会说的，还有啊……”

她噼里啪啦又说了一堆，易俊觉得天好凉。

同样处在北半球的冬天，法国宛如冰窖。

原定于三月末才能走完的行程，月初就紧赶慢赶收了尾。

飞机准点降落陵城。

连续的高强度工作把跟在梁砚成身边的助理团磨得分外憔悴，宽幅墨镜后，人人都顶着色号参差不齐的黑眼圈。

一行人步履整齐，从贵宾通道直抵停车场。

为首的男人穿着考究的双排扣羊绒大衣，身形修长挺拔，在人群中依然显得气质卓绝。

在他抵达之前，助理先一步替他打开车门。

料峭春风随之往门缝里钻，下一刻，车里似乎传出了女人的喃喃抱怨。

“冻死了。”

正躬身坐进后座的男人显然顿了一下，片刻后，撑了下额角。

两人齐齐坐在后车厢，隔着半臂距离。

挡板上移，梁砚成缓缓松开手指，问道：“怎么想到来接机了？”

池颜扫了他一眼，视线在他身上稍做停顿。

只觉得有段时间没见梁砚成，不知是因为额发长了一些，还是没穿正装的原因，衬得他整个人尤为斯文柔和。

毕竟这段时间时不时保持联系，池颜没感到生疏，开门见山道：“叔叔知道你回国了，这会儿估计正在去梁氏找你的路上。”

梁砚成冷冷转回脸：“这就是你来接机的理由？”

怎么会？

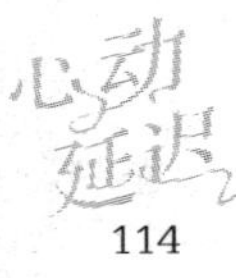

好歹是夫妻，他离开这么久才回国，要是不来接机肯定容易落下话柄，又被人编排夫妻不和、感情破裂。

实在是烦人。

池颜收起思绪，笑容明艳：“小别胜新婚，没听过？”

她像故意挑衅，交叠的小腿缓缓倒向男人那侧，单薄丝袜下的膝盖有意无意蹭着他的腿侧。

她的声音跟着柔软起来：“阿砚，我也想去梁氏，也想听听叔叔怎么求你。”

在听到池文征有事求他之前，梁砚成有幸听到了池颜求他时的婉转动听。确切来说，她不是求，而是吃准了自己会答应，而且是心情好放缓了语气，让他更难以招架罢了。

他滚了下喉结，手掌死死按住她还在蠢蠢欲动的腿。

“随你。”

“哦。”她故作骄矜，“那你准备把我藏在哪儿？”

把她藏在哪儿……

明明很正常的事，怎么从她嘴里说出来，反倒像是某种秘而不宣的情趣。

梁砚成微微皱眉，松了下领口，说道：“自己去休息间。”

如同池颜说的那样，抵达梁氏顶楼后，秘书进来通知，说大池的池总正在休息室等他。

梁砚成示意把人带进来，也不管休息间里的人看没看见，下颌微抬稍做提醒。

门立刻掩上了一条缝。

几分钟后，池文征边神态亲昵地喊着侄女婿边从走廊进来。

许久未见，亲叔叔都未必有他这么热情。

“砚成啊，你这趟公差还顺利吧？你不在家，小颜都没怎么回家里坐坐，我和你婶婶寂寞得要命。正好，今天你回来了，晚上就回家吃个便饭？”

梁砚成不喜被人打亲情牌，便拿起桌上一沓文件做幌子，说道：“叔叔也看到了，我刚回来，事情还很多。”

吃晚饭恐怕没空，也不见得有时间拐弯抹角谈亲情。

池文征从他冷淡的表情里看出点意思，笑了笑：“好，那等你有空再说。这次我过来确实有点正事想跟你谈谈。”

梁砚成很直接地说：“并购就没必要谈了。”

“不，不谈并购。”池文征停顿几秒，“是这样，现在大池有笔资金周转困难，咱们毕竟是姻亲集团，理应互相扶持发展，你说是吧？”

池文征打包票道：“当然你放心，资金周转只是暂时的，很快，我有个项目完成立马就能还给你。”

梁砚成十指交叠支在面前，手指无规律地敲击着手背，像在思考这件事的可操作性。

过了半晌，他才开口问：“多少？”

池文征说了个数，这次梁砚成几乎没思考，直接回绝：“不可能。”

眼看池文征蓦地变了脸色，他蹙着眉点了下桌面：“这笔钱数目太大，叔叔在大池也是做决策的，不会不知道我的担忧。”

确实，突然要对方毫不犹豫拿出这么多流动资金来不太可能。

池文征想了想，不气馁地继续说：“明白，我懂你的想法。这件事叔叔找你帮忙，也不会让你吃亏，你看看你想抵押什么给你？房子怎么样？除了临山那套，思明区还有两套、京城一套，还是海外的？我可以立刻让律师来拟抵押合同。”

“不急，”梁砚成姿态放松，摘了眼镜在手里把玩，“抵押另说，我总得先知道这笔钱到底要做什么吧？”

这时，他放在桌上的手机亮了一下。

梁砚成没打开看，动作轻缓地擦拭着眼镜，摆出了十足耐心听池文征说明原委。

现在是池文征有求于人，犹豫片刻还是选择缓缓道来。

他与别人合作去法国买了块地建度假庄园，现在建造进程才初见雏形，距离资金回笼需要一段时间。但他保证，很快招商引资到位就能缓解一部分资金压力。

像是提前预料到现在的情况，池文征还特意带上了当初的计划书。与他所说一样，一切顺利的话是个回本快且效益诱人的项目。

没经过股东会决策就如此专断，自己一个人做了投资决定，难怪池文征会搏这么一把。

现在的大池，已经有了反对其他副业，专心做回科技主业的声音。

池文征多提这么一项方案，很惹麻烦，更何况他想的是以他独资的工程公司名义出资，那赚的钱也是他一个人的，不需要被股东会瓜分。

当然他不会明说这一点，也很狡猾地跳过了没办下资质私自建造那一段。

呈现在梁砚成面前的是个完美的度假庄园投资计划蓝图。

“这事我需要再想想。”

梁砚成垂着眼，像是在专心致志把玩手里的金边眼镜，说再想想时语气平淡得仿佛在谈今晚要不要回临山别墅吃饭。

池文征忍不住追问：“那抵押……”

“我缺这些吗？”梁砚成重新戴上眼镜，“不如拿些更牢靠的来换，让我也能知道叔叔的决心。”

与此同时，桌面上的手机又亮了一下。

梁砚成不着痕迹地拿起手机，还没点进页面，就听池文征问道："你要什么？"

“那就……把股权质押给我吧。”

他笑了笑，仿佛在开玩笑，又好像不是。

手机页面上，某只小孔雀急不可耐地在里边呐喊：

“房子要来干吗，不要不要！”

“股权，股权！问他要股权！！！”

还真是……猴急。

他熄了屏幕，看向池文征。

资金卡口近在眼前，池文征仿佛没露出太大犹豫的神情。质押股权本就是件稀疏平常的事，不说七八成，少说也有五成企业与银行签借款协议时会把股权质押出去。

但决策权和股东会投票权利依然握在手里。

只有大池最终无力偿还，梁砚成才有资格处置质押在他手里的股份。

于池文征来说，就像一笔很简单平常的交易。

他在心里估了个数额，问道：“25%，够不够？”

梁砚成眸光微敛：“35%。”

池文征：“30%。”

梁砚成：“40%。”

短暂沉默过后，池文征拍板：“那就35%。”

“叔叔自己说的，”梁砚成抬手拨通内线，“叫陈律师过来拟合同。”

抬眸再看向池文征时，梁砚成表现出上位者一如既往的威压：“我的人来拟，我更放心。”

手机很合时宜地连亮几下。

梁砚成顺手推了杯茶过去，才不紧不慢打开消息。

与他想象中一样，消息一连串跳个不停。

“好感动。”

“你说什么我都爱你。”

“伸个懒腰都是爱你的形状。”

“劈个叉都是爱你的形状。”

“不知何来的气势都是爱你的形状。”

男人抬手抵着腮轻咳几声。

表情包不错，就是略显浮夸。

在池文征无法按计划还款之前，这 35% 的股权质押其实没什么实际效用。

不过万事开头难，能从他手里抠出一点也是成功。

法国那边度假庄园的资质一天没下来，池文征对此事的忧心就多一天。他必须时时刻刻盯着那头的项目，才能确保资金能顺利回笼。

从某种意义上来说，算是牵制了池文征。

池颜听响动，确定人已经离开，才从休息间探出脑袋，朝办公桌后神色平静的男人眨了眨眼："看到没，我给你发微信了？"

梁砚成薄唇微动："浮夸。"

"你这个人好无趣！"池颜边抱怨边从里边出来，但听声音显然是高兴的，"晚上吃点儿什么，庆祝庆祝？我请你吃饭。"

"你请我？"

他抬了抬眉，仿佛在说，你确定饭后不是刷我的卡？

池颜翻了个白眼："那怎么了，这是你的荣幸。"

她这次有了上回的教训，避开所有海鲜，还配合对方的口味选了家很清淡的广东菜。

当把自己先生当成赴宴的客人来对待时，境遇提高得不是一星半点儿。

很是舒心的一顿晚餐，连带着回到家气氛也刚刚好。

如池颜所说，小别胜新婚。

次日醒来已经日上三竿。

大床另一侧空空荡荡，卧室也没了眼巴巴等着她睡醒的两汪小黑豆眼。

池颜慢吞吞洗漱完，正准备下楼，走廊另一端，与主卧方向相对的书房的门倏地被打开。

她与梁砚成对上了眼。

见她一动不动站着，梁砚成问道："醒了？"

池颜点了下头，问道："小宝呢？"

"在花园，"梁砚成停顿两秒，着重强调最后一个字，"玩。"

仿佛在解释没人故意把它弄出去。

"哦，那你怎么没去公司？"

男人幽幽看着她："休息。"

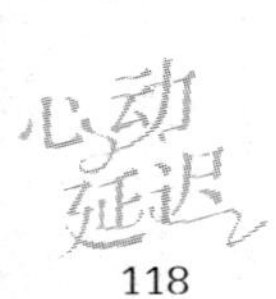

从他嘴里听到“休息”两个字堪比买彩票中头奖。

池颜“啊”了一声，有点摸不着头脑。

她下意识以为是自己看错了日子，想掏出手机看看今天是不是周末，就又听他说：“早上你手机响了好几回。”

“是吗？”

池颜摸出手机一看，几个未接电话都来自关诉。

她想了想，解释说：“我可能要出去一趟。”

“我陪你去。”

池颜不解：“你去干吗？”

男人淡淡道：“今天休息。”

池颜也不知道自己这次去见关诉为什么要带着梁砚成。

总之最后的结果是，她正打算出门，司机已经把车开到了廊下，后座还坐着她这位说今天休息很是清闲的老公。

她最后一次表示抗议：“你要不就别去了？”

梁砚成翻看着手头文件，缓缓抬眼：“现在我们也算在一条船上，有什么我听不得的？”

倒也不是怕他听去什么。

池颜没再反驳：“行吧。”

约了关诉在咖啡厅见面。

从家到咖啡厅，一路坐车，根本吹不到冷风。

池颜出门时穿的是一套高定针织款长裙，得体的剪裁把她玲珑有致的身材衬托得极其完美，但刚下车，肩上就裹上了一件男款粗呢大衣。

男人从旁理了下身上的衬衣扣，问道：“不是怕冷？”

池·可夫斯基·颜曾经说过，当一根木头有开花的趋势，就要耐心引导。

于是她拢了下衣襟，说道：“嗯，确实冷。”

关诉看到的就是夫妻俩如胶似漆进来的样子。他不知道怎么形容跟在她身后的男人，气质像明月清风，光芒却耀眼夺目。

翩翩贵公子大抵如此。

或许因为从小得到的都是最好的，眼前的男人没有强烈地想与他人比较的心，周身伴随的是从骨子里散发的从容与自信，但当你直视他时，又觉得挪不开眼。

关诉回过神，起身握手：“砚总。”

“关副总。”

举手投足间都是客气与疏离。

还是工作时间，关诉为了避免出来太久，说话开门见山。

他这次找池颜出来，是因为VR项目的事与池文征产生了分歧，想听听池颜的意见。

“现在咱们重启VR项目，再怎么追进度也比别人晚了一点，目前市场份额被先行者霸占。我找市场部询问了游戏、家居、视频、设计等各行业的大公司，想进驻VR的早就挑好了平台，现在还没找平台的多半也不想走这个模式。”

目前有业界大拿因为业务需求自己配套生产VR的，也有找专门的科技公司合作入驻平台的，双方谈拢平台提成，一个提供资源，一个提供设备。

大池属于后者。

如关诉所说，大多数需要VR业务的企业基本已经挑好了合作平台，没道理多花钱再谈一家，在这样的形势下，必然要更优惠才能吸引对方。

池颜问：“叔叔怎么说？”

“我建议降低合作费，但池总觉得我们是高端产品，与目前市场上那些设备不一样，不能自降身价。”

合作在精不在多是没错，但现在连市场都快没了，还精什么精。

在场三人最会谈生意的是某个气定神闲喝咖啡的男人。

他说只是来喝杯咖啡旁听，就真的只是旁听，不置一言。

池颜目光慢悠悠从梁砚成身上掠过，突然心思一转，说道：“优惠还不够，我们应该让合作方免费入驻。”

她这话说完，连带着梁砚成都多看了她一眼，目光落在她身上，看不出是赞许还是不赞许。

关诉更是哑然：“免费？”

池颜点了点头：“对啊，我们卖设备，赚的是谁的钱？”

“用户啊。”

“那不就对了。我们赚用户的钱，又不是合作商，收那么贵合作费做什么？”

关诉还没太绕过弯来，就听她继续解释：“我们免费让合作商进驻，反正不要钱，之前谈没谈好平台的都会产生兴趣，多进驻一个VR平台对他们没有坏处。大批合作商涌进来，平台就被人为扩大了。同样买一款设备，有的只能玩那么几款游戏，有的能看视频、打游戏、实景看房、逛商场，你买哪个？”

“懂了。”关诉点点头，“不过我们调试和测试费用也会变多。”

倒不是关诉眼光不够长远，就是怕池文征一听费用增加不会同意。

池颜想了想：“定价可以在原先基础上合理提升，稍微贵点儿不会对销量产生太大影响。”

“方案你尽管提，”池颜搅着金属小匙，“我找人把你的方案拿到股东会那边点点火。如果叔叔还是不同意，就提议拿出第一代来测试，分 A、B 款。看看叔叔坚持的那款效益好，还是你说的这款好。”

“好，我尽量。”

这段时间下来，关诉很享受和池颜谈公司大小事务。

有时候总觉得与她说话，能从她的话里看得更高更远，能听出未来蓝图。

他刚想说点什么如同往常那样夸赞她的话，就听她身边的男人低笑一声，慢慢开口：“我太太自然不差。”

很难得能从他口中听到夸奖，更难得的是完全出于真心。

关诉走后，梁砚成换了个更舒适的坐姿，问道：“你怎么想到的？”

池颜撇撇嘴：“融会贯通，跟你一样啊。”

她刚才从梁砚成身上掠过的那一眼，忽然福至心灵，想到他们梁氏最初的平台也是免费招商引资吸引合作的。电商的优势不就是比实体经济更节省开支、更吸引品牌吗？

他们可以，她自然也能学习。

梁砚成听罢没再深问，手指一伸按住了她把玩金属小匙的手，说道：“你这么帮关副总树立威信，也不怕他到时候反水？”

“不怕。”池颜抽了下手指，没抽开，索性任由他按着，“你会做生意，但我会跟人打交道。”

她想了想，补充道：“只要我想。”

只要你想……

结合上句，不就是你想和关副总打交道吗？

男人轻嗤，冷冷松了手：“你倒是信他。”

放眼整个大池，能信的就翁永昌和关诉了。

池颜想他这话来得莫名其妙，就譬如他和易俊的关系。虽然让关副总当助理有点大材小用，但意思就是这个意思。

她需要关诉当她与大池之间的廊桥，显然关诉有能力也有心做好这件事。

从咖啡厅出去，池颜总觉得梁砚成的冷脸甩得莫名。

她靠车窗而坐，好心打破沉静：“你是觉得关诉有什么不对吗？”

“没有。”男人面色平静。

那你不高兴个什么劲？

池颜自认对“人类如何与木头相处”这门课钻研不够，懒得去细究他这些旁人难以察觉出差别的小情绪。

如果没人说话，车上的时间显得有些难挨。

她拿出手机，漫无目的地刷起微信朋友圈，像是知道她正闲着，没刷几下，手机接二连三振动起来。

有个号称八卦发源地的群响应不断。

池颜正无聊着，点进去扫了一眼，常年5G冲浪的塑料花们齐齐被消息炸了出来。

“宝贝们，你们听说没，林家出了件大事！”

“林家小少爷又惹什么祸了？做美容呢,没天大的事晚点说,这会儿忙着呢。”

“绝对天大！震声！”

……

池颜冒出头，发了个问号。

一见池颜也来了，小姐妹立马抖筛子似的抖了起来。

“宝贝，一句两句说不清楚，我给你打语音。”

池颜心说，我也不是那么想知道，刚想拒绝，电话就急不可耐地响起来。

她瞥了一眼仰靠在另一边合眼休息的男人，清了清嗓子才按下接通键，就像在提示对方自己要接电话了。

电话那头小姐妹的声音慷慨激昂。

“宝贝宝贝，你在听吗？”

池颜“嗯”了一声：“在。”

“林霜你知道吧？咱们经常一起喝下午茶的，林家那位大小姐。”

“知道。”她懒懒应道。

“林家养了这么多年，不知怎的突然发现林霜是抱错的，压根儿就不是什么林家大小姐！”

什么玩意儿？这么狗血？

池颜差点以为自己在看电视剧，脑海中开始慢慢回想林霜这个人。

因为老宅那边和林家关系近，有时候请人喝下午茶，就会连着邀请好几家。林霜、许潇潇与池颜年纪最相近，许潇潇这个人太会装腔作势，林霜倒还好，文文静静不怎么说话，碰到春秋换季鼻炎严重得连门都不出。

池颜想了一会儿不知怎么开口，只能问：“那被抱错的另一个呢？”

“巧了，另一个一直就生活在陵城。不过养父母家条件不好，听说是在什么球场当教练还是陪练的，总之是麻雀飞上枝头变凤凰了。”小姐妹干笑几声，“也不对，是有人要变麻雀了。”

池颜对林霜印象还算不错，听完心里不大舒服，只问道：“林霜现在呢？”

“还在林家呢，林家又不是没钱，一个养了那么多年，一个又是亲生的，都有感情，索性当姐妹花一起养。”

一朝一夕之间天地落差，很少有人能够感同身受。

池颜不知怎么想到家里刚出事的那段时间，她有一种天都塌了般的慌乱不安。临山别墅在一夜之间，东楼空了，主楼也空了，只剩西楼还是团聚的一家。

比起林霜，她那会儿幸运的是起码还有心安理得住得下的地方。

电话里，女人还在兴致勃勃地讲。

“不过我听说啊，林霜当场就愣了，好久都没回过神来，脸色青一阵白一阵，难堪得要死。”

八卦流传出来的时候，人人都像亲身经历般，说起来头头是道。

“好像说她本来想去外祖父家散散心再回来，转念一想，连疼了她这么多年的外祖都不是亲外祖父了，反正最后说是出去旅游了，还不知道回来怎么说，是住回林家还是回她亲生爸妈那儿去……”

圈子里玩久了的人之间，情谊有时候是塑料的，但说到惨处，最终还是于心不忍收了一下。

于池颜来说，有种微妙的情绪冒出了头。

毫无缘由地，她对这位林家真真正正的千金初印象并不是很好。就好像同自己玩熟了的圈子里的某人突然要退出，然后硬生生挤进了一个要顶替她的人。

她把这种不喜总结为对熟悉人际圈变动的不适应。

“都这么多年了，肯定是觉得亏欠的，这会儿正一个劲地弥补呢。我听说要给杜婧，哦，不，现在该叫林婧，给她办晚宴正式介绍给大家呢。请帖应该就是这几天发，你看着吧。”

池颜应了一声：“知道了。”

小姐妹悻悻地问道：“你怎么听起来不大感兴趣？”

“也不是很熟。”池颜闭起眼，没再说话。

大概是想到这位池家大小姐家里关系也很复杂，小姐妹闭了嘴，很识趣地挂了电话。

车内懒懒的说话声蓦地停了。

梁砚成掀开眼皮望了一眼，他的太太靠在颈枕上闭着眼，没什么表情。见多了她刻意摆谱和嬉笑怒骂，就这么安静闭眼的样子仿佛有些陌生。

像卸下面具发觉里边还有一层，看不出真实的情绪。

高兴还是不高兴？

绷着的还是放松的？

他垂眸，看了眼这几分钟跳满整屏幕的消息提醒。

不用点进去细看，从发消息的频率和节奏来猜，就大概知道对面是谁。

喜欢这么飞快地、一条接一条发消息的，他的好友列表里大概只有两个人，一个就在身边，另一个是江源。

他点开消息，果然是江源。

“太狗血了，我听说林家抱错了孩子，前些天才刚找回亲生的，这电视也不敢这么演吧？”

“更狗血的你知道吧，那个货真价实的大小姐咱俩认识，就那个杜婧。”

“哦不是，林婧。”

“你说尴尬不尴尬，林家小少爷每次去还奚落她，搞半天是自己亲姐姐，现在全世界最尴尬的应该就是他了。”

“别说，我现在想起来，还觉得他俩确实长得挺像，尖下巴、细长眼、朝天鼻，你品，你再细细品。”

梁砚成的视线落在屏幕上好一会儿，缓缓打出一个字：“谁？”

江源差点气死：“你常去的那家高尔夫球场啊，你陪练，那个球技还不错的女的。她就是林家抱错了的真千金！”

梁砚成：“哦。”

没了？

这就没了？

江源一大通话已经打满屏幕，还没发出去，手机一抖，他这位朋友很“有情义”地又发来一条：“关我什么事？”

江源无语。

算了，不想说了。

车里。

池颜闭眼靠了一会儿，想到老宅那边跟林家关系很近，便开口问梁砚成：“你知道林家最近的事吗？”

两人都在几分钟前被各自的圈子普及了一下。

梁砚成知道她在说什么，但说实话，他对这些并不感兴趣，只淡淡道：“刚刚听说了。”

他以为接下来的话题至少围绕林家打转，没承想他太太的思维极为跳跃，沉默片刻，忽然转头看向他，问道：“你常去的那家高尔夫球场叫什么？”

“艾瑞。”他答道。

“哦。”她不知在想什么，追问道，“陵城能打球的就那么几家，听说那位

林小姐找回来之前在高尔夫球场工作，你知道她吗？”

事到如今，他太太有几分聪敏他是知道的。

他并不觉得池颜是在单纯八卦人家的家事，反而像是借此机会旧事重提，继续纠缠多日前听来的那条小道消息，说高尔夫球场有个女孩儿一直缠着他。

或许她知道杜婧这个名字，或许不知道。

梁砚成仔细回想，怎么也想不起他当时与对方说没说过话，不过事后那个姑娘并没有纠缠是事实。

无论是不是试探，于梁砚成来说都是无稽之谈。

当下只觉得江源说得确实没错，女人需要哄，漂亮女人更是。但哄人这件事在他的概念里就是件花费时间精力又收效甚微的。

解释已是难得，解释过的事更是等于翻篇不提。

如果说完第一次，将来还有第二次，他必然会感到不耐烦。

此时对上她那句“你知道吗”，他就不自觉冷了语气，生硬地驳了回去：“不知道。”

想他也不知道。

池颜懒洋洋地“哦”了一声，重新闭上眼，心想：迟早要见面的，跟什么都不知道的木头打听个什么。

林家也是奇怪，定好的晚宴日子突然往前调。

池颜与梁砚成一道赴的宴。

借宴会的契机想与梁氏谈合作的宾客前仆后继。

池颜在梁砚成身边听了一会儿觉得无趣，转身刚走，同样被众星捧月般围了起来。

塑料花们今晚齐齐到场，都来一睹新被认进家门的林小姐风采。

“怎么突然改日子了？我等了小半年的高定还没来得及改，你们看今天这件，太普通了！都不衬肤色。”

说话的是塑料花之一，嘴上吐槽自己的礼服，但明眼人都能看出这也是套价格不菲的春季新款。她们平时有来有往，很清楚怎么接话让对方找不到继续炫耀下去的机会。

几乎话落，就有人接了她的话。

“林霜不是出去玩还没回来吗，估计趁她没回来把宴会办了。”

绝口不提礼服的事，话题就被圆了回来。

“趁她不在办晚宴介绍新的林小姐。”

“不在才好，要是在多尴尬。你们说，要这事发生在你们身上，你们怎么办？要我，我也不想在。”

……

塑料花们背后都是陵城说得出名号的家族，但多半依附梁氏与大池。很多时候话题风向是看池颜怎么说，就怎么拆。

于是说着自然而然把目光都投向了她。

池颜漫不经心抿了口香槟，说道：“换我，凭什么不能在？我又没做错什么。”

她一说话风向立马往这边倒，众说纷纭很快统一口径。

“对啊，林霜也是倒霉，她又没做错什么。”

池颜放下酒杯，细细打量着人群里的某一位，忽然开口：“礼服不错，挺漂亮的。”

最开始被刻意带过话题的塑料花眼睛一亮，终于找到缺口把话题带回到自己身上，给池颜递了个感激的眼神。

自然而然，分给林霜的关注度倏地降到了最低。

不远处，那位冠上林姓的真千金被家人带着四处寒暄，池颜视线越过人群轻飘飘落在对方身上，这位真千金看起来模样乖巧不算讨厌。

不过几秒，她就失了兴趣，不紧不慢收回目光。

耳边的话题不知何时从礼服又绕回到了林家唯一在场的那位千金身上。

“还真是人靠衣装马靠鞍，换了千金小姐的行头就是不一样了。我记得以前在艾瑞见过她，那会儿放人堆里都挑不出来。”

“也不想想以前过的是什么日子，说是她养父母家里本来条件就不太好，去年养父还出了车祸瘫痪了，一直得住院……”

“那样的家庭，估计积蓄都花去看病了吧？”

“这么惨啊？”

“惨什么，这不摇身一变成千金大小姐了？你们说这算不算一夜暴富？”

……

塑料花们聊得津津有味。

池颜晃着酒杯，有一句没一句听着。

她站的角度刚好对着主家一路寒暄而来的必经之路，林家夫妻与她对上眼神，遥遥举杯示意，脚下也跟着往这边走。

林父率先站到池颜面前报以歉意：“今天忙，招待不周。”

池颜莞尔：“林叔叔不用客气。”

林父与她隔空碰杯：“刚在前面与砚总打招呼时还想问怎么没见你，原来躲

这儿清闲来了。”

话音刚落。

池颜不知是不是自己太过敏感，总觉得这位林家小姐似乎是很长一段时间把目光一直落在自己身上。

这样当面打量对方，其实并不礼貌。

池颜只当对方还没接受过宴会礼仪教导，只淡淡笑着：“他啊，他们聊的话题太严肃了，都是生意上的事儿，我不感兴趣，也没耐心听。”

很平常的对话，池颜被落在身上的视线看得不太舒服，抬了下眼皮淡淡望过去。那道视线倏地收回，连与她对视的勇气都没有。

她很清楚林父带林婧过来的目的，就是想让新找回的女儿尽快融入圈子。

而在陵城，以挤进池颜这一方小圈为荣。

他殷切地介绍着女儿如何乖巧如何懂事，生生从眼神里流露出些许期盼。

池颜不好太拂林父的面子，只笑了笑，没给明确答复：“以后有机会可以一起出来喝喝茶聊聊天。”

林父本意就是把林婧介绍给池颜认识，当下便说不参与她们年轻人的话题，转身去继续应酬别的宾客。

池颜刚才那番话说得委婉，“以后”和“有机会”都是模棱两可的词。

不过好像当事人没怎么听懂，林父也是，林小姐也是。

林小姐此刻两腮浮起红云，也不知是尴尬还是害羞，小声道了谢，却迟迟卡在称呼上，“池”了半天也没说下去。

按年纪，池颜比林霜小那么一点儿，理所应当比林婧也小。

旁人只以为林小姐不能叫池颜姐姐，又不好意思占便宜叫妹妹，左右为难。

放在任何一个圈子里的人身上，这会儿众人心里肯定要直呼对方小家子气了，但仔细一想，这位林小姐真是小门小户养出来的，反倒对她多了几分同情与可怜。

她涨红了脸站在那儿，眼神怯怯的，这会儿与先前不一样，不敢直视池颜。

像是被人欺负了似的。

池颜心里冒出这个想法，有些不太舒服。

她摆了摆手，刚想说算了。

面前的林小姐突然抽风，本来还不敢大声说话的，突然面露惊喜，朝着她身后的方向说：“又见到您啦！”

池颜循声回头，与站在她斜后方神情寡淡的男人撞上了眼。

不高兴的情绪像涟漪似的，扩大了一圈。

又什么又？

您什么您?

以池颜为首的一众塑料花站位清晰，与紧紧攥着酒杯、一脸柔弱小白花似的林婧泾渭分明。

看林小姐无助的样子，不分青红皂白的人直接就默认她被欺负了。

她暗含期待地望着忽然出现的男人，眼神水润透亮。

然而男人连多余的眼神都没给她，朝为首孔雀般明艳迷人的女人微微颔首。

“在忙？我带你过去认识几个人。”

池颜的注意力还在刚才话中的细枝末节里。

林婧很自然地以“您”称呼梁砚成，似乎是长期形成的职业习惯，看到客人无意识地就脱口而出了，况且，她用的是“又”。

她确实是与梁砚成认识?

池颜短促地皱了下眉，回过神来：“不算忙，正和林小姐认识呢。”

因为太太的一句话，梁砚成这才把视线投向对面。

三番五次接触下来，他逐渐对这位林家小姐有了印象。与江源说的一样，她与林小少爷有几分相似，细长眼、朝天鼻。

除此之外，好像……高尔夫球打得不错。

所有的印象止步于此。

梁砚成抬了抬酒杯，说道：“抱歉，带我太太失陪一下。”

他嘴上说着抱歉，但神色没有半分歉意，好像习惯了不会有任何反驳的决策，举着酒杯等待时的淡淡一瞥，就在无形之中扩大了距离感。

林婧面色微窘，只好笑了笑：“没关系，您先忙。”

她看到男人收回视线，转身时，好像注意到什么似的在池颜的肩膀线条上停顿几秒，而后低声问道：“冷不冷？”

与前一句说话时的态度已然成了两个人。

她垂下眼，视线久久停留在手里的红酒杯上，猩红色的液体轻轻晃荡，像她轻晃摇摆的心。

往常的宴会，梁砚成池颜夫妻俩只要扮演恩爱，大多数时候各有自己的圈子。

很少像今天这样，梁砚成说要带池颜认识几个人。

池颜觉得反常。

本来该好奇梁砚成到底要介绍谁给她认识，但此时此刻她脑子里有个想法比这件事来得更为汹涌急迫。

她偏头细细打量他，不经意般出声：“那个林小姐，以前好像就在艾瑞工作。”

“哦。”男人面色平静，“不熟。”

“上次还说不知道呢，这次变成了不熟。”池颜微微用力，搭在他臂弯处的手指耍狠般扣紧，“你心虚啊？”

梁砚成垂眸看着她，半晌无语。

他仿佛想从她脸上看出这么问的用意。

“我虚什么？”他无声轻哂，“你想太多。”

池颜撇撇嘴，没说话。

她倒不是不放心木头，只是他这样的男人，别说是木头了，是小宝拉的臭粑粑也耐不住有人喜欢往上贴。在这个圈子里，她见过太多这样的事。

虽有麻木，但她绝不接受。哪怕一点点都不行。

她搭在他臂弯上的手指象征性地掐了他一把，以示警告。

梁砚成要介绍给池颜认识的人并非陵城本地人。

算是林家的大客户，最近来陵城办事，正巧出席了这场宴会。

对方同样是科技公司，早就听说过大池的名声，难怪梁砚成从中牵线介绍两边认识。

池颜从善如流，与对方交换了联系方式。

她在外向来是胸无大志的二世祖形象，聊了一会儿就打算找机会回塑料花圈子去，目光在宴会厅流转，远远看见林小姐死皮赖脸还没走，回去的欲望反而被打消了。

池颜借口去洗手间，从宴会厅绕了出去。

走廊的氛围灯像两条银河带，蜿蜒着向前延伸，灯光尽头，仿佛站着个人影。

她拧着眉仔细打量，觉得眼熟。

走近了才发现，一人一行李箱，风尘仆仆站在那儿的正是本该在旅游途中的林霜。

她扎着干净的马尾，鬓发微乱，与宴会厅里刻意打扮过的林家新找回的千金小姐相比，显出几分落魄的味道来。

池颜与林霜并没有深交，这么微妙的场景，说什么都会被以为是施舍同情。

何况，人与人之间本就没有什么真正意义上的感同身受。

池颜朝行李箱努了努嘴：“刚到家？”

“嗯。”林霜声音很轻，神色黯然，“今天的飞机。”

池颜笑了笑：“飞机晚点了吧？怎么还不赶紧换衣服出席？”

林霜有些讶异，抬眼与池颜对视几秒，忽然明白了她的好意。

她像是不好意思，咬了下唇，说道：“反正都晚了，我今天还是不要出现了吧。免得扫兴。”

林霜知道自己不是飞机晚点了，而是听说宴会提前特意赶早飞回来。

但回来的路上，有那么一瞬间，她茅塞顿开。

提前举办宴会的最终目的，不就是让她来不及往回赶吗？

于是明明来得及回来参加家宴，在此之前，她一个人提着行李箱绕路去了趟医院。没别的，就想看看她真正的父母过的是什么样的生活，她想看看自己的人生原本是什么样的。

林霜正出神，忽然感受到一股拉力。

她往前踉跄了一下堪堪稳住脚步，迟疑地望向拉着她的那位大小姐。

“怎么了？”

“带你去换衣服，”池颜眨眨眼，“你家这么大事你不出席，今晚还好，过了今晚怎么说的都有。”

“但他们提前举办宴会，不就是……”

林霜想与池颜解释其中缘由，谁知对方压根儿不给她反驳的机会。

池颜恨铁不成钢地瞪她：“你姓林怎么还真跟林妹妹一样想那么多？这种场合问心无愧、礼数周全就行了。哦对，你回来给那个林什么带礼物没？”

林霜傻愣愣地点头：“带了。”

话落，这才看到对方脸上露出一丝满意的神色。

池颜说：“带着礼物，跟我出场。”

林霜出现的时候，宴会场窸窸窣窣低语不断。

比起刚回来时的风尘仆仆，收拾过后的她换了件米白色一字领礼服，举手投足间时时刻刻彰显着世家数十年来的素养，格外落落大方。

不仅仪态得宜，还给林婧送了条蓝宝石项链。

好像今晚这场宴会并没有什么真假千金，就是一场普通家宴。

林氏夫妻见林霜突然回来，依然是那副大方懂礼的样子，很是欣慰。

原本提前举办宴会是因为林婧担心林霜在会不开心，好心提议等姐姐回来补办一场自己家的家宴就足够了。

林氏夫妻对这个刚找回的女儿满心愧疚，又深感欣慰。

两个孩子都乖巧，连带着看向常常闯祸的林小少爷也满意许多，一家五口其乐融融。

如此和谐的宴会现场，自然不会有人当面说不讨喜的话。

更何况，林霜没出现多久，众人见池家那位大小姐、如今梁氏集团负责人砚总夫人主动寻了过去。

她与林霜似乎关系匪浅，一概不管其余杂事，笑着问道：“你到哪儿去玩了？好玩吗，介绍给我，下次我也去看看。”

池颜一与林霜主动说话，其余小姐妹一拥而上，和往常别无二致。

而落在一步之遥的林婧反倒有点格格不入。

宴会气氛渐入高潮，从来没出过这么多风头的林婧仿佛被遗忘了般，在这场宴会里天上地下跌跌撞撞。

她是林家小姐这一点是确确实实的，但也感受到了这么多年与别人的差异。

她们聊的、笑的，明明自己每个字都听得懂，凑在一起却仿佛在听天书一般。

她能做的好像与在高尔夫球场那会儿一样。

只有赔笑，仅此而已。

这样的宴会，梁砚成通常不会待到尾声。

池颜知道他不喜交际的个性，在外当然得演好贴心太太，毫无疑问，两人得同进同出。

她前脚刚走，后脚就有小姐妹憋不住问出了口。

“池颜什么时候和林霜玩得那么好了？以前怎么没看出来？”

“对啊，以前她对谁都差不多，怎么今天突然转性了？”

“不知道。不过坦白说，我就不喜欢那个林婧，两边一对比啊，我还是和林霜好吧。”

“那倒是……畏畏缩缩的小家子气，我也不喜欢。”

……

一群人低声讨论着，没注意话题中心的某人从身后掩身而过，目光灼灼望着门厅处那对夫妻离开的方向，控制不住跟了上去。

宴会走廊。

或许是因为都在宴会厅帮忙，走廊显得格外空旷。

池颜小步踩着地砖，每一声都显得轻盈。这双定制款的高跟鞋相当受她青睐，鞋跟以品牌 Logo 的造型细细支撑着，很是别致，也就极其难得地穿了第二次出来。

不过好看的鞋总是会让双脚受累。

池颜走了两步忽然驻足，靠着大理石柱轻轻甩了甩脚脖子，定在原地。

几乎在同一秒，男人也停了下来，偏头看她。

“怎么了？”

本来没有这么矫情，但池颜看他抿起的薄唇，忽然就想戏弄他一下，故意拖长了声音，软绵绵地激他：“走不动，疼。”

他眉心微蹙：“我叫车来门口。”

“那到门口还有一段路呢。”

女人声音拖着尾音，勾人得很，此刻正无辜地挑起眼尾，好整以暇地看着他。

他轻叹一声，妥协道：“我背你。”

要是理智上线，梁砚成必定觉得万分不可思议，这种场合他竟然会说出这种话。然而真真切切说完后，他又觉得自己似乎在隐隐期待着什么。

几秒之后，理智回笼。

他刚想说就此作罢，他的太太先一步开口，满是担忧地说：“不行啊，我穿的礼服会走光的。”

“所以？”

池颜得逞，偷偷翘了下嘴角：“抱抱。”

梁砚成无语

“快点快点，我帮你看着呢，附近没人。”

她单手撑住大理石柱，原地轻晃鞋尖，每个动作都像是在撩拨的边缘拉扯着他问——快点，要不要抱，过了这村就没这店了。

男人叹了口气，上身微压，朝她伸出手：“上来。”

木头可以啊，还是公主抱。

池颜像没力气的软泥怪挂在他身上，下颌压着他硬朗的肩线微微一倒。

她的视线穿过走廊，落在某处，无声地扬起了嘴角。

第四章·野蔷薇

她送的礼物明明很浮夸，可就是讨厌不起来。

杀人诛心。

池颜从来不是吃亏的个性。

池文征在乎钱财权势，她就牢牢盯着对方的股份；宴会上手段拙劣的小白花敢肖想她的老公，她就偏要把恩爱演个彻底。

也不知道梁砚成除了身份、地位、长相、身材之外，到底还有哪里吸引花花草草的，着实烦人。

池颜心里想着，噼里啪啦在键盘上同步敲了出去。

池颜："又一个，又来一个！你们摸着良心讲，这个男人除了身份、地位、长相、身材，还有哪里吸引人？全世界就他一个男人吗？"

江瑞枝默默发了一串省略号后，问道："除了身份、地位、长相、身材……还能有什么？"

池颜感觉到了窒息，想了想郑重其事地敲下两个字："性格！"

她是真的觉得木头又闷又无聊。

除开床上那点儿事无师自通，其他真是不懂情趣，不知所谓。

但好像也是因为这点，她又对他莫名其妙地放心。

反正一根木头而已，别人再怎么开花作妖，他都跟老僧入定似的自动屏蔽了信号。

江瑞枝等了好久，见池颜打完性格两个字之后，没有出现预料中的长篇大论，缓缓发出个问号。

江瑞枝："就这？没了？"

池颜："什么？"

江瑞枝："宝贝，换平时，你已经八百字小作文写好了，也该拿着洛阳铲去刨老梁家祖坟了。"

池颜很冷静地回道："倒也不必乱开团。有一说一，木头懂什么，我们人类还是不要和木头一般见识，我抱怨几句舒服多了。"

江瑞枝发来一串波浪号以示庆祝，又问道："那个林呢？你不管了？"

"管她做什么？"池颜很自信，"没点定力进入这个圈子，有的是人想整她，你们就等着看戏吧。"

大把美好人生，池颜压根儿没把林婧放在心上。

近期有个巴黎的秀要去看，每年的品牌秀场都是她快乐销金的时刻。

这次去巴黎，池颜久违地带上了私人造型师和助理。

她每次出门行头都很足。

这一点在圈子里并不是新闻。

平日关系处得还算不错的小姐妹这会儿就更殷勤了。

坦白来说，谁不想舒舒服服蹭个私人飞机呢。

何况池颜从来就不吝啬。

池颜倒不是多喜欢与她们相处，就是纯粹当听个人声儿热闹热闹，去往巴黎的旅途人多就不显得寂寞。

近几天林家依然处于话题中心。一路过来，聊到林家两姐妹的话题并不少。不过因为有了池颜那晚的站队，塑料花们齐齐选择了同一阵营。

说起八卦来比当晚听到的顺耳多了。

只听说林氏夫妇这回也让林霜带着林婧过来看时装秀，多往外走动走动交点朋友。

现在哪儿还有人敢和林婧交朋友。

池颜笑了笑，没说话。

不过巧合得很，当晚入住酒店，她就遇到了林家两姐妹。隔天去往秀场，又见到一次。

池颜远远与林霜打了个招呼，没再过去。

工作人员在秀场通道口引路，一眼就认出了这位贵宾客户。

池颜出街都是由造型师精心搭配过的，精致到了每一笔唇线、每一根发丝，在异国他乡博足了眼球。

不过她向来只走贵宾通道，绕开红毯低调入场。

不多时，秀场内陆陆续续坐满了人。

第一排近年来成了各路人员争奇斗艳的地方，时不时有摄像机扫过，为博出镜，算是兵家必争之地。

池颜今日造型复古，头戴蕾丝斜帽，抿着唇线看镜头的冷艳范儿迷倒一众媒体人，开场前的镜头往她身上扫得越发频繁。

与她有两排之隔的斜后方，是林家两姐妹。

池颜没有进场后随处打量的习惯，会显得没礼貌且没教养。

然而夹杂在一众外语里，中文的辨识度极高。

开场乐都没响起，身后时不时传来的说话声又不得不让人注意到这对姐妹的位置。

多数是林婧在问，林霜好脾气地回答。

后面那位林小姐算是大胆，许是以为池颜听不到，好奇出声："第一排是举办方邀请的吗？怎么我们一道进来的人，只有她坐在前面？"

林霜觉得好笑："你想坐前面？"

"没有，我就是好奇。"

"嗯，好奇就够了。"林霜的好脾气快要下线，冷冷地答道，"这一场这个位置，八万多美金坐一次。每个品牌的头排座位有点小差异，不过基本都是稀缺资源。"

身后似乎安静了几秒。

估计那位林小姐在心里换算单位，片刻之后追问："虽然贵了点，可是我们家……"

"不是所有人为了看秀都能不眨眼的，"林霜抿了下唇，"你看一场两场能花这么多，除此之外，整个人生就是看秀不干别的了？"

或许是林霜忽然冷了脸，林婧有点不大开心，只闷闷"哦"了一声没再说话。

不过想来，被当面打消念头，还是有些尴尬的。

池颜无声抿了下嘴角，心想：这位林小姐还真是刚认祖归宗就压不住攀比之心，肤浅得令人可笑，眼界低的人只有面前的一亩三分地。

接近开场，摄像机在观众席游走一圈回到主舞台上，池颜这才换了个更舒适的坐姿。

她这儿刚好是 U 形台的转弯处，是模特定点停留的方位。

流动的光源如同水波，推着每个模特的脚步准确往前踩点。

转过 U 形弯后，光影一闪，池颜下意识眯了下眼。

相隔半个舞台外，她似乎看到一个既熟悉又陌生的身影。因为在影像资料里见过几回而熟悉，陌生却是因为她从没见过本人。

女人身上披着深色毛呢斗篷，年过半百依然风韵犹存，这会儿正偏头掩唇与身边男人轻声低语。

与池颜想象中的温仪相差无几。

池颜虽然从没见过温仪，但是见过梁砚成的父亲。很显然，与温仪亲昵的男人并不姓梁。

温仪的名字在梁家很少被提起。

池颜不用猜也知道她不受梁老爷子喜爱。

异国他乡第一次相遇，不说一声似乎有违人伦；说吧，又不知道对于梁砚成来说，他这位母亲是什么样的存在。

这叫她怎么开口，难道给木头发短信说，我好像看到你妈跟别的男人一起看秀？

她犹豫再三，还是作罢。

即便远在国内，网络如此发达，关注时尚圈的人多少也看到了巴黎现场的路透图。

早期歌手温仪忽然现身时装秀瞬间成了话题，本来与之齐头并进的，还有坐在首排惊为天人的某神秘女性。

只是通稿还没发出，就被中途截断在了媒体公司。

梁氏集团顶楼。

易俊兢兢业业地汇报着巴黎那边的情况："夫人的照片都截下来了，现在网上没有炒作的。"

"嗯。"男人用拇指摩挲着镜框，没再开口。

易俊心下踌躇，又问："那关于温……"

涉及小砚总的家事，他没敢往下说。

果不其然，小砚总脸色微变，手指重重敲了几下桌面。

"咚——咚——"

梨花木桌发出沉闷的响声，易俊听着声响心下不安，越站越直。

半晌，男人终于开口："不用管。"

易俊如释重负，终于松了口气，答道："是。"

汇报完工作，易俊刚打算往外走，没想到身后有道声音叫住了他。

"等等。"

他立即转身站直："您还有什么吩咐？"

梁砚成问道："飞机申请了哪天的航线？"

易俊没转过弯来，足足有好几秒，他仿佛听到自己大脑飞快运转的声音，然后后知后觉明白了小砚总话里的意思。

飞机哪天的航线……可不就约等于问夫人哪天回来吗？

有那么一瞬间，他仿佛感觉自己摸到了顶头上司温情的一面，掐出个日子后万分自信地答道："夫人周日下午抵达陵城，您需要备车去机场吗？"

眼神无声对视的刹那，易俊差点滴下冷汗。

如果他有读心能力，大约能从梁砚成漠然的神色中看出几个大字：你知道得太多了。

然而他没有，以上只是他的猜测，于是只能硬着头皮改口："那边申请了北京时间周六夜里的航线。"

"嗯。"男人神色缓和许多，"前几天说的事呢？"

"整个陵城的犬类学校我都仔细打听过了，"易俊语速很快，更像是在将功补过，"平时周一到周五白天有训练班，也有定在双休日的游泳、长跑、飞盘兴趣爱好班。根据您的要求，我暂时与那边预订了私人一对一小课。您看还有什么要补充的？"

说起来这事要追究到前几天。

易俊去家里送文件的时候，听到管家不小心与小砚总提了一嘴犬类学校的事，彼时小狗正躺在露台边晒着太阳边用后腿挠耳朵，一副狗生惬意的样子。

管家话落，小砚总往露台冷冷瞥了一眼，突然来了兴致，说道："它确实要学些规矩。"

小狗"嘤"的一声翻着肚皮换了个更闲散的姿势晒另一边，丝毫不知道即将到来的狗生疾苦。

易俊当了如此恶人，仍然深表同情。

他静静等着听小砚总还有什么别的吩咐。

短暂沉默过后，男人像是想到了什么，问道："没有寄宿？"

易俊无语。

池颜在巴黎的行程很满。

秀场上买下的品牌方高定都需要约她本人量身定制，几乎每个品牌的客户名单上都有她的名字。

如此下来，到周六飞回国内，就不剩什么私人时间了。

后续交给造型师和助理打理，池颜如约轻装回国。

长期停驻在陵城国际机场的只此一架私人飞机。当橘色流线型波纹尾翼穿透云霄匀速下降时，一下吸引了众多目光。

池颜去的时候还吊着精神听八卦，回程都在私人休息室倒时差，丝毫没显露出旅途过后的疲惫。

她从通道出来，凑巧就碰上了林家小少爷。

林小少爷的嘴是见人说人话，见鬼说鬼话，一见到池颜抹了蜜似的往前凑："这是哪位刚下凡的仙女啊？啧，我颜颜姐？你这打哪儿回来啊，怎么这么仙气逼人呢？"

池颜翘起嘴角，心情愉悦："还能哪儿，逛完时装秀回来。"

"这身新定的吧？我就说谁能穿出比模特还模特的气质来，咱们陵城除了姐姐你，就没有第二人。漂亮，大气，艳惊全场！"

池颜习惯了他这张破嘴，老实说谁不喜欢听好话呢。

她抬手抵了下墨镜框，说道："我怎么感觉你有事儿求我？"

林小少爷嘿嘿一笑："不愧是我姐姐。但我这不算求啊，这不是刚巧碰到您嘛，就顺口提一嘴。"

池颜点点头，问道："怎么？"

"大池不是新发了款 VR 吗，我一看是姐姐你们家的，连夜就预订了。"林小少爷惋惜道，"就首次发售得太少了，我有几个朋友都没预订成，这不顺嘴问一声有没有内部货吗？"

池颜来了兴致，笑道："有那么紧俏吗？"

"怎么不紧俏？主要有好几款游戏，就大池那款能通用。哎，姐姐，我都给朋友夸下海口了，说认识这家科技公司的仙女大小姐，你可不能不管我。"

林小少爷的话通常只能信一半。

池颜估摸着他在狐朋狗友里吹和大池关系好，连带着吹与梁氏关系好估计是真的，不过多少也能听出点，新款 VR 确实很受欢迎。

她抬了下眉梢："行吧，晚点我叫人拿去林家给你。别人问我可能就没有了，你的话……"

林小少爷满眼期待："我？"

池颜无奈道："那怎么办呢，仙女都叫了，只能要多少给多少了。"

打发走林小少爷，池颜迅速给关诉打电话。

很快，关诉的声音从电话那头传了过来，他与旁人迅速低语几句，再开口时周围听起来空旷许多，说话隐隐带着回声。

"你回来了？"他像是很高兴。

"对啊，我刚下飞机。听说预售还不错，怎么样了？"

"前期时间紧迫，我们只来得及做完一部分测试，还有很多想入驻 VR 平台的功能没能正式接进来。不过我们的硬件跟得上，客户后期联网更新版本就可以了。"

他思索片刻，总结道：“总之还算可以，我们的B款刚开预售就空了。”

池颜问：“那A款呢？”

“A款虽然定价便宜，但功能限制，买的人没有那么多。在整个市场其实处于挺尴尬的地位，比较鸡肋。往下能买到更便宜的，往上能买到功能更齐全的。”

池颜点了点头，又听他说：“股东会那边后期会考虑利润最大化，把A款都替换成B款。”

“那不错。”

结果与她预料的差不多，但又远远超出了她的预期值。

听关诉的语气，也很容易辨别出愉悦的情绪来。

池颜忍不住与他开玩笑：“怎么，那些老古董夸你了？这么开心？”

“没。”关诉突然收了笑，假意严肃，“不仅仅是因为这个。好像突然就感觉到了自己的价值，能做自己喜欢的事，不像个架空的傀儡。”

“嗯。”池颜莞尔，“那后面我们就一直只做喜欢的。”

我们？一直？

关诉垂下眸，不知哪个词戳中了心中隐秘。高兴、难堪、酸涩、期待……所有情绪拧成一股洪流，撞得他气息不匀。

电话一路讲到停车场。

池颜偏头用肩抵了下手机，坐进后座的瞬间，察觉到有道目光沉沉落在身上。她微愣，没想到梁砚成在车里。

他这个时候出现在这里？

路过？机场都偏到郊区了，去哪儿能路过？不可能。

接机？天王老爷下凡都不见得能有这个荣幸叫他接机，何况她只是区区一介仙女，更不可能。

池颜对电话那头敷衍几声，偏过头问道：“你怎么在这儿？”

男人情绪莫辨的脸上似乎写了几个字：你觉得呢？

我觉得来者不善。

池颜默默在心里掂量了一下，这次巴黎之行，她好像花了面前这位金主爸爸不少钱。

那能怎么办，谁叫今年的春季款跟开了挂似的，太好看了。

怎么能怪她？

池颜“哦”了一声，先把电话这边的事儿说完，挂断电话后，这才歪歪扭扭靠向扶手，故意套近乎：“亲爱的，你是来找我算账的吗？”

此“算账”，一语双关。

可惜梁某人压根儿不睬她的话中话，听到称呼眸光微敛，反问：“你和谁打电话？关副总？”

“是啊。”池颜见男人今天突然不吃这套，索性坐直，摘了墨镜丢到桌上，“那款 VR 不是预售了，我问问情况。你呢，你怎么有空来接我？不会是……”

“想我了吧”还没说出口，男人出声打断：“还债。”

还债？

她缓缓眨了眨眼，这才明白，这是还她上次来接机的债。

还真是与她算得清清楚楚。

池颜这趟出行，话题都是关于时装秀的，想对方也没有兴致与她讨论品牌和季节新款，只默默抿了下唇，仰倒补眠。

黑色轿车平稳疾行，没再回公司，直接停在了新居的花园停车坪。

池颜最想的还是小狗。

她一下车没见小狗迎上来，满是狐疑：“小宝呢？”

管家扶着行李箱站在一边，闻言偷偷抬眼瞥了一下男主人的脸色后，如实回应：“听说小狗年纪小的时候容易训练，送它去犬类学校参加训练了。”

训练？

池颜心下并不觉得反对，反而觉得小狗确实该学点儿简单的命令。

她点点头，往前走了两步又停下，问道：“晚上怎么不去接？”

管家跟在她身后一步之遥，心中叫苦不迭，怕太太察觉出什么来，也不敢频繁抬头看先生脸色，只好垂着头说：“驯犬师说小狗还小不够定心，训练初期最好要寄宿在学校，养好习惯再接回来。”

哦，这样。

池颜“嗯”了一声：“今天也晚了，明天叫人去接小宝回来。要是怕习惯不好，叫驯犬师一道回来就行了。”

她又偏头看梁砚成：“你觉得呢？”

男人音色平淡：“就按你说的办。”

想到她回来不到几小时，先与关诉通了电话，又问了小狗，梁砚成解开西装扣，手腕捎带使力，把外套重重甩在沙发靠背上。头顶吊灯灯光洒下，将他抿紧的下颌线条勾得利落分明。

池颜听到声音扭头，看到的就是这样一副带着浅淡光晕的场景。

他站在光线明亮处，气息却是沉的。

她向来猜不透对方想什么，本来不欲猜测，但忽然记起什么似的“哦”了一声，叫来管家。

随身行李箱摆了一套熨帖平整的纯手工西服，后肩处用哑黑色重工刺绣出羽翅暗纹。

这件西服是时装秀落幕前登场的重头戏。

虽然显得年轻了一些，但碰上还不错的场合，倒是能压住几分木头的过于沉稳，只这么一件，好像送他也不错。

池颜当即定了下来，不同于她那些还留在巴黎的礼服，这套随身携带回国。

她从防尘布下取出西装，比在自己身上转了一圈，问道："怎么样，好看吗？"

怕木头看不出这套西服的亮点，她特意拿到灯光底下，戳了戳肩胛处的暗纹。

"这里，重工刺绣，看出来没？"

说实话，她不说的话真看不出来。

梁砚成垂眸看了一会儿，没懂她的意思，良久才很牵强地附和："好看。"

"是吧，送你的，"她踮脚把衣服贴在他身上反复比了比，"我就说一定好看。"

她的注意力都在衣服上，没注意到男人低垂下头，无声勾起嘴角。

"浮夸。"他说。

狗嘴里吐不出象牙。

池颜忍住翻白眼的冲动："浮夸？那你不喜欢我想想……我就送池硕好了，他马上成年送套西服也不错。"

她比画了一圈："就是袖子和肩这儿得改改，好像要窄一些。"

"我有说不要吗？"男人淡淡瞥她一眼，随之招呼管家，"挂去楼上衣帽间。"

管家察言观色，提着衣撑子小心翼翼地上楼，把空间留给夫妻二人。

池颜无事又翻起了手机，浏览一遍未读消息，远程指挥巴黎那边怎么改她剩下的几套礼服。她一张张翻看图片，被突然搭上腰际的手分了心。

"别动，"她偏了偏头，躲开他的呼吸，"刚回来，累着呢。"

"不用你出力。"

梁砚成低垂下头，以绝对的身高优势把她整个人困在怀里。

他声音略沉，说了以前压根儿不会说的话。

男人利落的短发有些刺，这样刻意把下颌压在对方颈窝处，免不了一下一下轻扎她颈间肌肤。

池颜有点受不了，不管是肌肤触碰的刺激，还是他有意压着声线说话的慵懒调子。

她抵了抵鼻尖，小声说："最多一次。"

"嗯，一次。"

算日子，快到第一季度分红的时间。

池颜清醒后坐在沙发上细细盘算。

她这次去巴黎，顺带打听了法国那块地的消息。如果没猜错的话，现在池文征距离资金回笼还有好长一段时间，面临分红，他又不想让股东会知道他的私人投资计划，应该正是焦头烂额的时候。

法国的地开弓没有回头箭，如果半路撤资就血本无归了。池文征问梁砚成要资金周转，一方面为的是继续投入，一方面是弥补他挪用公司的亏空。

池颜忍不住想去蹚一蹚浑水，把旋涡搅得更翻天。

以目前的形势看，要说大池今年势头最猛、收益率最高的项目，就是关诉的VR项目了。

干着老本行，又最赚钱，怎么说也该一力扶持扩大生产。

现在股东会众人已经开始认可关诉的能力，她不用担心半路杀出什么新的创收计划。

也就让关诉在无形之中显得举足轻重起来。

池颜做好打算，并不耽搁，直接去大池找池文征。

她有段时间没来，池文征见到她挺惊讶，叫秘书冲了咖啡进来，问道：“今天怎么有空来找叔叔了？”

“有大事。”池颜往门口看了一眼，确保办公室只他们二人，才压低声音，“叔叔，有个事我得跟你告状。”

池文征笑道：“又告砚成的状？”

“不是，”池颜摇摇头，又点头，“也有点关系。”

有那么几秒，她没说话，好像是在思考从哪儿说起。

等池文征再问，她才想好了似的娓娓道来：“您知道之前林家办了个晚宴吗？那天宴会上有个人，阿砚说是海城那边科技公司的肖总，我听是同行就多留了个心眼，后来就老听那边肖总找阿砚打听关副总的事儿。”

见池文征笑意消减，池颜加了把火：“那边不会想把我们大池的关副总挖过去吧？”

池文征拧着眉双手交叠：“有这个事？”

“是啊。”池颜面色凝重，“我这才过来跟您告状。朋友圈子里好些人想找我拿内部货，可见咱们家VR做得特别好。要是别人把关副总连人带技术挖走，不就成了别人嘴里的肉？”

池颜说到了池文征的心坎儿里去。

他现在手上有好几个项目不温不火地进行着，今年关诉带出来的 VR 算是重头戏。

后续多方盈利大有希望，他不可能这个时候把关诉放出去，怎么也要把关诉牢牢控在大池。

池文征当下心思烦忧，拇指抵额，轻声说道："我想想。"

"行，那您想想怎么办，我在这儿也帮不了忙。"

池颜抿了口咖啡，说完起身往外。

人刚到门口，又听池文征突然出声叫住了她。

池颜回头："叔叔还有什么事吗？"

池文征缓缓抬眼看向她："这么重要的事，怎么这么久才说？"

"我早先也没想到，"池颜一脸无辜，"我要早想到就早说了。"

池文征摆了摆手："算了，没什么。这件事你先别说出去。"

"好。"

"还有，有什么消息记得回来和叔叔说，"池文征顿了下，开始收买人心，"毕竟咱们都姓池。"

池颜认真地点了点头，摆出标准笑容："那肯定啊。"

池颜压根儿不担心池文征事后去查证。她之所以这么相信关诉，是因为背着所有人做了个局。

那天宴会上加了海城肖总的联系方式后，两人聊过几句，多半关于大池的这款 VR 产品。

池颜堂而皇之说自己不懂公司那些事儿，尤其是技术那层，只推给关诉。

肖总求贤若渴，私底下肯定打探过关诉的事情，被她这么无意带过，心痒得不行。

原本这位肖总不会在陵城待太久，但据她所知，他愣是多待了好几个星期。

事儿办完了，还能有什么吸引他的？

那大概就是人才了。

池颜敢肯定，肖总在这期间私底下约过关诉，也与他谈过待遇。

但她在关诉面前都只是观察，绝口未提，反倒是关诉主动找她说了这事。

一个想挖墙脚是真，一个不想走也是真，都是确凿的事实，压根儿不怕人查。

池颜一走，池文征思来想去，还是拨通内线打了几个电话出去，最后一个电话是找翁永昌。

放眼整个大池科技，翁永昌在这儿年头长、人脉广，最重要的是他对大池绝对忠心。如果说有人比池文征还不愿意让关诉被挖走的，想必只有翁永昌了。

他找来翁永昌详谈，把池颜来说的事儿细细说了一遍，看对方有没有办法去试探关诉，想想办法把人稳住。

翁永昌在这件事上果然不像对待股权那么轴，当下毫不犹豫答应。

等他下午再来的时候，基本摸透了情况。

“中午找机会和关诉聊了聊，提到海城肖总，他确实有些迟疑，话也说得模棱两可。我看那边已经找他开过条件了，”翁永昌叹了口气，“具体许了什么，这我可就问不出了。”

池文征对此事也已经基本确信。

他早上派出去的人打听回来，说林家宴会上人员繁杂，确实见海城的肖总与梁砚成聊了许久，中间还叫了池小姐过去，不过池小姐没待太久，很快就离开了。

侧面举证了池颜话里的真实性。

再听翁永昌打听回来的消息，池文征在心里有了结论，于是问道：“你觉得那边能许给关诉什么？”

“挖人不过就是钱和权，”翁永昌抬起食指，缓缓敲击自己手背，“高薪不足以吸引人，大池给关诉的薪水待遇已经很高了。”

那剩下的就是权。

池文征沉默半晌，问道：“你怎么看？”

“咱们大池对技术人员向来都是尽力挽留的。”

翁永昌说完这句，抬眼望向池文征。

在他来这里之前，已经私下和池颜通过气。

池文征现在的态度在他们预料之中。

不舍得放关诉，也不舍得抛出更多权力。

池文征心里必然有杆秤，正在衡量孰轻孰重。此时他们需要做的，就是在关诉这一头加上砝码。

在此之前，池颜只说了四个字——股权激励。

与翁永昌心中所想达到了极高的默契。

他用池颜给的那套说辞一点点松动池文征的防御：“之前核心技术人员都是技术入股，这两年没进行下去，难免有人心里有想法。不过我也明白，今年几个研发项投资很大，要不然就各退一步，拿出一部分来做股权激励也未尝不可。”

见池文征面露犹豫，翁永昌适时刺他一下：“池总大可不用这么担心。除了其他股东和小散户，池家的股权都在池总您手里，就那么一小部分做股权激励，影响不到根基。况且今年势头这么好，是该拿点东西出来鼓动鼓动士气。”

在外人看来确实如此。

池文征手里握着将近八成股权，拿出两成激励集团核心成员也构不成影响。

不过他没忘，除此之外，他还质押了 35% 在梁氏集团。

这么一清算，他手里只剩不到四分之一。

翁永昌继续劝说："池总，再想下去就晚了。把关诉稳住，就是稳住今年、明年乃至往后的效益。他手里的技术，可不光一个 VR 项可以衡量，人可比死物重要多了。"

池文征这会儿可以说是有苦难言。

他略做沉吟："等我再想想。"

翁永昌从办公室出来没多久，就见资金项目组一众人等守在了门口，于是他给池颜发短信："资金组进去了。"

大池和梁氏都在金融中心附近，过去路程很近。

池颜心情好，中午破天荒去梁氏找了梁砚成吃饭，这会儿正优哉游哉在他的办公室喝下午茶。

看翁永昌的消息过来，她回复道："叔叔大概要临时做个财务核算，谨慎着呢。"

翁永昌："我们静等？"

池颜："等吧。他预算出项目效益好，肯定舍不得放。不过我怕等他一有钱，为了收回股权只想着先垫上梁氏这边的欠款，股东会那边还得煽风点火。"

她充满信心，池文征最终还是会更倾向于关诉，即便没能来得及拿回质押的股份。

梁氏顶楼，池颜咳了一声吸引办公桌后男人的注意。

"冷？"他抬了下眼。

池颜转着瓷壶上的金边，抬手给他的杯子添满，问道："叔叔问你借的钱，什么时候到期？"

男人垂眸，视线落在腾着热气的茶杯上，薄唇微动："快了。"

"我给他添了把火，"池颜把茶杯推过去，"估计还不上了。"

周转出这笔资金的时候，梁砚成对此事的预期就是最终还不上。

他闻言，依然一脸平静，甚至还慢条斯理品了口红茶："太淡。"

平静得仿佛这么大笔钱似乎对他来说只是九牛一毛。

池颜疑惑道："你怎么不问问？"

好歹问问她添了什么火，才叫池文征还不上钱；也可以问问，既然还不出钱，那股权怎么处理；再不行，随便问点什么都行。

如此一潭无波无澜的深水，最叫人难猜。

好像看透了她的心思，梁砚成随手转着无名指上的婚戒，说道：“你一开始说质押股权的时候，不就想好了让他还不出，你好接手吗？”

你这么直接真的不太好。

池颜一阵腹诽，最终抿了下唇，神色平静地说：“是这样没错。但是我想接手也不会让你平白无故亏了这笔钱。股权归我的话，你想要什么？”

她算了算手里有的砝码后，说道：“法国那块地可以全数给你……”

后话还没说完，梁砚成也在同一瞬间开了口。

她的声音与温润的男声重叠在了一起，他说的仿佛是她拖着尾音的最后一个字，以至于她觉得自己绝对是听错了，下意识问道：“你刚说什么？”

隔着金边眼镜，看不透男人的真实情绪。

她刚才好像确实听到他缓缓开口说“你”。

有那么几秒，池颜都处于恍惚状态。

她屏息听梁砚成的下文，在“你”之后，是一大段的空白，像断了气似的。

不知为什么，一颗心忽上忽下、左右乱撞，把那几秒的空白填得满满当当。

她下意识跟着他重复：“我？”

“你——”她眼眸微瞋，然后听到他用平淡无波的声线说，“慢慢还。”

哦，这就对了。

“法国那块地全补偿给你，”池颜点点头，把自己先前调查过的内容和盘托出，“那个地方如果真开发出度假庄园确实能盈利不少，你找人弄到资质应该不难吧？”

池颜向来不喜欢欠别人东西，尤其是人情。

如果他能接受这个补偿，自然是最好的。

见他不说话，她沉吟片刻后问道：“或者你还想要别的？”

这都是大权在握之后需要考虑的事，池颜这会儿热火朝天做着打算，毫无防备。

没承想她这位时常不说人话的老公用老配方泼来一盆冷水：“你想得倒远。”

她狠狠剜了他一眼以示警告。

不过只换回一句“到时候再说”。

池文征还没给出确切答案，但资金部透出消息说最近连夜加班核算大项目。

一猜就是在做激励计划。

池颜打算提前给关诉打好预防针，趁着池文征飞去法国的时机，特意叫司机把关诉接来详谈。

天气回温，花廊里的玫瑰枝陆陆续续抽出新芽儿，含着花苞簇拥疯长。

客厅落地窗正对花廊景色。

已经叫管家请了园丁回来修整，不过池颜很是喜欢这片花廊，怕旁人修得不合她意，隔着落地玻璃在室内亲自盯着，也就顺便将要谈的事儿放在了家里。

不用避着池文征，关诉来得很快。

池颜挥退管家，与他开门见山地说：“叔叔近期会放出具体的股权激励计划，这事儿你知道没？”

关诉虽然一直潜心研发，但公司内部大事多少有点耳闻，闻言点头，如实答道：“知道一些。”

“我猜以他的个性，也就放出10%左右，只少不多。”她揣摩着池文征的心思，继续道，“不过说是面向全公司的，但研发部的技术人员才是重点。你先别急着和项目人员说，自己心里有个数就行。”

“是你帮的忙吧？”关诉忍不住问。

池颜见他一本正经的样子忍俊不禁，故意说：“对，股权我给你争取到了，以后研发人员全体就与公司是一体的，待遇更有保障。我说到做到吧？”

这话叫关诉想到刚认识那会儿，她在健身房开玩笑似的说过“要是她有决策权，绝对以核心技术为重”这样的话。

一转眼，玩笑话成了真。

他内心感慨，一时之间不知道知遇和感激到底是哪个先涌上心头，抑或是其他说不清道不明的情绪。

关诉用力咳了几声，咳嗽声在偌大的客厅回荡开来，赶走了心里的奇怪想法。

他这才收了声，只问道：“你从不参与公司管理，在这件事上一直在帮我，那……我能替你做什么？”

他终于意识到面前的一切不是平白所得。

但似乎对这种感觉毫不抗拒，反而接受得尤为坦然，甚至希望这样协同共进的方式更多一些。

他就这么静立在她面前，等她提出要求，然后会说自己必当竭尽所能帮到底。

池颜没接他的话，只笑着反问：“那我们统一战线了？”

关诉点头：“是。”

她用开玩笑的语气接着说道：“就算我想拿到大池的决策权，你也帮忙？”

“帮。”

和池总谈不到的理想与蓝图，在她这儿都能看到期望。

关诉毫不犹豫地再次确定：“我能保证整个部门都站在你这边。”

这就是池颜要的与大池科技息息相关、最重要最核心的部门。这一刻，两人的眼神在空中交汇，像在无声中达成了某种共识。

不待池颜多说什么，门外传来低沉匀畅的引擎声，还伴随着小狗兴奋的呜嚎。

小狗扑腾的声音越拉越近。

她往门口看，一眼见到了男人颀长挺拔的身影。

似乎是没料到家里有客人，他搭在领结上的手指倏地收拢，松领口的动作就这么停在了半空。

指节泛青，与他时常沉着的脸倒是相配。

这是池颜见到梁砚成回家时的第一反应，而后很快转过弯来，摆出明艳的笑意，像极了贴心的妻子，说道："你回来了？"

"嗯。"梁砚成目光掠过客厅里的男人，蹙起眉心，"关副总。"

关诉略感尴尬："砚总，打扰了。"

在这之后，两人就跟面对空气墙似的，再没有后文。

池颜被一打岔才突然想起，关诉从进来起到现在，似乎都没给他倒过水，于是赶紧打破沉寂，扭头问道："你喝点什么？"

关诉本来打算这就离开，也不知道怎么回事，动作快于脑内想法，开口说道："我都可以。"

吧台冰箱一应俱全。

池颜转身去取，刚碰到冰箱把手，眼前蓦地多了双属于男人的手，指骨修长、骨肉匀称。

他不知什么时候脱了西装外套，衬衣袖口往上随意地挽了一层，露出小臂上薄而有力的肌肉线条。

他的手指从她面前划过，取过手边两瓶冰水，"砰"一声带上了冰箱门。

冷藏柜的风裹着他身上的气息一并迎面扑来，带起了森然冷意。

池颜转身再看时，他随手往外抛的水瓶精准落在关诉手里，紧接着，他淡淡道："家里就这个，抱歉。"

不是，那刚刚冰箱里一排排一列列的都是什么？

池颜慢动作地眨了下眼，一头雾水。

趁关诉没注意，她找机会蹭到梁砚成身边，压低声音问他："你干吗？"

"什么干吗？"男人不咸不淡抬起眼皮。

池颜问道："你是不是对关诉有什么意见？"

"没有。"他冷冷道。

像是要证明自己没有私心，梁砚成转身，很"客气"地邀请道："不早了，关副总不如留下一起吃晚餐？”

邀请听起来是挺友好的。

就是“不早”那句话有赶客嫌疑。

关诉把夫妻俩的互动看在眼里，目光垂落在手边的水瓶上，冰气儿凝成了一层迷蒙水雾，像极了他此时连自己也难以言说的朦胧心境。

半晌，他婉拒道：“不了，我还是……”

“那可惜……”男人掐秒打断，不紧不慢松了松箍着手腕的金属袖口，“忘了今天家里厨师休息，还真留不了关副总。”

关诉无语。

池颜语塞，她在家一整天都不知道今天厨师休息，他又是从哪儿听来的消息？

她张了张嘴，条件反射地想问梁砚成是不是搞错了。

话没到嘴边，他的后半句顷刻打消了她的念头。

“我和太太今天准备出去吃晚餐，关副总到哪儿，顺路送送你。”

哟！

木头又开花了，懂情趣了。

两个男人针锋相对，关诉的角度很容易看清梁砚成的冷峻神色，半分不像真是要邀请自己同行的样子。

再怎么不通人情世故，他这会儿也明白，小砚总一而再再而三冷言冷语，是嫌他在这儿打扰他与太太的二人时光，甚至再细究，更像是暗含敌意。

他摇了摇头：“不用那么客气。”

梁砚成轻笑出声：“关副总平时这么照顾我太太，才是不用客气，我送送你。”

男人身高腿长，三两步把池颜甩在身后，自己径直把关诉送出了门。

行至花园拱门，他一路冷脸没再开口寒暄。

两个男人之间保持着如此微妙的静默氛围。

最终关诉定力不够，败下阵来：“砚总是不是误会什么了？”

他拧着眉，揣测对方心境：“不用错怪池小姐，每次我们谈的都是大池的事情，并没有其他。”

他在大池习惯性称呼池颜为池小姐，压根儿没想到梁太太这一层。

梁砚成情绪莫辨地冷笑道：“我太太找关副总什么事我自然知道，不会多想，希望关副总也不要多想就行。”

他的话像尖针，毫不留情地戳向关诉秘而不宣的那点秘密，让关诉只觉得心情复杂，一时难以开口。

关诉最后只是抿了下唇，面色复杂地说：“我不会。”

在那之后，梁砚成失了兴趣般不再开口，只是目光始终沉沉落在对方身上，看不出情绪。

轿车起步，越行越远，最终消失在花园围墙之外。

梁砚成长身直立，站了许久才转身回去。

他一进门，就见池颜倚着墙似笑非笑地看着他。

他蹙眉问道："做什么？"

"你是不是误会什么了？"

池颜越想越觉得梁砚成反常，终于叫她找到点木头的趣味来，所以故意在这儿笑吟吟地等着。

"误会什么？"

他解开手表丢在桌上，动作失了优雅。

几分钟前，旁人也问他是不是误会；几分钟后，她像与之默契似的问了相同的问题。

梁砚成只觉得莫名烦躁，目光盯着表盘上跳动的指针，面色更冷了几分。

"误会我和关副总的关系，"池颜撑着下颌在他对面坐下，试探他，"我就是和他谈大池的事情，你这样莫名其妙的，会让我觉得你是在吃醋。"

秒针一格一格往前跳动，约莫跳了半圈。

池颜观察了梁砚成很久。

从木头身上捕捉到这种情绪很是难得，她觉得不仅仅是好奇心作祟，而且自己也不明白，为什么这么执着想从他脸上探出点什么？

到底是因为与她一样的占有欲强，还是别的原因？

他是为了什么吃醋——这件事本身引起了她极大的兴趣和一点点期待。

"你是不是在吃醋？"她继续追问。

男人不想正面回答似的，以拳抵住眉心。

"随你怎么想。"

木头没吃醋。

这本身是件极为平常的事，但池颜还是冒出了一丁点儿不爽的情绪来，至于到底在不爽什么，她自己都说不清。

在脑海中盘旋几天后，池颜终于摸透自己的心思。

她简直不能容忍像她这样万众瞩目的仙女，在梁砚成心里雁过无痕。

池颜泄愤似的在群里敲字："梁砚成真的是根木头，他连醋都不会吃！我直播吐血三升。"

江瑞枝迅速赶到战场："来了来了，宝贝开始写作文吧，小板凳就位……"

裴芷："就位 +1。"

吐槽的话真到了嘴边，反而无从下口。

池颜停顿几秒，很没有威慑力地发誓："有生之年我一定会让他开花的。"

江瑞枝："平时这个时候你一定会说。"

裴芷很默契地填补："不如找个年轻黏人的小弟弟，温柔体贴的小哥哥也行。"

池颜无语。

她平时在群里说的浑话这会儿被拿出来无情嘲弄。

江瑞枝不忘在伤口上撒盐："开不了花呢？"

池颜握了握拳："那就把他打开花。"

把木头打开花的计划只是嘴上说说，池颜不用实施都能想象到他冷着脸望过来时，脸上写的几个大字：你人没了。

说完，她就把这事抛到了脑后。

眼下大池的股权激励进入了公示阶段，大大调动了员工积极性，整个公司一派欣欣向荣的良好景象。

池颜不忘找翁永昌去股东会煽风点火。

翁永昌人脉广，辗转三四道才明里暗里提及股东分红，真查起源头来，消息经过几手传播，早就不知源头出自何处了。

股东会众人确实心有疑虑，眼看公司财务状况良好，分红却迟迟不见踪影。

资历老一些的直接就找上池文征挑明了问。

池文征好不容易把人打发回去，不知道从哪儿又散播出小道消息，说财务那边连核算都没进行，更别说给池总审批了。

言外之意，推迟了将近小半年之久的分红依然连影儿都摸不到。

这下，刚平复下去的不满倏地被挑了起来。

几个说得上话的老股东三天两头去池文征那儿，逮着人就讨说法。

虽然这些老股东觉得股权激励是好事，但是股东会一下子进入太多新鲜血液，常年稳坐一隅的人总觉得自己的地位将被撼动。

怎么？保证了新进人员的权益，他们这些老人就不配得到重视了？

一群老头以此为由头，闹得更凶了，必须要给自己讨到说法。为此，还有人长期赖在池文征办公室，假借喝茶之意影射其他。

池文征被缠得头疼。

他现在的情况着实捉襟见肘，要发分红就还不了梁砚成的资金，要先垫上资金，就势必发不出分红。

这时候，翁永昌作为监事，只得劝告池文征，要是再往后拖，很难安抚人心。

池文征实在难以两全，思虑再三，心中的天平倾向于先稳住股东会那群老人。

至于梁砚成那儿……

毕竟是侄女婿，只要好好安抚，有这么一层姻亲关系在，怎么也不会闹太僵。即便梁砚成给不了他这个叔叔的面子，大不了到时候再让池颜吹吹枕边风，也是一样的。

不过就是延期，想梁砚成也不会目光短浅到因此断了两家之间的友好关系。

池文征做了决定，立即叫人着手核算分红。

消息刚从办公室里传出来没多久，股东会的躁动瞬间就被抚平了。

池文征暗骂几句，备车前往梁氏，打算动之以情晓之以理，与他这个侄女婿好好说道说道。

梁氏顶楼。

梁砚成似乎对池文征的到来并不感到惊讶，开完会回来听易俊说大池的池总过来找他，他连点头的弧度都几乎微不可察。

易俊不知他要不要见，正踌躇，突然想起前段时间池总也来过一次，说是要请小砚总发个话，把他们公司的 VR 产品提到主页面广告位销售。

原本大池与梁氏签过销售合约，这些小事都是涵盖在内的。

只不过池总的诉求很奇怪，明明都是大池的产品，池总却要求把 A 款产品提上广告位，却不管 B 款的死活。

纵使易俊思维敏捷，也没弄懂怎么回事儿。

不过最后这事没成，后来反倒是 B 款上了首页，但那确实是因为销量领先，给平台带来的提成更丰厚，自动上了首页电子产品推销榜。

自那之后，每每池总过来，小砚总时常蹙眉不耐烦。

易俊还想着前事，就见小砚总屈指叩了叩桌面：“两杯冰美式。”

那就是见了。

易俊得令，迅速把人请了进来。

池文征每每有事求梁砚成，来得比火箭都快，人还没到，声音就传了进来。

“砚成啊，叔叔又有事来叨扰你了。”

梁砚成一副司空见惯的样子，扶着手里的钢笔有规律地轻敲案几：“您说。”

“还是之前找你周转资金的事，”池文征等易俊把门带上，才缓缓开口，“叔叔这边突然出了点小事，可能会往后延迟下期限，你看……”

看梁砚成手里的动作停止了两秒，他急忙补充：“你放心，过了这个坎很快就给你填上，还是之前说好的那个利率。”

梁砚成觉得手里的钢笔似乎远比池文征刚说的那番话重要许多，在指尖把玩了许久，才抬头说：“当初签合同的时候，我记得还款期限也是白纸黑字写明了的。”

“是，那当然是。”池文征内心闪过不祥的预感，扯了扯嘴角，“这不是出了点急事嘛。你看，咱们可以续签，加点利息也没问题，你有什么要求尽管提。”

他饶有兴致地继续把玩了一圈钢笔，问道：“叔叔当时说资金很快回笼，怎么，回不了？”

池文征顾左右而言他：“项目当然不会有问题，大池的资金链也没有问题。你要有疑虑，我这就可以叫人把年度报表发过来给你看看。”

“倒也不必看了。”

梁砚成对钢笔失了兴趣，“啪嗒”一声抛到桌边。

他换成双手交叠的姿势，意兴阑珊：“既然到约定时间还不出，无论出于什么原因，我怎么还敢继续放宽期限？”

他直起身，以一贯高傲的姿态把池文征的诉求驳了回去：“我们都是做生意的，不是什么慈善家。”

“这事是我的问题，但砚成啊，你想想咱们两家集团好歹也是姻亲关系，这点信任总该有吧？”池文征看他神色淡漠，不像会被此打动的样子，只好搬出池颜，“真闹起来，合作崩了，你不是叫小颜难堪嘛。”

“哦，您觉得我是这么在乎面子的人？”

梁砚成的言外之意就是他自己的面子都无所谓，更别提其他人。

池文征来之前想过或许会受些冷言冷语，但没想到他这么油盐不进，当下面子有些挂不住，说了几句好话起身告辞。

他这里行不通，只得再找池颜软化软化。

池文征亲情牌一张接一张出，立马让赵竹音叫了池颜回家吃晚饭。

在他眼里，池颜比梁砚成好下手太多，也就没太顾前想后，直截了当与池颜说了他与梁砚成没谈拢的事。

池颜惊讶地问：“叔叔怎么跟阿砚还借了钱？”

她垂着眼，看起来不太高兴，良久才怨道：“叔叔下次能提前告诉我吗？我这多尴尬啊，在阿砚面前怎么做都不太好。”

“对不住，对不住，是叔叔的错。”池文征态度软和，温声劝着，“毕竟咱们都是池家的人，事关公司，你看看能不能再劝劝？咱们两家集团总不能因此闹僵，你说是吧？”

池颜颇为担忧："咱们大池资金真的这么困难吗？"

池文征一个劲地安慰，把目前的状况三言两语挑挑拣拣说了个大概，只叫池颜别的不管，务必要稳住梁砚成。

池颜"哦"了一声，略显无奈："行吧，我试试。"

她想了想，很保守地补充道："他的脾气我也说不好，就只能试试，保证不了结果。"

池文征点头道："是，是，他脾气确实不太好。"

"对吧，叔叔也这么觉得？"池颜找到了同盟般，开始吐槽，"他之前还老因为公司的事和老爷子吵架，祖孙俩就那么僵着。他那个人，真的就为了公司六亲不认的。"

为了托池颜办事，池文征硬生生附和着与她一起吐槽了梁砚成整整半个钟头，事后脱力地得出结论：女人真就不好养。

池颜讲舒服了，心情愉悦，刚出临山别墅大门，就迫不及待与"六亲不认"的梁砚成发起了短信。

池颜："叔叔果然找我当说客。"

池颜："我当面就严词拒绝了他，怎么样，棒不棒？"

池颜："生是梁家的人，死是梁家的鬼，怎么能让我们亲爱的吃亏呢？"

池颜："欠债，那必须还钱！没得商量。"

池颜："我好开心啊，有一种唾手可得的感觉。快点快点，什么时候到还款日？"

池颜："迫不及待想看看那 35% 股份长什么样。笑声传出五环外。"

她独自刷屏许久，对方终于有了动静。

两个字——

"出息。"

池颜现在处于当头浇一盆冷水都不会生气的极度愉悦状态，当然不会与他一般见识。

车子到家刚停下，身后车灯一闪穿透夜色，梁砚成那辆车很是巧合也同时到了家。

傍晚下过雨，湿气还很重。

花园的灯光罩着一层迷蒙雾气。

池颜拢着半开的衣襟等在门廊处，偏头打量着每天总是显得那么冷淡无趣的男人。

或许是灯光柔和，衬得他身上的斯文气质更甚，人也变得温柔多情起来。

她的声音如雨后水汽一般软和下来："这么晚，吃了没？"

"嗯，从公司回来。"

两人并肩穿过门廊往里，一路前行，室内灯光也同步亮起。

客厅最亮眼的那盏水晶吊灯折射出明晃晃的光，把整个楼道都点亮得如同白昼，于是，后厅琴房门口空荡荡的一面墙显得格外突兀。

男人脚步微顿，转身问道："你哪天有时间？"

"我？"池颜面露疑惑，"有什么事吗？"

他偏头抬了抬下颌，目光落在那面墙上。

那里原本挂的是一幅偏复古风的婚纱照，忘记哪天叫人取了下来。

"不是说拍得像上坟吗？"

这几个字他说得有些艰难，不耐烦地抵了下上颚，才继续说："那就重拍。"

池颜一细想，才想起是她叫管家撤走的婚纱照。

其实拍得也没那么不堪，毕竟是高价请来的专业团队，无论是造型还是风格都透露着高级感。

当时只不过是因为与他闹别扭，才嘲了两句。

仔细回想，照片上的他不自觉冷着脸其实还挺有味道的，让人想起碎石河滩边，独立于山野之外独行的白鹭鸶。

实在是比影楼挂着的那些喜气洋洋的照片好看多了。

池颜没有很强烈想要重拍的欲望，只不过心情好，很配合地点头，说道："我随便，看你。"

"对，"池颜转头，"你之前说的律师团还在吗？借我用用。"

没想到他这位太太事业心还挺重，八字没一撇，满脑子都是她那没到手的股份。

梁砚成难得没泼冷水，眼神下滑睨她一眼："随便，看你。"

呵，木头还会学人说话了？

池颜在心里"啧"了一声。

毕竟还是拿别人的手短，她乖乖巧巧道了谢。

池颜找梁砚成要律师团是为了以防万一。

她没有选在借款一到期限就发难，而是静静蛰伏，等着大池的季度分红股东会。

而池文征自从找池颜打了亲情牌之后，确实没再收到梁氏集团的催款通知。他正暗自窃喜，心想不管怎么冷面冷心的男人，终究要折在美人关上。

一时风平浪静，转眼就到季度分红大会。

池颜提前拿到合同抵达大池，真到要“谋反”的时刻，她反而心生犹豫。

她临下车前忍不住问梁砚成：“你会不会觉得我这么做太绝了？一想到小时候叔叔对我也挺好的，我就有点……”

她化着一丝不苟的妆，正色红唇，丝毫不像要临阵退缩的样子，而且这件鸦色西装修身得体，很压得住气场。

男人抬手轻揉太阳穴，看她尽情展示演技，不咸不淡道：“现在叫司机送你回去也来得及。”

前些天送小宝去做绝育之前，池颜做过一番功课，非要在宠物医院演一场虎口夺子——

“宝贝，不是妈妈要让你失去宝贵的小球球，是医生把你抢走的。”

放在此时再演一出，等同于——

“我要去谋反了，你拉我一下，我挣扎完再去，走完流程就心安理得了。”

没想到木头压根儿不配合。

池颜“哧”了一声，摆摆手：“走了。”

她绷着脸下车，鞋跟刚落地，就听到对面车门也响了一声。

再回头，男人一身清贵站到了门边。

他轻蹙眉梢，问道：“不走？”

池颜想着：哦，你早说要陪我上去嘛。

季度分红大会近在眼前，大池没人来得及通知楼上会议室梁氏小砚总到访。

池颜和梁砚成带着律师团，乌泱泱一行人一路上行，伴随电梯清脆的抵达提示音，众人步履匆匆，鱼贯而出。

池颜目光落在走廊上，余光却始终能捕捉到身侧带风的衣角。

男人稳健的脚步声落后于她一步，但确确实实每一步都正好踩在她的余光范围里。

让通往会议室的短短几步路走得格外微妙。

就好像今天要进去与池文征对峙的不止她一个人似的，让她能充满底气。

行至会议室正门，池颜及时从胡思乱想中逃脱，与身后的人比了个手势。

相处了这么久，池颜当然知道梁砚成不是个多话的人。

她深吸口气，像对身后人，也像对自己说：“我自己可以。”

突然，有一股很轻的力道落在池颜肩上，像是无声鼓励，而后会议室大门在她眼前缓缓被推开。

一室目光集聚在她身上。

池文征循声回望，面露讶异："小颜？你怎么到这来了？有什么事先去办公室等，这里马上还要开会。"

池颜视线扫过会议室，坦然笑道："我觉得我找叔叔的事儿在这里说好像更合适一点。"

"胡闹，"池文征斥责，"这里在开股东会，不是你耍小性子的地方。"

池文征毕竟是她亲叔叔，板起脸时与她父亲有几分相似。

有那么一瞬，池颜心中生出恍惚。

但很快被她压了下去，顺着池文征的话说："对，股东会，正好各位都在，也好有个见证。我今天过来不为别的，就一小事儿，来拿我的股份。"

池文征皱眉："什么股份？"

"叔叔怎么贵人多忘事？"池颜嗔怪，"我连合同都带来了。"

她抖直了手里的文件夹，"啪"一声丢在椭圆形会议桌上。

左起第一位刚好是翁永昌。

正好众人视线都好奇地移了过来，翁永昌便把文件夹掉转方向，眯眼瞧了一会儿，然后传给旁边的人："你瞧瞧，我看这事不小。"

池文征不等第二位看完就抢了过去，目光落在合约正文上时，蓦地青了脸。

竟然是他与梁砚成签的借款协议。

后面一众股东一个比一个疑惑，纷纷探头小声探讨起来。

池颜也无所谓文件在不在她手里，敲了敲桌沿，浅笑吟吟道："不如我给大家说说合约内容。我叔叔，池文征，问梁氏集团借了一大笔钱，条件呢，就是质押了他的 35% 股权。不过现在叔叔没还钱，那股权得任梁氏处置了。"

话落，众人哗然。

同样是这一批股东，谁都没忘前段时间梁氏小砚总就坐在这间会议室，游刃有余地戏弄他们说，只要有他在，梁氏与大池只有收购关系，没有并购。

要是真让大池 35% 的股份落入梁氏手里，那不就等于白送给人吞并吗？

翁永昌旁边的那位股东刚才只来得及看了一半，确信池颜所说句句为实，脾气颇为急躁，厉声质问："池总借的这笔钱又是做什么的？"

不等池文征解释，池颜抢答道："这个我也知道，叔叔在法国买了块地正开发度假庄园。至于为什么各位叔叔伯伯阿姨婶婶不知道，那不如你们问问池总为什么动用大池的资金，却以私人工程公司的名义买下这块地。"

底下坐的都是聪明人，谁能不明白这其中好处？

挪用大家的钱，利润自己一人赚。

这会儿整个会议室乱成了菜市场。

池文征气噎，关于这些他从没多透露过一个字。

即便是在梁砚成那里，他也只是展示了工程的宏伟蓝图。

他猛然回神，才顿悟这个不学无术的侄女并不是任人搓扁揉圆的性子。

他用尽最后的耐心压低声音说：“有什么不满咱们可以回家说，股东会不是你玩小把戏的地方。况且你一个女孩子，又嫁到了梁家……”

池颜不可置信地挑眉，故意提高声音：“奇怪，公司哪条规定还性别歧视了？”

她转头看向椭圆形会议桌那头坐着的几个女高层，问道：“您听说过这规定吗？”

她转头又安抚剩下的其他股东，巧舌如簧道：“您几位先别着急，虽说叔叔欠了钱又丢了股权，但我刚还忘了说后话。”

众人凝神：“后话？还有转机？”

“那当然，”池颜点头，“那 35% 的股份现在不在梁氏，而是在我手里。”

她拍拍手，门外律师团得令进到会议室，把手头的协议发到众股东面前。

这是新拟的股权转让协议，梁氏小砚总已经签了字，就等之前的欠款合同生效，股权再一转手，最终落在池颜手里。

池文征被夫妻俩摆了一道，怒从中来：“你和砚成夫妻一家，落你手里和落梁家有什么区别？”

“当然有区别了。”池颜缓缓眨了下眼，“叔叔您求我帮忙的时候亲口说的，我姓池。”

她转向会议桌，像是与众人保证：“只要我姓池，就永远站在大池这儿。”

底下的人你望我，我望你，一时之间难以接受如此局面。

池颜自顾自拉开座椅坐了下来，理了下耳边长发，说道：“既然大家都清楚了，那从今天开始，我就在这儿同各位一起开会了。”

她支着下颌，眸光微敛：“这样吧，我们先聊聊大池往后的决策权在谁手里。”

今天自池颜出现开始，惊雷一环皆一环。

众人上一环节还没消化完，池颜紧接着又丢出一颗闷雷。

这下不止池文征，全会议室都炸了锅。

几分钟后，有人反应过来——原先池总确实在股权上占绝对优势，但他丢了 35%，又抛出一成做了股权激励，如今真真正正握在手里的只有原始股本的三分之一。

而池小姐如今也有三分之一。

两人平分秋色，都没达到对公司的绝对控制权，决策还真不好说。

正在喧闹逐渐平静之际，池颜清了清嗓子，偏头望向池文征，好心提议道：

“毕竟关系到公司今后发展，公平点，大家都提提意见。”

池文征被这一出弄得面色难堪，视线落在翁永昌旁边的几位股东身上。

“你们先说。”

列于翁永昌后位的股东满是踌躇，往小了说是叫他们提意见，往大处讲这就是选边站位。

往日虽然都是池总坐上位，但借款这事做得太不厚道，让人捉了把柄，再看池小姐，与当时小砚总的神情几乎一致，足以让人相信她还有后招。

选错方的话，弄不好以后饱受牵连。

不过几句话的工夫，菜市场成了刑场。

一时之间没人敢先开口。

沉默之际，突然有人咳嗽一声，沉声道：“我先说吧。”

说话的正是被池文征刻意跳过的翁永昌。

翁永昌垂手搭在西裤上，每一句话说得缓慢却有力道。

“这几年池总领导的大池，不得不说离最初的轨道越偏越远。虽然也就这么不温不火地过来了，但其实我想各位心里是有意见的。”

池文征一巴掌狠狠拍在桌案上：“老翁，你想清楚再说话。”

“我想得很清楚了。”翁永昌毫不畏惧，继续道，“在股东会上我说的每一句话自然不会有假。今年的 VR 项目重启，不瞒大家，最初是池小姐的提议。我先表个态，我认可池小姐的眼光，长远、独到、坚守本心。”

池颜早知道翁永昌与自己站一边，但没想到他会给自己这么高的评价，眼下没法郑重感激，只好朝他点头以作示意。

翁永昌作为公司老人，他开口，自发与他站到同一战线的人并不少。往日池文征手握大权，这些人加起来也是人微言轻，现在形势有变，每一票都显得格外重要。

池文征原本已经给关诉递了眼色，但听到 VR 重启是池颜的想法时，心中猛然震动。

他再看向关诉时，眼底流露出浓浓的不信任。

原来，关副总作为新加入股东会的中坚力量，一直沉默不作声的原因，是在等翁永昌发话。

翁永昌的话刚落下，关诉毫不犹豫站了队：“确实是池小姐提的建议，包括最近为在座各位技术人员谋的福利，都得感谢池小姐。”

他朝池颜方向微微颔首，继续说道：“我希望以后公司能像现在这样持续走在正轨上。”

代表新老股东的两位发言人都心照不宣选了池颜。

池颜朝池文征无奈耸肩："这就超半数了呢。抱歉，叔叔，我说过我会掌握绝对控制权的。"

剩下众人虽然起不到决定性作用，但沉默不语的态度极大激怒了池文征。他额上青筋暴起，大声问道："你们呢？说话！想想清楚，你们今天选了她，就等于选了梁氏集团，都给我想清楚了！"

"怎么又回到刚才的话题了？"池颜冷冷回应，"我是我，他是他。如果梁氏要占我们大池的股，何必多此一举把这 35% 转让给我？今天坐在这儿跟你们开会的不是梁砚成就是最好的证明。"

"行，这样，"她抬了抬手，"剩下的股东不发表意见也可以。"

众人还不明白她后面还打算做什么。

就见会议室大门开开合合，以刚才进来送文件的律师为首的一众人等站到了她身后。

"你什么意思？"池文征站了起来。

"我今天带了陵城，不，是国内最好的律师团过来，"她翘了下嘴角，"当初叔叔登上管理层第一人的位置时，还暂代了我爸妈 25% 的股份，说好只是暂代，这不是找了律师团过来跟您清算嘛。"

池文征脸色都白了："你手里已经拿到了 35%，那可比你爸妈原有的多了！"

"奇怪？那是叔叔您自己欠债抵押出去的，"她垂眼拨弄着自己精致的指甲，笑问，"这和我本该继承的冲突吗？没听说过有人借完东西因为自己花了就不用还的。你们听过吗？"

今天这场戏，众人见识了池小姐的思路敏捷和伶牙俐齿，不由得面面相觑，有个别还挺顺从地摇了头。

池颜满意地勾起嘴角："哦，还有爷爷的，不过叔叔手里的股份好像不够还了，那我就不为难您了。看在我们都姓池的份上，我可以默认爷爷的那部分都是留给您的。不过，该还的一分都不可以少。"

从前，她要是执意要拿回属于自己的那部分股份，池文征也不会怎样，撑死四分之一，对他的绝对控制权产生不了影响，也掀不起风浪。

如今要的每一分每一厘都像在他身上硬生生抠肉一般疼。

他满腔怒火，气得汗毛倒立，恨不能抄起手边的茶杯砸过去怒骂白眼狼。

什么情况说什么话，池颜是在心里反复做过演练的。

她这会儿看火已经烧到位，只偏头轻声与陈律师讲："当时我们是口头协议，成年后归还，不过我一直没提这件事。这样吧，如果池总不认可口头协议，就按继承权走；如果认可，那就……再好不过。”

横七竖八加上去，何止超过半数。

池颜此时即便直接叫池文征下位，自己坐在首位开完接下来的会议，恐怕也不会有反对的声音。

会议室里的高谈阔论不曾停止。

会议室外，易俊探听至今，转身附在梁砚成耳边道：“夫人好像不需要帮忙。”

“嗯。”梁砚成漫不经心地敲着沙发扶手起身，“回公司。”

池颜与陈律师说完话再次坐直，双手叠在桌前，纤纤玉指顶端点缀着十点哑光质感的玛瑙红。

她问道：“不知各位还有什么想问的？”

原本好好开着股东会，突然间发生这么多事，甚至连公司局势都在顷刻间发生了变化，有人明哲保身不想多言，还有人思绪纷乱欲言又止。

池颜与这群老狐狸连续交手过招，心里越发不虚，朝其中一位微扬下颌：“我看您有话要讲。”

那位股东被当面点名，下意识应道：“池小姐……”

他望一眼脸色已经发青的池文征，有短暂的几秒似乎在纠结称呼，而后眼神回落时就改了口：“小池总，那梁氏愿意把质押的股权转让给您，是无偿的？”

他一问，其他股东纷纷转眸看了过来。

如果要拿这群老东西的利益去换，他们能当场表演一个翻脸不认人。

池颜笑了笑：“当然不是。”

那位股东一愣：“那……”

脾气急躁的人已经反问出声：“难不成池总自己借的款，要动用我们大池的东西再赎回来？”

“这我不答应。”

“我也是，这不可能。”

众人你一句我一句，七嘴八舌又吵起来。

池颜打了个暂停手势，笑容依旧明艳：“这件事我是这么考虑的，法国那块地虽然是以池总私人工程公司名义购入的，但到底挪用了大池的钱，我认为大池还是有权处理的。”

讨论声渐渐收了尾，都在听她补充后话。

“这块地就当作我们两家集团公司交好，共谋将来发展的投名状，全权转让给梁氏开发。至于挪用走的那笔公款，梁氏已经发了话，等度假庄园投入正式使用，按大池的前期投资比例会逐年反馈红利。”

顿了顿，她手指轻轻敲击桌面：“不亏吧？”

这是她与梁砚成私底下反复商议出来的结果。

她之前是想全权托付给梁氏集团，毕竟当时他是出了真金白银借给池文征周转的，法国的地抵得上那笔款。

这是池颜能想出的对双方来说都不算吃亏的处理方法。

一切按计划走得有条不紊。

昨晚，卧室并不刺眼的那盏床头灯下，他披着一身暖光伏在她耳边，没像往常那样继续往下回吻，气息静静起伏着，像在酝酿什么情绪。

“那块地，大池可以一起参与。”

以这样的姿态，话从他嗓子眼出来，不可抑制带着故意克制后的沙哑。

池颜又轻又缓地半合上眼，她故意蹭了下对方，说道：“我怎么不知道你是个这么容易被蛊惑的人。该不会这会儿说着大池一起参与，过会儿洗完澡清醒了又翻脸不认人吧？”

男人面上露出淡淡的讥讽，脸色冰冷，动作却比平时更蛮。

几番动作后静了数十秒，他起身披上睡袍往浴室走。

里边水声淅沥，池颜翻身缓缓坐起，往身上裹了件丝质睡裙。

她发了会儿呆后，站起来慢悠悠踱到门边，晃荡着小腿踢浴室的门。

“快点儿，谁叫你先用了？”她没骨头似的靠着门，又踢了一脚，“下次你去外边洗，听到没？”

“不温柔、不体贴的臭木头。”她低声骂道。

水声骤停，浴室门从里面被拉开。

男人胡乱裹着浴巾赤足从她身边路过，带着一身水汽。还未正式入夏的天，水雾扑面而来，含混着暖意。

池颜眯了眯眼，两步后，见他突然停下脚步，像解释又不像解释。

梁砚成淡淡地说：“你不是每回都要躺好一会儿？”

池颜撇了撇嘴：“你管我。”

浴室门口再怎么宽敞，也就是两人交错过身的距离，就着这么一方狭窄过道说话，他身上未干的水汽都萦绕而来。

池颜左右晃着视线，还是逃不开落在对方身上那薄薄一层肌肉上。

她干巴巴地教育道：“反正你要先问我，我不用你才能用。”

“哦，”男人低声应了句，突然道，“那个项目，大池可以参与。”

池颜无语。

就这个场合，就这个也挺暧昧的事后回温时刻，他竟然还牢牢记得她刚才说的那句话。

这是想表达什么？

想说不好意思我洗完澡了我清醒了，我还是能让你们大池参与进来？顺便侧面证明刚才他脑子也处于极度清醒状态？

她瞪眼看他，学他似的回了一句："哦。"

这事办得挺没谱的，但架不住确实对大池来说是个利好消息。

池颜昨晚还惦记着要让梁砚成好好开花，今天在会议室就后知后觉出木头的好来。只要大池明面上不亏，她在股东会这儿就好交代得很。

比起35%的股权被梁氏吞并，把原本就拿不到分红的地大大方方给出去，对股东会众人来说接受度还不错。

要是还能参与投资，后期共同承担盈亏，那就是血赚。

毕竟他们心里门儿清。

陵城这么多家企业，和赫赫有名的梁氏合作哪有亏本的道理。

当场只池文征一人暴跳如雷，怒斥道："你凭什么动那块地，那是我个人的公司拿下的，和你们有什么关系！"

池文征挪用大池的资金填补亏空是他理亏。

大池仗着自己占一部分资金要吞下整个项目也不能全占理。

在陷入僵局之前，池颜脚尖点地，推着办公椅往后退开一步："就凭那块地无资质私建。"

池文征绝口不提的那些私密，在众人面前被一点点剥开，从挪用公款到质押股权，再到无资质造工程，每剥开一点，他脸上的血色便褪去几分。

到最后他面如黄土。

池颜索性起身，目光威慑般扫过全场。

"取缔、没收、罚款，不知道叔叔想走哪条路？"她平心静气，望向其他人，"在座各位都是大池的一员，这种事曝出去对公司没有好处。今天在这里说的话，出了会议室大门，哪些该知道，哪些不该知道，希望各位心里有数。"

都是这么多年的老人了，大池整体与自身利益相关，众人纷纷点头称是。

也无人关心小池总故意压着是为了大池更多，还是不想把她这位私心甚重的叔叔逼迫太苦。

"行了。"池颜听完表态，通知下去，"下周开始，会有三方机构陆续进场清算大池旗下所有子公司，一时图利开设的与主业无关的项目都会进行变卖清算。

我希望往后每一分钱我们都要花在大池科技的刀刃上。”

不知是不是连续遭遇重雷冲击，这会儿众人只觉得池颜的尾音都重重落在“科技”二字上，好像无形之中伸出一双手正在推着大池回归主业。

“没什么问题的话，最后大家感谢下池总作为公司决策者最后一次给大家发放的分红。”她带头鼓着掌，舒了口气，“散会。”

底下响起稀稀落落的掌声，逐渐汇聚成流，雷鸣般涌到了一起。

池颜率先迈出会议室。

倒不是有什么着急的，就是她自己也很满意今天这一出夺权，非得留个帅气的背影当作收尾。

她刚出去，身后讨论声就炸了起来。

“以前都没看出来，小池总做事这么雷厉风行，有点当年池董的风范。”

“但这样对池总未免也太狠了吧？毕竟是亲叔叔……”

“狠什么？池总自己搞独吞的时候就不狠了？当年欺负小池总还小就不狠了？”

“那怎么不见你当年跳出来主持公道？”

“这事儿没法辨黑白，他们自家人的事，我们瞎掺和什么，只要对公司有利就行。”

“是，是，这话在理。”

……

诸位股东之间的谈论并没有顾及池文征颜面而贴心地压低声音。

池文征愤怒地摔门而去，径直出了公司。

这下轮到原有的助理组发愣了，池总没交代一声就走了，他们没参与股东会资格，压根儿不知道发生了什么，一个个都木着脸不知道怎么办。

想着关副总向来脾气好，上前询问。

关诉追着女人窈窕身影往门外看了一眼，说道：“先给小池总安排一间独立办公室吧。”

助理说：“早上还有几份文件比较急，要回复。池总也没留个话，您看……”

“一并拿去小池总办公室，她会看，”他想了想后说道，“以后公司是小池总说了算，别搞混。”

“好的好的，谢谢关副总提醒。”

助理组都经历过池总上任交替，这会儿又是一轮新的交替，没太多不适。

很快办好事情，乖乖等着听小池总交代。

此时池颜坐进新办公室，独自一人时也不敛着情绪了，一脸愁眉。

说是只有几份文件要看，桌上却高高垒起一沓。

她坐在办公桌后，甩了高跟鞋光脚点地，与那沓文件大眼瞪小眼。

上班第一天就想辞职，怎么办？

她想了想，拿出手机对着那摞文件拍了个远照，脚尖踩地又把座椅拉回办公桌前。

池颜："所以你每天的工作都这么多吗？"

池颜："对，这是我的新办公桌。"

池颜："你回公司了没？"

池颜："喂——"

池颜："喂——喂——"

她的倾情召唤终于召唤到了回音。

木头发来一张照片。

细数聊天历史，互通表情包和图片的次数屈指可数。

池颜唰一下坐正，点进图片。

是他办公桌后的视角，一摞接一摞的文件堆满了桌角，无声回应了什么叫作小巫见大巫，顺便很省事地回答了第二个问题："到公司了。"

池颜叹了口气："好多，你今天还能回家吗？"

池颜："本来想出去庆祝一下的。"

池颜："当然，这次刷我的卡。"

池颜："不过既然你这么多工作，改天也不是不行。"

手机嗡嗡振动两声。

梁砚成："正常回家。"

梁砚成："刷我的卡也行。"

结婚这么久，梁砚成一如既往表达欲很低。

他的心思不好猜，但喜好特别容易摸透。

而且像个设定好参数的机器人，轻易不会改变。

比如吃这方面，池颜只要留个心眼就发现，他除了不能吃海鲜，还不喜辛辣重口。

家里厨子做的菜式几乎都是按着她的口味来的。

满桌丰富菜肴，他从没开口说过喜欢什么，不喜欢什么。用筷的频率高一些，就是喜爱；不怎么碰的，那就是不喜欢。

陵城靠近江南，菜系清淡。

本帮菜就很适合梁砚成的口味。

池颜是土生土长的本地人，知道不少老馆子，立即叫人预约了位子。

只不过需要她早上看完的文件她一直看到了下午，加之零零碎碎一些琐事，回过神来惊觉已经爽约快半个多小时。

池颜猛地起身翻开手机，聊天记录还停留在刷谁的卡上。

估摸他那边也有事没到，她松了口气，对着镜子细细描了一遍红唇才出发。

到餐馆的时候快要过饭点了。

老店生意做大了翻新过，除了原有的大厅，还在后院造了条九曲十八弯的荷塘走廊，通往新开辟的独立包厢。

走廊围着池塘一圈，正对池塘对岸戏台。

这里的戏台子每晚八点开唱，专门吸引饭后接着喝茶的客人。

服务员引着池颜往包厢走时，戏台那边正在布景做准备。

她心想眼看别的客人都快续上二摊了，她这倒好，请客的刚到，被请的还没来，不知吃的是晚饭还算夜宵了。

门一开，廊灯照进门槛在地上画了个半圆光圈。

里边只亮着一小盏灯，像是为了看池塘对岸的戏台特意调暗了灯光。而黯淡光线下，男人偏头冷眼望了过来，顶头那一线灯光全映在了他眼底，也就让他整个人带上了点凡间温度。

临池塘的木窗大开，微风自水上吹来。

池颜不知是被风吹得发冷，还是迟到了不好意思，抬手搓了搓胳膊，小声说道：“我堵车。”

他没说话，就是目光始终黏着她。

池颜被他看得心虚，妥协道：“好吧……其实是我错过下班点了。谁知道那些东西要看这么久！怪我，业务不熟练。你几点来的？”

她说完一大通，男人就回了两个字：“七点。”

梁砚成不知出于什么心理，还往后说晚了整整一个半小时。

他的声线跟夜风一般带着凉意。

池颜听到回复下意识又看了眼时间，七点四十五，也就是说他兀自等了将近一个小时也没在微信上催她一句。

她蓦然间对木头大有改观，他竟然有这样的好脾气？

惊叹归惊叹，还是迟到的歉意更多一些。

池颜没再瞎扯，赶紧叫了服务员点单，期间还特别热情周到地同他介绍了店里的特色菜。

“桂花糖藕吃吗？这家店做得特别好吃，甜而不腻，他们这个桂花蜜是特制的，别的地方吃不到。”

梁砚成静等她说完，并未拒绝：“你决定就行。”

“那就再点一个清蒸鲥鱼、蟹粉狮子头、松茸干丝、梁溪脆鳝……”她这次没问，很熟练地报出两串车牌号，“麻烦给我家司机师傅送份一样的。”

梁砚成早就见怪不怪，挑了挑眉，没说话。

池颜这边点完菜，指着池塘对面的戏台子问他：“你要不要听戏？一会儿我叫人拿扇面来，上面写着的都是能点的，你看看？”

她往日在陵城吃喝玩乐样样在行，平时围着她打转的也与她一样，都是陵城本地人。

说完好大一会儿，她没听到对方响声，才反应过来。

她这位先生虽然从认识起就一直在陵城，但确确实实是因为他父亲迁移总部的原因才来了陵城。

他从更北边一点的地方过来，应当只能算半个陵城人。

起码在他们梁家，就从来没听他说过陵城话，叫他点方言戏，那还真是在为难人。

池颜扯了下嘴角：“其实我的意思是，听不懂听个响儿也是一样的。”

她因为迟到了许久，净说瞎话：“老实说，其实我也听不太懂。”

可能是她的表情太过无辜，也可能梁砚成听懂了她话里刻意与他妥协的调子，向来淡漠的脸上难得看出几分笑意。

他说：“那就听个响儿。”

台上咿咿呀呀开嗓。

池颜为了演好自己确实听不懂，听得不大认真，尽量把话题往戏外扯。

今天这一天也只有这会儿的闲散时刻才让她觉得自己还是那个只管销金、快乐无边的小孔雀。

她听着小曲儿，眉间涌起倦意，抱怨道：“今天这才一天，我就开始认真思考请一个靠谱的 COO（首席运营官）的可能性了。”

“嗯，觉悟不错。”男人道。

她自动漏听两个字，惊喜问道：“你也觉得不错？”

梁砚成深深看她片刻，无奈地说：“我知道有个合适的……”

她漂亮的眼睛像两弯明月，热切注视着他，内含深意自不用说。

梁砚成一时无话可接，只低头用手机给她推了个名片过去。

他通讯录里的好友位极其珍贵。

现在的手机这么高端，倒不是有什么限制，他只是单纯地很少添加别人而已。

围绕在梁氏小砚总身边的自然知道，他通讯录里的每个人都是万里挑一的存在，但从来没发生过拿到好友位而昭告天下的恶性炫耀事件。

毕竟这样的人早就被梁砚成排除在了近身范围之外。

他现在手动推过去的这位，还是他破天荒主动添加的。

人姓章，是从江源挖来的，业务能力绝佳，不过就是在酒庄经营多年，自我感觉摸到了天花板难以再前进，有了另寻出路的打算。

最重要的是，年纪比起他这位太太，翻了个倍。

多令人放心。

不是。

多么经验丰富。

梁砚成听闻此事就把人要了过来。

他不是什么神机妙算，只是挺了解他太太的。

真这么高强度工作几天，她必然会哭着喊着说好累。她那样的性子，在外边强忍着不说，回家小哭小闹都能弄得天翻地覆、人仰马翻。

比如没让她先用浴室那一回，她见天儿地就抱着小狗指桑骂槐。

说什么妈妈命好苦，妈妈所托非人。

为了避免此类恶性事件频发，梁砚成无奈准备了这一手，就等她开始诉苦。

毕竟没见过每天兢兢业业开屏营业的稀有孔雀物种。

戏台子上一出戏刚落幕，她这儿紧锣密鼓跟唱戏似的拍起马屁来："亲爱的，你怎么这么棒，你的社交圈好广！"

她今日接二连三热情出击，半点没有平日作威作福的影子。

梁砚成抬眼，视线瞥过她那张喋喋不休的小嘴，竟然生出了平时不会有的念头——

也不知道掺了蜜的红唇，会不会比平时更甜？

他压下萦绕在心头的奇怪想法，抿了口茶。

本该继续的美好氛围，倏地被一阵急促的手机铃声打破。

池颜注意到自己的手机，偏头看了一眼，拧起了眉。

她做了个接听的姿势，抬手掩住话筒。

因为侧头的姿势，她半边身体沐浴在头顶灯光下，半边隐在身后的阴影里，轮廓裹了层灯光的金辉，毛茸茸的。

有几分可爱。

男人在心里给了评价，复又垂下眼，安静地把玩着面前那盏天青色茶杯。

他听到她故意压着的声音在安静包间一句接一句传开。

“那现在怎么样？”

“行，我会过去看看。”

“不是我没给回转余地，您二位之前给我余地了吗？也要与我商量过后再做决定吧？”

“该是池硕的自然还是他的，婶婶不用这么急，我没你们想得那么狠，您也不用再打什么亲情牌。对我好的，对我不好的，我心里都有数。”

她简单说完几句，挂了电话。

池颜的神色比之前冷了几分，只抿了下唇，对他说：“婶婶打电话过来，说叔叔气得一脚没踩稳，摔下楼梯了。”

“我现在……”她拧起秀眉，“可能得去趟医院。”

虽然是池文征自己踩了个空，但追根溯源，事情与她也脱不了干系。血缘还在，池颜怎么想也觉得自己该去看一眼。

桌上的菜没怎么动，戏台子上点的戏也才刚开第二幕。

池颜想就自己一人过去，但她说庆祝一下出来吃饭，不仅来晚了还要把人中途抛下，于情于理都挺难说出口的。

于是她只好委婉地用了“可能”这样的词。

话落没多久，她见梁砚成习惯性沉默了一下，而后比她快一步起身，去取身后衣帽架上的西装外套。

见她未动，他露出些许不解：“怎么还不动身？”

“你也去？”她惊喜道。

就像早晨去股东会挑事，虽说最后还是得她一个人走到底，但有人陪同自然是不同的，原本心里的胆怯和犹豫会因为同行路上多的那个人，变得无畏起来。

他点头，淡淡道：“你叔叔也是我叔叔。”

池颜立马起身跟上。

男人腿长步子大，始终快她几步，无声之中也在催赶着她快步穿过走廊。

紧赶慢赶，她难得没挑他的刺儿。

那声道谢也压在嗓子眼，轻轻飘飘，最终无处落下。

两人赶到医院时，赵竹音像在专门等他们似的守在病房门口没进去，见到池颜，眼神复杂地变了好几变，最终只握了握她的手背。

“小颜，早上公司的事……真就没有转机了？”

池颜没什么心情讨论公事，语气也生硬起来：“婶婶叫我过来的意思是现在再告知全体股东，所有股份如数还给叔叔？怎么，我吐出来了是不是叔叔就能立马从病房里生龙活虎跳出来？”

她的话说得不好听，赵竹音白了脸：“你怎么这么想？这种事我会拿来诓你？要不然叫主治大夫过来做个证明，拍过CT腿折了呢！”

“我没那个意思，”池颜自知语气不佳，深吸口气缓了缓，“我知道婶婶在急什么，将来池硕要来公司，该是他的一分都不会少。他没做什么，我也没道理撒气在他身上。如果这样婶婶还要说我不给你们留余地，那我也没什么好说的。”

她抿了下唇，继续说：“您该知道，光拿着这些股份什么都不做，就可以富足地过一辈子了。”

见赵竹音不再说话，她朝病房大门抬了抬颌：“那我先进去看一眼。”

“嗯，先去吧。”赵竹音没发言权，收了气焰小声回应。

池颜点点头，伸手去推房门。

门被推开的同时，里边咻地横空飞过来一只玻璃杯，伴随中年男人的怒吼：“你有什么脸过来？”

眼见玻璃杯径直朝她砸过来，池颜只来得及条件反射地闭了眼。

想象中的疼痛并没有袭来，也没有听见玻璃碎裂时清脆的响动。

她缓了几秒，小心掀开一边眼皮。

玻璃杯被截断在了离她仅剩一拳之处。

男人手肘微屈，青白用力的指节以保护的姿态稳稳挡在她的额前。

池颜张了张嘴，后话卡在嗓子眼，硬生生被他阴沉的脸色给压了回去。

池颜没能说出去的话憋了半天留到了微信上。

池颜：“有点被帅到了。”

池颜：“当时那个玻璃杯距离我的脑袋大概只有零点零一厘米。”

江瑞枝友情补充：“但是四分之一炷香之后，你就会彻底爱上那个帮你截下玻璃杯的男人？”

池颜：“浮夸了，姐妹。”

池颜：“我就是感叹一下，有时候有老公也挺好的。”

江瑞枝：“懂了，我们评判小组倒了。”

池颜发消息的这会儿已经安然无恙坐在了车里。

她用余光偷偷打量着身侧与她半臂距离之隔的男人。

掠过车窗的霓虹彩灯与他沉着的气息格格不入，却又奇异般地融合在了一起，光影交叠，把他的侧颜勾勒出浅淡光晕。

长睫隐在金边镜框之后静静垂着，总是让人看不透。

池颜觉得手心微微发烫，就好像江瑞枝说的那行字化作烫金体缓缓从掌心流淌而过。

她背着手往后藏了下手机。

小动作还没完全收住，就被猝不及防抓了包。

“看我做什么？”

池颜沉默。

他的声音明明很浅淡，甚至没用什么力气，但在心虚的人听来，就像平地一声惊雷，再细细回味一番，还能听出藏在尾音后依旧沉着的气息。

她咬了下舌尖：“看你饿不饿，回去要不要吃夜宵？”

池颜晚上一向吃得不多，她倒是没什么感觉。

今晚糟糕凌乱，她作为太太，得贴心为对方考虑。

其实话刚脱口，池颜就开始后悔了。

刚才他与池文征冷脸对峙许久，现在情绪还没完全抚平，如此心境，她几乎能猜到接下来男人会木着脸平静问她——“所以，我脸上写着字吗？”

车里静了片刻，她扭过头假装看窗外，祈祷话题到此为止。

然而几秒后，他竟然很耐心地回答：“不用。”

更令人吃惊的是，还有后文。

梁砚成没听见回应，望过来，问道：“你想吃？”

笼在他身后的光晕被香樟树影打散，车内光线也倏地黯淡几分。

朦胧夜色容易让人无限扩大心底的蠢蠢欲动。

如同此刻，脱去白日喧嚣，万事万物都像镀上了一层柔光滤镜，同样是他习惯性的说话音调，其实外人听来还是免不了觉得偏冷。

池颜鬼使神差屈起手指，轻轻碰了碰他的。

“我不想吃。”

她感觉到对方在毫无预料的情况下猛地收了下指，下一秒又像无事发生似的垂落在原先的位置。

其实动作挺僵硬，挺不自然的。

只不过谁都没道破。

池颜偏头尽量不去看他，问道:“你怎么不问问我为什么不把股权都要回来？”

看不到的地方，男人同样移开视线：“为什么要问？”

聊天确实是转移注意力的好方法。

池颜掩耳盗铃地觉得此时已经不会再有人注意到她刚才莫名其妙的小动作了。

她“哦”了一声：“我以为你会好奇，我都费尽心机做到这个份上了，还给他留着底。白天我看关诉的样子，就觉得他想问。”

这话落在梁砚成耳朵里，就成了把他与关诉做比较。

他抬手点了下自己额角，过了片刻才说：“我知道。”

不知怎的，池颜听出了一种优越感。

她眼皮微跳，就着车内奇奇怪怪的气氛，又问他：“你真知道？”

“只要他和大池依旧是命运共同体，就翻不了浪。”

池颜与他的出发点并不相同。

她考虑了人性，的确故意不多不少给池文征留了后路，她要永远有根绳牵着对方，让他和大池捆绑在一条船上。

只有公司好，才有可能为所有人产出收益。

换作梁砚成，他的判断基于时时刻刻都清醒、理智地将公司摆在首位。但意外地，这次两人殊途同归。

池颜小声咕哝：“还真是知道。”

看似是抱怨，但被人理解的喜悦还是细细密密缠绕上心尖。

池颜忍不住勾回手指，动作大开大合的，又与他的碰到了一处。

肌肤相贴，他的指节是温的，与他平时二十四小时制冷的冷气飕飕效果完全不匹配。

她不知怎的，就赖在那儿没挪开。

于是长达半分钟的沉默后，男人缓缓开口：“知道了。”

池颜疑惑。

知道什么？什么玩意儿？

我怎么不知道你知道什么？

她一路到家也没明白他到底想说什么，直到被从后突袭按在了梳妆镜前。

睡袍坠落到脚尖。

镜子里映着一束顶灯的微光，夜色与微响偷偷摸摸混杂到了一起。

翌日一早，池颜没能起得来。

到中午，才赶去公司见了梁砚成给介绍的人。

那人叫章生生，以前在江源家的酒庄处理日常事宜。池颜以前的交际圈不怎么涉及这些人，所以并不知道对方的消息。

她很少毫无准备去见一个人，当即给江源发了短信，不过江源应该在忙，没能及时回复。于是刚见到章生生的时候，池颜这么能演的人也原地愣了一下。

她只知道对方确实能力了得，下意识忽略了年龄。

乍一看到他跟挑染了似的花白络腮胡，她有一瞬觉得自己见错了人。好在翁永昌也在，他们已经率先聊了起来。

池颜偷偷给梁砚成发消息。

池颜："章先生年纪是不是有点大了？我怎么感觉我在剥削劳动力。"

她本来想问有没有年轻点的，这样往下安排什么活儿她也能少点心理负担。

结果梁砚成不动声色回她一句："阅历是用时间换来的。"

行吧，有点道理。

虽说有些于心不忍，但眼看顶着木头称谓的某人有一本正经的说教趋势，池颜立马收声打断："你说得对。"

除开年龄，池颜与章生生聊得还不错。

翁永昌与她意见一致。

往后技术核心仰仗关诉，股东会那边翁永昌盯着，日常管理又有人搭把手，她的日子会好过很多。

COO 不是个没有轻重的位置，池颜打算在接下来的新品发售会上安排章生生出席，刷足存在感。

这是她坐稳大池后的第一次产品发售会，为表重视，会后还有集团晚宴。

与人交际从来不是她的弱项，况且陵城虽大，但越往上圈子越窄，来来回回就是那么些人。

什么人什么个性，平日里相处时她已经摸得够清楚了。

池颜叫人把入场函发出去，又特意给梁老爷子打了个电话。

虽然有段时间没回老宅，但听起来老头精神矍铄。

梁老爷子与她闲谈几句，忽然话锋一转，低下声问道："最近砚成怎么样？"

池颜不解其意："他挺好，爷爷是听说什么了？"

老头在电话那头沉默几秒，倏地叹了口气："有空你叫他回家吃个饭，他爸回来了，这几天在家里。"

池颜在新居从没听说过梁遇回来这个消息。

她不认为是最近自己太忙，漏听了什么，而极有可能是在他们那个新家，并没有人会想在梁砚成面前主动提起。

就像现在，老头明明自己打个电话就能说一声的事儿，还要中间辗转她这一道才说。

可见，老头也不想直接和梁砚成硬碰硬。

她对其中缘由一知半解，最直观的记忆是唯一见到梁遇的那一回，是结婚那天。

梁砚成与梁遇只对上一眼，脸就冷了。

池颜也不想磕硬石头，有些犹豫地说：“好……我找机会跟他说。”

她虽然嘴上说着有机会就说，但实际连对方聊天框都没打开。

池颜心里猜测梁砚成是知道的，只是装没听说，也就不用回去见了。这种鸵鸟情绪她偶尔也会有，就是没想到，看似那么冷漠的一个人，也会有不想面对的人和事。

另一边。

梁砚成正与江源在酒庄。

江源年前就有个线上售卖的合同要签，不想年后被家里逼着连去好几场相亲，出国躲了一阵，这才回来。

从酒窖出来，江源开了瓶珍藏好酒，醒好斟上两杯。

他知道梁砚成的个性，没劝酒，自顾自抿了一口低头玩起手机。

几秒钟后，江源“哟”了一声，抬头看梁砚成，笑嘻嘻地说：“你老婆竟然给我发微信了。”

江源能感觉到有道目光越过吧台不咸不淡落在自己身上，故意道：“都这么多年了，还是叫我学长，我不亏。”

他很欠扁地朝对面抬起下颌：“你也叫一声听听？”

梁砚成落笔丢在一边，冷冷道：“我看你是不想签了。”

“别啊兄弟，开玩笑开玩笑的。这你还看不出来，”江源不敢再发癫，笑道，“问章生生的事呢，要不你来给回一下？”

梁砚成垂眸，淡淡地说：“不用了，早见过了。”

江源收起手机，见梁砚成反而把手机从裤兜里掏出来，不解地问：“不是说不用了吗？”

“我是说你不用回。”男人冷冷瞥江源，眼底写满警告。

江源无语。

怎么看不出来这人，还是挺双标呢。

他气噎，往嗓子眼猛灌一口红酒，比拇指道：“行，懂了，这就是我小学妹的魅力。”

梁砚成并不理会，手指在屏幕上飞速点过。

接着刚才没聊完的话题继续往下回复。

梁砚成：“我也并不是什么时候都对。”

梁砚成：“不过公司的事，问我就够了。”

第五章·白日梦

去往民政局离婚的最后一个路口。
男人摘下金边眼镜，眉宇间透露出倦色，
公司遇到了危机，我得先回去处理。

池颜没想到通常终结在梁砚成那里的话题还有时隔许久续上接着往下聊的时候。

她与木头的聊天记录难得在同一天翻了页。

不过她依然绝口没提梁遇回来的事。

本以为这事儿就这么过去了，可真到公司宴会那天，她发现梁老爷子没来，来的是许久未曾出现的梁遇。

陵城有来有往的企业基本都收到了大池科技的邀请函。

常年在圈子里打转，池颜对在场每个人的印象都不浅。

以至于忽然看到梁遇时，她有一瞬间觉得陌生，愣了几秒才想起来，面前这个依旧风度翩翩，还带着些许儒雅气质的中年男人是梁砚成的父亲。

要说不同，挂在老宅的照片上的他眉梢还带着风流。

如今再看却是沉稳许多，染上了沧桑。

池颜认出梁遇的同一瞬间，就明白了对方的意图，他大概是看梁砚成总不回老宅，或许联系了也没见回应，特意借此机会寻了过来。

而且公共场合，彼此都会碍着脸面不会给对方难堪。

池颜知晓这次躲不过，借着取酒杯的工夫不动声色来到梁砚成身边。

她今天穿了件之前从巴黎送回来的香槟金小礼服。

波纹状裙摆前短后长，利落之余不失优雅。

巧合的是，与梁砚成颈间那条镏金色淡纹的领带像是刻意搭配着来似的。

今天到场诸位，逢人就笑称他们夫妻当众秀恩爱。

她这会儿过来，又听足了一拨奉承话。

她借着与人寒暄的空隙，扭头与他轻声说：“那边，看到你爸了。”

他表情向来寡淡。

池颜说完的一瞬特意抬眼将视线落在他脸上，没看出什么变化，只是他握着酒杯的手指向内拢了一下。

她看不懂这是什么情绪，只能顺着他的视线再投向人群，正好与同时望过来的梁遇对上了眼。

说他们父子关系冷淡，有如仇人吧，但隔着宴会厅的敞亮灯光遥遥相视，眼底的复杂又叫人觉得更像近乡情更怯。

当然，后一种情绪更浓一些。

池颜收回视线，即便不说话也能感受到身侧突然降下的低气压。

她夹在中间显得尴尬，提议道：“我去那边转转，你和爸爸聊吧。”

“嗯。”

梁砚成放下酒杯，声音像含在了喉咙口，有点闷。

池颜没再多说，避到一边。

她最近太忙，有段时间没与圈里的塑料花们联络感情。

这时，塑料花们一看她有时间富余，与家里先生同时出席的几朵小金花立马殷勤地围了上来。

“池颜，这里！”

“不对，现在要叫小池总。我说你也太厉害了吧，怎么做什么都行。”

“就是就是，谁说我们女人只会花老公的，要我说你还是大材小用了。”

比起公司的事儿，应付这些小金花简单多了。

池颜松了松神，语气疏懒道：“什么大材小用，我也是没办法，要有得选，我还真想天天跟你们玩儿。”

视线扫过人群，她随口问道：“林霜呢，怎么没见？”

“林霜？刚还在呢。”其中一朵小花回答，“你现在好忙，我们在群里都不见你出来聊天。哦对，前几天林霜还和林婧吵了一架，你也不知道吧？”

池颜现在哪有工夫听她们讲八卦，摇头道：“她那么好脾气，什么事就值得吵？”

“具体什么也不知道，林霜压着声呢，没听见。不过林婧最近倒是混得不错，你看她微信朋友圈没？”

池颜翘了下嘴角，略带讥讽：“我会加她？”

塑料小花有些尴尬，咬了咬唇，解释道：“其实我也是那天不小心加上的，要不然还真不愿意看。”

她从手包里取出手机：“我给你们看。”

林家的事弄得林婧仿佛突然闯入者，初时圈里的人心照不宣都把她排挤在外，甚至有些看热闹的心理。现在一说她混得不错，大家都不约而同凑了过来想看看她微信朋友圈都是什么内容。

往下翻了几条，不过就是深夜发一本最近看过的书、摘抄几句心灵鸡汤、摆盘精致的减脂餐、运动自律……

池颜瞄了一眼就觉得无趣，视线穿过人群，时不时地看一眼气氛微妙交谈中的父子俩。

看众人兴趣不甚浓厚的样子，小金花翻到其中一张，点了点，说道：“这个有意思，看这儿。”

陵城金茂中心顶楼的旋转餐厅。

那家下午茶很有名，池颜去的次数不少，一眼就认出了地方，也没觉得有什么特别之处，敷衍地点了下头，问道：“这什么？”

小金花得意地说：“看，这里有水印。我也是无聊，那天顺着水印去 INS（一个社交软件）上转了一圈，还真叫我找到了她的主页。”

旁人来了兴趣：“然后呢？”

“然后我就发现这小姐妹虚荣心还挺强的。你看她微信朋友圈画风是这样的，到了 INS 上和咱们看到的完全不一样，要不是有半张脸的自拍，我还以为逛错页了。”

她说着点进林婧新开的页面，摆到众人面前。

果然画风迥异。

吃吃喝喝、玩玩逛逛，白富美人设走得飞起，竟然还有固定“粉丝”群，一发照，天天有“粉丝”在下面喊着——小姐姐好美、小姐姐身材真好、小姐姐自律、小姐姐有品。

这个发现，比刚才的微信朋友圈朋友圈有趣多了。

几朵塑料小花围在一起，一张张翻阅着照片评头论足。

忽然有人“咦”了一声，问：“这表不是日辉系列吗？她哪儿认识的这样的高端人士？”

“是，林小少爷好像也没有吧？”

讨论声一人一句，忽然在某个瞬间像切中了什么不得了的点似的，倏地消了下去。

众人反应几秒，猛地意识到陵城拥有这款表的似乎只有一个人——

梁氏小砚总。

有人偷偷观察着池颜的神色，看她一副心不在焉的样子，好心拍了拍她手背，说道："肯定是巧合吧。"

池颜注意力完全在宴会厅那头，压根儿没听她们在说什么，忽然回神，问道："你说什么？"

塑料小金花下意识觉得她这会儿一定心如乱麻，赶忙说："也不是只有小砚总有这款表，说不定是别人的？"

她们只顾顺着她的脾气往下说。

池颜莫名其妙，视线回落到手机屏幕上好半晌，才慢慢意识到她们刚在讨论什么。

毕竟与梁砚成朝夕相处，她自然与旁人不同。

只用一眼，她就能看出垂落在照片一角的是梁砚成的手臂，他的手指修长匀称，无名指内侧有颗很小的、旁人根本不会注意到的浅痣。

没有那块表，她的判断依然不会有错。

在林婧的私人 INS 上看到有梁砚成出现的痕迹，有那么几秒，她忍不住想蹙眉，只不过那瞬间的情绪来得快，走得更快。

待看清是高尔夫球场后，她很贴心地为自己做了解释。

池颜淡淡"哦"了一声："阿砚经常去打高尔夫，被拍到入镜不是很正常？"

只待她发话，众人立马赔笑："是呢，那谁以前不就在球场工作？"

"就是，后面还有拍到别人的呢。"

"来，你们看照片上远远的那个，身影不也挺像江家少爷吗？他们常去打球，这有什么值得拿出来说的。"

你一言我一语，很快把刚才欲言又止的话都给压了回去。

池颜聊了几句，意兴阑珊。

她眼看梁遇说完话好像打算离开，对着塑料花们虚抬手里的酒杯，说道："我先过去那边，你们慢慢玩。"

她一走，塑料花们面面相觑沉默了半晌。

有些话刚才当着池颜的面没敢说，这会儿确实见人走远了才有人低声问道："她刚才没看见底下评论吧？"

"估计没看见，要看见还像现在这么风平浪静？"

"也是……"

林婧的画风其实还挺亲民，很多评论都会亲自回复。

之前是没人注意，这会儿代入梁氏小砚总就会发现。

若是仔细看，其实影射到小砚总的照片并不少。

“粉丝”也不傻，频频看到酷似同一个男人的手或者身影频繁出现，自己产狗粮似的在评论区跳跃：

“小姐姐，那个是不是你男朋友？”

“那个表很贵的！”

“果然小姐姐身边的都是高富帅，呜呜，羡慕了。”

“光看背影就觉得一级帅。”

……

这些评论下面林婧一改往日作风，一概没有回复。

这会儿看着，反倒像是某种默认态度。

塑料花们虽然平时看着各有心思，阵营摇摆不定，但都是正儿八经富家养出来的姑娘，到适婚年龄多半依着家里的要求嫁到门当户对的人家。

乱七八糟的事情听得多了，里面不乏倒贴着往上爬的故事。

对她们这些人来说，最不齿的就是心思不清不楚，想傍着已婚男人当小三的。

当下自发组成了联盟，再一想到林婧忍不住生理性厌恶。

有人小心翼翼地问：“要和池颜讲吗？”

“得提醒下吧？”

“今天场合不对，要不改天约她出来喝茶说？”

“唔……那小砚总那边？”

“我们就提醒那么一下，他们夫妻的事当然还是他们自己解决。”

……

池颜刚才看似毫不犹豫替梁砚成辩解，心里却总像卡着个疙瘩，不大舒服。

她上台讲完话后，把场面交给了章生生。

宴会厅的主台高出半米，站在上面只需轻轻一瞥，底下动态一览无余。

梁砚成在的地方，总是簇拥着许多人。

她一眼就瞧见了，抿了下唇，往反方向下的主台。

台下关诉正等着与她说事，池颜也不懂为什么不高兴的情绪能持续那么久，耍脾气似的与关诉又走了几步。

宴会厅人来人往，关诉的声音近在耳边，却好像隔着山高水远，总是听不到重点。

池颜又一次出神之际，关诉颇为在意地提醒道：“是不是今天安排的事太多有点累？那要不我整理成报告，回到公司说？”

她是个不怎么会让自己吃亏的人，知道自己心不在焉，就不会强求，点了下头权当是接茬儿，目光却不受控制地飘了出去。

宴会厅人很多，她看到了三五成群聚在一起聊生意的，看到了依然热衷于八卦的塑料小花们，也看到了刚才没见的林霜。

视线在林霜身边转了一圈，她身边是空的。

池颜鬼使神差偏头往梁砚成的方向望过去，觥筹交错的人群中，好像确实看到了林婧一闪而过的身影。

混在人群中转瞬即逝的残影。

像，又不像。

大脑还没做出判断，她下意识抬脚跟了上去。

关诉见她突然转身就走，张了张嘴想说什么，叫住的话就在嘴边，只是视线转了一圈，最后未置一言默默垂下了眼。

穿过人群查梁砚成的岗也就十几米的距离。

但池颜每走一步都在想心事，反倒把这短短几十步的路拉得格外漫长。

她觉得人与人之间是有眼缘的。

就像第一次知道林婧这个人，她就本能不喜欢。

她没有确凿证据，只是出于女人的第六感，越接触越不喜欢林婧这样什么都藏着掖着摆在心里的人。

更何况，对方似乎还包藏祸心。

表面装着岁月静好，底下不干不净地想别人的老公，实在是令人作呕。

怎么，麻雀飞上枝头了还嫌枝头不够高？

想另择新枝？

池颜越想越气，几乎在心里给对方定了罪，最后几步把高跟鞋踩得掷地有声。

梁遇大概与梁砚成说完话就走了，此刻围绕在梁砚成身边的还是最初那些人。池颜过来时，众人自觉地为她让了道。

也就是这么一让，她才看清半掩在人群后，像伺机而动随时准备上前来搭话的那位“出淤泥而不染”的林家千金。

她平静地与众人寒暄过后，停在男人身边。

池颜精致的指甲微微内扣，搭在高脚杯上，淡淡地说：“那位林小姐，好像看了你很久。”

梁砚成的神情比往日更冷淡一些，低声反问：“看我？”

“难不成是在这儿等我？”池颜冷下声，“接下来我做什么，你总不会心疼吧？”

梁砚成皱眉：“我心疼什么？”

“哦，不心疼就好。”

她慢条斯理地把酒杯放到一边，抬手招来保安。

好好的宴会会场忽然闯进保安列队，场内其他人的目光不由自主跟着聚拢而来。

看热闹是人的天性。

众目睽睽下，就见这场宴会的主角——小池总慢悠悠地指了个方向。

食指漂亮的玛瑙红落在几步之遥林家千金的方向。

“这位小姐在邀请函上吗？”

保安队众人互相看了一眼，没敢说话。

“既然不在，就帮我请出去吧。”她云淡风轻地说道。

池颜从小众星捧月般长大，说话时骨子里透出的高傲与她身边的男人如出一辙。

甚至让人生出一种她没刻意针对谁，只是随手清扫身边的垃圾一般，平淡如常的神色。

这里是大池科技的主场，全场说话最有分量的就是小池总。她一发话，保安队几乎没有犹豫就连请带送地把林婧推了出去。

毕竟对方是穿着晚礼服的女士，动作还算温柔。

只不过在宴会上被公然轰出去，这是什么滋味只有当事人自己才清楚。

林家夫妻俩姗姗来迟，为了他们这个女儿赶来与池颜对质。

池颜丝毫不惧，慢条斯理地反问：“您二位不如先看清楚大池的邀请函，上边写的是公司负责人。看看这全场，人家顶多携伴侣出席，您这儿拖家带口参加商业聚会算什么？”

不等林氏夫妻反驳，她转头问梁砚成：“梁氏集团的晚会有邀请阖家出席的吗？”

梁砚成未做深想，淡淡出声：“没有。”

两人一唱一和，池颜心里的气儿撒了一些。

她对上林氏夫妻，恍然大悟般“哦”了一声：“林霜啊，我跟她关系还不错，特意写上了她的名字。您二位是有什么误会吧？”

并不是家宴，商业聚会确实很少有携全家的。

顶多就是被邀请方偕同伴侣出场。发到林家的那张邀请函，池颜特意叫人写上了林霜，原本只是举手之劳，缓解一下她在林家不如意的日子，倒是没想到林家看到林霜的名字，误以为阖家出席，便带了林婧一道来。

照池颜的说法，严格来说林婧确实没有出席资格。

只不过这会儿睁一只眼闭一只眼就过去了，没人会在这种事情上做文章。

不知道自己家这个女儿哪里得罪了池家，会叫她不顾林家脸面当众把人逐出去。

今天这个脸是不想丢也得丢了。

池、梁两家势头正盛，林家的生意还得依附两家，只得暗自吃亏。

宴会上风波平息，看热闹的人逐渐散去。

在不会有背景空白的场合，池颜仿佛听到了自己迅速猛烈的心跳声，一声接一声在胸腔回荡。

她有个很大的优点，就是不管处于优势劣势，都会很快找好定位，让自己所做的一切显得心安理得。

起码她很容易与自己妥协，从不让自己吃亏。

所以像把人赶出场这样的事，于她来说并没有什么值得她紧张的，也就不知道为什么，有那么几秒心脏跳得如此蓬勃。

好像潜意识会害怕有人从中打断一般。

她接过酒杯抿了一小口，借抬颌的动作瞥向身侧的男人。

他只是很平常地对上了她的视线，又很平常地挪开。

池颜不足以确定刚才短暂的一瞥，是否暗含复杂的情绪。

她今晚做的这件事，骄纵、不惧后果的那一刻像她，但也正是那毫不在意林家的想法，又与她平时玲珑做派相悖。

在那短暂一瞥过后，她咽下含混在嗓子眼的酒，忽然出声："干吗看我？"

她这些毛躁的小情绪似乎藏得不够好。

男人薄唇微动，问道："突然生什么气？"

不远处有人举着酒杯，像在往这边走。

池颜偏过身子，没再搭理他，径直往来人方向走了两步，走了两步后又觉得不够解气，不动声色扭头，脚下动作往里回勾："你心里没点数吗？"

细高跟落下时，梁砚成连躲的机会都没有。

他抿了下唇，垂眸扫向落在鞋面上清晰的鞋跟烙印，有些莫名。

与他何干？

今晚她是吞了炮仗吗？这么大脾气。

林婧被赶出会场时是蒙的。

她只是隔着人群不远不近望了梁砚成一眼，她本也没想做什么。池颜竟这样分秒不耽搁地将她驱逐出场，突如其来的仇视好像在提醒她，她与梁氏那位小砚总本就不是一个世界的存在。

当着他的面，她遭受如此待遇，难堪与屈辱像两把利剑同时涌上心头，刀刀剜着她的血肉。

在这一刻，林婧心里的委屈与不甘胜于其他。

她原本只是单纯仰望。

她有自知之明，知道自己只是普通家庭出身的、很普通的一个女孩。

在高尔夫球场工作的那段时间，林婧见过不少表面绅士得体的男人，私底下却尖酸刻薄，心情不佳就满嘴奚落人的话，林小少爷是其中之一。

不过林小少爷其实还算过得去的。

只是口头上嘲讽两句，对她们这些人来说，长期练就铁打的心，早就不会有实质性伤害了。

还有人借着打球的名义，目光总是在她们这些年轻陪练身上游走，更有甚者还会趁机揩油。

初次见到梁氏小砚总时，林婧只觉得他俊逸非常。

慢慢地，他有多冷漠，她就有多着迷。

记得那是她第一次大着胆子去打听他的事情，不是想做什么，只是想更了解他一点。

可当旁人说：“小砚总啊，听说他们梁氏和咱们陵城的大池科技联了姻，他可是人生赢家，钱权美人，什么都有。”

林婧也不知道自己吃错了什么药，下意识反驳：“可我听说豪门婚姻都是表面样子。”

“是啦是啦，不过你管人家是不是表面，”那个女孩撇撇嘴，“有钱人的生活又不是我们能猜得到的。”

林婧沉默，没再说话。

她小心翼翼地观察着梁砚成，每次他来打球都只是单纯打球，表情冷，话也少。

她只敢默默陪在身边，观察得够久，她就发现，只要她够安静，安静得仿佛没有存在感，就不会惹得对方皱眉。

比起那些人前背后各一套的男人，这样表里如一的人莫名地吸引她，以至于他露出不着痕迹的温柔时，她有一瞬惊艳，随之彻底沦陷在自己编织的梦里。

林婧知道自己与对方的差距有多远，她只是贪图那一点美好，从不敢真正去肖想。

直到，突然到来的那一天。

她被告知自己是林家千金，现实如同跨入梦境，与她编织的幻想交织在一起，让人分不出黑白轻重。

她再也不是那个家庭条件普通、父亲车祸瘫痪在床、只能靠自己辛苦打工补贴家用的枝头麻雀了。

林婧仿佛看到自己飞上高枝，原本遥不可及的梦在她眼前散开了迷雾。她也是千金小姐了，与曾经遥远得如在天边的男人共同生活在了同一个世界。

那么，既然她有这样的命，为什么不敢想象更多？

就算知道对方结了婚，她还是控制不住去做梦。

他的无名指上空空荡荡，像是无声的佐证，叫她相信他的婚姻只是摆设，即便后来突然多了一枚铂金戒，她也只是想：哦，她太太可真烦人。

她的梦在进入林家后，达到了不切实际的巅峰。

她小心翼翼地开了自己的新账号，怀揣着自己也说不清的心情偷偷放出那些有他存在蛛丝马迹的照片。

万幸，没人发现。

所幸，反响热烈。

底下的评论吹乱了她的心，叫她差点以为梦境与现实真正融到了一起。

于是胆子又大了一点，一而再再而三，照片越放越多，而后遗憾又期待地默认着这些行径的存在。

有时候她想，就算有人说破那又怎样，她可从头到尾什么都没承认过，她并不是世人不齿的那种小人。

梦做得多了，好像想的东西就会更多。

每每看到他出现，林婧遥遥看着，想接近，又惶恐。

仅存的那点羞耻心牵制着她，在被公然赶出会场的那一刻，达到了前所未有的爆发。

在喜欢的人面前丢尽了脸，于她来说太难堪了。

最紧要的是时时刻刻提醒着她还没能达到那样的高度，她仍然与他们不处于同一个圈子。

她自始至终，只是个可怜的局外人。

林婧闭上眼，不敢看宴会厅里众人的目光，更不敢看他的神色。如果他淡漠的眼底闪过讥讽，哪怕只是一丝一毫，都会让她像被当众抽了巴掌一般，难堪、屈辱到无以复加。

每个人仿佛都在嘲笑，包括那个没有小姐命还留在林家的姐姐。

林婧死死咬紧后槽牙，第一次知道即便接近了这个圈子，但圈子里本身存在的鸿沟更让人绝望。

那天晚上，回到林家。

林氏夫妻安静坐在客厅，态度不像对待亲生女儿，也不像先前那么和蔼，只冷着声问道：“你什么时候得罪了池家？”

所以，今晚出了这样的事，她不配得到关心吗？

林婧挺着脊背沉默许久，好像突然就明白了在这样的环境中，利益关系是稳稳高于一切的。

她看了一眼楼上林霜房间的方向，无声垂泪。

良久，她小声地辩解道：“池小姐是姐姐的好朋友，我也不知道她为什么要这么对我，可能只是……”

她咬着下唇，满腹委屈：“只是为姐姐鸣不平吧。”

“有什么不平的？”林父问。

“她们都觉得，是我的出现抢了原本属于姐姐的爱，”林婧小声抽噎，强忍呜咽，“如果爸爸妈妈没找回我该多好。”

“好了好了，都哭成什么样子了，”林母心软，拍了拍她的手，“去好好洗把脸。关系处不好没关系，以后熟悉了，大家都会接纳你的。”

“嗯，我知道了。”林婧小声道。

宴会后第二天，林霜临出门前被父母叫住，让她有时间带着林婧去找池家大小姐道歉。

林霜知道昨晚他们在客厅聊了许久，她只当是要与大池保持良好关系，没多说什么。她知道自己现在在林家的身份和地位都处于微妙尴尬之中，很多事情轮不到她来评判。

出乎意料，林婧竟然也没反对，很乖巧地点了点头。

去大池的路上，林霜心里装着事儿，欲言又止多次，终于拐弯抹角地提点道：“很多东西，不是一只脚跨入林家就可以肖想的。那些不切实际的事情，你自己心里要有数。”

林婧正低头玩手机，闻言抬了下头：“姐姐又想和我吵架？”

“没什么好吵的，”林霜望向窗外，神色冷了几分，“我只是提醒你，你以为跨过了鸿沟，其实真处在这个圈子才会发现，横在面前的沟壑更深。”

林婧很是厌恶林霜这副看似对什么都得体大方，还要与她说教的样子，目光在林霜侧脸转了几圈，厌恶感更是飞速袭来。

她幽幽转向窗外，问道：“前面路过银行是吗？我想下去顺路办点事。”

林霜回过神，点了点头：“随你。”

她们最终约在了大池楼下的咖啡厅。

因为林婧中途下车去了银行，还晚到了几分钟。

林霜感到抱歉，她与池颜最近才算真正熟悉起来，相处起来免不了有几分拘谨。

外人都说池颜仗着身份高傲骄纵，但她却看到了池颜隐藏在底下的细腻温柔。

林霜从来不会因为对方给的温柔而蹬鼻子上脸。

她态度诚恳地与池颜道完歉，见林婧不为所动，忍不住蹙眉推了林婧一下，低声告诫："你自己说。"

池颜其实对林婧要道歉的内容并不热衷，神情疏懒地喝着茶："算了，我也不是很想听。"

兀自冷了木头一晚上，她今天正打算无声无息和好呢。

懒得听林婧在这里惹是生非。

奈何林婧还挺喜欢给人道歉的感觉，眼眶红红的，委屈巴巴地问："我能单独和池小姐道歉吗？"

池颜听到这话激起一层鸡皮疙瘩，马上咽下茶水压住恶心。

她的态度始终高傲自矜："不能，我不喜欢单独和你说话。"

眼看林婧红了眼眶，接下来就是滚眼泪，池颜面露讥讽："我不把林霜当外人，就直说了，大家都是女人，没必要在我面前演戏，我不爱看。"

她拨弄着指甲顶端新换上的猫眼绿，慢悠悠地说："毕竟我拿奥斯卡的时候，你还不知道在哪儿唱戏呢。"

有些人的演是让人觉得演技真不错，而有些人，是整个融入了生活，旁人只以为她天生就是这个样子。

池颜属于后者。

她带着嘲讽的笑，慢慢喝了口茶，意料之中见林婧很快收了泪。

这就对了，刚才装什么呢？

池颜偏头与林霜聊起别的，丝毫没把林婧放在眼里，从头到尾衬得林婧像个多余的过客。

快要临走前，林霜去买单。

只剩下林婧与池颜相对。

池颜百无聊赖地翻出手机，懒得搭理。

林婧沉默了好一阵，突然开口："他们每个人都说，你和小砚总很般配。"

池颜眼皮都没抬，不咸不淡道："多谢夸奖。"

"真是这样吗？"林婧问。

怎么，还要官方给你喂口狗粮才死心？

池颜说："比你想象中还要般配得多。"

对面没再开口，窸窣一阵后，有张白纸推到了她余光范围内。

池颜瞥过，从上面整齐划一的格式看是一张银行对账单。

她不知想到了什么，忍不住翘了下嘴角："怎么？给我一笔巨款，叫我离开他？"

林婧默不作声，手指点了点其中一行。

往后平移，又点了隔月一行。

如此往复好几次，池颜算是看明白了她想做什么。

上边每个月有固定一笔钱打到她的账上，不多，也就万把块，备注不清不楚，只写了其他。

池颜收了笑："你又想说什么？"

反倒是林婧不紧不慢起来，打开手机银行，找到具体明细推到她眼皮底下："你看看吧。"

林婧每个月的那笔固定入账，来自尾号 888 的卡号。

池颜只觉得这串数字眼熟，问道："所以？"

"你不想问些什么吗？"林婧说。

池颜很平静地拒绝了她："不想。"

她对银行卡尾号是 888 的账号确实是熟悉的，但表面还是云淡风轻，摆弄着手机的手指却切进了易俊的联系方式。

池颜："把前半年的账单调出来给我看一眼，阿砚那张 888 的卡，时间那么久，不记得定了哪几款包包了。"

易俊回得很快："您可以告诉我大约什么时候，我帮您查。"

池颜："你懂包？"

那边顿了许久，不知是不是往上请示了梁砚成。

连易俊都分不清哪些支出对应哪款包包，梁砚成更不可能知道。

漫长的几分钟等待过后，对账单发了过来。

池颜随手翻了几页，确实发现每个月都有一笔固定支出，与林婧那笔刚刚好完全对得上。

这是梁砚成私人的卡，平时除了她之外，就只有他自己使用。不管出于什么原因，当发现两边确实有着不明不白的联系时，她有一瞬间脑子是空白的。

而林婧的对账单上还写着杜婧这个名字。

也就是说，这种说不清的联系往前推，或许很早之前就存在了。

她下意识多看了一眼面前的纸，再往前，甚至可以看到早在结婚前。

那会儿梁砚成是不是经常去艾瑞打球，她不知道。

只觉得在自己还没有与他结婚前，他就以某种方式与对方存在联系了。

这种感觉说实话，叫人头脑发蒙，全身发麻。

既然如此，那何必三番五次装作不相识？

池颜思前想后的期间，林婧一直默默观察着她表情里的细枝末节。

林婧再开口时，语气像是比之前更为轻松："没想到池小姐这么有信心。"

信心？

是说她对梁砚成有信心，还是对他们的婚姻有信心？

池颜是个极度不愿意吃亏的人，即便偶尔落下风，也不会在面上服软。

她把手机丢回包里，说道："你真没必要拐弯抹角在我面前玩这些花招。梁氏离这里不过几分钟的距离，不怕我随时叫阿砚过来跟你当面对峙？"

林婧那对狭长的眼眯了下，显得很无所谓："行。"

池颜不会被她三言两语蛊惑到，原本只是随口试探，看她什么时候认输。

不曾想林婧一丝一毫惧怕的意思都没有，反倒是信心满满。

她抿了下唇，突然失语。

叫梁砚成过来吗？

然后呢？

男人撒谎只有零次和无数次，他已经否认了与林婧相识，过来还能说些什么？

叫他们两个一起在她面前演戏给她看吗？

池颜觉得自己真是气过头了，马上恢复平静。现在这种情况，她竟然还能在心里一二三四五陈列逻辑分析，每多列一点，麻木的感觉更甚。

她不知道从什么时候开始，明明知道大多数联姻不过是逢场作戏，还能在不知不觉中对男人寄予希望。

是从他毫不犹豫伸手为她挡着池文征摔过来的玻璃杯开始吗？

还是从一起联手拿回股份开始？

或者更早一些，在他连夜赶回国阻止股东会那次？

她心里有个声音妥协道：其实木头人还不错，就这样吧。

"没有哪个男人会在老婆面前承认自己在外面偷腥的，"林婧无辜地笑着，"这点恐怕你比我更清楚吧？那叫他过来有什么意义呢？"

她偏头看着前台方向，小声说："姐姐回来了。"

这话像在给两人对话做一个收尾。

池颜抬眸，眼看着林霜买完单回来安稳坐下，才开口道："所以你今天说这么多，不会真以为凭林家那点小资产，就能攀得上梁氏集团吧？"

池颜是故意等林霜回来说给她听的。

只那么一句，林霜就猜到自己不在的这段时间，林婧肯定满口胡言了什么。

“抱歉，今天的道歉我不接受，”池颜起身，手指垂落搭在手包扣上，慢慢敲了敲，“人还是少做梦的好。”

林婧是什么货色，她希望林霜能看得清楚，也希望林霜知道回家在父母面前该怎么说。

比起在别人面前表现出的风平浪静，存在于群聊中的池颜才会表露最真实的情绪。

她发了占据整个屏幕的感叹号：“这种人是真实存在的吗？！可能是我见识短浅，真没见过这么不要脸的！掐我，快掐醒我，我真没活在电视剧里吧？”

江瑞枝：“什么？！”

裴芷：“失语，活久见。”

江瑞枝：“那现在呢？你就这么放了她？”

池颜：“怎么可能？就这么让她在我头上蹦迪，我怕是今晚睡不好觉！等着，我先解决家里那个梁砚成，再出来手撕她。”

她气势汹汹放完话。

十几秒后，她突然打了个回马枪：“宝贝们……其实我有点难受。”

让那么骄傲、明艳的一个人说出难受，其实挺难的。

池颜倚在公司门口，垂眼看着手机屏幕静站了好久，说不出下文。

手指在联系人界面上来来回回拨弄着，想点进去说点什么，又莫名惶恐。

从咖啡厅出来，混杂在心头的情绪于她来说都是陌生的。

她很少这么优柔寡断，也很瞧不起这一刻的自己。

像给自己打气似的，池颜点进那个聊天框，认认真真敲下一行字：“什么时候回家？有事问你。”

他的消息回得很快：“什么事？今晚开例会，晚点回。”

她低垂着头，看着手机上的日期，果然是例行开晚会的这天。

看到他没法立即回，不知为什么，她心里仿佛松了口气。

池颜揉了揉酸涩的眼角，回道：“晚点也行，回来说。”

今天不知什么日子。

所有人都想约她喝下午茶。

池颜刚给梁砚成发完消息，就收到了塑料小花的微信：“池宝贝在哪儿，出来喝茶吗？想跟你聊聊天。”

池颜提不起兴致，回：“不了，正准备回家。”

塑料花很善解人意：“今天没时间？没事没事，本来就想和你说点小事。”

池颜：“嗯？什么？”

塑料花几次显示正在输入，池颜仿佛能看出对方在手机那头犹豫的样子。

良久，塑料花发来一张手机截屏。

是林婧的截图，后面跟着文字：“别生气啊，我就想着给你提个醒，别让那个小不要脸的靠近你老公。”

图片来得还真是时候。

刚和林婧对完线，又追加一条她必“杀”人的决心。

池颜翻看了一圈图片，回复：“嗯，小不要脸找过我了。”

塑料花：“？”

塑料花：“她还有脸找你？”

池颜：“是啊，所以人不要脸就无敌。记得看好你们的老公，小不要脸撬不动我墙脚，说不定退而求其次还想攀别的枝头。”

塑料花发了个无语的表情，转头就进群里散布最新消息：“你们知道没，林家那个小不要脸竟然有脸去找池颜对线？！宝贝们，相信一句话，今天我们不团结，明天小三笑开颜。我正式宣布，我们的反三联盟成立了！”

底下一串复读机。

“成立了！”

天气回暖，下午容易犯困。

池颜心里压着事，整个人昏昏沉沉提不起精神。

她提前回家，如常吃饭、逗狗，只是长睫始终覆着，看起来神色恹恹。

到晚上九点多，她做第二遍皮肤护理时，梁砚成才到家。

她也不知道自己是沉得住气，还是找不到突破口，就这么眼睁睁看着他洗过澡靠在床头翻阅文件。

暖光灯打在他浅灰色的睡衣上，泛着波纹似的光。

池颜背对着他一遍又一遍往脸上拍精华，目光从梳妆镜落定在他身上。

室内很安静，只有轻微的纸张翻阅声。

池颜停下手里的动作，开口说：“今天，林婧来找我了。”

镜子里，男人依旧看着手里的文件，良久没听到她再开口，才抬了下眼，望过来，低声从嗓子眼发出回音：“找你做什么？”

他一抬头，两人的视线在镜中猝不及防相会。

池颜盯着他："你不知道？"

"我该知道？"他反问。

池颜定了定神，找到了落脚点："你那天说和她不认识。"

"嗯。"

"不过她好像和你很熟，你不想说点什么？"

她看到男人眉心微蹙，像陷入了思考，半晌后，表情毫无涟漪："没印象。"

池颜依旧这么直勾勾盯着他，穷追猛打："是真没印象？"

临睡前，金边眼镜已经褪下，安稳摆在床头，也就能更轻易直视他那双自带温柔的眼。

在她的连续发问下，他的眉心似乎蹙得更深了，眼尾微微压着："你到底想问什么？"

池颜终于收回目光，手指落在手机屏幕上点了几下，抛过去说道："长达一年多的时间里，你每个月都有一笔转账记录。需要我提醒吗？是转给林婧的。"

她闭了闭眼，继续道："或许你更习惯叫杜婧。"

池颜越说，越发现他眉头紧蹙，像是找到了心虚的表现，她索性转身，脊骨抵着梳妆台直面他。

"骗我很有意思吗？"她问。

池颜一口咬定他从中欺骗，梁砚成心有无奈。

他不是善于解释的人，第一反应是让易俊去查一下每个月那笔开支到底是什么东西，和林还是杜什么婧有什么关系。

不过当务之急，他太太的情绪似乎不太稳定。

在他沉默的这几秒，她兀自笑了一声："我觉得之前每次习惯性帮你开脱，真的很可笑。"

她的声音很飘，明明待在同一个房间，他却觉得如云似雾捕捉不到，这种若即若离的感觉让他很不舒服。

昨天回来就冷他到现在，今天又是新一轮发难。

梁砚成放下文件摆到一边，正色道："你最近好像对我意见很大。"

"是吗？"池颜平静地说，"我没觉得。"

她情绪好一些的时候，叫他时总是带着亲昵，连说话语气都是软绵绵的。

他以为，他们的关系就该这么发展下去。

然而最近，她频频甩他冷脸，以莫须有的罪名挑刺。

他想到某种可能性，语气微凉："你拿回了大池属于你的一切，所以我对你来说，没有利用价值了吗？"

他们每个人心里都扎着一根刺。

平时大可相安无事，只是刺终归是在的。

池颜闻言反倒笑了："我还真是你说的这种精致利己主义，你才发现？"

他抿了下嘴唇，或许是灯光的原因，显得陷在阴影中的下颌线条深邃冷峻。大概是知道自己又说错了话，他沉默了两秒才说："我不想和你吵，这件事会给你解释。"

池颜慢吞吞"哦"了一声，问道："是花一个晚上去想怎么圆回来吗？"

梁砚成从没见过她这么咄咄逼人的样子，沉寂了许久的表情闪过一丝不耐烦。

很短暂的一瞬，池颜像是看懂了似的，慢慢起身，背后依然抵着梳妆台。

"是觉得我咄咄逼人吗？抱歉，我从来就是这样，不像别人那么善解人意。"

她发觉自己把"别人"两个字咬得很重，更觉得自己可笑。

不过就是商业联姻，怎么还愚蠢天真地想创造感天动地的奇迹真爱？是她偏离了原来的路，胃口被养大了，不够满足了，想要的更多了。

池颜垂下眼，说道："其实，我并不在乎什么解释不解释。"

这是假的，但从她嘴里说出来，像是真心。

"我问个或许听起来有些可笑的问题，"她顿了几秒才继续，"你心里有我吗？"

这才是她真正想知道的答案。

她以为自己是很心平气和地问出了这句话，但反抠在桌沿的手指却冷得仿佛没有温度。

太卑微了。

不管是问出这句话的自己，还是等待的那几秒沉默。

而后，男人声音微哑地问道："那你呢？"

之前或许有几分真心，但在那几秒的沉默中，与时间一起拉扯着四散了。

池颜深深吐了口气，心情复杂地说："好，我知道了，既然我们互相没有感觉，那就谁也别耽误谁。"

她看到他的手指回落在枕边压出褶痕，偏开眼说："各过各的吧。"

"各过各的"四个字像巨石一般压得人喘不过气。

梁砚成瞬间沉了脸。

他可以接受池颜时不时的小脾气，也可以顺着她玩些无伤大雅的小把戏。

他以为他们之间的关系已经向更好的方向发展，然而几句争执之后，她依然会把离婚和各自安好挂在嘴上。她这样把婚姻当作小儿科的态度，瞬间牵动了他心里那根不愿触碰的弦。

梁砚成慢慢起身，以居高临下的姿态站定在她面前，双眸微敛。

“你说什么？”

“离婚，”池颜堵着一口气，高声重复道，“我说离婚，你听不懂是不是？”

“在你眼里，婚姻不过是工具，对吗？”

他的声音很平静，甚至听不出疑问的语调。

但字字咬得清晰，每一声出口都像平静无波的海面，你所以为的平静只是更好地隐藏了底下无知无觉的波澜。

卧室的光线是暖色调的，与两人之间剑拔弩张的氛围格格不入。

池颜觉得好笑，明明最初是她质问他，怎么转瞬他就把场子扳了回去。

况且，像他们这样的家庭，婚姻不是工具才奇怪吧？

于她来说，池家与梁家在一起，她能后半辈子无虞。

他说对了，这场婚姻还真是个绝好的工具。

只是现在即便离婚，她依然能保证自己接下来的日子富足度过。

那何必要在这里受他的气？

池颜安慰完自己，狠狠瞪他：“难不成在你们梁家，婚姻不是拿来当工具的？当初也不知道是谁想在陵城站稳根基才找上了我们池家，怎么？现在就冰清玉洁了？”

只要她想，巧舌如簧招招必压对方死穴。

池颜从小就在万众瞩目中长大，骨子里带的骄傲不容许她一而再再而三地卑微，即便家逢突变，她依然是扬着下巴尖儿过的日子。

虽然她的心口又酸又胀，难受的感觉还是时不时袭来。

但她的骄傲与自尊不允许自己低头。

她告诉自己，这只不过是将要从某种习惯中解脱出来引起的暂时性不适应。

分开就分开，下一个更乖。

她转开眼，并不想再纠缠，只是偏头的一瞬，有双手擒住了她的下颌，那股力道迫使着她不得不再次与他视线相对。

池颜垂下眼，用余光瞥了一眼落在自己下颌处那属于男人的手指，冷冷地说道：“放开。”

他毫不动容，声音冷硬：“我说过，会给你解释。”

“对不起，我现在不想要解释了，”她扯了扯嘴角，“你爱解释给谁听解释给谁听。这个婧那个婧都可以，我不在乎。”

她重复道：“你放开。”

梁砚成眯眼：“你非得这样？”

是的，她必须这样才能保持自己最后的高傲。

就算真要分开，她也绝不会是被通知的那一个。

池颜不知道自己哪来的力气，狠狠往外推了他一把，落在下颌处的力道没来得及松，留下火辣辣的疼。

她盯着他睡衣自然垂坠的一角说：“我说得够清楚了，你今天最好睡客房，如果不想上社会新闻的话。”

话放得够狠了，她听到短暂的沉默过后，响起拖鞋蹭过地板很轻微的窸窣声。

再抬眼，只有男人依旧清冷挺拔的背影。

那股酸涩的感觉更甚，她深吸口气强压住汹涌而上的情绪，通知他：“明天一早，我在门口等你。”

他的背影微顿，继续沉默无言地往外走。

池颜恨极了他这副无动于衷的木头样子，提高声音：“你听到没？”

回答她的依然是无边沉寂。

眼看他往外转出起居室，池颜捞过梳妆台前的玻璃瓶急不可耐地砸了出去。

砰——

一声闷响，如愿砸在了他肩胛骨上。

紧接着自由落地，噼里啪啦一阵嘈杂，玻璃碎成好几瓣落在地板上，满瓶的化妆水流了一地，也沾湿了他的睡衣，留下好几片不均匀的深灰色水渍。

在这么大的响动过后，他才顿住脚。

良久，他目光复杂地回头望了她一眼，声音冷淡：“不用这样提醒我。”

听到就好。

她觉得自己松了口气，沉淀片刻，又揪得难受。

客房的夜色似乎比这栋别墅的任何一处都显得深沉。

梁砚成躺在一片黑暗中，目光没有焦点。

他不记得什么时候开始，自己变得这么闷。因为记忆里很长一段时间，一直都是这样。

太久远了，反而找不到起点。

梁砚成从小就知道，温仪不受梁家的喜爱，每次回老宅，三口之家都只有父子二人同行。

那时候在梁砚成眼里，爷爷梁霄就是个恶人，他不准温仪进门，也总是在书房因为这件事与梁遇大动干戈。

每次这样，梁砚成就更会觉得温仪辛苦。

因为温仪总是会在梁砚成耳边说自己早年混得有多么多么艰辛，娱乐圈是个吃人的地方，还好遇见了梁遇。

每每以此结尾，于是梁遇这样的父亲形象深远又高大。

父亲把温仪解救于水火之中，一而再再而三地为了她与梁家作对，像一个英雄。

梁砚成懂事后，偶然间一次听到爷爷和父亲在书房吵架。

爷爷那会儿还年轻，中气十足地拍着桌面："你是昏了头了，梁家一分钱也不会给那个女人！生了孩子又怎么样？我愿意留给砚成那是因为他是我们梁家的独苗，但那个女人，想都别想！"

他坐在走廊地板上，肃着脸听。

一如既往那么争吵下去，还夹杂着梁霄的怒吼："你要是真这么做，行，放弃你的继承权，梁家从此与你无关。"

那天比往日哪一次都吵得凶。

梁砚成那天晚上被留在了老宅过夜。

他不知道梁遇回去之后是怎么和温仪说的，只是自那之后，他好像觉得温仪对他的态度冷了许多。

之前家里时常有陌生人来做客，他们与他的父亲一样，开着豪车，身后还跟着助理。

不，是与他父亲从前的样子一样。

那次吵架过后，梁遇好像就再也没回过老宅，常年跟在身后的助理也消失了，那部宾利座驾也换成了普通大众。

只有梁砚成一个人，享有着梁家继承人应有的待遇。

因为他被接到了老宅常住。

父母的消息是他一点点从别人嘴里听来的，一会儿说他们感情破裂了似乎要离婚，一会儿说温仪在国外找到了更有钱的靠山。

消息零零碎碎，难辨真假。

他起初不信，后来却仿佛被时间说服了，温仪那么美，有追求者前赴后继好像也不是什么值得怀疑的事。

原本在一众追求者中还算佼佼者的梁遇，没有家产权力傍身，像突然蒙了尘，光彩骤然黯淡。

越长大，他明白的事情越多。

梁砚成有时候会想，梁霄可能是对的，他早就看透了温仪，一路吃着苦走到这个位置的人似乎比别人更懂有钱能使鬼推磨。而从来就衣食无忧、不知人间疾苦的梁遇，不是温仪的对手。

梁遇还怀揣着那点可怜的浪漫主义想前妻会回头。

什么英雄？

就是个头脑发热的人罢了。

再没有从前那样伟岸高大的身影。

梁遇在梁砚成眼里，随着时光变幻，沦为常人，或许比常人还不如。

所以，对梁砚成来说，承认先喜欢上对方太难了。

客房浓重的夜色里，他就这么静躺着，手背搭在额间，慢慢闭上了眼。

七点半下到一楼餐厅时，池颜破天荒已经坐在了桌边。

她化着精致的妆，比往日浓一些，衬得唇红齿白更有她独特的韵味。

耳边那对珍珠耳坠似乎在提醒他——你说我适合钻石我偏要戴珍珠。还真是时时刻刻不忘与他作对。

听见他下楼的声音，她只是懒懒抬了下眼皮："快点儿，我赶时间。"

一晚过去，她依旧保持着昨晚的冷言冷语。

梁砚成拧眉坐到对面："赶时间去哪儿？"

"民政局。"她放下杯子，看着他说，"昨晚不是说好了吗？"

好像多与他说一句话都会影响心情似的，她抬手叫来管家："车子备好了吗？"

管家不敢再看先生脸色，下巴快要捅进胸口："在外面，太太。"

她淡淡"哦"了一声，不给他开口的机会："那我去车里等。"

这顿早餐，是梁砚成吃得最久的一顿。

中间换了几拨人催促，一开始是满脸惶恐的司机，再后来管家来过一次，甚至第三回，小狗叼着球不知从哪儿蹿了进来，咬着他的裤腿往外拉扯。

他算着时间，发出去一条短信。

另一边，易俊刚下飞机就看到了来自他顶头上司的威胁："查清私人卡上每个月固定划出的支出，给我个解释。半小时内没结果，你直接回家不用来上班了。"

易俊刚替他出完一趟远差回国，一回来就劈头盖脸受到了离职威胁，一脸绝望地望天。

池颜赶着一大早去民政局离婚，在车里左等右等才等到人来，不免生烦，抱怨道："慢死了。"

他坐上车，不咸不淡"嗯"了一声。

而后他敲了敲驾驶座座椅后背，说道："出发吧。先送太太到大池，再回梁氏。"

池颜没想到他临时生变，很不满意："不去大池，去民政局。"

司机夹在中间两头难做人，只敢从后视镜偷偷向后打量。

半天不见车子发动引擎，池颜用力敲了敲椅背："还没离婚呢，我说的话就不管用了是吧？你想好了再开。"

她说着把隔音板按了上去，没给梁砚成再反驳的机会。

车子缓缓启动，以龟速往花园外开。

池颜又按着手边的通话键，敲打驾驶座，大声说道："开快点儿，是要我下来走着去吗？"

车速终于如愿提了起来。

池颜一夜未眠，眼睛酸涩得很。她花了一晚找到了无数条离婚有利的理由，这会儿坐在车后座，因为彻夜自我催眠，终于有一种整个人都沉下来的放松。

刚想合上眼休息几分钟，就听男人干涩的声音在耳边响起。

"我们这样的家庭，离婚没有你想得那么容易。"

"哦。"她闭着眼回应。

他抿了下唇："今天太匆忙，等理清财产分割再聊这件事。"

"我们可没什么可分割的，"池颜睁开眼，视线落在窗外，"该是你的该是我的，婚前婚后每份协议都写得清清楚楚。"

路上的每一分每一秒都显得弥足珍贵。

梁砚成觉得烦躁，抬手揉了揉发胀的喉间，说道："狗没写在协议里。"

话落，池颜不可置信地转过头："狗你都要和我抢？"

他对上她惊愕的表情，很艰难地说出口："我是它……爸爸。"

池颜觉得自己一定是听错了。

或许这种亲昵的称呼对他来说太过羞耻，他平时连小宝的名字都不怎么喊，现在语气沉稳、一本正经地说他是一条狗的爸爸。

池颜平心静气地深吸口气："那你可以每个月给我卡上打抚养费。"

他没说话，在狗的话题之后很短促地皱了下眉，又说："如果真离婚，对两家企业都很不利。"

"所以？"

"你现在坐在这个位置上，你该明白。"

确实是在其位谋其政，为了大池发展，池颜觉得自己可以稍微委屈那么一丁点儿，遂点头，不以为意地说："没关系，你知我知，可以等公司没有后顾之忧再公布。"

正好，她也不想太早公布出去，让林婧得意。

梁砚成垂眸反复扫着手机屏幕，没再说话。

去往民政局离婚的最后一个路口，易俊终于发来了消息，没有洋洋洒洒一大篇，简单几句话概述了一年多来每个月往外支出的那笔钱。

他发了个句号表示已阅，想了想又加了一句："工作效率太差，这个季度不用领奖金了。"

易俊委委屈屈，但还是把后面的事情交代清楚，说道："人已经请到公司了，如果有必要，您来了可以随时叫过来。"

梁砚成："领一半吧，奖金。"

他这里空口无凭做解释怕自己又频频说错话，于是按下通话键与前车厢说："先回公司。"

眼看就要脱离牢笼，池颜自然不准司机掉头。

她伸手要去摁通话键，手指刚到半空就被男人握在了掌心。

他收拢手指，轻轻握了握，而后松手。

在她不解望过来的瞬间，男人摘下金边眼镜，眉宇间透露出浓浓倦色："公司遇到了危机，我得先回去处理。"

刚才的确她余光瞥见他看了好久的手机。

他眉头始终紧锁着，微微烦躁，像有大事降临。

被他握过的手指还残留着余温，池颜往里缩了缩指尖，像他说的那样，确实真坐到了决策的位置才会更理解对方的处境。

在公司大事上，离婚的重要级显然要逊色一点。

今天明天，哪天都能办。

她偏向一边，没再说话。

窗外，街景飞速倒退着，倒比来时快了许多。

从民政局到梁氏集团，十六缸的轿车被司机开出了三十二缸的音浪，好像后面有野兽在追似的。

池颜没作多想，只以为公司的事急得快要火烧眉毛。

到了电梯里时，她倒是很善解人意，朝他说道："既然你有急事不方便，那我就不上去了，在休息室等你。"

休息室那层的电梯刚被摁亮，下一秒就被灭了。

梁砚成排解郁闷似的松了松领结，轻声说："与你有关，一起上去。"

梁氏集团的危机与她有什么干系？

池颜莫名其妙，反问："我？"

"嗯。"

答完这句他又成了那根沉默寡言的木头。

池颜在心里叹了口气，没再问下去。

天阴着，顶楼走廊灯火通明。从落地窗往外，能看到黑沉沉快要压到楼层上的乌云，倒是很有风雨欲来的氛围。

走廊尽头，易俊听到通报迎了出来，顶着一张坠着巨大眼袋、明显休息欠佳的脸。

他毕恭毕敬地垂首站着，说："人都在里面了。"

池颜下意识往门内看去，门缝里透出一道光的办公室里，隐隐能看到几个人影。

她还没来得及细看，办公室大门缓缓打开，里边的场景更清晰地呈现在了眼前。

摆放沙发椅的一侧坐着两个陌生人。

面朝门而坐的是个中年妇女。

听到响动她往这边看过来，脸上堆起了明显的褶子，双鬓碎发被这样沉闷的黄梅雨季浸染得杂乱卷曲。

她双手搭着膝盖坐在那儿，显得格外拘谨，一副被生活折磨得苍老又唯唯诺诺的样子。

而她对面，背对着大门的是个中年男人，看衣着打扮没那么显老。

不过两人显然不熟，偌大的办公室，几乎隔着整张茶几而坐。

两杯热茶摆在面前，腾着热气，却谁都没动。

两人听到声音条件反射地站起身，男人一回头，嘴上殷勤叫着小砚总；而女人口音朴实，一开口就是一连串老板。

池颜疑惑地偏头看梁砚成，不明白这与她有什么关系。

不等她表达疑惑，梁砚成手肘微抬示意两人坐下，而后看向她："让易俊给你介绍。"

特意叫易俊来说并不为别的，是在这之前，梁砚成确实已经不记得有这回事了。

如今看到人，他才突然想起些许。

易俊接了任务，一一介绍着："夫人，这位是砚总之前的司机老张。"

一年多前，给梁砚成开车的正是面前这位老张。

那天滂沱大雨，能见度很低。

老张载着梁砚成从梁氏集团往机场高速行驶，车子拐入辅道时，或许因为视野不清，车头偏过没几米，就听一声闷响，轮子似乎轧到了什么东西。

老张撑伞下车查看，没多一会儿，白着脸敲响副驾驶禀告易助理："易助，好……好像轧到人了。"

易俊闻言没敢耽误，立马跟着下车查看。

窗外暴雨如注，车内反倒安静得仿若无事。

梁砚成看完报告抬了下眼，才发觉车子停稳在了路边。他摁下通话键，与前车厢说了几句，没听见回音，正狐疑，易俊浑身透湿地敲了敲后座的窗。

易俊在暴雨中大声喊着："砚总，车子撞到人了。我在这儿处理，先安排别的车送您去机场吧。"

梁砚成皱着眉往外看了一眼，从他的角度往外，只能看到歪在一边露出半截的小电瓶车，马上问道："人呢？怎么样了？"

易俊在窗外大声回应："好像不太能动，叫救护车了！"

……

池颜听着易俊缓缓叙述，下意识望了一眼窗外，黑云压着，似乎下一秒暴雨也会如期到来。

女人这时插了嘴，说道："那时撞的是我男人。当时情况挺严重的，虽然叫了救护车，但那么大雨，不知要等到什么时候。"

说到当时的情况，女人还是忍不住红了眼眶："后来老板直接用他的车送我男人去了医院，但是太严重了。"

她哽咽着继续说："就这么瘫了，到现在都没能好起来。"

司机老张从旁点头："是我没看清后视镜就转了过去，我的错，该赔钱的也是我。我还误了小砚总的机。"

家里唯一的劳动力瘫痪在床，对本就不富裕的家庭来说，简直雪上加霜。

当时老张撞了人也没了魂，他掏出身上所有的钱都没凑出手术费，最后只能拿出辛辛苦苦攒下的、供家里孩子读大学的钱。

老张两手蹭着裤边，与池颜说话时满脸歉意："后来小砚总替我出了这些钱，但我工作期间出了这么大的事，就没再敢开车。"

女人吸了吸鼻子，接着老张的话继续道："当时老板知道我们家都没有保险，说除了手术费，以后会每个月给我们出点赔偿费。当时我女儿赶到医院时，就是老板叫这位易老板带她去办的银行卡，后来每个月都给我们打钱，"她抹了把脸，"到现在都没停过。我男人瘫了多久，老板就打了多久的钱，老板真的是好人。"

池颜将故事听到这儿，已经有了猜想。

她张了张嘴，问道："你是林……杜婧的妈妈？"

女人听到这个名字眼睛瞬间亮了："是，是，您认识我女儿？我女儿命好。"

她像每一个永远把自己孩子挂在嘴边的母亲，一提到女儿就忍不住与外人说："她命好，现在在有钱人家里，不用过我们这种苦日子，一定是上辈子给她积的福气。"

"她好久没回家了，您认识她？"女人喃喃重复道，"那她最近好吗？有没有人欺负她？她从小就很乖的。"

池颜紧着一口气，没好意思说现在是你女儿想欺负我。

她生硬地转换话题："那您先生现在怎么样了？"

"还是瘫着没有进展。"女人又垮下脸，"不过多亏了老板人好，不然到现在我们都不知道从哪里来医药费。您是老板的太太吧？你们一家都是好人，好人有好报，好人一定会有好报的。"

池颜从小的交际圈就没怎么涉及过这些被生活磨得如此苦难的人，当下被她又哭又笑弄得头疼，心里却泛出一丝苦涩。

说不出什么感觉，就是好像当你以为最差的生活不过普通度日，没想到生活之下还有生存。

在这样日新月异的高科技时代，还有人为了生存过得这么难。

她心里憋着一股气，连自己都不明白到底在难受什么。

这股怅然若失的感觉一直持续到办公室里的人都走空了，只剩下她和梁砚成两人时，还没真正缓过来。

她情绪沉闷，抿了下唇，责怪道："这点事你不是三言两语就能解释清楚吗？你怎么自己不说？"

梁砚成沉默了几秒，很平静地答道："之前忘了。"

现在的情况很微妙。

说离婚，她没了离婚的理由；说不离，之前的气好像就白受了。整个人都卡在天平中间，摇摇摆摆不知后续。

池颜低头拨弄了一会儿手机，忽然抬头问道："你不是回来处理公司事情吗，还不去？"

她得自己一个人坐会儿，好好捋下纷乱的信息。

梁砚成简单应了一声，兀自回到办公桌后翻看起文件来。一时间，整间办公室安静得只剩笔尖落在纸张上细微的沙沙声。

窗外风急雨骤，雨是真正落了下来。

一颗一颗豆大的雨珠斜打在玻璃上，却听不到响声。

池颜看着窗外发了一会儿呆，不知道出于何种心理，打开林霜的聊天框。

池颜："那谁，回林家后怎么不回去看看她养父母？"

林霜先发来个问号，随之跟着文字：“出什么事了？”

池颜抿着唇：“没什么，随便问问。你知道她养父母吗，就一直住院那个。”

林霜：“嗯，我去看过几次。他的腿好像还是不行，不过那天我去的时候听说有新的医疗方案了，说不定保持微刺激会有用。”

林霜好像不知道怎么称呼对方，只模糊用了“他”这个称谓。

池颜没再追问，只说：“哦，也挺不容易的。”

林霜不容易，那对夫妻也不容易。

她关掉聊天框又刷了几遍手机，心不在焉的。

外面倾盆大雨，室内静谧祥和。

她无聊抬眼望向认真工作中的男人。

他紧锁眉头，眼下含着青灰，像是疲倦极了，落在文件页上的手指却没有停过。

灯带把他的轮廓勾出了几分柔和。

落在镜片上的光斑一有闪动，池颜立即收回视线，继续若无其事刷起手机。

好巧不巧，手机上端刚好跳出当地新闻的横幅提醒。

她点进去瞄了一眼，就见顶头几个大字：梁氏集团有望成为行业龙头。

行业龙头？

不是，几个小时之前，是谁说遇到了巨大危机？

虽说现在没了离婚的借口，但确确实实，有人诓她说是公司有难吧？

是吧？

她仔细回想一番，盖棺定论：是的。

完完整整翻完当地财经新闻，池颜把手机抛到一边，刚想起身问问这位身处行业龙头的老板到底危机在哪儿，易俊很不幸地挑在了这个时间点进来送文件。

池颜朝他钩钩手指：“易助，问你个事儿。”

易俊脑内优先级警报响起，停下脚步先转了过来：“夫人，什么事？”

“你们家小砚总刚才跟我说公司遇到了巨大危机，我倒是想问问到底遇到什么危机了，非得紧赶慢赶着回来？”她说完还指了指手机上的那行红字，笑得让人毛骨悚然。

池颜又幽幽地问：“这不是都成行业龙头了吗？”

易俊如芒刺在背，更不敢当着她的面回头与自己的顶头上司交换眼神，沉默了数秒欲哭无泪：“可能是……差点没有老板娘？”

池颜被摆了一道，冷眼往办公桌后瞥：“我看你是个木头，还学会诓人了？”

易俊破罐子破摔，送完文件一溜烟儿先跑。

又剩夫妻二人隔桌对峙。

梁砚成轻揉眉心："我昨晚说过的，给你解释。"

"骗我过来就解释这个？"池颜问。

他没说话，等于默认。

虽然确实没有之前那么生气了，放往常，她就这么凑合凑合往下过了，不过闹了这一回后，池颜想通不少事情。

她支着下颌不紧不慢开口："你不会觉得我们之间只是林婧的问题吧？"

梁砚成沉吟许久，问道："还有什么需要我解释的？"

他是窄双眼皮，抬眼时眼皮末端的褶皱被压得很薄，远没有睡意浅淡时淡淡一瞥来得温柔，也正是这样，总是在白天给人一种难以接近的高高在上感。

再加上他说这话时语气很淡，好像得他一个解释已经是特别宽宥，实属难得。

池颜没来由地就冒气："解释？那你就解释解释为什么全天下两条腿的男人这么多，那什么林什么婧的非得盯着你？"

她摆出嫌弃的表情："真什么一见钟情，以身相许？"

梁砚成无语。

这叫他如何解释？

辨不过她的歪理，只以为她仍然不信，梁砚成脸色也沉了下来："该说的我都已经说了，人刚才也在那儿。"

他烦躁地敲着桌面："总不能连夜找了几个人来给你演的戏吧。"

沉闷的敲击声在办公室回荡开来。

每一记都像敲在自己心口上一样，池颜也烦躁起来。

到了这会儿，她很深刻地体会到她与梁砚成似乎永远在跨次元对话。

她说的是他们之间，他却执着于向自己解释那档子事。

如果没有林婧，他们就能这么一直相安无事下去吗？

恐怕不会。

矛盾总有积攒到质变的那一天。

池颜隔着办公桌站在梁砚成面前，双手撑着桌子，一眨不眨地盯着他："我说的是昨晚讨论的那件事。"

哪怕他承认，心里只有一点点地方是给她的。

那她会给彼此一个台阶，大事化小小事化了。

或许是离得太近，她能从他偏浅的瞳仁里看到自己的倒影，模糊不清，但她自己知道，现在的自己一定不够好看。

失眠一夜，眼睛没有往日有神，眼底或许还有粉底遮不住的青灰，是她少有的狼狈。

思及此，她稍稍起身往后退开一些。

即便在这种情况下，保持良好的仪态也是她的必修课之一。

话题被她带到了昨晚，在长久的对视之后，她看到男人动了动薄唇，说道：“不离。”

“为什么？”

她在心里呐喊着——

只要你说你心里有我，我会妥协。

她仿佛都听见了自己的血液在淙淙流动，像计时沙漏，艰难等待着对方的答案。

直到他的答案以“梁氏和大池……”为开端，池颜轻轻叹了口气，之前那些短暂的欢喜像一场盛大灿烂的烟花，转瞬即逝。

“不离也行，”她听见自己说，“今天起我会搬回华江那边住。”

他收拢手指：“什么意思？”

“住在一起我可能会忍不住每天都想去一趟民政局，”她坦然道，“为了你不离的愿望，我搬走。”

离婚两个字天生戳他的死穴。

梁砚成每听一次，脸色便阴沉一分，他很讨厌脱离掌控的任何意外。就像她说离婚，简简单单两个字，背后牵扯着千丝万缕的利益关系。

即便把所有的商业利害丢到一边，他依然觉得烦躁。

为什么她总说得如此轻而易举，显得他在这段关系里像个没有尊严的追逐者。

他张了张嘴，嗓音有点哑。

“随你。”

池颜当晚就搬回了华江区的别墅。

这是她的私人房产。因为是婚前买的，比新居要小一些，装潢不如那边奢华，连花园都不是四面环绕，而是前院后院分割开的各一小片。

这就苦了每天在花园前后狂奔的小宝，活动范围大大受到限制。

不过比起住处，小狗更喜欢主人。

在池颜威胁了两回“再哼哼唧唧把你送回新居陪你爸爸”后，小狗忽然觉得华江这个房子也不错。

虽然花园不够大，但能进房间睡了！

血赚。

另一边，梁砚成晚上到家，一迈进主楼就觉得整栋房子散发着微妙的冷清感。

从前他更喜欢清静，该是高兴的。

只是在拉开起居室衣帽间的大门时，望着突然空了一大半的柜子，控制不住压下了嘴角。

没人在旁边叽叽喳喳挑刺儿，晚餐都吃得食之无味。

他这会儿脸色冷着不好看，管家毕恭毕敬在旁边守着，忍不住问：“是今天的菜不合胃口吗？”

他放下筷子，依旧冷着脸：“嗯，淡了些。”

如果池颜在家，辛鲜辣油一个不会少。

这也尝一口那也尝一口，晚上多以维持身材做借口，她吃得不多，但桌上不能没有。

这样比起来，确实显得今晚的菜色过于寡淡。

梁砚成收回视线，问道：“原来的厨子呢？”

管家思考了下，非常严谨地答道：“太太说人都是她请的，您用不着，所以就都带走了。”

管家当家这么久，多多多少少看得懂他的别扭。

顿了几秒，管家斗胆说：“突然少了人我也觉着冷清，您看什么时候把太太请回来就好了。”

不知道为什么，他从管家话里听出了点看热闹不嫌事大的味道来，脸都木了，半晌才回道：“再说。”

池颜搬到华江好几天，突然想到还没和姐妹团说过这事儿，于是顺手把自己的定位和卧室照片发到群里，高声宣布：“宝贝们，我自由了！”

江瑞枝：“这套房子我看着有那么一点点眼生。”

池颜：“看定位，宝贝，我搬出来了！带着狗。太好了，终于不用在那里受气了！感觉到了不用每天生气的人生是多么美好——”

不愧是好闺密，江瑞枝没细问直接选边：“摸摸宝贝，不气不气，我们的评判联盟又起飞了！”

池颜：“可可爱爱没有脑袋。”

她和江瑞枝都属于特别会玩的，江瑞枝立马发来邀请：“我公司在外面聚会，来不来？通宵续摊，先来唱歌！”

池颜一个翻身坐起：“来来，爱玩到几点到几点，不用看别人脸色的人生简直太棒了！”

她换了身衣服持续吐槽：“我都以为他是我爸附身，真的特别可怕。往楼梯转角一站，冷冷看着你，满脸就写着：几点了，还知道回来？”

虽然搬了出来，但池颜没带上司机，总觉得司机领着梁氏的工资，立场不够坚定。

不久，她自己开着跑车油门生风，从地库滚着音浪开上来。

快到小区门口，边上梧桐树影下突然蹿出另一辆小车。

池颜从后视镜瞄了几眼，觉得眼熟，一脚刹车停在了路边，缓缓按下车窗。

后车闪了两下大灯，似乎才认出她来，慢悠悠停在侧边。

那边车窗下降，露出林霜的脸。

池颜招了招手，问道：“你怎么在这儿？”

“家里住得太压抑了，我搬出来了，现在住这后边的高层，”林霜指着身后那栋楼说道，“是以前买的房子。你呢？”

“我？度假啊，”除开闺蜜组，她不想把吵架搬出来的事儿闹得人尽皆知，“夫妻之间偶尔也是要保持距离感的。”

林霜也笑：“那我得记录一下，以备学习。”

圈子里依然把梁氏集团与大池的联姻当作教科书级成功案例。

池颜搭着方向盘，又问：“去哪儿？”

“去趟医院，”林霜说，“听说来了个国外专家，对这方面挺有研究。”

她拍了拍腿，继续补充：“会诊挺难约的，就排到了晚上，我去听听有没有更好的方案。”

池颜边听她说话边扫了一眼她的后车厢。

从座椅缝隙往里看，能隐隐约约看到一些乱七八糟的生活用品堆在后座上摇摇欲坠，看着像是要给常住在医院的亲生父母带的。

池颜没再多问，“哦”了一声与她摆手：“那不耽误你了，走了。”

池颜没法真真切切地站在林霜的位置上与她一道感同身受，只是觉得她看着柔弱，大概也是个心里特别坚强的女孩子吧。

一路很顺利。

到江瑞枝那里的时候，包厢里正鬼哭狼嚎的。

池颜就来感受下热闹氛围，开了车并没打算喝酒。她自来熟，与谁都能聊几句，何况包厢里这些人都是见过面的。

他们刚办完一个年中刊，出来放松放松释放压力。

里边热闹得不像话。

池颜没玩多久耳朵就饱受折磨，正好厢连着室外露台，她独自出去躲了一会儿。

从高层往外看，城市万家灯火明明灭灭。

人在高处会有孤独感。

她抬高手里的果汁杯，就着橙黄色液体往外看，整个世界都在这一刻变得温柔起来。

眼前突然多了一双手，她放下杯子，看到江瑞枝不知什么时候坐到了她对面，晃着手，问道：“干吗呢，看这么认真？”

她笑了笑说：“看我们陵城的发展。”

“啧，不愧是小池总，”江瑞枝面露揶揄，“做了小池总说话都不一样了，有深度。晚点咱们单独续二摊不？叫上裴芷小宝贝。”

“我开了车，什么都喝不了。”池颜转着手里的杯子，挺遗憾的样子，“没劲。”

“哦——”江瑞枝突然拖长声调“哦”了一声，“我怎么觉得不是喝不了酒没劲，而是跟我们在一起没劲？”

池颜隔桌瞪她，叫她赶紧收回满脸不怀好意。

正说笑着，隔壁露台的移门响了起来，片刻木栅栏后也有了人声交谈的动静。

应该也是出来玩儿的年轻男女。

这边是江瑞枝公司应酬约的地方，消费水平偏大众。

池颜没当回事儿，却不想几句嘈杂过后，听到了熟悉的声音。

她扭头，隔着木栅栏往那边看。

那边露台刚开了灯，白光一闪，影影绰绰晃着人影。

池颜突然俯身靠在桌沿上，低声对江瑞枝神秘兮兮地说：“我带你去玩点儿有劲的，去不去？”

江瑞枝眨眨眼：“什么？”

她嘴上还在问着，脚步已经毫不犹豫跟了上去。

池颜神秘兮兮地径直往隔壁包厢走，门一推开，满座陌生面孔一齐望了过来。

大约是看她穿着打扮矜贵得体，有人抵着麦克风问：“你是？你是不是婧婧姐现在的朋友？”

“是啊，是啊。”

池颜笑容明艳，晃了一室人的眼。

她点头补充道：“好朋友。”

那人指着露台说：“婧婧姐在露台那儿，你进去找她吧！”

她隔着玻璃移门打量着露台上那一圈疑似正在被众星捧月的人，身上个个印着极为浮夸的大牌 Logo，有些领子垮着，恨不得把衣领后的商标卷在外边穿。

池颜朝给她指路的小年轻打了个响指，带着江瑞枝直接上了露台。

池颜这人仿佛天生就自带气场，一出现在露台，再怎么专心围着林婧的人都情不自禁转身望过来。

她身穿纯黑色的小吊带裙，腰间系根细细的钻石链。

全身上下显不出一个 Logo，但看起来让人免不了觉得随便摘下任何一件放在家，都该是戴了手套都舍不得摸一下的好东西。

林婧见到她脸色变了几变，警惕起来，问道："你来做什么？"

"你猜。"池颜慢条斯理地答道。

既然碰上了，当然是来收拾你。

这时候好闺密的默契就体现得淋漓尽致了。

刚上露台之前，江瑞枝随手在桌上捞了两杯冰啤，这会儿很是默契地从背后给池颜塞了过去。

池颜指尖触到冰凉的杯壁，立马心领神会。

她上前两步，动作利落地抬手，把满杯冰啤带着沫儿从林婧头上浇了上去，角度精准刁钻，刚刚好够她完完整整洗个头。

林婧被淋了满脸啤酒沫，眼都睁不开，乱抹了两把脸站起来，尖声叫道："你有病吧？"

"对，"池颜点点头，"我有好为人师的病。"

见林婧有冲上来扭打的趋势，池颜嫌弃地躲开一步，接了江瑞枝手里的第二杯又给了她一个大满灌。

"第一杯呢，教你生而为人要懂感恩。"

人家林霜跑前跑后安排瘫痪病人的腿，你在这儿心安理得听狐朋狗友吹捧。

"第二杯，再教教你为人处世要懂礼义廉耻。"

动不动想当人家小三还以为光荣伟大。

池颜怕顺着对方衣角滴落的啤酒溅到自己，又偏开一步。

她看江瑞枝手里实在没法变出第三杯，才一脸惋惜地说："啧，你这样的，怎么都教不会。"

池颜劈头盖脸给林婧浇了两大杯冰啤，虽然有失往日优雅，但着实爽到了。

她朝江瑞枝递了个眼神，两人同时往后躲开一步。

隔着半米远，两人冷眼看着林婧满头淡黄色液体滴滴答答往下坠，精心打理过的头发这时也都厚重地粘在了脸上，洇出了水墨画的妆。

林婧叫了好几声，露台开始嘈杂起来。

原本围着她捧臭脚的几个人终于反应过来，虎视眈眈盯着池颜这边势单力薄的两人。

或许是池颜的气场太过强大，也可能看池颜非富即贵不敢招惹，几个人就这么“很有威慑力”地盯着，手上却没有动作。

池颜没带怕的。

江瑞枝也不孬，挺了挺腰肢：“干吗？想干吗？你们知不知道她是谁？”

看光鲜亮丽的衣着，就知道面前两个美得各有千秋的女人都不是林婧从前能认识的人。众人沉着气互相在私底下交换眼神，显然江瑞枝不说，他们也没敢轻举妄动。

谁知道林婧有没有在那个有钱人的圈子里惹了谁。

不，看现在的样子，是绝对惹了谁。

几个穿着浮夸的男女默了默，没敢上前。

退一万步讲，林婧背后还有林家能说情，他们要是做了什么，可不是三言两语的道歉能解决的。

池颜轻笑一声：“行了，我今天就是突然来了兴致，想教教她为人处世，你们不用管。”

她抽过桌上的纸巾细致地擦了遍手，然后对着正中间还像块在滴水的脏抹布似的小可怜说：“我啊，还是脾气好的。你要是当了其他人的小三，现在皮都已经少了一层了。”

她“好言好语”相劝，谁知林婧还不领情，抹开脸想来揪她的衣服。

池颜偏了偏身子，对江瑞枝道：“怎么还发疯？算了，叫林家来领人吧。”

江瑞枝接戏很快，作势就要打电话。

一听林家，林婧瞬间就蔫了一半，她知道现在所有的倚仗都来自林家，要想继续过现在这样的好日子，不能叫林家父母丢了颜面。

池颜正打算转身，身后传来一道幽幽的声音：“你以为你老公真爱你吗？”

“爱啊，”池颜毫不犹豫地点了点头，表情显得很无辜，“爱得死去活来。”

林婧对池颜的厌恶几乎融到了骨子里，就算多说两句恶心到对方也觉得解气。

“别以为我不知道，要不是为了在陵城稳住脚跟，他怎么会和你在一起？”林小花把她那双狭长眼瞪出了两倍效果，“你根本配不上他，他人很好，又温柔……”

池颜没绷住，人很好，又温柔？是说木头？

话里槽点太多，她一下子不知道从哪儿开始吐槽，只好干巴巴地对林婧说：“想象力真的不错。”

她懒得跟没脑子的人说太多，简直侮辱自己的智商，转身就走。

人都快到走廊了，身后脚步声凌乱，林婧又追了上来。

有继续纠缠的趋势。

刚才他们的包厢大概是动静挺大的，引了不少人来围观。这会儿刚迈出包厢门，就看到走廊里三五成群的伸着脖子往里探。

大家眼看着先出来两个美人，紧接着又跟出来个浑身湿漉漉满身狼狈的“毛巾卷”。大概是看人太多，“毛巾卷”一冲出来猛地刹车往门后缩起半个身子。

好事者探着头问：“里边怎么回事？整条走廊都听到鬼叫了。”

池颜叹了口气：“看到门口那个女的没？就浑身湿透的那个。”

“看到了，看到了，怎么了？”

“她啊，”池颜压低声音，小声道，“做人家小三被正室抓了。”

江瑞枝从旁点头，比她更能添油加醋：“就是就是，我们刚围观出来。你不知道刚才在里边被揪着头发打，就她那样的，我就说活该。哪儿有人这么不知羞耻，真是没见过。”

这种消息向来传得最快，而且越往外传，版本越夸张。

到林婧要从包厢出去的时候，路人一边露出鄙夷目光，一边偷偷用手机拍照。

正面挡着脸的，侧面落荒而逃的，全方位拍摄。

于是很快，连了5G网的塑料小花群就看到了本地热门里传的这么一条视频。

“这谁啊？是不是我们的林婧妹妹？”

“像，越看越像。”

“就是她吧？你看她身上那个包，不是之前刚晒的吗？”

“那我们这个可怜的林婧妹妹是在哪儿被抓的？干得漂亮。”

“资源来之不易，我们给她做个集锦……”

老听池颜说到林婧，江瑞枝还是第一次见。

惊为天人，反面意义上的那种。

江瑞枝还在感叹：“我长这么大还真没见过这么不要脸的，太开眼界了。”

裴芷也住华江区，池颜打算蹭她的车回去，就没再拘着。

不多时，面前空了好几个鸡尾酒杯，池颜闻言懒洋洋抬了抬眼皮：“我也没见过这么爱做白日梦的。唉，不解气。”

她说完还摇着江瑞枝的手，嗔怪道：“你当时怎么不多拿几杯？”

江瑞枝在她面前晃了晃五指：“500毫升的扎啤，您看我能拿几杯？”

池颜笑了笑没说话，闷头喝完面前那杯血腥玛丽后，起身说道：“走了，回家。”

裴芷家比她家要多开两个路口。

池颜上车就往副驾一倒，闭眼睡觉，蒙蒙眬眬间被人推醒。

裴芷用指节轻轻弹着她的脸，小声问道："你醒醒，看看后面那辆车是不是你老公的？"

池颜醉眼迷蒙，闷着声问："嗯？"

从后视镜往后看，小区树影下隐着一辆黑色轿车。

过了零点，小区灯光暗了些许，那辆车不远不近就隐匿在一片树影下，安静无声。

要不是裴芷眼尖还真发现不了。

池颜揉了揉眼尾，说道："不是，大晚上的他不在家跑我家来干吗？你肯定是看错了。"

是不是梁砚成的车，她其实第一眼就看了出来。

就是心里还有气，懒得理他。

裴芷歪头又看了一眼，凑到副驾揉了一把池颜的脑袋："行了，那就是我看错了，早点回去休息。"

池颜慢吞吞地回："哦。"

她手搭在门把上轻轻一拉，夜风从外边钻了进来，温柔缱绻。

池颜刚迈出去的小腿收了回来，仰靠着靠背突然说："别人看起来总觉得我没吃亏，从开始到现在，我什么都占着上风。"

裴芷："嗯？"

"但我还是不开心，"她闭了闭眼，"每次都是我一个人在跳脚，像小丑。"

这么多年闺密，裴芷听懂了她的意思。

她是个不会让自己吃亏的人，但偶尔也因为这样，显得太强势了，反而让人觉得她好像什么都能搞定。

就像在这件事上，她从头到尾压着对方又如何，占了上风又如何。

她再怎么全方位碾压，在两个人的关系中，她其实更多的是想知道梁砚成是什么回应。

而不是自己单打独斗。

裴芷无奈，安慰道："哪有只让你一个人跳？我们几个不是都在陪你一起跳脚吗？"

安静的车厢里，好像听到有人吸了吸鼻子。

再看过去时，池颜已经打开车门站到了门边，隔着车窗重重点了下头，回应道："嗯。"

她大步往家走，情绪都被抛在了身后。

别墅灯光一层层亮起，又一层层熄灭。

不远处树影下的那辆黑色轿车里。

司机瞥了一眼中控屏幕的表盘，小心翼翼地提醒："太太已经回去了。"

车里静谧如常。

司机不知道这是要回还是不回，只好硬着头皮再开口："屋里灯都熄了。"

男人的声音隐在夜色中，终于有了回应。

"嗯。"

司机："那……"

"走吧。"

司机终于得到了明确的命令，忙不迭发动引擎。

他在心里求神告佛念叨了好一阵。

此时此刻一个专职司机的愿望太简单了，就想问问：太太什么时候搬回家？

易俊到顶楼办公室汇报后半周行程时，格外谨慎。

自从夫人搬回华江区以后，他发现小砚总冷着脸不近人情的时候更多了。

这几天开会，他就算只是轻咳一声，整个会议室的人都瞬间如坐针毡，眼皮子都不敢抬一下。

易俊时时刻刻陪伴在梁砚成身边，深刻体会了一把什么叫伴君如伴虎。

他挺直腰背，一字一句报完行程后暗自舒了口气。

他观察对方神色并未生变，才继续往下说："下周黄总家小孩百日宴、肖总新公司成立，还有林总父亲八十大寿。礼物都已经送到了，这是单子，您看还有什么要添的吗？"

人情往来这块通常最好通过，小砚总很少挂心，每次只是扫一眼就批准。

易俊松了松肩膀，刚想撤退，就见小砚总手指抵着最后一行，敲了两下，问道："哪个林总？"

易俊现在听到"林"字就紧张，立马站直回道："是和老宅那边关系最近的那个林家。"

——也是夫人最近老针对的那个林家。

当然这话他死死压在肚子里，给他一百个胆子也不敢说。

梁砚成沉吟片刻，抬眸又问："都请了谁？"

短暂几秒过后，易俊突然福至心灵："夫人也在邀请名单里。"

小砚总想问的一定就是这个吧！易俊满怀信心。

下一秒，男人突然开口："林……"

易俊把心吊在了嗓子眼，猜测："林总？林夫人？"

他觉得心脏要从嗓子眼跳出来了，紧张地揉了揉喉结："林霜小姐？林……婧小……"

"嗯，她那天在吧？"

易俊忐忑地回道："在的。"

"把我那天的行程空出来，"梁砚成眸色微敛，"我去趟林家。"

易俊差点疯了。

一大片弹幕在他脑海里混杂着哀号。

老板怎么回事啊？

易俊幽幽怨怨看着小砚总，想说又不敢开口。

去秘书组下达通知修改行程时，新来的副助抓耳挠腮，忍不住问："真要去参加？前几天看行程冲突刚给推了。"

"那当天其他行程给安排到第二天下午？也只有那会儿还有空当。"

"不是啊，"另一道声音提醒，"第二天下午有个和大池科技的会议。昨天临时排的，你忘了？"

"对，谢谢哥提醒。"

易俊看他们窸窸窣窣，恢复了公事公办的刻板面孔，重申道："又不是第一次临时改安排了，怎么这么多问题？重要级，就当是重要级提前。"

讨论声戛然而止。

众人肃下脸不敢再谈，立马投身于手头的工作。

一门之隔的办公室里，梁砚成的手机振了一下。

是条新消息，但被他设为置顶的聊天框内容依然停留在多日之前。

那会儿她还没搬去华江，转眼这么几天，竟是一条信息都没有。

他把手指搭在喉结处揉了一把，等没那么烦躁，他才点进新来的消息。

江源："怎么样？你老婆气消了没？"

他冷着脸回："没。"

江源："那还挺持久。你按没按我说的做？腿脚跑快点儿，上班下班殷勤着接送，总有机会的。"

梁砚成："。"

江源："句号？句号是个什么意思？你到底去没去蹲人？"

他烦躁地皱起眉："去了，她没理。"

梁砚成发觉这些天自己的情绪来得比过去任何时候都猛烈。他不知道每天在华江区那边等的时候，她是真没看见，还是装作没看见。

车子一点点从树影下挪到正门口。

她每每出门和回家，跑车的音浪都是一滚而过，连短暂的停歇都不曾有过。

这气也生得未免太久了吧。

按照江源所说，女人生气就是哄，撑不过一周的理论来看，他的太太好像是现象级的。

他屈起食指，抵着眉心想了一会儿。

要不然晚上买束花再去？

想法还没完全成形，江源的消息又跳了出来。

江源：“诚意啊！你总得带点诚意去！”

江源：“等等打住，我觉得你现在肯定在想买束花再去。兄弟，清醒点，这么土的方式现在已经很少有人用了，你千万别这么干，丢人。”

梁砚成默默抿了下唇，把手机丢到了一边。

林家的八十寿宴邀请了池颜。

但她约了闺密，很是自在，压根儿没想赴宴。

这天是林家老爷子八十大寿，厅堂上来往的都是陵城有头有脸的人物。

寿宴上热闹如常，除了池颜没现身，往日聚集在她身边的塑料小花们却齐齐到了场。

不知道谁想的主意，偷偷买通了后台电子荧幕的工作人员。

她们前几天做好的精彩视频集锦就堂而皇之夹在贺寿视频里。损归损，不过缺德在先，这些姐妹花玩起招数来都是旁人不能比的。

到时候视频往主荧幕上一放。

林家一家就坐在荧幕底下最近的主桌，眼都不用抬，就能看得清清楚楚。

宾客陆陆续续到齐，贺寿道喜场面一派和谐。

为了让林老爷子开心，林家请了一班子演艺团体，从唱戏到串场样样精通。

这会儿司仪看着点到了吉时，让场控调暗宴会灯光，仅剩的几盏射灯全落在了舞台中央。

众人目光不由自主都随着灯光落在荧幕前。

流程私底下走过好几遍，正式场合铁定不会出错。

接下来的视频，林父熟悉到不需要看就能在心里默背一遍。

林父眯眼捋着流程，前面是一段未到场的商业名流送的贺寿集锦，最后压轴的，是为了哄老爷子开心，特意找了他最喜爱的戏剧演员录的祝福视频。

视频即将进入尾声，林父特意侧身提醒：“爸，你注意看最后，最后那个你一定喜欢。”

老头精神矍铄，特意扶了扶鼻梁上的老花镜。

一段喜庆的音乐过后，画面突然嘈杂起来。

拍视频的人明显还在疾步走动，镜头晃得差点让人眩晕。一阵抖动后好不容易稳下镜头，前边晃过去一群青年男女。

再仔细看，还能看到中间有一个浑身湿漉漉正滴着水的女人。

林父还没从刚才的得意中缓过劲来，疑惑出声："这什么？"

他背后没注意到的地方，林婧脸都白了，那身特意为了喜庆穿的芙蓉红长裙衬得她的脸色跟鬼似的。

视频里人声嘈杂，背景音还能隐隐听到类似 KTV 包厢有人声嘶力竭在那儿唱《死了都要爱》。

然后背景音忽然被近音所取代。

在座的宾客几乎都是陵城本地人，很清晰地听出了有人用本地话指指点点说着小三。

"真的？看她穿得蛮体面的，怎么还做破坏人家家庭的事情？"

"这和体不体面有什么关系，林子大了什么鸟都有。"

几句话不过数秒，台下林老爷子脸都黑了，重重把眼镜拍在桌上："这……这什么东西？"

林父反应过来，赶紧叫来场控，厉声责问道："人呢？都死了？放的什么东西这是？"

这会儿宾客里早已窸窸窣窣响起讨论声。

"视频里那个女的，我怎么看着身影像林家那个……"

毕竟还在人家寿宴上，后面没好意思点破。

有人咋舌："林家场子上放这些乱七八糟的，肯定就是针对林家吧？要说视频内容和林家没关系，我是不太信的。"

讨论内容始终像隔着一张纸，没人愿意戳破。

直到某朵塑料花忽然惊呼一声："那个包不是林婧妹妹的吗？"

她这一声惊呼其实音调不高，但在已经风声鹤唳的场合，任何响动都会迅速传到主桌。

话落下没多久，主桌的林婧脸色惨白，向猜到首尾望过来的林母一个劲地摇手："妈，那个不是我，她们看错了，不是我，真的不是我。"

斜挎在林婧身上的随身小包是林母买的，在被人点破的一瞬间，就昭然若揭了。

那边塑料花也忙着推脱干系，"啧"了一声："谁这么过分，把这种视频混进去，这还让不让人办寿了？”

她这刚说没两句，主场音响“刺拉”一声，被切断的黑屏闪着雪花又放出一段新的。

看似是刚才那段视频的收尾。

浑身湿透的女人被众人围着往车里藏，路灯泛着荧荧灯火，车牌一闪而过。

像盖章定论似的，整个视频在这戛然而止。

宴会厅安静的那几秒，好像有人掐着所有人的脖子刻意拉长了难挨的静谧，而后大家心里都有了答案——

那就是林家的车。

主桌上的林父已经急得跳脚，抢过话筒一个劲地解释：“误会误会，刚才那段一定是谁恶作剧恶意剪辑的，压根儿不可能有这种事。等我查出来是谁，肯定送他去吃官司。”

“这是污蔑，我们林家不可能有这种事。”林父情真意切地辩解着。

离得近一些的宾客不难发现，他扶着椅背的手臂青筋暴起。

再看身边疑似视频女主角的那位林婧小姐，如同飘摇的小白花，整个身子簌簌颤抖。

场面一度凌乱，工作人员从后台跑到厅上，说放视频的人不在了。

这会儿解释就像在掩饰。

在最混乱的时刻，前厅突然传来消息说梁氏小砚总前来赴宴。

林父两头着火，顾不上场面混乱，只好前去接人。

林父不在的这几分钟，林婧几乎能感觉到背后每一道要叫她剥皮蚀骨的眼神。她眼眶红着，好想解释，自己真的没有想过做小三。

她只是很简单很单纯地爱慕一个人。

她喜欢的那个人，此刻好像身披着万丈光芒，从宴会厅那头徐徐走来。

他的目光始终冷淡，却第一次毫无阻碍地落在了她身上。

或许，他真的是来救她的。

林婧眼眶蓄满了泪，努力睁大眼睛，一眨不眨地看着梁砚成越走越近，最后停在自己几步之遥。

他像是有所不耐，挥手打断了林父的邀请，缓缓开口：“我就不坐了。”

林父以为他不愿坐主桌，在刚才的闹剧之后，梁氏小砚总代表梁老爷子来参加寿宴，大概是他能想到的挽回颜面的最佳方法。

林父的眼神刀剐似的剜过林婧，再回到小砚总身上时就已经恢复了十成的诚意：“应当的应当的，您是代表梁老爷子，坐得起主桌。”

梁砚成冷冷打断：“误会了。我过来只是有句话想当面问问林老爷子。”

林老爷子脸色还没缓过来，铁青着，语气显得格外生硬：“问我？”

“是。”梁砚成淡淡往他身侧睇了一眼，说道，“不知道你们林家找回来的女儿是不是只紧急补了宴会礼仪。”

他面露讥讽：“怎么没人教她礼义廉耻？”

落在林婧身上的四个字，与池颜当初说的一模一样。

与此同时，林婧几乎坠入深渊，一秒回忆起了那个被人泼了酒又狼狈逃跑的夜晚，也是这么不堪，被人戳着脊梁骨指指点点。

宴会厅的窸窣声与那晚一样，瞬间充盈了她整个大脑。

所有人都骂她不要脸，不知廉耻。

林婧像是重重受了一巴掌，滚烫的眼泪簌簌下落，羞耻心在这一刻达到了顶端。

而她身边，林老爷子好好办着寿宴，因为这个半途回来的孙女一折再折，声音都抖了：“你这话是什么意思？”

“老爷子您还不知道吧？”易俊很贴心地提高声音，确保周围几桌都能听得清清楚楚，“不如您问问林婧小姐，怎么三番五次去我们夫人面前挑衅，说什么真心爱慕砚总。”

全场哗然。

要说刚才的视频还有人没有完全确信，那这会儿已经完整串成了故事。

越发嘈杂的宴会厅，所有鄙夷的眼神似乎都落在了同一个人身上。

林婧在一片鼎沸中仿佛听到男人冷冷笑了一声。

他说：“不自量力。”

与此同时，塑料小花功成身退，正激情地给池颜发着微信——

“宝贝，你怎么没来林家赴宴？”

“你老公帅爆了！”

第六章·三色堇

/

她的微信新头像是一枚鸽子蛋。

梁砚成目光落在自己无名指上，无声笑了笑。

是一对的。她闪耀，他低调。

池颜正舒心享受着精油按摩，摆在枕边的手机疯狂振动起来，一声声提示音比来电还密集。

裴芷躺在她一手之隔，掀开眼皮：“消息炸了。”

“嗯，晚点看。”池颜懒洋洋道。

室内点着天竺葵香薰，烟气虚无缥缈，本是让人沉心静气的地方。

她抬手把手机铃声关了，奈何振动却不停。

池颜无奈睁眼，扫过还在继续往上跳的消息，突然来了兴致点开。

“宝贝，你怎么没来林家赴宴？”

“你老公帅爆了！”

什么惊天动地的大事，竟然让秉持着要做优雅名媛的小花都这么激动。

池颜滑着屏幕继续往下看。

“本来我还想说视频夹在里边是不是太缺德了，现在就是两个字，解气！”

“然后你老公突然就出现了，大家都以为他来参加寿宴，结果劈头盖脸对着林老头就是一句你们林家捡来的孙女懂不懂礼义廉耻？”

“你知道吗，我们几个当时血流加速、全身通畅，连毛孔都不堵塞了，那怎么是一个爽字能说得明白的，太痛快了！”

池颜挑着大段的先看完，再回到第一条消息慢慢捋了一遍，终于明白塑料小花在讲什么。

她打出一个问号，想问问塑料小花是做梦呢，还是看错人了？她转念一想恩爱人设不能倒，于是飞速删掉问号，打了个感叹号。

半晌她觉得感情表达不够强烈，又加了一串感叹号。

塑料花对她隔着屏幕能感受到现场氛围的表现非常满意，问道：“你没来还是可惜了，亲眼看才解气。话说怎么就你老公来？你们因为这事吵架了？”

池颜：“没有，我在做皮肤管理。”

她发了个委屈巴巴的表情过去：“我也不知道他怎么突然会去？没和我说呀。”

塑料花很会脑补：“一定是特意来给你出气的！你老公真的太贴心了！”

贴心这两个字都是汉字，组合在一起再套用到梁砚成身上，池颜就觉得不认识了。

她发了一会儿愣，短短几分钟的时间，塑料小花又把后续给发了出来。

“现在寿宴办不下去了，也算人家家事，大家都很有眼力见儿地先走一步，其实我还挺想围观来着。”

“不过我走之前，听林家老头子青着脸在那儿发火，说什么生的不如养的，林家只有小霜一个孙女。”

“现在林家的脸都被我们可怜的小婧妹妹一个人丢光了，以后咱们陵城说起林家谁不想到三儿，活该吗不是？”

这晚过后，前几天流传在网上的视频又上了一次热门榜。

评论区有人发了串网页链接，一开始还没人注意，后来再看已经顶到了热门评论。

顺着链接点进去是视频女主人公的 INS 首页。

从头到尾每条状态都没逃过网友的火眼金睛。

原先那些喊着小姐姐身材好有钱有品位的评论风向全倒向了另一边。

不过一夜狂欢之后，或许因为越扒越深，网上所有深扒的帖子顷刻间都被删光了。

要不然照这么发展下去，还够池颜头疼一阵的。

她反反复复打开那个好几天没联系的聊天框，以为会有新消息蹦出来，哪怕只是个句号。

等了许久，像断了网似的，手机毫无声息。

梁砚成并非真不与池颜说话，而是江源又给他支了新招。

这招的精髓在于做了好事光隔空哄老婆是不行的，最好到她面前好好说一通。

正好与大池的会议在事后第二天。

三点的会议，他提前半小时抵达大池。

易俊随行在旁，总觉得今天小砚总有些神神道道，肃着脸，神色莫辨。

他以为小砚总有事交代，竖着耳朵紧紧跟着。

偶尔好像听到前边冒出一句“我昨天去林家……”，他再往前凑，又没了后文。

易俊以为自己出现了幻听，恨不得歪着脖子凑上去。

冷不丁对上男人微敛的眸光，他整个人被冷峻的表情一唬，缩了回来。

大池的空调打得真冷。

易俊往上整了整领结，想道：我的耳朵没出现问题啊。

几秒之前，梁砚成确实心思深重地想着事，他想过以昨晚去林家为开头与池颜好好说一番，又觉得这样的说辞过于陈词滥调，不似他平日作风。

或许只需要冷一点，与她说“林婧不会再来烦你了”。

这样也未尝不可。

他在心里反复揣摩着。

电梯门一响，门外章生生阔步迎了上来。

梁砚成越过来人的肩头往后掠了一眼，走廊空荡。

满腹说辞突然就在心里垮了大半。

他在这半小时显得极有耐心，时不时抬眸往会议室大门瞥一眼。每一瞥都极为短暂，几乎不会被人发觉，像是不经意的习惯使然而已。

会议即将开始，他的耐心逐渐消耗殆尽。

梁砚成指节轻敲桌面，像随口过问似的开口：“小池总呢？”

章生生笑眯眯地答道：“小池总今天不在，会议由我主持。”

梁砚成的神色向来寡淡，章生生没察觉出冷和更冷一点有什么区别，依旧笑着：“小池总说以您二位的关系，她来开会怕徇私不公，所以叫我来就行了。我们小池总这一点我很佩服她，就是公私分明。”

章生生在那儿夸耀着，易俊这边心都凉了。

他此时只能装透明人，能减少一点存在感是一点，小心翼翼地把即将用到的文件推到会议桌上，立马表演隐形。

他心里一片哀号：夫人这个操作，还真不是公私分明。

池颜傍晚从外边回家的时候，那辆黑色轿车依然守在别墅花园门口，只不过这次停的位置显得极为霸道，几乎堵住了整个大门。

她没法像往常那样一脚油门从旁掠过。

她闪了闪大灯，就见后车厢的门突然打开，先入眼的是烟灰色笔挺的西装裤腿，而后是男人指节修长的手。他单手搭着车门徐徐站直，在这个季节特有的暖风热浪里眉眼清淡地望了过来。

池颜不知道自己在紧张什么，拇指搭着方向盘微微内扣。她看到男人停在窗边，俯身叩了叩车窗，对她说：“我有事和你谈。”

她没下车，只是打开车窗，说：“那就在门口谈吧。”

“我昨天……”

他开了口，眉心微蹙，像是在思考接下来要怎么往下说。

池颜没多想就知道他想表达的后文，打断：“我听说了。”

梁砚成不知怎么回答。

空调的冷风与窗外的热风交汇，彼此之间不是绝对的安静，引擎声填充了两人都没开口的空白。

池颜仿佛听到院墙内小狗心急火燎的哼哼声，垂下目光说：“没别的事了吗？没有我就……”

“我给小……宝带了点东西。”

每次碰到这个昵称，都能从他的语气里听出艰难。

见昨晚的事过后，她似乎还没消气，梁砚成手指搭着领口往外扯松一些，内心接受了从小狗开始曲线救国的策略。

他朝轿车方向打了个手势，司机立马下车，从后备厢搬出好几箱玩具，整整齐齐码在花园门口。

他的眼神殷勤，像在等太太叫人开门。

池颜下颌磕在方向盘上饶有兴致地看着，心道：还知道买东西哄狗也不知道给我买，木头。

她故意维持高冷，说道：“哦，那替小宝谢谢你了，没别的事了吧？”

倾情演绎一副赶人的模样，连门都不愿意开。

其实今天白天，池颜没好意思找林霜打听，转道去塑料小花群里问了一圈。昨晚的事在几张嘴的诉说下，活灵活现在眼前演绎了一遍。

听一次爽一次。

只是当着梁砚成的面，池颜又想起这几天和闺密诉苦时放的高姿态。她是那种一哄就好，屁颠颠跟着回家的人吗？

她看着男人依旧冷淡的眉眼，坚持道：绝不是。

于是今晚的蹲守，梁砚成依旧吃了闭门羹。

他不是没有郁气，只是从后视镜里掠过自己生来冷清的眉眼时，忽然察觉——是不是总是这样蹙着眉，叫她觉得自己太没有人情味了。

池颜进了门，把狗玩具一股脑丢给小狗，忙着给裴芷复述了一遍几分钟前的事。

她还总结道：“我够高贵冷艳了吧？”

池颜：“我不是那么容易就会被得到的小宝贝。”

裴芷发来表情：“点头点头。”

池颜说完陷入了新一轮的惆怅：“可是他这样每天到家门口来蹲我，我好怕一心软就招架不住。我是没有骨气的小可怜。”

她委委屈屈地说：“宝贝，我可不可以去你家躲两天？”

裴芷迅速点头同意：“好，你把小宝一起带来。正好我爸退休了无聊，他挺喜欢小宝的。”

两人闷头打了商量。

于是第二天一早，黑色轿车堵着花园正门直到过了上班点，也没见半个人影。

甚至连狗影儿……都不见了。

这些年的涵养并没有让梁砚成觉得等人且等不到是件值得生气的事。

他以前不愿意等，只是单纯认为浪费时间和精力。

但如果按照江源所说，短暂的等待能让池颜搬回家，那从长远角度来讲，他花在这些事上的精力会少损耗很多。

这是很值得投资的一笔生意。

梁砚成看完手里的企划案，屈指叩了叩前座靠背，说道：“去里边问问。”

他虽然叩的是驾驶座，但易俊坐在副驾上眼观六路耳听八方，即刻弹了起来一个箭步下车。

几分钟后，易俊苦着脸回到车上。

“夫人昨晚好像就没住家里。”

男人落在页脚的手指顿了一下，抬眼问道：“没回家？”

“听说是……”他打量着后座那人的神色，“带着小狗去裴小姐家里住两天。”

很奇怪。

梁砚成没有因为她的胡闹而生气，在听说她没回家到知道最终结果的几秒内，他像坐了回云霄飞车，心潮大起大落。

“嗯，那回公司。”他收回目光。

易俊满脸不可置信，腹诽：就……这么简单？

池颜兴高采烈住进裴芷家，第一晚就遭受了狗粮暴击。

然后她惊奇地发现，谈个姐弟恋最大的优点就是小朋友嘴甜又黏人，暴击事件不管白天黑夜每时每刻都在发生，用来气人特别好。

再和自己一比较，差点当场心脏病发作。

最直观的就是人家私底下姐姐长姐姐短。

她认真仔细回想了一番，恨不得顺着记忆缝隙往里抠，惊觉从头到尾梁砚成都是连名带姓直呼她的大名，竟然连个稍显亲昵的称谓都没存在过。

她耳朵听着人家浓情蜜意，眼睛盯着备注为“木头”的聊天框发愣。

最后一气之下改成了“万年朽木”。

这天周末，裴芷得出去约会。

最近老陪着池颜玩儿，男朋友的醋已经不知不觉漫到了国界线。

池颜被狗粮喂得兴致恹恹，想了想，便同裴芷一道出门。不过人家能牵男朋友，她手里就牵条小狗。

裴芷家住高层，小狗跟着搬来搬去的这些天，经历了狗生的起起落落。

从大花园搬到了分段的小花园，从小花园又到了没花园，它一度怀疑狗生。

现在它只要一到楼下，看见鲜嫩嫩的绿地草坪就跟疯狗似的。

不过它今天尤其疯，绳子拴在身上就像个装饰物，一个俯位猛冲拽着池颜就往小区门口跑。

池颜没什么遛狗的经验，被它生拖硬拽，手心磨红了一大片。

她偏头抱怨：“它太久没跑，是疯了吗？”

裴芷正低头看手机，闻言抬了下头，几秒后，面色复杂地说：“不，可能是闻到了父亲的味道。”

裴老师退了休特别有闲心照顾小动物，这些天小狗都和裴老师腻歪着。

池颜第一反应是以为它闻到了老裴的味道，心说终于有人来救救这条疯狗，结果顺着裴芷的视线往小区门口看，父亲……

哦，是小狗的爸爸来了。

天都已经那么热了，他依旧优雅得体地穿着衬衣，衣摆很讲究地掖进了裤腰。

身后是那辆低调的黑色轿车，锃亮的车面上同步倒映着身姿如松的男人身影。

梁砚成站在那儿，未置言语，就把清贵二字演绎得淋漓尽致。

池颜撇了撇嘴，暗骂小狗不争气，手却松了绳。

小狗在被她带回家的这段日子里，除了小眼睛还是湿漉漉的黑，整个体型已经翻了个倍，不像原先那么又小又奶，挺着小肚子，这会儿已经初具成年狗的形态。

它还以为自己是个宝宝，二十多斤的肉直往男人裤腿上扑。

打理得一丝不苟的西裤裤腿上瞬间沾了几个小脚印，它每次一扑，脚印跟盖章似的又多两个。

池颜下意识去看男人的眉眼，依旧淡淡的，没有生气。

他上身微欠，垂手揉了揉小狗脑袋，命令道：“坐。”

毕竟是上了学的狗，立马挺身，一动不动坐得笔直。

只是还在不停摇摆的尾巴出卖了它依旧热烈的心情。

“你儿子叛敌了。”裴芷揶揄她。

池颜忍住想翻白眼的冲动，说道：“白养了。”

“差不多得了，”裴芷闷声笑着，“你总为难根木头干吗？他以前不也这样吗？”

“以前是以前。”

池颜说着自己也噤了声。

她想不明白，怎么以前都能好好过日子，现在非要这么苛责？

高跟鞋发出轻微的响声，她边闷头走路边想：爱情就跟穿高跟走这条鹅卵石小路一样，可太难了。

她刚悟出了热乎的人生哲理，梁砚成那边也受了江源的怂恿。

江源情真意切地指导道：夫妻没有隔夜仇，越拖越愁。

梁砚成也不知道自己为什么要信一个连婚都没有结过的嘴强王者，但就是信了。用江源的话说就是临大考前发现什么书都没看，看也来不及，只好随便找个信仰。

当时，江源还挺得意地问：“是这感觉不？”

很可惜，梁砚成学生时代也没体会过大考前没把握是什么体验，当即冷淡回复：“不知道。”

江源的理论他只消化了一半，以至于站在小区门口这会儿其实是有点迷茫的，直到看到小狗越来越夸张的摇尾巴频率，梁砚成才意识到池颜已经站在了面前。

他还没开口，就听她问：“你怎么来这儿了？”

她的声音混在夏日的蝉鸣鸟叫声中，生活气息很浓。

他忽然觉得很喜欢这种感觉，把往日的冷战抛到了脑后。

他听到自己放轻了声音说：“来接你出去吃饭。”

池颜挽着裴芷的手原地晃了晃，不大情愿地说：“可是我要和裴裴出去吃饭。”

裴芷永远站在闺密这边，她怎么说就怎么帮腔点头：“对啊。”

小狗在底下听着大人的对话，很乖巧地把头靠在梁砚成裤腿儿上，黑豆似的眼睛整个就黏在男人身上，好像在说：爸爸，我想你……和大花园。

梁砚成嘴唇动了一下，有几秒没吭声，最后说：“正好我知道一家不错的餐厅，感谢裴小姐这几天照顾我太太。”

池颜与裴芷对视一眼，互相在对方眼里看懂了信息。

这是堂而皇之要把她带回去了。

池颜垂下眼，看着小狗一个劲地在他腿上蹭，快把小脑袋都蹭秃噜了，做着最后的挣扎：“可是裴裴还约了男朋友。”

“那一起。”

男人淡淡觑她一眼，没说后话。

不知怎的，池颜在梁砚成眼里看出了——人家谈恋爱，你带着狗凑什么热闹？

于是遛狗之旅莫名其妙变成了四人约会。

梁砚成好像不是随口胡说，他当真预约了餐厅才来的，是一家法式餐厅。

不过别人约会是预约了位置，他是包了场。因为没有别的客人，连带着小狗都有资格进到餐厅。服务生特别贴心，给小狗戴了黑色小围兜。

池颜一边冷眼看着小狗一个劲地给它爸爸拍马屁，一边不着痕迹打量着身边的男人。

他新理了发，比前两天更短一些，显得五官尤为利落分明。

灯光打在他身上，勾出一圈淡橘色的柔和光圈。

离得那么近，她仿佛能看到光线落下，衬出他鸦色衬衣上的细微绒毛。

给她一种不似往日那么淡漠的错觉，一不小心就看入了迷。

她这会儿正腹诽着：明明是三十岁的老男人了，怎么一点不输对面二十多岁的小弟弟。一样冷白皮，却有着成熟男人的凌厉轮廓。

他点完单突然顿下手中动作，本是想多问一句她还有什么要添的。

只是一回头视线撞上，他就看着女人斜支着下颌，像在看他，又像在看窗外风景。

她眼皮微微垂着，眼神很是蒙眬，一瞬间让他想到事后清晨缱绻迷离的目光。

嗓子眼紧得难受，他抬手揉了把喉结。

刚想问池颜还想要什么，她倒是突然像奓毛的小猫似的坐直了身体：“你们先点，我去个洗手间。”

她一走，餐桌只剩他与对面二人。

梁砚成与裴芷交集不深，更是第一次见到她男朋友，一时无言，默默抿了口苏打水。

餐桌对面偶尔传出几句简单的对话。

大概是点菜环节有什么争议，裴小姐说：“这两个看起来都不错。”

男生没什么所谓，点头说：“那姐姐点那个，我点这个，一会儿都给你尝。”

“啊，我会胖的。”

“不会，”男生一点不似他看起来的那么桀骜，反而很温柔地勾了勾唇，“仙女怎么会胖。”

梁砚成无语。

他再抬眸，切切实实地看了对面男生一眼。

冷白皮、丹凤眼，刚与裴小姐说完话，嘴角还淡淡勾着，气息是凌厉的，表现出的却是干干净净白纸似的少年气，说话时半靠着椅背，懒散随意，还有无处不在的妥协。

同样是恋爱婚姻，相处模式实在太不一样了。

他静静听着，又听到对面说：“姐姐一会儿去我家吗？”

“不了吧，”裴芷有些犹豫，“不知道我们家池宝贝一会儿去哪儿？”

梁砚成薄唇微动，还没开口就被对面截了和。

男生失落地“啊”了一声，往后靠了靠：“那我一会儿乖乖回家，姐姐要玩得开心。”

裴芷语气无奈：“这不是还没确定嘛。”

“确定了，我在姐姐心里就一直排那么后面。”他幽幽说着，“上次拍照也没带我去，这周都没怎么见面，还有……”

“好了好了，打住，”裴芷抬手扶额，“一会儿陪你。”

池颜是踩着这个时间点回的餐桌。

不知为什么，她总觉得回来后梁砚成的神色有些古怪，只是他的情绪向来藏得很好，一眨眼那股子暗含复杂的怪异就不见了。

池颜还以为是自己看错了。

夫妻俩许久没坐在一起吃饭，也或许是对面两人的氛围实在是好，一顿饭吃得很是和谐，压根儿看不出谁与谁之间闹过矛盾。

裴芷在餐前答应了要陪小男朋友，只好重色轻友地暂时抛弃池颜。

池颜霸了她这么久，本来也挺不好意思的，没说什么。

倒是小狗，好像知道妈妈要回家似的，往车上奔得比谁都快。车门刚打开，小狗就一个闪身跳了上去，端端正正坐在地毯上等着两人上车。

池颜坐在最右面，与他之间隔着小狗。

不过车子一启动，小狗喜欢趴着窗棂看外面，闷头挤到了窗边。

把各坐一端的两人挤到了一块儿。

池颜对这顿法餐很是满意，懒得与小狗理论，索性松了骨头靠在椅背上，手机连振几下，她拿起来看。

裴芷正在小群里与她道歉。

“对不起，宝贝，我好久没陪他了。”

“小朋友有点臭脾气，我得给他捋捋毛。”

“你要回我家取东西吗，还是晚点我给你送过去？”

“对了，谢谢你老公请的法餐，超好吃！我现在还有点撑。”

池颜怎么可能因为这事跟她生气，慢悠悠地回复：“嗯嗯，味道还行，算他有眼光。我很少吃这么多，好怕胖。”

她闷头往下继续敲哭泣的表情。

突然感觉到耳骨边有浅淡的气流拂过，她偏头，发现男人的视线微微下垂，疑似落在她的手机屏幕上。

池颜心里一紧，就听他说：“仙女怎么会胖？”

仙女？

池颜缓缓打出一串问号。

仙女，是说她吗？不会变胖，是在变相安慰吗？

她眯着眼仔仔细细盯着眼前的男人，严重怀疑他她大白天是不是见了鬼。

身后是投进隐私玻璃的白日天光，亮眼得很。

她慢吞吞摸了摸自己的额头——不烫啊！

她又揉了揉耳骨——没幻听！

良久，池颜指指自己问道：“你在和我说话？”

她细心观察着，光看男人冷淡无趣的表情就知道他是个不会开玩笑的人，补充问道：“仙女？”

池颜在观察梁砚成的同时，梁砚成也在观察她。

两人对彼此的相处模式尝试得还不够透彻，都像在摸着石头过河，得到一点反馈再往前进一点。

步履蹒跚，艰难前行。

比如此时，在看见她一系列毛毛糙糙的小动作之后，梁砚成仿佛察觉到了从他嘴里说出“仙女”二字有多违和。

他偏头轻咳一声，想逃开话题。

只是他目光回转时，刚好落在她还亮着的手机屏幕上。

还是她和闺密的小群，群聊名称很励志——不瘦到 90 斤不做人。

江瑞枝自暴自弃，直接用“江瑞枝是仙女”做了 ID，裴芷自信一些，顶着“轻松当人裴阿芷”的称号；至于他的太太，大概是取了在 90 斤边缘反复游走的寓意，给自己取名叫“勉强做人池颜颜”。

他抬指点了点，说：“仙女。”

池颜循着他指的方向看过去，恍然大悟，原来是在这儿学的新词。

她还陷在仙女二字强大的冲击下，只点了下头，就听他说：“你太瘦了，没必减肥。”

虽然这话听着瞬间恢复了木头开口即嘲讽的风格。

池颜竟然一点都感觉不到生气。

——仙女、太瘦了。

今天的木头是懂得语言魅力的木头！

她一边满意着，一边为了防止木头再次窥屏，半拢着掌心“嗒嗒嗒”给裴芷发小作文，从头到尾详详细细讲述了车里的这段精彩对话。

裴芷收到消息往下看着，熟悉感越来越强。

直到偏头看了眼还在开车的小男朋友，她突然就想起了这句话上一次是在哪儿听过。

不就是在刚才的餐桌上，男朋友跟她说的吗？

裴芷摸了摸鼻子，没好意思捅破，只好回道：“嗯，有可能是万年朽木的春天来了。”

这边车里。

“万年朽木”还想加把火，索性把人直接拐回家。

池颜是坐他车去的餐厅，从餐厅出来再上他的车回去很是自然。

他装聋作哑，等着司机默认一路开回新居那边。

不过天不遂人愿。

池颜虽然连发丝儿都显示着愉悦，还是察觉到了车子正准备上高架回思明区。

她这边回着裴芷的微信，空出手来按车载通话键，对司机说：“往华江的房子去，别开错了。”

完全是因为突然接到命令身体的条件反射，司机下意识打了一把方向盘从岔路口往高架下坡路急转，等到车头朝右转出高架，他才后知后觉，刚才似乎是太太的声音。

原以为今天是来接太太回思明区的，没想到后座的两人……还是没能谈拢。

司机叹了口气，不知这样看老板脸色的日子要持续到什么时候。

而身后。

池颜说完地址以后，发现车厢倏地静了下来，连小狗哼哧着吐舌头的声音都像被按了消音。

她发完信息抬头，才察觉到身边那人的视线从未从她身上脱离过。

就维持那么股冷劲儿，直勾勾、森森然地看着她。

在旁人眼里，或许这时候的男人是冷若冰霜的，但池颜与他相处久了，一点点能从他神情里的细枝末节去猜他到底是不是真的在生气。

就像现在，显然不是。

他表情里的冷淡只是天生使然。

于是她也不怕，问道："你干吗这么阴森森地看我？"

男人轻缓地眨了下眼皮，说："不是回家吗？"

"对，回家，"池颜点头，"回我自己家。"

大人的对话太复杂，趴在窗棂上看风景的小狗或许只听懂了回家两个字，管他什么前后语境，高兴地仰头"嗷呜"了一声。

落在梁砚成眼里，与半天前的池颜一样，把它定义成了没良心的儿子。

他默了默，最终没了话。

也不知为什么，明明叫她仙女的时候，她显然是高兴的。

可是旁人直勾勾地盯着女朋友，就能把她顺利带回家，怎么到了他这儿，又不行了？

他烦躁地抬指轻敲扶手，一脸漠然。

直到看着池颜带上小狗消失在花园门后，他想了一路的问题得到了答案：别人之间是相互的爱，而他……像在单方面追逐。

如此想着，他眉眼间的神色也黯淡了几分。

池颜就是在甜言蜜语的奉承下长大的，很分得清哪些是虚伪，哪些出于真心。至于从梁砚成嘴里说出的那句仙女，像他那么正儿八经的男人，也学不会开玩笑。

池颜姑且把他当作是真心的。

于是她心情不自觉地高昂，像只翘着尾巴独自美丽的小孔雀。

周一一早，池颜不比往日还要早地抵达大池。

通常这时候是管理层小会，用于汇报一周业绩。

隔着月牙形的办公桌，关诉与章生生坐在另一边，同时翻阅着手头的资料。

池颜不像池文征那么严肃，叫人给他们送进来一人一份的早茶，边喝早茶边看报告。

最初关诉还是拘谨的，不过在习惯之后，相处越发自然起来。

他把研发并销售部的报告取出来，摊开在首位，汇报说："目前 VR 已经销售一个季度了，销量稳定，不过涨幅曲线没有最开始新上市时势头那么猛。"

他指向底下一行数据，继续说："以目前的回报率来看，整体回款会比计划慢一点。"

池颜点点头，示意他尝尝刚沏好的工夫茶："科技产品就是这样，更新换代很快，不用太着急。上次说的销售分析报告做了吗？"

章生生在一旁立马拿出封好的一沓文件，递过去：“在这儿。”

分析报告做得很漂亮，数据明确，例图清晰。

池颜迅速翻了几页，找到重点，指着其中一条柱状图问章生生：“这是 VR 平台上售出最火的游戏？”

“是，这款游戏购买量确实很大。我了解了一下，早期对方是签了别家 VR 的，不过咱们入驻不是免费嘛，就又来我们平台掺了一脚。”

章生生捋着很有型的花胡子，点头道：“我去看了他们官方报告，本身销售情况就火爆，所以分在咱们平台上的数据也不错。”

池颜看着数据图若有所思，忽然开口说：“这样，叫人去和对方游戏公司谈谈，我们大池可以帮对方出游戏限定款机器，我们在同类产品里卖得也是顶尖的，互相给对方拉宣传量，他们应该不会拒绝。”

光看数据和听汇报就能在短短几分钟里想到提高销售的办法，关诉与章生生不得不佩服小池总脑子灵活。

尤其是关诉。

这段时间除了例行开会，他很少主动来她办公室。

每每见到她，他像要控制不住似的，心里有股劲儿就要破壳而出。

她是个十足的美人，本就具有足够的吸引力，可最难以抗拒的，是在决策时，她从骨子里散发的自信和骄傲。

明艳得叫人不得不臣服。

他不差，甚至可以说在很多同龄人里，他是出类拔萃的。

但他也是被世俗与道德牢牢束缚的那一个，他们之间有一道他永远不可逾越的鸿沟。

所有的情绪在池颜面前只能化作一腔热血，关诉垂下眼看着面前那杯苦褐色茶水，他想：我还有科技可以追逐。

只是开了个小差的工夫，章生生已经汇报到了下一个议题。

关诉赶紧往后翻页，赶上他们的进度。

“最近有别的电商平台来找我们洽谈，说如果有意愿的话，可以同时在他们平台上建立专售店。因为咱们是业内顶尖产品嘛，服务费会相对更优惠一些。”

章生生说到此处，停了一下，问道：“小池总怎么看？”

池颜刚从关诉身上收回目光，发觉他正出着神，本想稍做提醒，看他很快又跟上了进度，于是转向章生生，问道：“目前和梁氏的合作怎么样？”

章生生说：“基本都在首页销售区，符合我们之前签的合同，只要销售量达到同类产品的一定比例，我们在首页的位置就不会往后掉。”

“对了，”章生生想到其他，补充道，“最近他们平台搞了个好评热销榜。咱们的 VR 在电子区第一位，当然也是咱们产品卖得好，争气。”

池颜点头：“关副总的功劳。”

关诉张了张嘴，还没说出后话，就见她莞尔笑起来：“关副总不会要回推过来说我的功劳吧？自己人客气什么，见外了。”

他抵了下眉心，不大好意思地说：“应该的。”

章生生很不见外，拍了拍关诉的肩：“关副总占先，是咱们整个大池的功劳。刚才说到咱们销量好，和梁氏的平台绑定销售，也是给对方的平台拉流量嘛。”

他想了想池颜刚才的建议，说道：“特别是后面真出了游戏限定款，搜的人就更多了。咱们 VR 的流量，全给拉到了梁氏平台。”

池颜抬手，越过半张桌子合上了章生生面前的文件，笑着说：“我们只入驻梁氏一个平台。”

意思就是不打算接受新平台的入驻邀请了。

章生生有点担心地问：“那我们的销售渠道会不会太过狭窄？”

也不是完全因为那句仙女故意把生意给他做。

池颜气定神闲地敲了敲指节：“光他们每天的浏览量就能够抵上十家八家其他的了。”

章生生记下，打算回头就去回绝其他几家平台。

章生生正拟着文件呢，原来的老东家江少爷发消息来探听情报，不是什么商业消息，就是问问小池总最近心情怎么样，去没去公司上班。

他发完手头的商函，事也定了，才挑着拣着不涉及商业机密的与老东家随口说两句。

这事儿传给江源，没出当晚，就传到了梁氏顶楼。

江源例行带着好酒往梁氏跑，进门就是一阵眉飞色舞：“和你老婆和好了？”

看梁砚成的劲头，不知道的还以为是他和老婆吵了架又和好。

梁砚成靠着身后书柜看过来，眼睛隐在镜片后看不真切，垂手抄进兜里：“怎么说？”

“你老婆，真的没得说。”

自从某次过后，江源那些“我小学妹”这类习惯性用语被强硬拗了回来，开口闭口只剩“你老婆”，咋着舌又是一句赞叹：“我可叫老章给打听了。你知道吗？她把所有其他平台的邀约都给推了，说大池的产品全给你们梁氏做。一家人，还真是一家人。”

江源意犹未尽地总结道。

在季度销量持平的情况下，他这位好兄弟把老婆家里的产品从并列第一，但因为首字母落后而屈居的第二位提到了第一。他老婆又一心一意只在梁氏入驻卖产品。

这两人绝对就是情真意切的一家人。

江源就上赶着来说这件事，顺便带瓶酒庆祝庆祝人家家庭和睦。

酒还没开，有人冷冷淡淡回了一句：“哦，你羡慕不来。”

他的声线其实属于开口就会让人觉得温润斯文的那种。

只可惜长年肃着脸，两相一配合，旁人总觉得小砚总冷淡、严肃、无趣，诸如此类。

江源这会儿抬眼看他，好像从他嘴角捕捉到了一丝很难被察觉地扬起。

就算相交这么多年，江源也没明白这抹若有似无的笑隐含了什么意思。

而梁砚成，在听到这个消息的一瞬间，心里积攒的阴霾如雨后积云，消散得极快。

男人松了松筋骨坐进沙发里，手指轻快地点着扶手。

——她心里有我。

池颜早上是被小狗哼哼醒的。

明明都挺大一条狗了，整天把自己当个宝宝，有事没事就喜欢从嗓子眼发出哼哼唧唧的声音，活像个嘤嘤怪。

池颜眯着眼翻身，探手出去揉了揉小狗的头，又拍了两下，说道：“别吵。”

小狗“嘤”一声，尾巴甩得更急了。

尾巴打在床边，发出啪嗒啪嗒的声音，像有急事要跟她讲。

池颜披着薄被坐起身，垂着眼皮学它哼哼了几声，才问：“又干吗？玩具都在楼下，自己玩儿去。”

四个小爪子在地板上发出清脆的“嗒嗒”声，小狗见她起身，从床边踱到房门口，又从房门口踱回来，小眼睛黑黢黢地往扶梯那儿看。

池颜基本就明白了意思，大概是叫她下楼。

至于下去要做什么，狗才知道。

池颜不急着去公司，慢吞吞冲了个淋浴，披上一件真丝睡袍，贴着面膜踢踢踏踏往楼下走。

小狗看她不急不缓的模样，急得原地来回打转儿，恨不得咬着她的裙边往下拖，好像地板烫得让它落不住脚似的，四个爪子不安分地来回踱步。

刚走到扶梯转角，小狗突然转了性，不着急地拽她了，反而起身一个猛冲从最后几阶楼梯上横跳冲了下去，迫不及待地往客厅扑。

池颜听到一阵闷声扑腾，再转过墙角，没了视野阻隔才发现家里一大早多了个人。

男人姿态随意地站着，垂手揉了揉狗脑袋，手腕一动，袖扣反射出窗外刺眼的日光，表盘上的宝石熠熠生辉。

池颜第一反应就是去揭脸上那层面膜。

她的手指还没搭到脸颊，就看他气定神闲抬了下眼，朝她望过来："起了？"

池颜这一刻觉得自己还没清醒，视线一垂，落在小狗快要摇到天上的尾巴上，又觉得足够真实。

就这么一打岔的工夫，反正也被人看到了，她懒得再去揭面膜，有些破罐子破摔地问："不是，你怎么在这儿？"

手已经抬到脸颊的高度，她索性拍了拍脸蛋加快吸收，晃晃悠悠坐到客厅沙发上，以表自己丝毫不慌乱。

"听说你最近爱吃早茶，"男人微微仰颌，朝餐厅方向示意，"我带了个做早茶的师傅来。"

从客厅往后看，是一条铺着大理石的长廊，直通另一端的餐厅与开放式厨房。她很轻易就能看到开放式厨房里制服齐整的大厨正低头精心雕着花。

而她家里原本请的几个粤菜师傅，站得笔挺像随身伺候似的，跟着新大厨学地道手艺。

好似是发现前厅打量的目光，大厨忙中带闲捎带颔首示意。

其实大厨也很迷惑。

昨晚连夜被人空运拉过来好像就为了来做顿正宗早茶。

身后蒸锅冒着袅袅细烟，一大清早就有满满的生活气息。

池颜不可置信地拍了拍脸蛋，小声喃喃："怎么突然开窍了？"

男人站在几米之外，声音扬了几分："你说什么？"

"没什么。"池颜闷声答道。

她这会儿正翘着小腿，因为坐姿的缘故，睡袍往上缩到了膝盖以上，露出腿上白嫩的皮肤，肤质像无瑕白玉，腿型纤细优美，毫无知觉地在男人眼前晃来晃去。

她离家这么些天，晚上那些事儿都断了。

梁砚成转开视线，落在室内恒温面板上，声音沉沉落下："还有一会儿才好，先上去换衣服。"

池颜在外人面前总是打扮得体，要不是不知家里谁叛了变放进了别人，她才不会这副样子出现在楼下。

听他说完她并没有像往常那么反驳，利落起身上楼。

再下来时不仅穿戴整齐，连妆都化好了，明明是下楼吃早餐的，临出房间前，她鬼使神差又走了几步回头路，把唇妆给补得一丝不苟。

镜子里的女人唇红齿白，顾盼生辉。

她高傲地扬起下颌，心想：这还不迷死你。

早餐是正宗的早茶，天青色瓷碟配镏金边玻璃茶盏，无一不流露出她最爱的精致来。

池颜显得心情很好，尝了一小口，由衷赞叹："味道还不错。"

梁砚成早餐习惯很固定，没什么新花样。

这会儿只是看着她吃，然后轻描淡写地提一句："什么时候有空？"

池颜"嗯"了一声，声调微扬，手指隔着餐布轻点两下嘴角，问道："怎么了？"

"之前预约的摄影团队在陵城了，"他斯斯文文地把玩着手里的花形铜匙，抬眸问道，"不是说要重拍婚纱照吗？"

重拍婚纱照？

好像是有这么回事儿。

池颜自己生气时说过的话都快忘得精光，只依稀记得说过他冷着脸，把婚纱照拍得像上坟，难看死了。

后来他好像提过一句重拍，她还以为是敷衍。

池颜有些晃神，想起没多久之前还被他不开窍的表现气得头昏脑热，这会儿想吵架的心已经变得可有可无。

她低头喝了口茶，定了定心神："再说吧，等我有空。"

"要忙什么？"他问。

"嗯……最近要去京城出趟差，"她简答概括了原委，"准备和游戏公司出款限定机器，对方总公司在那儿，我过去签个合同，没什么大事。"

她说完顿了几秒，长睫在眼前轻颤。

这是接管公司后第一次去外地出差，池颜两指捏着茶杯又喝了一口，故意拉长空白间隙拖延起时间。

她抿了第二口，紧接着第三口。

像在无声等待。

所以，你到底要不要说陪我一起去？

等了许久，久到池颜觉得她又回到了唱独角戏的时候。

男人突然像开了窍，说道："嗯，有不清楚的可以打电话问我。"

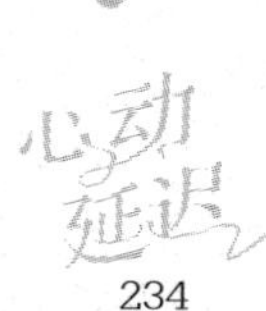

池颜腹诽道：哦，还是那根熟悉的臭木头。

她垂手放下茶盏，玻璃茶盏与桌面发出轻轻一声清脆的磕碰声，像是一个结束面前话题的讯号。

连吐槽的机会都没给她，突如其来的手机铃声适时打破静默。

池颜接通电话，偏向另一边。

黎萍："小颜啊，是我。"

池颜点着头离开餐桌走远一些，一秒换上了笑靥："我知道呀，黎老师。"

"太好了，我有个事想请你帮忙，就是不知道你有没有空？"

池颜客气道："您说。"

"我的一个学生最近有个合奏表演，前段时间不小心伤了手指没法弹琴，我看正好就是那天在你家时，你试琴时弹的曲子。你要是有空，我想……"

后话不用说，池颜已然猜到。

她下意识看向自己保养得宜的指尖，这段时间忙得一点练琴的机会都没有。她有些不好意思地说："就怕我好久没弹琴了，出洋相。"

黎萍的笑声传了过来，很轻松地说："怎么会？就是个学校级的小音乐会。你啊，还是太谦虚了，都是进专业乐团的本事了。要是公司不忙就来吧，全当玩儿。"

翁永昌和黎萍夫妇对她一直都很宽厚。

池颜没想再推脱，莞尔一笑，问道："哪天？我抓紧再练练。"

黎萍说了个日子，她在心里一算，刚好是在去京城之前，与她的行程并不冲突，于是答应下来。

她这边挂断电话，还没回身。

不知梁砚成什么时候站到了她身后，悄无声息的。

余光瞥见他笔挺的西裤一角，池颜退开一步才转过来，责怪道："你怎么走路都没声音的？"

他的目光一直落在大理石地砖上，眸色深沉，不知在想什么。

池颜晃了晃手，才见他看过来。

他神色平静，语气生涩地问道："是出什么事了？"

他指的是刚才的电话。

池颜摇头："没有，是黎老师。"

怕他这个社交盲不记人，池颜还特地解释了一句："翁伯伯的夫人，之前来我们家做过客，特别喜欢珍珠的那位。"

他淡淡开口，语气似无奈："知道。"

“黎老师拜托我去参加个音乐会，”她手指动了动，“弹琴。”

从家到公司的事情那么多。

说到弹琴两人都是一阵恍惚。

梁砚成记得池颜在舞台上明珠般明艳生辉的模样，脖颈雪白，下颌高昂，漂亮得让人挪不开眼。那天来往礼堂那么多人，他却独独记住了台上独一副美人骨。

他“嗯”了一声：“那就去吧。”

短暂几秒对视过后，他补充道：“你在舞台上很漂亮。”

他突然冒出的这句话，不仅给池颜带来了好心情，更让人回忆起第一次见面时，她在台上，他在台下，那时谁也不知道两人将来在冥冥之中会有剪不断的联系。

当时或许不会多想什么。

只是知道结果后再回想起来，回忆好像也笼上了轻纱，变得暧昧起来。

那会儿他在台下，是不是也会不由自主多看她几眼？

池颜选择性忘了他当时只是陪别人来的，微微眯眼，说道：“我记得第一次见你，还在英国，我们学校的舞台底下……”

她有意提醒，模棱两可的话语把他一起带到了当时的回忆中去。

半晌，男人仿佛才从回忆里出来，说道：“是吧。”

原本氛围恰到好处，池颜被后缀的那个“吧”字拉回现实。

她撇了撇嘴：臭男人，什么意思？难道还忘了我们第一次见面不成？

她只冒了一点儿气出来，很快被自己压了回去。

她决意再给他一次机会，追问：“那天我好看吗？”

那天，她穿着很有高级感的白色绸面礼服，在舞台灯光下，像银河缎带，一层层泛出银白色的光。

是他无法形容的美。

回答这样的疑问句很简单，梁砚成却硬邦邦地回道：“好看。”

“有多好看？”池颜持续追问。

要是在好看上再加个形容词，无疑就是在考验语言的魅力。

男人顿了半天，憋出三个字：“很好看。”

池颜暗自叹气。

真没劲。

三角钢琴独立于整个乐团在侧边，池颜也并不需要统一礼服。

考虑到除她之外都是学生，池颜逛了好几遍衣帽间，终是没挑那些价格飞上天的高定礼服。

她最终选了月牙白V领长裙，刺绣款，裙摆简洁贴身，不会显得过于浮夸，又不失庄重。

黎萍一早就在后台等池颜，见着她视线往后掠了好几眼才收回，问道："怎么就你一个人来了？"

池颜不解："黎老师还请了谁？"

"我叫老翁给小砚总发了票的，"黎萍笑了笑，"也是，他肯定太忙，我糊涂了。"

还给梁砚成发了入场券？

那她还真是一点不知道，那天从华江区的家出去以后，关于这件事他什么都没多说。

应该就是没时间吧？

现在也算不上还在吵架，要是来，总会发消息与她说一声。

池颜没当回事，附和道："也没和我说，可能就是太忙没时间过来，他啊……"

那么无趣，有听音乐会的时间不如多谈两笔生意。

她在心里补充，没再往下说。

后台熙熙攘攘，这只是音乐学院自己举办的小型音乐会，没那么多讲究。池颜刚和乐团指挥敲定了自己从哪一节开始加入，身后突然有人拍了她一下。

有个男生觍着脸问道："同学，你哪个学院的？"

不远处依稀有起哄声。

脱离学校好几年，还有人把她当学生，着实有点爽，看来这些年花在脸上的钱一分都没白用，都是货真价实能堪比大学生的胶原蛋白。

池颜脸不红心不跳地随口扯道："钢琴系啊。"

"钢琴系？"男生挠挠头，"以前好像都没见过你，期待你的表演。"

他说完拔腿就跑，拥进人群一个劲地汇报："钢琴系，是钢琴系的！"

围堵成一圈的男生得到消息瞬间做鸟兽散了。

池颜这件自以为很普通的月牙白礼服，穿在身上依然惊为天人。从进入后台的那刻起，就有不少目光落在了她身上。

她闲庭信步，仪态优雅，像只美丽且高傲的孔雀。

需要参加的那首合奏曲目很靠前。

池颜从前有过不少演出经历，丝毫不怵，如之前每次登台一样，她是个连发丝儿都容易散发出自信的人。

钢琴位置偏右侧，独立于乐团之外，借着三脚架的缝隙，可以静览台下整片观众席。

池颜借着准备时间，目光从第一排游离而过，忽然顿住。

银灰色的马甲西裤，左胸口袋边缘露出叠成山峰状的白色丝绢，男人双腿交叠而坐，手肘轻轻搭在座位扶手上，郑重得仿佛来听国家级艺术家表演。

池颜依着舞台灯的余光再三确认，是她的木头老公没错。

木头竟然来听她弹琴了？

她轻轻眨了下眼，指尖落在钢琴键上，收回视线。

头顶数缕光芒忽然骤减，聚光灯汇聚成一束，在钢琴一圈打出圆形光幕。池颜静心听着每一节音符从耳边波动而过，手腕微抬，加入合奏。

在那束光拢在她身侧时，底下有一瞬响起了低叹。

声音刻意压着，被礼堂不断回荡的琴声掩盖而过，琴声越来越急促，与身后其他乐声完美融合。

音乐在最后一节戛然而止，一切终止于收的讯号。

礼堂寂静无声，余音却在脑海中袅袅徘徊。

几秒的静默过后，掌声迭起，刚才极力压在嗓子眼的探讨声也一齐涌上了台面。

男人身后第二排，几个男生的声音从掌声夹缝中传了出来。

“弹钢琴的那个仙女是哪个系的？见没见过？”

“没见过，不过我听说是钢琴系的，刚才老朱他们去问了，她亲口说的。”

“钢琴系？咱之前可不知道他们系有这么好看的妹子，仙女下凡吧？太好看了！”

“就这个角度我看她，整个人都跟钻石一样，闪死我了。一会儿等人下台，去要个号码呗？”

“要什么号码，先请吃饭　”

……

台上灯光渐弱，几个男生还在低笑着讨论，忽然觉得眼前光线黯淡下来，猛一抬眼，一直坐在前排西装革履的男人不知什么时候站了起来，在黯淡的光晕中，下颌线条显得极为凌厉。

他鼻梁上架的那副细金边眼镜，是唯一让整个人看起来不至于那么漠然，稍显斯文的东西。

常年居于高位，他像从骨子里自带威压似的，冷清的一瞥仿佛来自雪山高原。

男生不自觉抿了下唇，几个人装没事人似的拥做一团。

他们还没开启下个话题，就听男人冷冷开口：“是我太太。”

他的话来得太突兀。

几个男生都没能成功衔接到上文，什么……你太太？

你望我，我望你，几个人面露迷茫。最中间那个男生指了指自己，问道：“您在和我们说话？”

那个男生也不知道自己为什么要用“您”，就这么很顺利地脱口而出了。

男人似乎不想解释太多，面带郁色拧着眉转身就走。

很快，身边一样穿着笔挺西装、助理模样的人急匆匆跟了上去。

小男生摸了摸自己的鼻梁：“刚才怎么回事，一跟他说话我就好紧张。”

“别说你，我们在旁边看着也紧张。”

“那人说什么太太？是老婆的那个太太？”

“是吧？他说谁呢？”

“不会是说我们刚才在说的……台上那个仙女吧？”

几个人不约而同语塞，几秒过后，有人憋不住笑出了声。

“不是吧，台上那个是他老婆？”

梁砚成单手抄兜倚在舞台下静等。

直到第二拨人下来，才远远看到他太太不紧不慢地踱着小步往台下方向过来。

他垂眼检查捧花，粉玫瑰配满天星，娇艳欲滴。

高跟鞋声落在身旁，他听到熟悉的脚步声骤停，抬眸说道：“送你的。”

早在过来的路上，池颜就觉得惊讶。

他出现在这么一场小音乐会上已经实属不易，还特意为她买了花。

简单几支玫瑰，掺着满天星，恰到好处的浓郁。

好像比哪一次收礼物都愉快。

她不自觉咬了下唇，问道：“怎么想到给我买花了？”

真是木头！

虽然好老土，但是怎么办，竟然觉得好开心！

男人犹豫几秒，反问：“不喜欢？”

“也没说不喜欢。”池颜怕他下一秒就叫易俊把花丢了，连忙开口。

说完又暗骂自己不矜持，她接过捧花摆弄着，装作不经意地问：“我今天弹得怎么样？”

“很好。”他说。

早知道他要来，就穿最贵最闪的裙子了！

池颜偏过身子转了半圈，又问：“那我这条裙子好看吗？”

是他第一次见到她时的月牙白，V 领一圈有精致的花纹刺绣，勾勒出胸前的诱惑饱满。

男人不动声色抬手，扶正她手里的捧花，掩盖住暗藏在衣料底下的神秘。

同样的问题，他心里仿佛有了更好的答案。

“好看，”他说，“像仙女下凡。”

池颜微愣，没想到答案这么令人惊喜。

心里那点微不足道的喜悦受了雨后滋润似的疯狂蔓延。

她用指节抵了抵嘴角，不可思议地说：“真这么好看？木头你最近有点会啊。”

他好像对木头的称呼有一瞬短暂的蹙眉，不过很快恢复正常，顺着她的意思点了点头：“真这么好看，比钻石还美。”

池颜神思飘荡，似乎听到“啵”一声，朽木开花。

池颜：“梁木头这个人啊。”

池颜：“不是，我老公这个人啊，会说话的时候还是挺可爱的，呜呜，他说我比钻石还好看。天哪，这是人说的话吗？”

池颜：“不，这是神仙才会讲的话。”

池颜：“我愿意为这份婚姻加注我十年的青春。”

群里其他两个人就这么冷眼看着她这只孔雀愉快得上蹿下跳。

等她跳得差不多了，终于有她们插嘴的机会。

江瑞枝：“看样子你要重新搬回去了。”

裴芷：“带着心已经回到大花园的小狗狗。”

江瑞枝：“我仿佛想象到了天雷勾地火。”

裴芷：“干柴遇烈火。”

江瑞枝：“小狗嗷嗷叫。”

眼看风向不太对，池颜赶紧打断：“狗？”

小狗想回大花园是真的，至于她……

好吧，其实回去也不是不可以。

池颜想了一会儿，在群里宣布：“急什么，等我从京城回来，他要是再来接我，那我就……勉为其难同意回家吧。”

池颜说这话的时候已经在云京城的路上。

隔着屏幕，闺密俩体会到了她迫切想回家住的心情，不过大家都很自觉，谁都没说破。

这边刚聊完，另一个聊天窗口又连续催命似的响了几声。

池颜切过去，看到个新加的，还不怎么熟悉的头像。

背景花里胡哨的，正面是被一副飞行员墨镜遮盖了大半张脸的年轻男人。

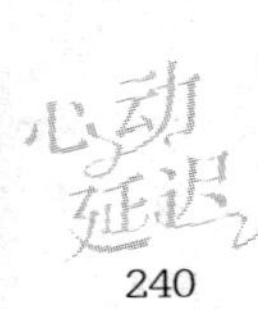

她指着头像偏身问助理："这是星辉的小盛总？没加错吧？"

助理点头："是的。对方叫盛凯，到时候就是他与您签合同。"

与他们大池合作出限定款 VR 的那家公司叫星辉。

主业房地产，游戏这部分都归老总的儿子小盛总管。

池颜一点进聊天框，就能感觉到对方的热情洋溢。

盛凯："池总是吧？陵城过来一路辛苦，几点到？我叫人去接你们。"

盛凯："跟我别客气，需要几人车？我都能安排。"

盛凯："我叫池总池总的会不会把人叫老了？做个朋友，我姓盛，单名一个凯……"

后边跟着星宿生肖、婚姻状况，差点把生辰八字都搬出来。

池颜看着洋洋洒洒一大段，下意识点进微信朋友圈。

发现这位小盛总在她所有露脸的照片底下都点了赞，还感叹着陵城养人，肤白貌美。

池颜大抵明白这股子热情劲儿多半是献殷勤来的。

她心说隔着十万八千里，这位小盛总一定没有好好打听她的婚姻状况，于是狠了狠心，打算亲自给他当头一棒。

几分钟后，消息提示音的频率显而易见缓了下来。

池颜满意地揉了揉太阳穴，拉低眼罩，说道："我睡一会儿，别叫我。"

梁氏顶楼。

本来打算问池颜几号的航班回来，梁砚成刚打开聊天框，视线就被她新换上的头像吸引了注意力。

是一枚切割完美的鸽子蛋，主钻光芒四射。

呈心形的戒托向四周延展，碎钻光辉同样溢满屏幕。

她这枚钻戒，是当时结婚时能预定到的最闪耀的一枚。

梁砚成目光游离，落在自己的无名指上，无声笑了笑。

是一对的。

她闪耀，他低调。

以大池的效率，签合同再加上往返，最多不会超过两天。

在池颜抵京的第二个晚上。

她接到了来自梁砚成的视频通话。

往常天大的急事都没见他打过视频，池颜盯着屏幕看了许久，接通后问道："你找我？"

手机斜支在写字台上，从镜头里可以看到她披着长发，睡衣衣襟松松垮垮交叠在胸前。

她索性以此为镜，拢了把散乱长发，露出颈口瓷白的肌肤。

那侧镜头一晃，终于不再对着卧室天花板。男人清隽的侧脸不小心入了镜，又不小心晃了出去。

池颜摸了摸鼻子，追问：“你干吗呢？”

他的手指晃过镜头，声音清晰传了过来：“按错了……”

他应该才洗过澡。

刚才一晃而过时，池颜看他穿着藏青色睡衣，短发染着水汽，微乱，确实像拨弄手机时毫无准备按到了通话键。

只是要怎么不小心，才能点进她的聊天框，再一不留心点到视频键呢？

池颜藏起笑意，故意说：“不小心啊，没事，那我挂了。”

她作势要去按屏幕，手指刚抬起，就听那边说。

“你的合同……”

池颜：“嗯？”

“签那么久？”

木头，想我回家还不说？

池颜心不在焉“嗯”了一声：“对啊，反正也不急，就多玩儿两天再回好了。”

他那头的镜头终于被扶正，摄像头把男人抿成一条直线的唇拍得极其性感，临睡前他没戴眼镜，眉眼是往日见不到的深邃与温柔。

池颜把玩着手机，突然出声：“喂。”

男人抬了下眼皮，柔和灯光下显得格外深情的双眸望了过来。

在那瞬间，池颜手指微动按下截屏，对上他疑惑的神情满意地抬了下眉：“没事，就随便叫叫你。”

他没在意她的小动作，指节抵了下眉心：“哪天回？”

“看情况吧，干吗？你要申请航班来接我吗？”

走国内航班很少动用私人飞机。

池颜只是开个玩笑，没等他蹙眉就赶紧打断：“回来会提前和你说，现在还真不知道。”

她这两天在京城，不止光为了签合同来的。

如果只是签份合同，叫谁来都一样，没必要亲自跑一趟。

星辉游戏只是小肉，她看中的是星辉后面的星辰房地产。这话并不想与梁砚成说得很清楚，以她仅有的经验来看，太有野心的女人有时候在男人眼里会少一点可爱。

她捧着手机慢悠悠晃起小腿，一边给他台阶下，一边换了话题："是不是小宝想我了？你有没有记得去看它？"

"嗯。"他那边镜头晃了晃，声音从镜框外传进来，"你想它？"

"是呀，小宝其实是只很黏人的小狗，人不在家它肯定就哼哼唧唧不停……"

池颜说起小狗话题源源不断，完全忘了这个电话是不小心拨了过来，不小心说了这么久。

她看着镜头在眼前晕车似的晃，从起居室晃到走廊，再从走廊晃到楼梯，画面一转，猛地蹿出来一个毛茸茸的小脑袋。

池颜被镜头晃得眼晕，毫无心理准备。

被突然填满整个屏幕的圆脸吓了一跳，听筒里传来一声盖过一声奶狗似的哼唧。

楼梯口昏暗的光线也丝毫挡不住摇得比螺旋桨还快的尾巴。

池颜"啊"了一声，问道："小宝怎么在你那儿？"

"它想回家住了，"男人的音调很平，像在说一件正经事，"你回来可以问它。"

小狗转着圈"嗷"了一声，仿佛是回应。

池颜语塞，出门没两天，狗叛变得比谁都快。

像怕她不回家似的，某人先把小狗拐回了大花园。

会做生意的人，心果然是黑的！

来京城的第三天。

星辉小盛总预约了金融中心顶层的观光双人餐。

几天接触下来，池颜发现他这个人看起来花里胡哨，但也不讨厌，比如像这样环境优雅、价格不菲的晚餐体验，是很会让恋爱中的小姑娘动心的。

可惜她两者都不占。

助理都留在了楼下享用自助餐，池颜学梁砚成那套游刃有余学得很有心得，单枪匹马也不会有气势微弱的时候。

两人对合作内容都没有太大的歧义，只是销售出每台机器的分成，星辉还想再进一步。

池颜其实并不纠结这点利润。

她这会儿故意拧着眉，为难道："当初我在陵城可是看了合同才来的，怎么到了你的地界，你就得寸进尺了呢？"

她晃了晃手里的红酒杯，眼神睨过去："还是说你们男人就喜欢得寸进尺。"

“池总说什么呢。”盛凯一米八几的男人敞腿坐在沙发椅里，还是显得人高马大，他扬唇笑起来，“这里也没别人，我就不池总池总地叫了。”

“姐姐，”他挑着眉叫了一声，“你给我让一步也不吃亏吧？”

池颜才不听他的话，咋舌道：“亏得要死。我们大池出机器，你就冠个名，还要多抽利润，我看着像很好说话吗？”

盛凯连叫好几声，殷勤都摆在脸上：“姐姐，仙女姐姐，我晚上请你去玩儿点好玩的。”

池颜眯了下眼：“姐姐玩的时候，你还不知道在哪儿呢。”

她为难装得差不多了，中间夹一句玩笑话：“就你这点小生意，我做了多亏，又不是什么大单子。”

“大单子？”盛凯一拍大腿，“行啊，姐，你有没有兴趣搞个VR看房？我听我爸最近在跟人谈这个呢，以后天冷天热的预约看房，售楼小妹带你在家就能全景无死角看房，多好。”

池颜心说：我就等你说呢。

她慢悠悠“啊”了一声：“我这个平台早就有VR看房了，你不知道？”

“那绝了。这样，我回家就跟我爸说，”盛凯想了想，朝她挤眼，“你这给我多让一分利，我给你拉个大单。”

池颜放下酒杯，眼波流转：“你怎么连你爸都坑？是亲的吗？”

“我这小本生意需要扶持，他那儿……”盛凯抛了个眼神过来，“你随意。”

“我们讲好了，”盛凯怕她反悔，少了自己这分利，赶忙道，“一会儿我带姐姐你去个好玩的地方，包你满意。”

池颜对这个“好玩”不怎么有信心。

盛凯看着像胡闹又挺会玩儿的富二代，但很直来直去，他认定的好玩估计也就那么回事。

果然，盛凯的跑车最终跑不过声色犬马。

池颜撇撇嘴，心想：也就是比陵城的夜店大一点，门堂宽一点，好看的小帅哥……多一点。

她偏头说：“就坐一会儿，晚点我就回了。”

盛凯边走路边听着电话，闻言朝她比了个好的手势：“行，姐姐。今天我就给你安排到位了，包你一会儿不想走。”

八楼包间门口。

盛凯一转头碰巧看到老熟人，热情洋溢地朝那边打招呼：“华总，您怎么在这儿？”

被称为华总的男人穿着经典花格衬衫，“哟”了一声：“小盛总？这么巧，这位是……”

“可别瞎想，这是我陵城的客户，池总，”他抬手抛过去一根细烟，“在外边是池总，私底下是我池姐姐。”

池颜不动声色打量着来人，点了下头以示招呼。

那边华总一惊一乍，又发出一声感叹，双手合拍：“巧了吗不是，我今晚也招待个陵城来的客户。不过人还没到，估计才下飞机，我先跟你们玩会儿？”

“来吧，”盛凯摊手表示欢迎，又转头问池颜，“仙女姐姐，你不反对吧？”

“随意。”

池颜没打算玩多久，点头同意。

她听到盛凯转头跟夜店经理说了两句，夹在音乐背景声中模模糊糊的，隐约只听到“兄弟俩”什么的。

再回头，两人已经说完，经理点头哈腰一个劲殷勤地把人请进包厢。

她随手点进手机，看了看聊天记录。

今天还真是稀奇，梁木头一整天一条消息都没有。

京城的夜热闹繁华。

黑色宾利停在这栋充满灯红酒绿的建筑前时，易俊还有些晃神。

不过很快，他心都凉了。

他大概知道，下个月要谈的合作案临时调到这时候，多半就是谈生意，顺便……

不对。

多半就是接夫人回家，顺便谈生意。

华总只说舟车劳顿，晚上一起吃个便饭，没想到吃便饭的地方这么……

他一时半会儿想不到合适的形容词，看后座男人搭在太阳穴处的手指动了下，赶紧小声提醒：“砚总，地方到了。”

梁砚成掀开眼皮，隔着隐私玻璃都被车外这栋纸醉金迷的建筑晃了眼，忍不住蹙起眉心：“这儿？”

“是。”易俊脑子转得飞快，“或者我上去跟华总说一声，咱们就不过去了，直接回酒店？”

男人敲着指节，像在思考：“既然到了，那上去和他碰个面再走。”

华总收到消息时，梁砚成大概已经坐上了电梯。

他赶忙从包间出来，迎到电梯间。

此时正在徐徐上升的电梯内，梁砚成面无表情站在侧边，易俊胆战心惊守在电梯门口，以防还有人要一同上楼。

刚才电梯在二层停了片刻，上来两个模样相似的男人。

整个电梯瞬间被浓郁的香水味扑满了。

易俊就这么看着小砚总冷着脸不动声色往侧边移了半步。

不过新上的两人很友好，朝电梯里的人各自点了下头，站到一边。

两个人中矮一点的像是有疑问，还在低声问问题。

“不是西装？围裙？”

“是啊，有的小姐姐就喜欢居家暖男，这得看人。”

“哦。”

“大客户，记得多推销一下路易十三。”

“行的，哥。”

两人虽然压着声音说话，但其实电梯就那么点地方。

易俊就看他老板抿了下唇，脸色跟万年冰霜似的。他当即就有些不好了，心说早点和华总打完招呼就回酒店。

说不定看到夫人，小砚总心情自然而然就好了。

电梯“叮”一声停在八楼。

靠近电梯门的两兄弟朝里边礼貌点了下头才走，往外一走，就看见了殷勤等候的华总。

易俊知晓顶头上司心情欠佳，很有眼力见儿地挡在前边握手打招呼。

见华总客气地一个劲把人往里边请，易俊身先士卒挡了下来：“不用，您真不用那么客气。我们砚总还有安排，正好路过跟您打个招呼就打算走的，特意上来说一声，叫您别等。”

“这就要走？”华总抚了抚花格衬衫上压根儿不存在的褶皱，可惜道，“我这都订好了，说来也巧，刚才在这儿碰到我一朋友，也在这里接待贵客，也从陵城来，您说巧不巧？”

“陵城？”

梁砚成突然出声。

“是啊，要不然这样。您二位都是陵城来的，咱们索性组一个局，这不大家一回生二回熟，回了陵城还是好朋友嘛。”

华总拼命留客：“生意嘛，都是谈出来的，多一个朋友不吃亏。”

易俊还没反应过来，就见小砚总单手解了西装扣搭在臂弯上，一边随华总往走廊走了两步，一边说：“陵城？我还没有不认识的。”

华总笑靥如花，点头道：“那是那是，说不准就是老朋友。”

梁砚成：“叫什么？”

华总眯眼想了一会儿：“倒是没问，就知道姓池，是个女的，长得特别漂亮，气质也好，就是傲。”

他慢慢回忆着：“人往那儿一站，从骨子里散发的傲，脸上就跟写着‘你们不配’一样。”

他嘿嘿一笑：“跟您差不多。”

华总抬头，没承想身边男人不知什么时候脸早就沉了下来，赶忙说：“开玩笑，我开玩笑的，您还挺好相处的。”

好相处什么。

身后易俊直接凉透了。

包间门一推开，华总在耳边的啰唆瞬间湮没在韵律十足的音乐声中。

里边光线没有走廊来得敞亮，很容易让人察觉到有人推门而入。

易俊心惊胆战地从那道缝隙往里瞧，差点就地叫人盖上棺材板。

刚才电梯里与他们同时上来的兄弟俩手脚真是快，短短几分钟就换上了清一色的围裙，底下还是西裤。

兄弟俩一左一右，都围在夫人身边。

于是刚才电梯里听到的，直接在脑仁里炸开了烟花。

易俊已经不敢抬眼看小砚总的表情，因为从背影里，他都看出了杀气。

他在心里数着秒，数到第五秒时。

夫人在里边唰地站起身，朝另一边穿得花里胡哨的年轻男人说：“小盛总，我这都结婚了，你这么安排不合适。”

她义正词严地点了下头，再次肯定道：“真不合适。”

切歌的那几秒空白，勉强能听到夫人的说话声。

后一首歌前奏响起，易俊只看得见她红唇微动，再说什么就无从得知了。

他正想着原地躺平装透明人，而身旁华总一点没看出气氛诡异来，反而因为包厢背景音过大，而特意拉高了嗓门，凑在小砚总边上，问道：“看，中间那个就是陵城来的女老总，您认识不？”

“退一步老乡，进一步好朋友。”他大声喊着。

包间大门始终敞着，门口像冰山般伫立的男人又太过扎眼，不知为什么，闲聊的、劝酒的、唱歌的，声音都在短短十几秒内不由自主弱了下来。

华总的嗓门没来得及收，显得格外突兀：“都是陵城来的，好朋友。”

易俊在身后默默流泪，我全家都是你的好朋友。

小盛总精一些，看出点不对劲的苗头来，侧身压低声问："姐，陵城来的，你认识啊？"

从包间大门被拉开的那一瞬间，她就注意到了。

原以为盛凯除了什么围裙兄弟俩还搞了什么新玩意儿，刚想说这都什么啊，还是西装好看，一抬眼，门口果然就来了两个穿着齐齐整整西装的。

前头那个宽肩窄腰，简直堪称行走的衣架子。

关键是还戴了副斯文的细金边眼镜。

——有点她老公的味道。

池颜刚想评价两句，眸光与某道冰凉的视线相接，跟触电似的，噌一下，一道红线大刀阔斧就把刚才脑子里想的那句话里的"有点"画了个干净。

见鬼。

木头怎么来京城了？

她连思考的时间都没给自己留下，求生欲极强地给小盛总推了回去。

眼下盛凯问她认不认识来人。

认识，可太熟悉了。

池颜欲哭无泪，好在她表情管理到位，外人看着还是那副疏懒淡定的模样。只有她自己知道，梁砚成从门口过来的每一道脚步声都踩在她心口上，再踩重一点，心脏可以考虑直接罢工。

她默不作声地鞋跟点地，往后退了小半寸，还是感觉到了男人身上裹着的森然冷气。

他语气很平静，听不出情绪。

"我不在，玩这么野？"

这就等于变相回答了盛凯的疑问，小盛总察言观色也是一流水平，听到自己"咕咚"一声咽了口唾沫，抬手就去勾围裙肌肉男。

"你俩干吗，说陪我喝酒的，你俩烦我姐干吗？还喝不喝了？赶紧的，开瓶贵的来，今天这都什么破酒，淡成水了。"

在这儿工作的哪个不是人精。

俩兄弟立马脚下急转弯，一个去开瓶一个去取杯，左右把小盛总围了起来。

池颜偷摸在身后给小盛总比了个拇指，脑子里百转千回，想着要不要先关心下梁砚成什么时候下的飞机，吃没吃晚饭？可他身后那个穿花格衬衫的胖子像跟她有仇似的，很是欣喜地问："还真是熟人？"

池颜闭了闭眼，没回答。

男人冷哼似的鼻翼小幅翕动，说道："这位池总是我太太。"

华总有点窒息。

池颜是当着所有人的面，被擒着手腕带出去的。

在外人面前装恩爱的默契这时候发挥了一点点效用，好在木头顾及她的颜面，没把她整个打包扛出去。

京城夜景在窗外飞速倒退。

池颜多次张了张嘴，没说出话来。她用余光瞥着男人的侧颜，严肃、冷峻。

明明婚后他的表情仍然以寡淡无趣为主，但在这一刻的夜灯轮廓下，她好像看出了刚结婚时的那种冷漠。

她垂下眼，很小声地敲着键盘："完了，木头好像生气了。"

"@全体成员，平时都怎么哄男朋友，支个招。"

很有经验的小裴老师现身："顺毛捋，说好听的。"

江瑞枝："没哄过，打到服。"

池颜："好的，谢谢裴裴，裴裴最棒！"

池颜收起手机，轻咳两声。

"你……"她觉得调起低了，又咳嗽了一声提高声音，"你要不要说点什么？"

男人抵着太阳穴的手指微顿，轻嘲："说什么？"

当然是你先问，然后我再解释！

池颜在内心咆哮完，自己先捋了一遍状况。

今晚是这样的，盛凯说带她去个好玩儿的地方，她为了不拂对方面子，再加上还得靠他拉到星辰房地产的生意，就来了。别的，她是没想到的。

不过摸着良心发誓，她连他俩的指尖都没碰一下。

人一来，她不就义正词严拒绝了。简直时刻把婚姻枷锁套在自己头上，帅哥好看归好看，这与已婚的妇……仙女有关系吗？

看看就够了！当然没关系！

池颜做完心理建设，底气足了许多，把散发拢到耳后："其实我也才前脚刚进去，连酒都没喝一口。"

回答她的是沉默。

池颜对顺毛捋这个方案产生了怀疑。

他连口都不开，她怎么知道如何捋？哄男人，确实是个技术活儿。

一路沉默到目的地，正是她住的那家酒店。

抵达之前，已经由助理办理好入住将房卡送到了他手里。

行政走廊私密性很强，池颜预订的套房也是在这一层。她的房间向左，而他的向右。

池颜纠结几秒，就听右手方向传来“砰”一声挺有情绪的关门声。

她眨了眨眼，朝同样吃了一脸闭门羹的易俊道：“你老板疯了？”

易俊笑了笑，没有回答，心想：是吧，我现在也有点疯。

他很不想掺这一脚，趁电梯还没下去，眼疾手快按亮下行键，说道：“夫人好好休息，我先下楼了。”

池颜左右望了一眼空无一人的走廊，沉默几秒后，半是妥协地原地右转。

她倚在门口，抬手轻叩门板，然后说：“其实今晚那个局，我一开始就想走的，转念一想，那不是拂了对方面子吗，就稍微坐了那么一小会儿。”

她把“小”字拖得很长，顿了顿又说：“那俩男的，我是真没想到。你说咱们陵城也没有这样的，我哪知道啊。”

里边寂静无声。

池颜扶着额，换了个姿势继续说：“你知道的，我不是这种人，对吧？”

这还不够顺毛捋吗？

池颜拧着眉又敲了敲，压低声音：“木头，木头，开门，木头。有事咱们关上门自家人谈不好吗？你看走廊这公共场合万一被人听去了多不好。

“木——头。

“阿——砚。

“老——公。”

三遍下来依然没回应，池颜耐心告罄，原地踱了踱步：“手指都没碰到一下，我拒绝得那么义正词严你没看到吗？我都解释完了，真不开？行，就当我自言自语。不开，我就走了。”

池颜等了一会儿，往后退了两步，气哼哼地说：“走得那么匆忙，都没和小盛总说一声，人家现在肯定还一头雾水。你不理我，有得是人听我说话。”

她还没迈开第二步，身后突然响起一串清脆的提示音。

是电子门解锁的声音。

池颜顿在原地，抬手勾了下把手，门果然开了。

啧，原来是吃这一套的。

池颜迅速地闪身移进房门。这间套房与她那间方向相对，布局也刚好相反。

她落脚的动作很轻快，甚至还靠在门板上倚了一会儿。

按照她的设想，这会儿含着郁气的男人应该先这样，再那样，一套动作把她抵在门上，擒着下巴强迫自己看向他，然后用冷如冰霜的语气说：“解释。”

这时玄关的顶灯会很配合地熄灭。

在一片昏暗光线中，她说着软话顺着毛，或许可以主动一点，踮脚从他的耳后开始吻起，像他之前每次一样。

他沉闷却无趣的外表一点点皲裂，眼尾挂上浓情时的红。

池颜握了握拳，给自己一个收的手势，旋即，长睫一垂，做好了准备。

静等了约莫十几秒，玄关安静得仿佛无人存在。

池颜重新睁眼，伸手点开顶头射灯，视线毫无障碍从玄关往后一望到底。她可以轻而易举看到客厅，只拉了一层薄纱窗帘，不远处的高层灯火像微弱萤火，点缀着墨色的夜。

所以……

人呢？！

池颜“喂”了一声，听到套房里有很轻微的拖鞋与地毯摩擦而过的沙沙声，才猛然记起床头有个解锁房门的开关。

搞半天，她刚才在外边跟空气在解释？

她深吸一口气，慢慢吐出，再吸一口，直到心情完全平复，才敲了敲卧室房门打算再来一次。

她红唇微启，房门在眼前骨碌碌沿着轨道被拉开。

他冷着脸垂眼看她，说道：“听到了。”

池颜愣了愣。

“那，你现在是不生气了？”她一字一字慢慢地问出口，那双漂亮的眼睛却没有像认错似的盯着自己脚前的一亩三分地，而是直勾勾在他脸上打转。

梁砚成松开领带一圈圈缠着手指，看着她问道：“你觉得呢？”

“我觉得你当然不生气了，”池颜点点头，“你是我见过的最不小心眼、最通情达理……”

她看着他冷峻的神色稍缓，又脱口而出几个哄人的词。

很快就说上了道。

要是放在数月之前，池颜一定觉得哄男人这种事在她的字典里不可能存在，而数月之后的今晚，突然摸出了点闺阁乐趣。

行政套房楼层那么高，窗外还能依稀看见没有被钢筋水泥遮挡的月色。

大概是月色太温柔。

她看着男人缠着领带坐进沙发，也不自觉跟了上去，小腿很招摇地抵着他的膝盖架起，小幅轻晃着。

“我哪知道盛凯发什么疯找了两个男的来陪酒，要是早知道，我就早跑了。你来了也好，看到了吧，我就不是那种人。”

她说着故意贴过去："你闻闻，我身上半点味道都没沾上。就他们身上那香水味，浓得三天三夜都洗不掉，我也好烦的。"

她身上是留香很久的印尼广藿香，浅淡却纯净。

梁砚成的目光落在她张扬作乱的小腿上，手掌隔着领带覆了上去不再让她乱动。

丝质触感从腿弯往上滑。

池颜终于静了下来，呼吸加快几分。

沙发……领带……也不是不可以。

他的衬衣熏了很浅淡的木质冷香。

闻起来该是清心寡欲的，但是在这样柔情的夜色下，池颜闻出了别样诱惑。

她抬手戳了戳那截凸起的喉结，感受到指尖有滚动的痕迹，笑着问："我们是不是好久都没……"

她很少这么热情，主动开口的次数更是屈指可数。

梁砚成危险地眯了下眼，不由自主地想到包间里装扮不耻、意在挑逗的男人，手指隔着绸质领带扣紧了她的腿。

他沉声问道："这样？"

池颜被他拉扯得失去重心，挂倒了茶几上的玻璃茶杯。

清脆的碰撞声在这样的夜里格外响亮。

她眨了眨眼，保持着当前的姿势没说话。

梁砚成冷哼出声，手指刚触到腰间的金属扣，急不可耐的敲门声突然响起。

两人动作皆是一顿。

池颜屈腿坐正，斜眼觑他，问道："这么晚，你还有客人？"

等完全坐直，她才阴阳怪气补了后一句："男的女的？"

梁砚成冷着脸没说话，径直起身理平西裤褶皱，回眼看她已然正襟危坐，才动手去拉房门。

门外。

易俊神色担忧，在见到梁砚成的瞬间，担忧倏地被压了回去，反而被勾出了许多旁的情绪。

归根结底，脊背发麻是真实存在的。

他有个急事要上来汇报。

本来正在门外踌躇，一听到里边乒乓作响，争执很是激烈，当下想不了那么多硬着头皮敲响了房门。

以多年察言观色的经验来看，里面吵没吵凉他不知道，自己要凉是真的。

易俊在心里与自己的奖金做了最后的告别仪式，生无可恋道：“法国那边的地出了点急事。”

京城已经入夜，法国那还是白天。

易俊也不想挑这个时候来汇报工作，只是事出突然。他虽听不到任何反馈，估摸着小砚总确实在听，才继续说：“有人在影响开工进度。”

今晚真是两把刀落在他头上。

挑了个最不好的时候，汇报最不好的事。

往日他都能一句话把前后原委讲得清清楚楚，这会儿汇报出去的信息却像抖筛子似的，抖一下漏一点。

显然砚成的耐心在开门的刹那就耗尽了，冷眼看着易俊，目光如刀剐。

“谁？”

话越少他心情越差。

易俊在心里判断着，不知如何开口。

他正叫苦不迭，玄关门廊口突然晃了道人影出来。

池颜斜倚墙头，眸光潋滟：“是易助啊，大晚上的真辛苦。”

本以为是大罗神仙来救他，等声音传到耳边，易俊才猛然意识到，这夫妻俩都是一等一的记仇。

估计夫人正等着报刚才自己开溜的仇呢。

易俊认命地垂下眼：“是温……”

池颜只听到第一个字就打断了后话：“空调怎么开这么冷，我去看看。”

他们池家的事，梁砚成都是睁一只眼闭一只眼随她折腾；只听到温这个姓，她就知道是梁家的私事，立马找了个借口从玄关口离开。

卧室冷气打得很足，他的拉杆箱像他本人一样，银灰色，低调内敛，安安静静伫立在衣帽间门口。

房间与她那间是相反的结构摆设。

她晃了一圈，听到轻微的脚步声沙沙沙靠近，立即在窗边贵妃椅上坐了下来。

移门滑轮滚动，她适时抬眼，问道：“谈完了？”

刚摘下的那条领带还缠在虎口，梁砚成心生烦躁，随手丢在了床上，点了下头：“嗯，我飞趟法国。”

池颜态度很平和地说：“好啊。”

谁知下一秒，男人的目光倏地落在她脸上，说道：“你也一起。”

池颜以为自己听错了，花了几秒消化完才反问：“我？我为什么要去？”

男人冷哼：“留你在这儿花天酒地？”

池颜无语。

不是都说清楚了吗？她是这种人吗？

她站起身，试图打个商量："等等，我这工作还没谈完，还有个大项目没谈成，没法跟你去法国。"

"回来也能谈。"

他的声音很低，听起来没了再聊的兴致。

池颜下意识觉得他心情不佳，再看他冷肃的脸，坐实心中想法。

刚才听易俊的话是法国那块地的事情，她在心里权衡了下大池在土地的占资比例和这笔未谈成的生意，天平稍稍倾斜，往法国那边偏了些许。

只是她面上还是做出勉强的神色，说道："好吧，那先去法国好了。"

易俊大概是想将功赎罪，第二天就成功拿到航线申请。

池颜只来得及和盛凯约好大概的回程日期，就被连人带行李送上了私人飞机。

她前一晚没睡好，上飞机就犯困。

反观昨晚看文件看到半夜的某人，眼角都生出许多血丝了，上了飞机却还在工作。

以池颜现在对他的了解，连续不断工作大概是他发泄情绪的某种方式。

她不太懂这种自虐模式，叫空乘给他递了杯咖啡后，软下语气说："我困了。"

男人眼皮都没抬一下："去休息。"

她故意说："你在这儿工作太打扰我休息了，睡不着。"

"那去里面休息室。"

他的声音透着凉意。

池颜吊着一口气不上不下。

她隔空瞪他，什么死木头，怎么听不懂别人的好话？

劝解到此作罢。

池颜起身直接往休息室走，路过商务吧台时，故意提高音量："再磨杯双倍浓缩咖啡送过去，熬夜猝死一举两得。"

不远处的男人终于缓缓抬了下眼皮，手中钢笔悄然落下。

他按着眉心狠狠揉着，疲惫感终于找到缝隙涌了上来。

另一边。

池颜回休息室连上飞机的网络，边刷新消息边在心里轮番骂木头。

不过没骂两句，立马被裴芷发给她的帖子吸引了注意力。

是音乐学院的校内帖，也不知道裴芷从哪儿看来的，硬生生在一个总体都没

多少流量的校园贴吧发现了自己的存在。

小几千点赞，上百条跟帖。

全部围绕着那天举办的小型音乐会。

她一个替补队员，硬生生被说成了钢琴系仙女。

池颜扫过几条最热楼，忍不住翘起嘴角。

小啊：“钢琴系最神秘的仙女，没人知道叫什么名字，也没人知道学号年级，就那么凭空出现凭空消失了。我愿称之为当代辛德瑞拉！”

曦：“啊……这……本来我还想说，什么啊天天仙女仙女的，结果翻完楼看到照片打我的大脸了。仙女的美和仙女的傲，都有了。”

吃火锅的混混：“我要知道这个女人的名字。”

她刚想看点其他评论时，休息室的门“吱呀”一声开了。

她抬眸，发现男人红着眼角倚在门口，抬手松开颈间第一颗扣子。

“你怎么进来了？”她把手机倒扣在床面上问道。

男人解开领带挂到衣帽架上，几步走到床边，伸手把她圈进怀里。

落在她颈窝处的声音低低沉沉，从善如流。

“陪你休息。”

池颜抬手摸了摸鼻梁，忽然听到他闷声追问：“还生气吗？”

池颜睡了不到两小时就醒了。

搭在她腰间的手臂很沉，好像把全身的重量都挂在了她身上似的。

高空引擎声轰鸣，这点动静影响不了他。

池颜干脆在他怀里找了个更舒服的姿势，一动不动躺着，仔细打量他的眉眼。

不得不说，梁砚成生得很耐看，五官像被时光特意恩赐一般，既藏着成熟男人特有的沉稳，又因为冷峻而显得气场逼人。

他很适合做一个上位者，冷睨一眼，自带威压。

只是池颜知道，他那双眼耐心凝视着你时，还会让人生出缱绻柔情的错觉来。

池颜在他怀里僵着，不知道待了多久，期间迷迷糊糊睡着，又醒来，再睡着，反反复复。

直到易俊过来提醒飞机下降，池颜才真正醒了神。

她抱着被子坐在床上，长发凌乱。

再看身边，梁砚成拧眉慢条斯理地一颗颗解开扣子，把满是褶皱的衬衣丢到一旁。

大概是睡眠充足心情也好，她够长了手臂去取挂在床边的干净衬衣，转手递给他，又去够领带。

来回两次，衬衣已经在他身上服帖穿好。

池颜跪坐在床上，替他打上维多利亚结，揶揄道："哥哥，我服务得好吗？有小费吗？"

她笑起来很勾人，还有些恶作剧后的小得意。

梁砚成没说话。

她转身给他取了袖扣。

是两枚法式豹头金属扣，与他这一身贵族气息十足的三件套气场融合。

池颜像想到了什么，突然问道："我要穿什么？"

"什么穿什么？"他不解其意。

飞机落地应该是当地时间上午，像他这样的工作狂大概率就是直接去找温仪责问地皮的事。那换而言之，她也会见到温仪。

毕竟是名义上的婆媳，池颜向来看中人情往来，自然觉得重要。

她心里已经百转千回，梁砚成才堪堪明白过来。

他低头扣上手表，不甚在意地说："你就当见个陌生人，没什么需要准备的。"

池颜想了想，最后还是挑了件法式方领连衣裙。

梁砚成说不用太当回事，只是表明了他的态度，也就让池颜更从容一点。

只是她不知道这次过去，两人要谈的公事多还是私事多。

想到或许会出现的尴尬场景，她在车里踌躇片刻，说道："我就不去了。"

他的西装领口处用金线缝着纯手工米兰眼，身子一偏，外头日光在丝线上打出淡色金光。

梁砚成说："温仪从没得到过梁家的认可。"

她"嗯"了一声，尾音微微上扬，像是不解他突然说这话是什么意思。

他顿了顿，继续道："以前我觉得是爷爷太严厉，现在反而觉得是他早就看得比我们透彻。"

池颜没怎么听他说过这些事，往日的嘴皮子玲珑，到此时只是闷声"哦"一声，不知作何回复。

"有些人早年吃些苦，就能理所应当把权力和地位看得比什么都重要。梁家无法带给她这些，她就能反手抛弃，"他摘下眼镜放到一边，捏了捏眉心，"也就他会追在她身后半辈子。"

梁砚成没有明说那个他是谁，但池颜听明白了。

那天梁遇特意到宴会上找梁砚成，说不定也是为了温仪的事。

不用再说，池颜也知道不管对方提出了什么，梁砚成一定如任何一次一样，不近人情地直接冷声拒绝。

她很难往下接话题，总不能当着面说他爸妈的不是。

于是，她沉默了一会儿，转换话题："那她这次参与地皮的事让你赶来法国，是想做什么？"

以她从只言片语里对温仪的了解，温仪总不至于是要和梁家作对吧。

那样明确明白自己要什么的女人，会比普通人考虑得更多才是。

梁砚成神情很淡地说："见了才知道。"

见面地点就约在了他们即将入住的酒店餐厅。

从来的路上陆陆续续听来的消息得知，温仪并没有真的掺地皮一脚，只是多次出手干扰了进度。

要是放在旁人身上，解决并不是什么难事，但那位……

底下的人不敢擅作主张，因为知道温仪是小砚总的母亲。

世家里层的关系本就复杂，谁也不敢说表面关系不佳，实际真就怎么样。于是法国这边的负责人只能层层汇报上去，两边都不敢得罪。

于池颜看起来，就像有人特意耍赖把梁砚成叫来法国一趟而已。

她对温仪的标签停留在美人骨之外，现在又添了一条并不很好的印象。

多年来培养的涵养让她能很好地藏住心事，真正见到优雅喝着红茶的女人时，她还是出自本能点头打了招呼。

叫什么都显得尴尬。

梁砚成没说话，她也就当不知道闭了嘴。

铺着白色餐布的四人桌上，池颜坐在了靠走廊一侧。她本意是留给他们俩更多谈话的空间，只是抬手搅动咖啡勺的间隙，总感觉有人把目光落在他们这桌上。

她生来对别人的目光很敏感，抬眼往外看。

花纹繁复的隔断装饰不远处的另一侧，有个单独享用茶点的男人。

单独一人，又是亚洲面孔，于是更容易引起她的注意。

池颜看了一会儿，眼见那边的男人与她对视一眼，继而若无其事收回目光。

她也偏开视线，随意流转，只是觉得似曾相识。

身侧两人的氛围同样紧张。

或者说是梁砚成单方面表现冷漠。

温仪总是若有似无笑着，说他脾气越来越坏，下一句突然转风向说："我记得你以前可不这样。"

她像在回忆着，感叹说："结婚前吧。"

池颜神思回落，体会着温仪话里的言外之意。

明明是把矛头往她抛了过来。

池颜低头抿了口咖啡，没说话。

她不吱声，但听梁砚成嘲讽似的轻嗤出声：“没时间听你叙旧，说吧，你想从地皮上拿到什么？”

“你怎么会这么想？”

温仪保养得宜的脸上闪过一丝愠色，不过收得更快。她从身边拿出个手提袋，隔桌想递过来：“对了，第一次见面，这是我给小颜买的礼物。”

家里偌大的衣帽间，上下两间都摆满了池颜收集的包包和首饰，池颜对这些东西的了解是非常透彻的。

这个牌子……这个包装盒大小……

池颜只瞥了一眼，大概就能猜到盒子里是什么东西。

她要是收了礼物，等于是给温仪打开了提要求的窗口。

池颜往后靠了靠，像是要表现亲密似的轻轻搭着身侧男人的臂弯，笑道：“不用了，谢谢。这个阿砚早就给我买过了。”

“是吗？”温仪维持着得体的笑容，“看你们那么好我就放心了。”

池颜不咸不淡推回去，给了梁砚成更多打直球的机会。

男人用明显不耐的语气问道：“如果只是送个礼的话，好意心领了。度假村那儿你如果还想插手，我没这个时间再过来听一次。”

他抬了抬手，作势要买单走人。

温仪看他确实太过冷漠，连忙压了下来：“等等。”

男人往后靠，贴着椅背眯了下眼，一副随你说的模样。

池颜这会儿还搭着他的臂弯，顺势垂下手，拖着他的手腕一起自然垂落到桌面下。

她侧过身，偷偷在他手心里画了个感叹号。

梁砚成眼睫一颤，手掌向上延展开五指。

池颜心领神会，慢悠悠在他手心写着：2 点钟方向。

片刻后，她听到男人突然冷嗤一声，质问道：“不远千里把我骗来法国，是想借着我……”

他顿了几秒，重新措辞：“借着梁氏的面子成功脱身？”

池颜只是觉得不远处那个单独出现的男人奇怪，又对温仪的事知之甚少，猛然听梁砚成直接点破温仪惹了事想靠着梁氏的名义脱身，还有须臾胡思乱想的工夫。

以温仪的长相做个女主不难。

池颜的胡思乱想刚开了个头，就被身边男人冷嘲热讽的口气给打了回去。他三言两语就把温仪的心思剖了个明明白白。

温仪这些年一直在法国。

池颜某次看秀时巧遇温仪，她身边的男人正是不远处那位。

对方是个在当地很有实力的华裔，早年丧偶，结识温仪后似乎很快与她坠入爱河生活在一起。

这位富商与梁家当年情况并不同，上面没有难缠的长辈。

温仪本以为找了个好归宿，没承想或许是观念不同，对方并没有结婚打算，拖拖拉拉至今，偶然得知不仅如此，对方连遗嘱里都没有分给她的部分。

温仪当场变脸，不想富商也只是把她当金丝雀养着。

对宠物的感情不过就是半分怜惜掺着虚情假意。

他甚至还能云淡风轻叫温仪把这么多年在他身边大手大脚花出去的开销给还回去。

温仪气不过，好歹知道了法国有块地皮是陵城梁氏在开发，也算找到了底气。

她算得没错，如若直接找梁砚成，他或许当场撂了电话置之不理。

只有反复涉及生意，他才会动身来这么一趟。

只要他来……

温仪本想找个理由随便应付过去，到时候与他一起回国，对方碍着梁氏的面子就不会多与她纠缠。

没想到他倒是眼尖，只多了个心眼，就理清了来龙去脉。

温仪不想单独落在法国，急匆匆道：“我没别的要求，我这次就是打算回国。”

“回国很简单，”梁砚成五指微屈，把刚才在他手心作乱的手指握紧在手里，抬眸道，“你是生活不能自理，连买机票都不会？”

“扑哧——”

池颜好不容易维持的涵养被踢到了脑后，没忍住笑出了声。

梁砚成是摆明了不会管闲事。

他不信温仪这么会算计的人这些年没有自己的积蓄。这些年销金销得够痛快了，哪怕临分开被人摆一道，她自己有得是办法解决。

就是心疼钱罢了，想借梁氏的背景轻松脱身。

梁砚成为人处世的手法会让人觉得冷漠，但有时更容易摆脱人情债。

他看似不讲情面，没有人情味，其实……

池颜偷偷瞥了一眼身边人，憋笑：还真没有。

头一次觉得，木头的不解风情还有这么解气的时候。

温仪很少被人这么直截了当拒绝，有些不可置信地问：“对你不过是举手之劳，于公司也没有损失，你何必这么说？”

“谁说没损失了？”梁砚成微抿薄唇，“名誉、人情，哪条都比你这些年的花销值钱。”

“我不和你讲，”温仪怒瞋他一眼，转向池颜，“小颜……”

池颜很不习惯被并不亲近的人这么称呼，闻言脊背一凛，立刻推脱：“我还要多逛几场秀才回去呢，说起来我和阿砚也不同行。”

感觉搭在他臂弯上的手指轻轻一掐，男人目光深沉落了下来，半晌才点头道：“嗯。”

他起身，将西服外套搭在臂弯上，回身警告：“你自己的事最好自己解决，别让我知道有人借梁氏名义在外面做什么。”

既然人已经到了法国，梁砚成专门给度假村开发组开了好几天会。

他沉默寡言时居多，易俊就是他的官方发言人。

只要人往那儿一坐，会议室底下一片噤若寒蝉。众人默默在心里发誓，什么沾亲带故，下次天王老爷来了也不能影响工作进度。

要不然就活该在这里被冷面阎罗盯着听几天报告，连上个洗手间的申请都不敢打。

梁砚成其实并没有刻意折磨底下这些人的恶趣味。

只不过冷处理的习惯深入骨髓，有时候话少、表情寡淡，在那些人眼里就是最大的折磨。

梁砚成坐上回酒店的车，抬腕看表。

问易俊：“夫人今天去哪儿了？”

易俊身上像牵着一根线，时时刻刻关注池颜的动态不敢松懈，这会儿很有底气地汇报：“夫人早上约了朋友喝茶，中午一起用餐过后去看了秀，然后就在后台跟几个熟悉的模特说了会儿话。会议结束前刚从会场出来，现在应该在去购物的路上。”

梁砚成松开领结丢在一边，说道：“往她那儿去。”

以前没觉得每天无所事事的生活有多爽，自从接手大池后，池颜很少有这样连续好几天目标就是花钱的生活了。

她这会儿心里爽到爆，自己买完还要诱惑闺密小组。

池颜：“宝贝们，要买什么给你们带回去？”

池颜：“我跟你们说，好久没出来血拼，这次出来浑身舒畅。买到就是赚到，买多就是赚多。”

江瑞枝问：“是因为刷的咱们梁先生的卡吗，所以多买多赚？”

江瑞枝如果没提，池颜还真没意识到自己现在花的每一笔钱都是从自己卡上出去的。

梁砚成那张卡随手被她抛在床头抽屉里，好久没见天日了。

手指在屏幕上方顿了许久，她正打算往下回复，忽然听到有道脚步声停在自己身侧。

她的余光瞥到齐整的西裤边时，男人的声音落在头顶：“打算买什么？”

池颜倏地直起身往后看，面露惊讶地问：“你怎么来了？不是去开会了吗？”

“嗯，开完过来看看。”

梁砚成单手抄兜，直起身站直，神态天然倨傲，把身后柜台衬得像是十几亿的大项目。

另一边，易俊很有眼力见儿地正指挥服务员把落在脚边的购物袋送到车上。

池颜抬指抵了下压在鼻梁上的墨镜，说道：“买得差不多了。”

“买好了？”

他皱眉，好像没收到任何一条支出短信。

他目光慢慢偏移，落在某处：“那个包不要吗？”

池颜循着他的目光往柜台后巡视，是只很小巧的宴会手包，白金扣镶钻。

她收藏的包款式很齐全，去年买了同款哑光黑，不过平时很少用这个类型的。

大约是没怎么见她用过，梁砚成误以为她还没拥有。

柜员很会看眼色，用蹩脚的中文附和道：“先生眼光很好。这款全球只有极少数人拥有，买在家里一定不会跟别人撞包。”

池颜在心里把原话翻译了一遍：性价比这么低的东西当然只有人傻钱多的才会买，所以买的人超级少，不过好处是不会撞包呢。

她隔着墨镜闭了闭眼，心想：但怎么办呢？因为自己有个不爱和别人撞衫的毛病，就活生生撞在了人傻钱多的标签上了吗？

显然她这位先生也是这么想她的。

柜员话刚落下，他的卡已经递了过去，还问道：“就这一个颜色？”

“当然不是。”

知道池颜过去的消费记录的柜员早就笑靥如花了。这会儿她的嘴角快要咧到耳根子处，招呼人推着移动货架往贵宾室来：“先生，您太太去年买过黑色款，不过还有很多种别的选择的。您看这款宝石蓝材质不一样，是鳄鱼皮的。”

他转过身问：“你喜欢哪款？”

池颜故意咬了下唇，半是犹豫道：“嗯……其实。”

他像以往每次一样，懒得去听这些看起来除了赤橙黄绿青蓝紫哪哪都一样的包到底有什么区别，耐心告罄直接做了决断：“除了黑色，都要。”

但这一刻又和往日有那么一点区别。

池颜在心里评价道：付钱的人都会有点小帅。

等钱都花出去了，池颜看着那一排包被送进车的后备厢，很中肯地说：“其实那包的款型设计就有问题，什么配色都挺奇怪的。”

递还到手里的卡还是热乎的。

梁砚成睨她一眼，眼神有些复杂。

“不过家里摆着一整套，还是挺赏心悦目的，”她扭头，扬起嘴角，“谢谢哥哥，哥哥最棒。”

男人沉默了几秒，神色古怪地应道：“嗯。”

难得一次没叫她好好说话的他把池颜震惊了好半天。

她心想：这男人是不是玩不起，几个包就把他买成这样了？

那也不至于吧？

之前预约高定的时候，流水可比今天夸张多了。

她缓缓点了下头，想到自己今天特意为看秀而打造的精致造型，断定一定就是被她的美貌迷了神志。

事实证明，美貌迷人的效果非常深远。

到法国后，两人同住一间套房，所有事情都进行得很顺其自然。

可能是她先恶作剧扯了他的睡袍腰带，也可能是某人早有预谋。

池颜被按倒的时候，还虚张声势：“你别动我腿，我怕痒，踹到什么不该踹的可不怪我……”

话还没说完，腿侧就被睡袍边缘羽毛似的轻扫而过。

含在嗓子眼的语气词自然而然与前边断开数秒，听起来有着别样的情调。

她看到自己的倒影在他双眸里越拉越近，难得耳根子跟着泛了红。

他俯身说道：“这里的事处理完，我要飞趟南美。”

池颜被他不合时宜的话给弄清醒几分，闷声说：“那我自己回国。”

梁砚成蹙眉道：“飞机你可以……”

“不用，我自己回就行，”池颜迅速打断，“你要是把飞机留给我，万一温仪又来找我，我可没那么多拒绝的理由。”

她以往针对谁都能肆无忌惮，但毕竟涉及对方父母，不想太失礼。

要是温仪非要与她一同走，挺麻烦的。

耳边落下一声低笑，池颜耸肩蹭了蹭发烫的耳根，不懂他为什么心情好。只是梁砚成平白无故又开始谈起别的事，池颜很恼地说：“不玩了，我要睡了。”

好好的氛围都被他打破了。

池颜刚翻身想跑，男人高大的身影又笼了下来。

他撑着手肘把她困在两臂之间，手指拨了下她贴在腮边的乱发，眉眼低垂地说：“那天在京城，我们还有后续没做完。”

池颜冷冷哼气：“忘了，读档失败了。”

她的视线下落，刚好停留在他半敞的睡衣衣襟上。

平时他穿着西装斯文的样子居多，没想到睡袍在他身上，也能看出几分矜贵气质来。

他收紧手肘缓慢靠近，声音低沉像在哄人。

“我们别吵架了。”

池颜心想：不行，除非你说点更好听的。

男人像读懂了腹语，说：“搬回思明区。”

池颜缓缓眨眼：“……”

——再说两句。

短暂的沉默过后，他对待大事般叫了她的名字，正色道：“池颜，和好吧。”

有那么一瞬间，池颜想起这段时间他木讷学着夸她的模样。

违和感很强，却又透着奇迹般的可爱。

在完整知道温仪是什么样的人之后，池颜好像摸懂了他表达欲低下的一点点原因，她觉得自己或许能够再包容一点。

只是在这之前，她还是忍不住动了动唇，问道：“那你……是不是喜欢我？”

拜托拜托，一点点就好。

第七章·避风港

/

——我生气很难哄。

——我知道，所以我在努力。

问出口的瞬间，池颜才后知后觉这个问题有多不矜持。

她移开视线，小声问道："是因为我是你太太吗？你知道吗，如果一个人表现得占有欲很强，动不动就吃醋，看到好的都想给对方买，经常会考虑对方的感受……"

她慢慢套用着自己的症状，说："也不允许对方被别人欺负，那其实就会被误以为是喜欢。所以，只是因为我是你太太吗，还是你其实是有那么一点点……"

她舔了舔唇，没再往下说，只是眼神锁定了梁砚成，一动不动。

都说得这么委婉了，你知道我想听什么答案的，对吧？

没叫池颜等太久，梁砚成屈指弹了一下她的额头，把头埋在她颈窝，哑着嗓子说："嗯，跟你一样。"

池颜一愣。

一样？

这是什么回答？

池颜感觉到清浅干净的呼吸声停在自己颈侧，像春日和煦的微风般拂过。她借着错位望向天花板，刺目的光线在瞳孔里投下一片光圈。

她……是喜欢他的吧。

与她一样，那就是……喜欢吧？

夏日的风吹在身上是温的，好在飞机上空调开得很足。

从登机起，头等舱的空乘组就注意到了压着宽边帽檐、戴墨镜的女人。

这么热的天，她穿戴得实在过于整齐，让人不得不多看两眼，偏复古风的束领长裙，外面还披一件薄外套，只露出手腕以下皓白细腻的皮肤。

她好像很累，上了飞机就关闭了独立舱的折叠门。

一直到平稳飞行数小时后，空乘也没见她亮过一次服务灯。

不过他们这趟航班值得注意的人不只是这一位。

相较而言，赶在关闭舱门前最后登机的女人更博眼球。

起初，大家只是觉得她眼熟，在核对过头等舱贵宾信息后，有人猛地记起："那是不是好多年前挺火的一个歌手，后来嫁进豪门退圈了的那个？"

乘务组年龄最大的没超过三十岁，对很多年前娱乐圈的记忆并不深远，何况对方好久没出现在公众视线里，认出来还是得益于绯闻加持。

当初歌坛小有名气的几个歌手如今还在圈里的都成了天后级人物。而飞机上的这位，早年与对手处处不对付。

换现在的话说，就是对家。

对家坐到了高位，还时不时把当年的故事借营销号说上一两句，当初的绯闻热度就始终居高不下。

但凡有人说到某温姓歌手，有人脑子里自然而然就和过去的恩恩怨怨挂了钩。

空乘用绢布细细擦拭了红酒瓶口，往外探了一眼，小声说："她不是一直在法国？怎么突然回国了？"

"不知道，说不定是回国探亲，总不能重新回来发展吧？"

"那肯定不会，我要嫁到豪门才不出来工作。而且她那么漂亮，老公也舍不得让她出来抛头露面吧？"

"话说回来，她嫁得好神秘，她老公是谁？没听说过。"

"她老公？"

八卦停了几秒，众人纷纷摇头："不知道。"

这时，沉寂已久的那间独立休息舱突然亮了灯，讨论声戛然而止。

乘务长立即换上标准笑容迎了上去。

独立客舱的门虚掩着。

池颜身上盖着薄毛毯，睡眼蒙眬抬了下眼皮，音色还透着刚睡醒时的倦意："麻烦给我拿杯水。"

大概是她上机后第一次露出帽檐底下的容颜，肤如凝脂、唇红齿白，是极为出挑的美。

连同为女人的乘务长都看得有几分出神。

女人神情疏懒，随手拨了下散发，一不小心露出了耳根后仿若红云的暧昧痕迹。

乘务长迅速瞥开眼，保持微笑退出休息舱。

一转身，乘务长表情夸张得连眉毛都快飞了起来，她急匆匆两步回到茶水间，倒好柠檬苏打水，朝另一边眨了眨眼："那位池小姐，她好漂亮好有气质，她刚才要是露脸进来，我敢保证没人注意到温女士。"

"不会吧？温在当年也是数一数二的美人，就算现在年纪上去了，也没几个能比得上的。"

"不是一个档次的。"

乘务长倒好水，回味般点了下头："说不定也是哪家霸总的小娇妻。"

"走了这么久这条航线，谁家夫人谁家千金都认识得差不多了。姐，你也不认识？"

乘务长摇头："第一次见，说不定人家之前都是私人飞机出行。不说了，我去送水。对，你晚两分钟拿菜单过去。"

"行，没问题。"

两趟服务一走，池颜显然成了这趟回程航班上最热的话题。

她本人毫不知情，只知道臭木头憋得狠了，害她这么热的天遮遮掩掩，很是烦人。

本来想飞京城继续把生意谈完的，不过听说盛凯自己跑去了陵城，于是回程直飞陵城。

飞机在陵城上空盘旋下降，窗外艳阳高照，不出意外是个高温天。

池颜理了下束领，又在心里骂了两句木头。

宽边帽收进随身手提包，下机时她只戴了副墨镜，只是身上依旧裹得如来时一样严实。

从贵宾通道一路往外，头等舱的贵宾独享这条优先通道。

池颜不用等行李，径直往出口处走。

快到安检口时，身后突然有道声音叫住了她。

她闻声驻足，只觉得声音略耳熟，再回头，一眼就看到了同样只提着随身包的温仪。

刚才一直是与她同机？

若是碰上不打一声招呼委实说不过去，池颜顿了下脚步，轻点下颌。

"自己回来的？"温仪笑着问。

池颜"嗯"了一声，不怎么热络。

"那很巧，没想到我们是一个航班。"

温仪说着加快脚步与池颜并肩同行，随口扯了个话题。

不关于梁家，也不关于任何陵城世家消息，就像随口说到某个无关紧要的八

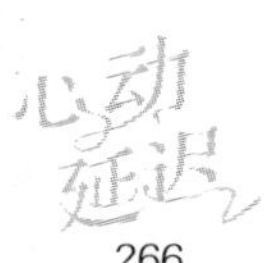

卦，就这么闲聊两句。

两句话的工夫刚好走到出口处。

温仪脚步有些快，高跟鞋声清脆点地。

池颜听到温仪说了句含混不清的话，不由自主地也加快两步，问道：“什么？”

“没什么，”温仪笑了笑，隔着墨镜并不清楚她的视线究竟落在了哪儿，“我说陵城比原来变化大很多，天也很热。”

池颜以为她在暗指自己的穿着，心不在焉地说：“这几天是比较热，不过总好过晒。”

温仪点了下头，没往下接。

几秒后，她突然摘下墨镜缓了脚步，一副四处张望找人的模样。

池颜并不知道温仪在等谁，不过她并不感兴趣，低头看了眼手机。

司机已经发来了定位。

在纠结离开前要不要打个招呼的空当，不远处突然亮起一连串闪光。

池颜条件反射地往亮光处看，不知道什么时候蹲了那么多长枪短炮，一个劲地朝着刚摘下墨镜的温仪拍。

她就在一步之遥，不免入镜。

想到温仪曾经的身份，池颜抵了下墨镜迅速闪到一边，连打招呼再离开的欲望也降到了最低。

刚从是非地离开，章生生的电话就打了过来。

“小池总，你到陵城了？”

池颜用肩抵住手机，问道：“到了，怎么？”

“今天到公司吗？星辉的盛总听说你今天回来，已经过来了。你要是直接回去不过来，那我叫他明天再来。”

池颜把手机从耳边挪开，看了眼时间：“算了，我先过去。”

“行，那我在公司等你。”

盛凯自从办了坏事，倒是很积极。

从京城跑来陵城，又主动去公司等池颜。

快到公司前，池颜给盛凯发了个等着挨打的表情，转头过了一遍未读消息。

一不小心就看到了半小时前陵城国际机场的八卦消息——温仪回国#复出。

因为刚才离得确实近，她不喜欢自己出现在旁人的照片上，于是点进话题找了一圈。

果不其然就看到有好几张拍到了她的。

池颜两指按着照片先放大看了好几秒，赫然发现自己的死亡角度也无懈可击。

“拍照还算有点水平。”

她撇了撇嘴，把照片转进闺密群，说道：“要是把我拍丑了，明天就叫找个营销号算账。”

裴芷回复速度不定，但江瑞枝随时都在冲浪，正常不出半分钟就会出现。

池颜等了好一会儿，没看到回复，再看聊天框，不自觉就被顶头备注为“万年朽木”四个字吸引了注意力。

发错了？

她长按撤回，超过时限撤回失败。

她再点几下，你拍了拍“万年朽木”。

池颜心里暗骂道：这什么破功能？

说出去的话泼出去的水，池颜闭了闭眼，索性破罐子破摔随梁砚成看到怎么想。

再回到刚才的页面，已经有话题带到了她这个不小心入镜的素人。

“是温的助理？”

池颜在心里评价：呵，助理！

“还是回国自己搞工作室带新人出道？这颜值可以，颜粉有了。”

池颜：还是这位网友眼睛稍微好使一点。

“这题我会！这不是我们音乐学院表演会上的那个当代辛德瑞拉吗？我去找帖子给你们对比对比照片。”

——附上了网页链接。

“音乐学院的学生？那还真是带新人出道了？”

“别吧，温仪的绯闻建议了解一下，她要是自己开工作室带新人，那风气真不是三言两语说得清的，自己去搜早年八卦吧。”

“你家住海边？管得可真宽。”

“人家一个圈里的还不清楚嘛。瞎操什么心，说不定就是一丘之貉。”

话题到此已经有偏离迹象。

池颜仔细回想了一遍刚才遇到温仪的全过程，品出点味道来。

她闷不吭声从背后出现，又疾走几步与自己落开半步差异，搞得像成功人士带新人似的闪亮登场。像她这样刚在法国损失了一笔钱的，如果真要回国发展，回来一定会以此为噱头好好博个版面。

网友怎么理解是无足轻重的一码事。

这种热度持续不了太长时间，不是自己掉了热度，就是被梁氏撤走。

不过落在陵城贵妇圈，又是另一码事。

温仪回国，小砚总虽不在，但其夫人与之相谈甚欢同时出现，这就无形之中给温仪拉了地位。

池颜还真是许久没见过这么会来事的一举两得了。

她没怎么接触过娱乐圈里那套机场蹲点拍摄这一常态，显然大意地被温仪摆了一道。

明明该生气的……

池颜看到手机振动几下，正好江瑞枝发来消息，问她怎么和温仪在一起？

她随手点了两下空白处。

比起生气，怎么感觉跃跃欲试的斗志更强一点？

除开江瑞枝，随时5G冲浪的塑料小花也给池颜发来了消息。

“宝贝，你在机场？从哪儿回来呀，刚刚有在网上看到你照片？”

这应该就是先头部队，后面还有接二连三来打探的。

池颜懒得一一回复，在微信发了个动态。

“长途飞行好累，不过收集到了全色系手包，还是很值的，谢谢老公。”

不出几分钟，姐妹花带着点赞评论赶到现场。

发完微信动态，塑料花们估摸着怎么聊都会被秀一脸，既要看人家恩爱，又要搜肠刮肚找词夸一夸全色系的手包，果然没人再带着私聊怼上脸。

手机又嗡嗡振动两声。

池颜再点进去，看到微信朋友圈的红圈提醒多了条违和感很强的评论。

万年朽木：“不谢。”

这两个字极其突兀。

再切换到聊天框，果然他已经开始了“对方正在输入”。跳转好半天，在池颜以为即将有篇叫她低调做人的小作文抵达战场时，他的消息终于过来了。

很短。

万年朽木：“？”

万年朽木：“要谁倒闭？”

远在南美的某人很可能还没看到国内最新八卦，池颜觉得解释这件事有点麻烦，再加上里面掺着温仪，就算她伶牙俐齿，也不知道从哪里说起比较好。

是说怀疑温仪查了她的航班刻意一起回国？

还是说温仪使了手段故意同时露脸，在陵城刷存在感？

虽然母子俩不对付，但都只是猜测。无论她怎么同梁砚成说，都有一种背后告密的小人感。

池颜点了几下屏幕，只好作罢，说道：“没谁倒闭，我瞎说的。”

万年朽木：“嗯。”

简单一个“嗯”字，背后其实有篇小作文。

当地的拍卖会上，梁砚成拍下一块碧玺原石，是当地有名的帕拉伊巴碧玺，也有人叫电气石。

它的颜色很特别，比透彻见底的湖绿还要更纯净一些，是一种明艳且极具诱惑的色彩。

本也不是为了拍卖会来的，只是一眼瞧中，又在下一秒觉得适合他的太太。这么简单的理由，就足够高价拍回。

如今这款裸石未经加工，静静躺在丝绒盒里。

她喜欢什么样，就做成什么样。

梁砚成垂眸，对着输入框点了很久。

送她宝石，池颜应该会开心吧。

刚才那条动态，她很难得地公开表示了欣喜，虽然言辞有些浮夸……

男人一想到那些用词，不由自主地切到了相册。

第一张图便是刚才那条朋友圈的截图。

他点了赞，也回了评论。

就像隔着网络公开对话，你一言我一句，简单几字，有种隐秘却宣泄的快慰。

画面回到聊天框，他从最初的“买了块还不错的宝石”到“有块碧玺，颜色很适合你”。

他删删改改，最后所有文字和图片通通消失在了聊天框，化作一个“嗯”发了出去。

算了。

他想：回去再送也是一样。

池颜去公司的路上看了一会儿话题热搜。

她对温仪给自己塑造回归人设一点不感兴趣，就是单纯进去刷一刷有关自己的言论。

好在大多数网友都长了眼睛，没再把她想象成温大明星的助理。

不过评论也不好看。

主要是温仪早年得罪的人如今都成了圈里的人物，风评压制非常一边倒。

她刷了一会儿就觉得没意思，想着等下找人把话题精简一下，涉及她的部分删干净点。

至于其他，不扒出梁氏和大池，与她半毛钱干系都没有。

这事她打算交给章生生办，他人脉很广。

池颜到公司交代完，就把这件事暂时抛到脑后。听说盛凯由关副总带着在看新改进的设计款 VR，她连办公室都没回，直接去了关诉那儿。

隔着门板就能听见盛凯在里面侃侃而谈的声音。

池颜今天这一身到哪里都能引起关注，门一开，盛凯偏头的瞬间，话已经从唇缝里溢了出来："这是提前过冬了？"

池颜给关诉递了个"我来解救你"的眼神，坐到一边，淡淡地说："来，咱们先算算账。"

盛凯秒懂，摸了摸鼻梁："姐，仙女，我那天真不知道我朋友叫了你老公。我要是真知道，我不是有病吗，还叫……"

他斜觑关诉，后面的词卡在嗓子眼里没说出来，改口道："但我够讲义气了吧？咱们合同上说好的让我一个点，我记着姐姐的好，我这不把我爸的事帮着问好了吗？"

池颜"哦"了一声，问道："怎么说？"

"这趟过来专为这事来的，"盛凯很热络地搭了下关诉的肩，"我跟关副总说了，先把咱们公司之前的数据发给我爸看看，然后咱们关副总出个团队，上京城采集实景数据去，看看效果。要是不错咱这事就算敲定了。"

盛凯京腔很足，说话跟说贯口似的。

没两句已经站定立场，一口一个咱们。

池颜让出去一个点的利润换了个项目，心情不错，点了点头："行吧，那你跟我们关副总对接。这两天在陵城想玩儿什么？我叫人带你。"

盛凯想起上回带池颜玩儿，搞得人家老公生气了，华总那边生意还僵持着。

他现下挺尴尬，不好意思道："都行，都行，我客随主便。"

池颜找人安排下去，转头见关诉欲言又止，忍不住问："我出去这几天，还有别的事？"

等盛凯离开，关诉见这会儿办公室清静下来，抿了下唇才说："池总没打电话找你？"

池颜愣了两秒，才反应过来关诉口中的池总是池文征。

她缓缓摇头："没啊。"

"前几天他来公司，带着池硕，说是带着池硕来锻炼锻炼。"

池颜还给池文征留了一成股份，说白了就是留给池硕的。按公司惯例来讲，成年以后有权拿股，她还记得这事。

听关诉说完，她也没反对，说道：“那来吧，没说想去哪个部门锻炼？”

“说了，”关诉就是担心这个，“要来我们部。”

研发部是公司核心部门，重要的数据资料都在部门中心由关诉保管。

关诉做事认真负责，担心并不多余。

就怕小孩还分不清轻重缓急，听了别人的话在部门里瞎弄什么东西。

池颜立马听出了他话里的担忧，问道：“部门最近还有新进的人吗？”

“有，年后刚进一个，工作很拼，不过刚过试用期，还没接触项目组。”

池颜又问：“人怎么样？”

关诉对人情方面要慢一拍，不过脑子清醒、记忆力强，把那人简历前前后后都当场捋了一遍给池颜听。

研究生毕业，家庭条件一般，母亲退休在家，父亲开出租车，还有两年也退休。

池颜静了几秒，心里便有了数，不紧不慢地说：“池硕想去哪个部门不用管他，到研发部也行，明面上所有人都知道你会盯着他。你就随便盯着，不用太大压力。”

关诉不解地问：“随便盯？”

“嗯，你表面样子做足，再跟那个新进的员工私底下通个气，让他盯着。他资历浅，最不容易让人有戒备，”池颜手指点着沙发扶手说，“花不了多长时间，大学开学后，池硕总得回去上课。叫人盯着也别忘了问问人家以后想跟进哪个项目组。”

授人以鱼，不如授人以渔。

进研发部只是一只脚踏进大池的关键部门，挑一个好项目组，才是对往后前程大有利好。

关诉这才明白过来：“行，我知道了。”

他在这方面一向钦佩小池总，还想再问点别的，眼神落在她耳侧忽然皱了下眉：“你这个……”

他抬手点了点自己的相同部位：“是在我办公室被蚊虫咬的？”

大夏天即便在空调间穿束领也很受折磨，池颜捋着长发的手一顿，若无其事收了回来，重新拨弄几下长发掩住耳朵。

池颜若无其事地说：“是吧，你这儿是不是没用驱蚊？我这人特别招蚊子喜欢。”

关诉低头扫视一圈，点头：“抱歉，确实没用。”

大池写字楼配套设置堪比五星级酒店，中央空调自带浅淡香氛，提神醒脑也规避蚊虫，何况他办公室落地窗前还养了几株薄荷。

看关诉若有所思的模样，池颜极力保持着面不改色，心里给自己画了一万个脸红。

关诉好唬，但旁人不一定如他一样说什么信什么。

池颜把自己捂了个严实才从里边出来，正面就碰上了章生生。

章生生疑惑地“嘿”了一声，说道：“你刚刚说要删的那个消息，我找人去删，说没瞧见。”

“就在话题里挂着呢。”

池颜莫名，说着就点开手机看了一圈。

再进去找，别说话题里带到的她了，连带温仪的话题都不见了。

她沉默了几秒，忽然福至心灵：“那没事了，谁撤都一样。”

章生生没摸着头脑，花白大胡子抖了两下：“行，那我先去忙别的了。”

池颜压了下帽檐，靠在电梯间的大理石墙边重新翻了遍和梁砚成的聊天记录。

池颜：“动作怎么这么快，撤话题贵吗？”

池颜：“新开了一家会员制日料……”

池颜：“我先在公司办完事，再去华江那边收拾下东西，然后回家看小狗。”

“哦，对了，你哪天到家？我叫司机……”手指落在司机两个字上，后面当然说是要去接他，只是屏幕左方适时跳出几条回信，一一对应刚才的问题。

万年朽木：“撤什么话题？”

万年朽木：“回来去吃。”

万年朽木：“好。”

池颜一头雾水。

撤什么话题？不是梁砚成撤的？

池颜“嗒嗒嗒”迅速删掉最后一条还没发出去的消息，满头问号。

话题是温仪自己撤的。

看到池颜连续两条莫名其妙的微信后，梁砚成察觉有异，给易俊递了个眼色。

易俊办事得力，很快回来汇报。

“几个小时前，夫人回国被拍到与温女士同行。网上流传一些照片和负面评论，不过现在已经都撤了。”

“撤了？”梁砚成微顿，“谁撤的？”

易俊没懂这系列操作，小心翼翼地说：“应该是温女士自己撤的。”

听说是温仪自导自演，他眉头蹙得更紧：“把行程改一改。”

易俊只有听命的份。

眼看着他的顶头上司满脸写着“我太太年纪小容易吃亏”，易俊一百万个问号打在脸上，然后咕咚咕咚咽进肚子里。

这边池颜接到越洋电话也很纳闷。

她正指挥别人把行李收拾进屋，小狗在腿边人类似的直立行走以示热情，听完原委愣了片刻：“你妈妈图什么？自己弄上话题再自己撤，钱多得慌？”

“会不会是弄错了？其实是别人撤的，比如……爷爷？”

梁砚成也想过这种可能性，只不过以他对温仪的了解，温仪确实可能会做这种旁人无法理解的事。

他说：“不会，你不用做什么，等我回去解决。”

池颜觉得自己与梁砚成最大的差别，就是她和各式各样的人打交道游刃有余，而他就像独立于尘世之外的白鹭鸶，无论亲疏都是一样态度倨傲。

所以有时候她处理起人情关系来，会比他更容易受到影响。

特别是像温仪这样的身份，叫她做什么都显得尴尬。

池颜一直认定，就算他们母子不和，也不该由她在中间扮演坏人角色。

听到他说出面解决，池颜觉得轻松了不少，连连点头：“嗯，那等你回来再说。”

小狗在脚边疯狂伸爪子求安抚，池颜被闹得不行，偏头说了句：“别闹，跟你爸打电话呢。”

声音很小，贴着话筒传到对面时，比平时说话声还要再柔和一点。

梁砚成搭在手机背后的手指顿了一下，问道：“你在家了？”

“是啊，我刚回来。小宝疯得可以，这两天肯定又吃多了，小肚子挺着，整只狗都圆了一圈，也不知道他们给它喂的是不是猪饲料……”

她这边喋喋不休抱怨，电话那头淡淡“嗯”了一声，没再说话。

心底好像有块巨石落了地。

南美日光充沛，铺满整间卧室。他难得地轻松起来，想回家就好。

话题撤下不到一天，梁砚成就收到了来自国内的短信。

倘若他不叫易俊去查，也会很快知道话题是怎么撤下来的。

因为温仪自己主动来讲清了缘由。

“抱歉，没想到这么久没回国还是会有狗仔蹲拍，还不小心把小颜带上了网络。不过放心，知道你不喜欢，话题榜我已经找人撤下了。请转告小颜，网上的消息大可不用在意，也跟她说声抱歉。”

梁砚成知晓缘由，看了一遍没回。

良久后，他才打开了对话框，写道：“我不希望任何负面消息影响到我太太，

还有公司。”

温仪守着回复，回得很快：“这次是疏忽，不会有下次了。”

话题由此结束，梁砚成闭上眼仰靠进沙发，眼睫覆下阴影，神色不明。

不过最终，他还是把致歉转发给了池颜。

相较于他的平静，池颜不遮不掩时性子更活跃一些，看了好几遍消息还是满头雾水。

以女人的第六感，她几乎可以确信温仪从机场出来的那系列动作都是刻意为之。温仪知道哪里有摄像头，知道怎么拍会有混淆效果。

然而到这条短信出现，温仪又好像是无辜身份，主动担责认错，做了弥补。

池颜不是个有了猜测就会跑去告状的人。

女人少一点野心的时候会可爱，少在背后说闲言碎语会更得体。

她唯一觉得狐疑的是，温仪想刷存在感的话又去撤了话题做什么？

或者是她想错了，温仪只是打算在梁家面前刷下好感，让回国后的日子更好过？

那什么都不闹出来不是更好吗？

池颜不太明白这个女人的脑回路，只能按着语音键干巴巴地问：“那她就没有说别的？比如……比如相应地提什么要求？”

此时梁砚成已经在登机回国，同样按着语音回道：“没有。”

怕池颜不解，他补充道：“爷爷在，她在国内不敢太过分。”

当年一直把温仪挡在梁家大门外的梁霄依然康健，现在不管公司大事，梁霄反倒有了大把时间来针对温仪，如果她非要搞出什么事的话。

梁霄那么顽固的人，一直到梁砚成出生，都没允许梁遇去办那张证。

到现在，温仪说起来也是非婚生子。梁家三代有梁老董，有梁董，有小砚总，有小砚总夫人，却是至今都没有梁董夫人。

池颜对着手机长长“哦”了一声，表示认可。

从刚才起，梁砚成那边的背景音就陆陆续续传出了机场播报。

她没再继续话题，转头扒着二楼栏杆往下叫管家：“明天几点，是谁去接他？”

管家正陪小宝玩球，整个大厅都是小皮球骨碌碌滚动的声音。

管家闻言仰头回答：“太太，是下午三点二十分抵达，已经安排好车子了。”

小宝听到池颜的声音，衔起球灵活地往楼道里蹿，转眼就跑到了二楼。

它的嘴一松，球“咚”一声掉在木地板上。

它好像连最喜欢的球也不要了，端正坐着，小脑袋微仰，黑豆眼非常虔诚地盯着池颜。

池颜看懂似的点点头："小宝，你是不是想去接爸爸？"

"汪。"

不再是嘤嘤怪，而是很中气十足的短促回应，连垂着的耳朵都随动作抖了两抖。

池颜垂手揉了揉它的小脑袋，轻声哄道："那带你去好不好？"

"汪！"

池颜觉得好笑，探身对管家说："明天叫司机忙别的吧，我带小宝去接。"

"好！"

管家在楼下，回得比小狗还响亮。

下午三点十分，一辆银灰色轿跑停在陵城国际机场 18 号出口处。

车子本身就足够吸睛，完美流线型的设计停在日光下仿佛一道闪电，而闪电副驾还开着一丝窗缝。

路人好奇地往里窥探，无一不注意到了使劲龇牙咧嘴想往窗外挤的小狗脑袋。

池颜百无聊赖敲着方向盘，正和狗说话。

"我们来早了，爸爸还没出来，得等。"

她看了眼中控板，继续说："出来还得好一会儿，估计得等个半小时。"

小狗哼哼唧唧把下巴架在窗缝上，坚持不懈想往外挤。

"急也没用，"池颜没好气道，"之前不是挺怕他的吗？怎么？给你买了几箱玩具就是亲生的了？"

她说着勾了下嘴角："还是当初在楼下吃了他那顿晚饭，你们就结下了父子之缘？"

小宝长长"呜"了一声，已经快爬到车窗上的爪子激动地踩起窗棂。

池颜刚想教育下"不孝子"，就见半开的隐私车玻璃外挡了一道阴影。以她的角度，只能看到半段西装马甲，还有一截藏在内兜的怀表链。

这样的天气，还如此一丝不苟穿着打扮的……

池颜叹了口气，按下车窗："怎么出来这么早，我……"

她后半句没来得及说完，小宝就整个从车窗扑了出去，只剩两条后腿还蹬着座椅，嗓子眼嘤嘤嘤不停，直接把她的后话盖了过去。

从外边看，应该就是一幅极不和谐的景象。

豪华轿跑、西装革履和一条疯疯癫癫的小狗。

男人微微欺身，露出倦意浓重的眉眼。

他视线顺着姿势下垂，落在车内，疑惑地问："你是来……接我？"

最后两个字破天荒带了上扬的语调。

像他这样习惯做决策的人天然强硬，很少会用疑问句。

池颜解锁车门，反问道：“不然呢？我来逛机场？”

她平时出行都有司机，自己开车次数屈指可数。思明区是陵城后开发的富人区，绿化规划很到位，唯一缺点就是远。

从思明区到机场其实是有挺长的一段路了。

梁砚成搭在小狗脑袋上的手指向内拢了一下，直起身，在她视线之外很快扬了下嘴角：“嗯。”

身后众人很识相，以易俊为首的助理团停在几步之遥。

他们每次出差回国，除了易助，都不与小砚总同坐一辆车。

不需要暗示，众人非常自觉地上了另一边的黑色商务车。

易俊路上原本是要汇报工作的，想也没想直接把行李箱送上轿跑，飞速从梁砚成眼皮底下消失了个干净。

窗外温度攀升，前车盖“咔嗒”一声，放妥了行李。

小狗半挂在车窗上，嘤得嗓子都快劈了，它心爱的爸爸还没上车。

池颜正疑惑，转眼就见梁砚成绕到了驾驶座这边，于是仰头问道：“怎么了？”

“我来开。”他低头，叩了叩窗。

池颜以为他不放心自己的驾驶技术，仰着下巴说：“我这是正儿八经考的驾照，又不是买的。”

“嗯，我知道，”他说，“挺远的，你累了。”

池颜明显顿了一下，然后动作连贯下了车，转到副驾上。

小狗对突然交换座位充满疑惑，想去扒拉方向盘。

池颜拍了拍它的小脑袋，笑着说：“别闹，听到没，木头还会心疼人了。”

她转手无情地把小狗送到后座上，第一次从副驾的角度打量眼前的男人。

他搭在方向盘上的手指骨肉匀称。

浅色衬衣袖口上是枚镶着金边的黑曜石袖扣，每一处细节都彰显出矜贵。

池颜视线缓缓下移，落在那截怀表链上，在引擎的轰鸣声中突然说：“家里有没有眼镜链？”

他偏了下头问道：“什么？”

这样微微倾斜的角度，让他半边侧颜笼在日光下，眉眼更显深邃。

池颜抿了下唇：“就是那种挂在眼镜框上的细链子。”

以前是她大意了，梁木头这样的颜值，要是加副带细金眼镜链的镜框，可能真的会很“杀”人。

她在心里大概想象了下效果，心跳和转速表同时起步，连续蹦了好几下。

池颜正想得耳朵根发红，就听他很不解风情地淡淡问道：“爷爷那种老花镜的？”

是的，绝了。

小狗过了兴奋劲儿，把下巴搁在置物架上，眯起小眼睛开始打盹儿。

池颜也没了继续交流的兴致。她实在不知道和一个对时尚毫不敏感的老古董怎么交流老花镜这种东西。

她往群里丢了几张网图，问道：“老花镜？”

池颜：“梁砚成说这是老花镜？”

江瑞枝：“挺像的，你不能对一个直男要求那么高，是吧？”

池颜：“好吧，是我的错。”

她抛开杂念，闭了闭眼，对梁砚成说：“你理解得没错，就是爷爷那种老花镜的防摔链条。”

梁砚成：“没有。”

说话间隙，他很短暂地皱了下眉。

他不明白池颜为什么突然会对那种东西产生兴趣，只是想起她曾经给买的那件重工刺绣款手工西服，好像又理解了一些。

她向来喜欢浮夸的东西。

譬如他欣赏不来的老花镜眼镜链，譬如肩后重工刺绣羽翅的西服，譬如刚拍下的帕拉伊巴碧玺。

他清了清嗓子，说道：“那边有个慈善拍卖会。”

“嗯？”池颜心不在焉地刷着手机。

“拍了块宝石。”

中间顿了几秒有余，他打算问她想做项链还是做戒指。

话刚到嘴边，就听副驾轻轻“啊”了一声。

他脚下不由自主带了点刹车，问道：“怎么了？”

“你妈妈，”她指了指手机屏幕，一字不漏地汇报看到的内容，“事业鼎盛期选择回归家庭的‘黑桃皇后’，实力唱将强势袭来，能否重掀歌坛浪潮？她是下一个重回巅峰的歌后吗？”

“这说的是温女士吧？”池颜问道。

她挺惊讶于温仪的交际能力的。

回国这才几天，她连复出路线都选好了。

梁砚成低声“嗯”了一声，像是也同意池颜的看法。

他在开车，诸多不便，池颜就在一旁给他一条条读网友评论。

“赌五根辣条，这个‘黑桃皇后’是不是姓温？”

“是不是玩不起？这期就很明显了，敲重点，事业巅峰期回归家庭、实力唱将、重掀浪潮。现在00后大概都不知道，当年温和现在那几个天后撕得多厉害，说重掀浪潮一点都不过分。”

“温女士以前这么厉害？”池颜忍不住评价了一句，很严谨地提示道，“这句不是，这句是我自己加的。”

她继续往后看。

网友隔岸观火，看热闹不嫌事大。

没说几句就偏到了早年八卦中去了，中间夹杂几句夸温仪人美唱歌好听。

大多数没什么营养。

池颜读了几句觉得没意思，就没再往下读，只说：“算了，太多了，等到家再看。”

话题被她打了个岔，就没再继续。

不过池颜一直想着这个事，就算梁砚成说有事他来解决，目前也只是见招拆招。

谁都不知道温仪想要干吗。

等回家再想到这件事已经到了夜里。

前两天池颜住回来时，还没有阔别重逢的感觉。今天他也到家后，卧室突然多了一个人的感觉就很微妙。

池颜做完面膜趴在床上，随手翻了几页手机，猛然发现下午看到的消息又找不到了。

上次说是温仪自己找人撤了话题还能解释得通。

这次只是节目官宣，半天时间就再度消失就耐人寻味了。

总不能又是温仪撤的吧？说出去谁信？

本来也没多少人注意到这件事，只不过当晚刚好有个热度较高的词条，也是关于这档节目。不过涉及人物完全不一样，是某天后级歌手空降评委席的话题。

池颜顺势点了进去。

各种评论中，有个画风明显突兀的号被顶到了热评。

“不会只有我一个人觉得某温姓歌手被针对了吧？连续两次刚上话题有点热度就被撤了搜索，而且是一下子被删了个干净，很明显不是正常掉热度，就是被暗箱了吧？想知道她得罪了谁？”

“你这么一说好像是真的，下午还看见另一条官博呢，现在都不见了。”

“实惨？！如果说得罪的话，那多半就是当年和她撕的那几个，现在……”

“懂了。这个评委不也是同时代那几个一姐争夺党之一吗？官博先推了温，再推了她，估计不爽了吧？这么想温实惨，重新出道被这么搞换谁也不开心吧。”

……

如果这次话题也是温仪自己撤的话，池颜大概明白了她把自己短暂送上话题的动机。

温仪虽然早年风评不佳，绯闻缠身，但毕竟很多事情都是上一代人的记忆。

已经那么久远的事了，传到现在并没有谁能真情实感代入吃瓜。

现在的“粉丝”最直观的就是看到眼前温仪频繁被人针对删热搜盖热度，不免觉得她时运不济，多少产生点同理心。

撤走两个小话题而已，却能拉到一大拨路人粉好感。

池颜细细回想，觉得回国那天带上自己，出于形势来说，应该是温仪最好的选择。

温仪大概清楚她回国后不可能再找到好靠山，这么多年该挤不进梁家还是挤不进，重新出道是她唯一的出路。

配合后招两上两撤，再加上评委席与她不和，先博到眼球。

要是运气再好一点，就像现在这样，陵城的圈子多多少少会看到自己与温仪同时回国，并且谈笑自若，以后温仪在圈子里会得到不少方便。

虽然身份微妙，但谁愿意得罪梁氏集团和大池科技呢？

她没有明面上利用两家集团，不过确确实实又把两边都摆了一道。

如果一定要说温仪哪里没算到，或者说她哪儿的运气还欠缺那么一点，大概是没想到对家的“粉丝”战斗力那么强，还分外执着。

她早就撤走的话题竟然有人留了存图，认定了温仪回国参加节目只是造势，为了后面开工作室带新人制造流量。

于是“粉丝”顺着图片上的蛛丝马迹一路深扒，扒到了池颜眼皮子底下。

“温仪早年作风不佳，多图预警，内有实证。”

“近墨者黑工作室新人实为拜金女，多图预警。”

池颜愣了一下，直接点进第二个链接。

工作室新人……不会是说自己吧？

前些天一会儿把自己说成助理，一会儿说是温仪带新人回国的话题还近在眼前。

池颜只觉荒谬，点进链接一看。

先是她与温仪同时回国的照片镇了楼，后面紧跟着她在陵城做东与盛凯吃饭

被拍，还有下午机场接梁砚成时从驾驶座换去副驾时被拍。

几张图一放，故事就编出来了。

帖子说得极其低俗，说星辉小老总只是开胃菜，真正的大鱼为赫赫有名的梁氏实际负责人。

前后不过几天，某女先与星辉老板共进晚餐，很快又摸到了真正的豪门，殷勤谄媚，不惜追人追到机场，胡天海地乱说一通，最后用了张漫画图下了结论——

顶上的木棍小人被标上“温仪”，问：我们工作室的目标是？

底下的小人旁边标了个“拜金女”，大声回答：嫁入豪门！

帖子走向越来越奇葩，骂人的话也越来越难听。

“哦，眼光还挺高，前脚刚约完一个，后脚看到更有钱的立马就追上去了。”

“车子不错。”

池颜直接给气笑了。

明知这些事情与自己无关，但看着网上挂着自己的照片就是气得直冲天灵盖。

她擅长一一对线，但网络舆论环境那么差，说什么的人都有。

池颜从小的生长环境注定与大多数人不一样，从没见过这么世俗的场面，忍了好久才察觉到自己不知什么时候攥紧了手指。

她起身，面无表情地走到浴室门外站定，冷冷地说：“梁砚成，你出来。”

里边水声有一瞬停息。

在短暂停止后又重新响起的淅沥声中，池颜又敲了敲门，极力保持语气平静。

“我建议你给温仪打个电话，叫她现在立即、马上滚回法国。”

午夜十二点，一束车灯穿过雨雾打在灌木矮墙外。

花园灯在雨中发出荧荧微光，像并不欢迎来人似的，光线在雨雾中影影绰绰。

车灯的光越来越近，映在二楼露台的男人眼底，沉寂成了光点。

管家上来的时候，主卧气氛沉静。

太太绷着脸没说话，先生还在打电话。

他等了好一会儿，等露台上没了动静，才过去敲了敲玻璃门框，说道：“先生，人来了。”

梁砚成转过身，睡衣半边被雨雾湿气打成了深湛蓝。

“嗯。”他表情冷淡地说，“你先下去。”

管家低了低头：“好。”

脚步声急促却轻微，很快消失在二楼起居室。

梁砚成单手搭着露台玻璃门，在灯光下看到了自己倒映在玻璃上的脸。

他眉心拧着，眼神冷漠且寡淡。

他顿了顿，再进卧室时，尽力抚平了眉间山川，停在沙发边敛眸深深看池颜一眼。

她身上还是穿着那件丝质睡裙，肩上的薄开肩还是他出去打电话前给她披上的。这会儿她还是生着气，眼眶微微发红。

中央空调出风口对着沙发方向呼呼地吹。

梁砚成侧身挡住大半风口，沉默半晌，垂手揉了揉她的长发。

他俯身低声道："抱歉，让你受委屈了。"

池颜闷声气了这么久，也听到了楼下动静，知道他深更半夜直接遣人把温仪接过来是想一次解决个透彻。她说不清自己是什么感觉，此刻理智回笼，知道不该迁怒于他。

她简单"嗯"了一声，没说话。

搭在扶手上的手臂被空调风吹得发凉，她感觉到他的手顺着发梢落在她手背上，覆着她的手。

他说："我会解决，别生气了。"

他手心的温度就这么传了过来。

池颜觉得自己冰凉的手指又有了温度，她想抽出却有点舍不得，贪恋地蹭了蹭他的掌心，小声问道："你打算怎么解决？"

梁砚成没有回答，反问："你怎么想？"

他定了定神，一字一字缓慢开口："你说，我做。"

池颜生气归生气，但知道这件事由梁砚成解决是最稳妥的，不管以后怎么样，都不会有人借题发挥说她一句苛刻。

池颜不开口，只抿了下唇。

她感觉到他安抚似的轻轻拍她的手背，说道："你先睡。"

笼在身侧的身影直起身，往外走了两步。

脚步声在卧室门口骤停，他像想到什么似的，回了一趟衣帽间，再出来时，手上握着个丝绒盒。

池颜就这么静静看着梁砚成，看他再一次在身边停下，屈膝，从盒子里取出一枚宝石，放进她掌心。

"在那边拍的，很适合你。"

池颜眸光低垂，落在色泽通透的宝石上，沉默了几秒后，问道："我要是没生气，你就不舍得拿出来哄人了？"

下午就想送的，不过被她岔开了话题，没能送出去。

他想了一会儿，打开手机调出两张图发到她手机上。

从刚才起，为了不让她看网上那些言论生气，她的手机被没收了放在床头柜上。

此时两声振动声从床头柜传来，梁砚成听到声音后才说："喜欢做项链或者戒指都可以。"

他不善于表达，但池颜听出来了。

这是一早就打算送她的，甚至连设计图都有了，只是苦于没机会送出。

有些人虽然面冷，话少，人无趣，但时间久了，会发现他的好跟滚雪球似的越滚越多，等静下心来再回味，细节都藏在了时间缝隙里。你若不发掘，或许就这么错过了。

池颜用指尖戳了下那枚宝石，嘟着嘴说："我生气很难哄。"

"我知道。"

他的声线偏温润，不肃着脸的时候其实没那么冷淡。

然后，他像哄人似的说："所以我在努力。"

一直到脚步声消失在楼梯转角，池颜还没回过神，手里那枚宝石还未经雕琢，握在掌心时边缘毛毛糙糙的。

她正愣着神，回味刚才他难得温声说的那两句话。

露在睡裙外的小腿突然一热，伴随着咂吧咂吧的口水声。池颜一低头，赫然发现小宝混进了房间，正埋头努力哄她开心。

她只以为是小宝从门缝里溜了进来，却不知道刚才出去时，有人故意把它放了进来，还是带着任务来的。

"小……"男人没能喊出口，眼底露出几分无奈，"妈妈生气了，去哄哄。"

温仪在楼下等了许久，楼上一直没有动静。

除了她和管家，一楼大厅只有条到处乱窜的小狗，遇见她跟见了坏人似的龇牙，它绕着客厅跑一圈回来，再遇见，再龇牙，不厌其烦。

直到楼上传来"咔嗒"一声开门声。

小狗突然停下绕圈的行为，忙不迭往楼上跑，没一会儿连脚步声都远了，再没见下来。

楼道口静了片刻，男人颀长的身影从转角处出现。

他虽身着睡衣，不知为什么肩侧还湿了一半，但与平时在外时的气场相差无几。只是因为沐浴后头发没再一丝不苟往后打理，在客厅橙黄色的水晶灯下，显得有几分柔软。

温仪仿佛觉得自己穿过时光长河，看到了他小时候还没习惯冷脸的日子，不由得指了指自己的肩头示意，问道：“这里怎么湿了？”

“不劳费心。”

梁砚成冷声拒绝好意，柔软不过是错觉。

他自顾自在单人沙发上坐下，双腿交叠，冷冷地问：“找你什么事，来的路上该知道了吧？”

温仪大晚上硬是被拉来这边，知道不是什么好事。

路上她陆陆续续从网上知道一些，心下正忐忑。

她觉得自己只是捎带利用了一下身边资源，当初那么快让人删话题也是怕事情发酵。她借池颜出镜不过就是提醒知情人，她虽然身份微妙，但仍然与梁氏保持良好关系。

只此一条，就够她在圈里吃得开了。

料想不到的是，如今的“粉丝”还有闲心雅致去深扒这一条。

也确实是运气不好。

像池颜这样很具辨识度的脸，出镜一次后很难被人忘记，接二连三就被拍到路透。

责问落在温仪身上，她自己也觉得冤枉。

这些事都是对方“粉丝”做的，与她其实并没有直接关系。

网络就像大杂烩，隔着屏幕很难管到对方的键盘怎么敲，真要论起来，温仪只觉得自己该为回国时拍到的那回道歉。

她也这么做了。

温仪回国后听说了梁氏小砚总很疼自己太太，此刻看他冷面阎罗似的直勾勾盯着自己，心里还是怵的。

她尽量让自己语气柔和，慢慢地说：“看到了一点，不过砚成，我们要讲道理。这些并不是我指使人发的帖说的话，你这样全数怪在我头上，我很为难。之前的事，我也和你道过歉了，是不是？”

“所以你想说与你完全无关？”男人冷声打断。

“不，我并没有这么说。这件事是无意被牵扯出来，我有一定责任，只是网络上那么多双眼睛那么多张嘴，我不可能一一管得过来。生气并没有什么用，我们好好澄清，事情就真相大白了。你觉得呢？”

温仪态度很温和，摆出一副是非黑白讲道理的模样。

可梁砚成从来不吃这套，他面色沉静“哦”了一声，讥讽般提了提嘴角：“依你的意思，打一巴掌道一句歉，我太太是白受了委屈？”

温仪深刻体会到了他的硬脾气，摊手道：“行，那你说怎么处理？”

“第一，网络上的不当言论，我已经找人去删了。当然，事关我太太名誉，不管背后是谁，律师函都会准时寄到手上。”

他神情不容置喙，继续道：“第二，梁、池两家都不希望随时被扯进无聊新闻里，所以不可能让你继续在娱乐圈发展。”

第二条刚落下，温仪皱起眉问：“什么意思？”

“字面意思，”梁砚成每一个字落下，全是冰碴，“节目你就别想参加了。另外，接下来你也不会收到任何邀约，我说到做到。”

温仪没想对方把责任都归在自己头上，声音骤然提高几个调：“对方‘粉丝’胡说八道，这是我能管得住的吗？”

梁砚成嗤笑：“那你大可不必在回国时扯上关系。”

他停顿半晌，提醒道：“除此之外，爷爷那边我已经通知过了，说你回国了。”

“梁砚成，”温仪不可置信地看着他，“不过就是点小事，说清楚就好了，你什么时候变得像现在这样？你做事不讲人情的吗？”

“人情？”他蹙了下眉，“不让我太太受委屈，就是我的人情。”

这句话落得很轻，分量却很重。

池颜搭着楼梯扶手，心头一颤。

午夜雨声淅淅沥沥，还没收住。

她透过转角玻璃往墙外看去，花园灯微光闪烁，光芒被雨水割裂成好几块。

雨声和屋里的沉默像是一场拉锯战。

池颜在楼道口站了许久，没往下，转身提步重新上楼。

小狗歪头听着脚步声，看到“失而复得”的妈妈晃了晃尾巴，黑豆眼里充满疑惑。

它懂喜怒哀乐，它能体会到她一丝丝往外蹿的情绪。

哦，妈妈开心了，我哄好了。

小狗飞速摆动起尾巴，很骄傲。

凌晨的梁氏大楼，企宣部还亮着灯。

自从看到网络上流传的负面新闻后，公关小组紧急联系了大池的对接部门。

对策直接跨级递到了易助手里。

易俊刚想给小砚总打电话，就看到了对方的名字在手机屏幕上闪烁。

他重重抹了把脸，接通。

原以为下面提交的公关计划在短时间内已经做得很到位了，可电话那头的人并不满意。

删帖，追溯到个人，如此远远不够。

易俊低头看了眼表，电话里男人的声音冰凉彻骨，却又难得替他考虑了可行性，无波无澜地下了道命令：给你 12 小时。

深夜能做的事很有限。

等公关组说联系到平台准备删帖时，易俊点进帖子最后看了一眼。

梁氏是打算用雷霆手段直接一锅端，事后随便放个梁、池两家商业合作的新闻就能堵住悠悠众口，并不打算玩水军下场那套。

易俊再去看帖的时候，很神奇地发现风向有了微微转变，所有的转折从某条评论开始——

“不会吧？不会还有人不知道大池科技的池总就是照片上这个女人吧？顺便再告诉你们一个消息，赫赫有名的梁氏集团如今的实际控股人的老婆就是大池科技的池总。不禁摸了摸我的小秃脑袋，人家本身就是豪门，你捞什么呢？”

半小时前。

替小砚总夫人开车的司机抓包了半夜蒙着被子偷玩手机的追星族女儿。

一通教育还没出口，小女儿可怜巴巴地指着屏幕说：“爸，老板家的漂亮姐姐风评被损。”

中年人连风评被损四个字怎么写都不知道，他只知道池颜三天两头叫他带好吃的回去给小孩，他们一家都很喜欢池颜。

司机没收手机看了一会儿帖，气不过，转头问道：“你们追星都咋追来着？”

然后，一个四十多岁的中年男子，大半夜捧着手机学控评，场面感人。

但因为这条微不足道的发言，还有些脑子的网友去企查网查了下两家公司法人信息，发现竟然都能对得上。

网络上几乎没有这两家企业负责人的照片流出，因此多少有了质疑的声音。

池颜有一会儿没摸手机了，从起居室到主卧，来回转了好几圈，终于没忍住又去拿了手机。

时间太晚，小宝像坨烂泥，靠着欧式床帏的立柱慢慢下滑。

由坐变成趴，趴变成四脚朝天，呼噜声打得极具节奏感。

池颜在一阵绵长的鼻息声中叹了口气，熟门熟路地打开屏幕。

满屏的未读消息潮水般涌了上来。

池颜突然有种检阅的仪式感，盘腿坐正翻开第一条。

“天哪，宝贝，怎么会有人在网上发这么无聊的信息？看到的时候我都惊呆了。不过别怕，我反手就帮你怼了那群网友。”

点开图片，显示帖子某条回复下的追击评论：“好好笑，我算半个圈内人吧，就顺便给你们科普一下，两人是真的夫妻，他们属于联姻知道吗？还不是塑料的那种，感情好得简直让人不敢相信。不知道你们这些网友到底在造什么谣，不怕律师函警告吗？”

池颜点进第二条消息：

“现在的网络风气真的好差，宝贝你别生气，他们有眼无珠。”

“看到主楼的图我就知道这个帖气数已尽，但我还是要说！他俩真的是夫妻！如果明天早上起来这个帖不见了，是谁冲冠一怒为红颜不用我说了吧？楼上的朋友，现在删也来不及了，自求多福吧！”

紧接着第三条，很简单粗暴只有图片。

“正好有机会给你们嗑一拨圈里人才知道的糖。当初有人蓄意勾引男主，男主知道后完全没顾及她的颜面，直接在宴会上对她家长辈大开嘲讽，说：‘怎么没人教她礼义廉耻。’我当时有幸就在现场，直接被帅爆了！所以不用质疑，这俩感情就是很好。如果你们要问为什么女主能找到这么好的老公，请回去看看照片欣赏下美颜，再想想能独自管理好这么一家大公司的女人，你还有什么理由不爱！”

以此往复第四、第五、第六……乃至第 N 条都是相关内容的消息。

池颜压根儿没想到塑料姐妹们齐齐下了场。

虽然其中或多或少牵扯将来的人情和公司利益，但这一刻，好像真的有被安慰到。

当然，还有很多她看不到，也不需要被邀功的好人好事。

裴芷和江瑞枝这会儿正忙着挨个点举报，同样忙得不可开交。

池颜来回看了几遍，一一发去感谢。

她消息回得太投入，没听到花园外逐渐远去的汽车引擎声，也没听到楼道里渐近的脚步声。

卧室门虚掩着，看到池颜盘腿坐在床边玩手机，梁砚成皱了下眉，低声问道：“怎么还没睡？”

“你……”

池颜猛地抬头，发现他不知何时站到了门口。

她面色比之前缓和了不少，声音也温柔了起来：“都……解决了？”

“嗯，抱歉。”他第二次开口道歉。

本来就没怪在他头上，那会儿脾气急了，语气自然不好听。

池颜在楼道口听完墙脚，现在心里满满都是不好意思，红着耳朵小声说：“我没怪你。”

“明天我会让公司放出两家合作的新闻。”梁砚成目光沉静地说。

他视线稍稍偏移，最终落在她发红的耳根上，忍不住抬手用指尖捻了一下，问道：“热？”

池颜被突如其来的动作吓得一激灵，腰背绷得直直的，回道：“对。”

意识到自己反应过大，她往后挪了一点：“我没意见，放什么新闻都行。”

“好。”

没人说话时，卧室里只有小宝绵长的打呼声。

鼻息轻重起伏，像藏着鼻涕泡，时不时冒出一两声尖细悠长又突兀的噪音，给夜色平添了几分趣意。

维持了一晚上的紧绷情绪在此刻真正松懈下来。

梁砚成这才意识到湿了半边的睡衣在身上已经干了，不适得很。

他松开颈间第一颗纽扣，转身往更衣室去。

身后一串属于女人的脚步声就这么跟了上来，听起来比他的更轻盈一些。

更衣室空间没有卧室大，明明同样开着恒温，梁砚成好似感觉到了丝丝躁意。

他薄唇微动，打破安静：“还有件事。”

“嗯？”池颜应了一声。

她跟进来就想帮他拿件干净睡衣，手指刚搭上衣柜把手，就听他说：“那档节目不会有下期了。”

换在别人手里，按着人情世故很多事情都有个度在衡量。

池颜以为今晚的事情到此为止，却没料到还有后续。

她顿了一下，取出干净睡衣转身递到他手上，简单一套动作过后，想明白了他这么做的缘由。

事情源头来自温仪，但在别家“粉丝”手底下发酵成了不良事态。

虽然眼看着是温仪起的头，但其实环节里的每一个人都脱不了干系，他都睚眦必报。

可是，为了她这点事，动用关系取缔了一档节目……

池颜垂下手，说不清心里的酸酸胀胀是因为被人疼爱而愉悦，还是旁的。

她凑近，从背后环住对方的腰轻轻抱了抱，软软地说：“谢谢。”

一早醒来。

池颜发现梁砚成做的远比说的多了许多。

关诉发消息来，说大池科技官网首页的广告栏已经替换成了上次两家公司续

长约时的现场图片。

她再去看梁氏首页，也替换成了同一则新闻。

这时候不用再想，昨晚造谣的帖子一定早就删了个干干净净。

今天上话题榜的，怕不是节目停档通知吧。

池颜随手点开，果不其然看到了节目停播消息。

炒作花的真金白银，全都跟着节目停播的消息同时打了水漂，连个响儿都没听到。

“粉丝”漫天哀号，哭着喊着说好不容易等到自家姐姐上节目，竟然停播了，这一等等了个寂寞。

再点进贴吧，乱七八糟的帖全没了。

最顶端挂着的是加粗红字公告。

池颜逐字逐句读着：“……整顿网络秩序，进入净网行动。在此期间所有旧帖需要经过审核显示，涉及侵害公民个人信息内容的一律不得发帖。”

她沉默半晌，把截图转发给梁砚成。

昨晚睡得晚，醒得也晚。她醒来时，身边早就没了温度。

这会儿按照梁砚成的行程，应该是在例行早会。

池颜没干等着，在贴吧刷了几个新帖，因为所谓的整顿活动，新帖主题都写得极其隐晦。

池颜看到一个“是他吗？那个独宠娇妻一人的霸总出现了吗？”的标题，点了进去。

因为不得上升到公民个人信息，首楼用了张不知道哪儿来的漫画网图镇了楼。

楼主小心翼翼地发问：“昨天的馊瓜有人吃了吗？实在找不到地方发帖，冒死来问问大家后续。今天这个整顿活动是我想的那样吗？是他吗？他来了吗？那个男人，他有这么大力道的吗？节目下档，贴吧整顿？”

2L：“建议去官网看看，如果你看到了照片，那我们说的应该是同一件事。”

18L：“这……我觉得是他，我先说个首字母，你们告诉我对不对，那个男人的名字是L开头。”

19L：“那个女人，她的名字以C开头。”

32L：“如果不是碰到这件事，哪部小说这么写我一定去评论区骂作者，这种玛丽苏情节都写得出我真是服了，但是我竟然嗑到了真的。”

89L：“昨天帖子里说的都一一应验了，这就是冲冠一怒为红颜。”

123L：“所以在那个旧帖里乱说的人收到律师函了吗，不会只有我一个人好奇这件事吧？”

238L：“看了官网照片回来了，我的眼泪流成了黄河。这是真实存在的吗？这两个人的颜我愿称之为天仙配，呜呜……我真的哭了。以及能否让我展开嗑一嗑旧贴里那个瓜？”

239L：“楼上你说太多了，真正豪门都不愿意被放在公众眼皮底下扒，小心律师函警告。”

池颜默默滑走了帖子。

虽然不愿以此在公众视线中出道，但免不了有一丝丝被爽到。

她理智上线，赶紧给关诉打了个电话：“游戏限定款什么时候上架？”

关诉看到她的电话就做好了汇报今早一系列事情的准备，没想她开口半个字没提，就问了游戏限定款。

他顿了几秒才答道：“下周。”

“别啊，等什么下周，”池颜小算盘一打，“就今天，刻不容缓，立刻上架！”

“现在？”关诉蒙了。

“对，赶紧上。现在好多人跑我们官网看热闹呢，就在新闻底下，把新产品全放上去，”池颜远程操控，“记得让企宣盯一下，别浪费流量。”

关诉又问：“那梁氏那边的平台呢？”

“也今天上，”池颜没犹豫，直接说，“那边我去跟他讲。”

“行。”

池颜挂了电话，兴冲冲要打给梁砚成，手机先进来个电话。

忙碌一晚上举报帖子的闺密“不怀好意”打了进来。

“谁啊？是谁这么狂野把节目都下了？”江瑞枝嘿嘿一笑，“到底谁，还能有背景让贴吧整顿？天哪，这一定不会是哪个霸总在哄老婆吧？”

估计她一早上看了帖子就忍不住来爽两句。

池颜知道江瑞枝的德行，故意把手机从耳边挪开点距离，假装听不见。

手机振了一声。

“谁啊？是谁？快跟我说说嘛。”江瑞枝一个劲使坏。

池颜边听江瑞枝胡说八道边打开微信新消息。

几分钟前她刚发出去的消息下面有了回音。

万年朽木：“嗯，是我。”

池颜无语。

还挺应景？

池颜从来都是憋着一股劲儿要强，事事冲在最前面，生怕别人说她不行。

扛得久了人也会累。

梁砚成做事四平八稳，几乎不用她再操心。他有时候就像棵大树，沉默但遮风挡雨，枝叶繁茂地从后拥着她，好像让她背后有了依靠。

池颜难得地放松了自己，没去杠他。

她卷着被子翻了个身，怀着少女心事地问："那我要怎么谢你呀？"

万年朽木："不用。"

池颜马上问道："你又要说因为我是你太太？"

万年朽木："嗯？"

池颜说："那如果你太太是别人，你也这么护着？"

仿佛感受到了这个问题背后的杀气，手机上显示了好几遍正在输入，他才回答："没有别人。"

很木头式的发言。

一旦接受这个设定，反而比花言巧语更让人安心。

池颜嘴角挂着笑意，手指在键盘上敲得飞快："行吧，晚上没什么事我去公司等你？新来那个师傅做的黑椒松茸饭特别好吃。"

要是换平时，他或许会问一句家里什么时候又换大厨了。

不过这次刚好赶巧，梁砚成看到消息的时候连着要开第二个会议，扫了一眼，简单回复："好。"

黑椒松茸饭没能吃上。

池颜让司机把她送到梁氏大楼底下，才临时得到通知，说今晚要回老宅吃饭。

她朝一边看文件的男人瞪眼："你怎么不提前说？"

看他的唇形，很有可能即将脱口而出的那句就是"忘了"。

池颜都做好了准备，结果他沉默了两秒，给忘了两个字加了个前提——

"易俊忘了。"

今晚不需要加班，易俊难得提早回家，隔着千百米远承受了这拨"无妄之灾"。

池颜没作深想，"哦"一声，指尖搭着驾驶座的通话键："老陈，晚点到老宅后，你就别等了，把饭菜打包了带回去吃，别浪费了。"

司机赶忙应了声，通话切断。

池颜靠回车座椅时，发现本在看文件的某人偏头盯着她。

"干吗看我？"

男人动了动唇："没什么。"

池颜想了几秒，解释道：“你不是还有几辆车停在老宅地库吗？吃完我们自己开车回来就好了。”

她其实暗藏私心。

那次去机场接人之后，她发现虽然平时用着司机也不会打扰到后车厢，但车里只有两人时，显然还是不一样的。那是一种让她感觉很微妙，夫妻俩该有的生活气息。

当然，这次感觉应该会更好。

因为美好的氛围不会被狗呼噜声打破。

池颜算盘打得精准，都忘了问梁砚成突然被叫回老宅吃饭是为了什么事。

等坐到饭桌上，看着一手之隔的大小顽固二人，池颜才后知后觉头痛起来。

爷爷梁霄性子很强硬，某些事情上，和梁砚成是一比一复刻。不过梁霄更古板更固执更严肃一些。

池颜嫁到梁家算起来两年不到，和梁霄相处的时间不算太多。

刚结婚前几个月是住在老宅的，所以知道他有多难搞。

平时饭桌上只要她不开口调节气氛，这两人能木着脸从头吃到尾，不发出一点声音，吃顿饭堪比上刑场。如果真要有什么动静，那也是梁霄在饭桌上单方面叱责梁砚成。

梁砚成神情寡淡，很难看出到底是听没在听。

池颜估计今晚叫他们回来吃饭，多半是因为温仪那件事。

她不好开口，借着餐布遮挡，在桌下用脚尖轻轻碰了碰梁砚成的小腿，偏头做口型：“说——话——”

“爷爷。”他皱眉。

餐桌上终于有了些响动，没那么难挨了。

池颜慢条斯理地剔了块羊排送到他餐盘以示嘉奖。

对面梁霄掀了掀眼皮，沉着声没好气道：“食不言，寝不语。”

梁砚成冷着脸放下刀叉，说道：“我吃完了。”

言外之意，有什么话可以开始说了。

“哐啷”一声清脆碰擦，梁霄也把手里那双缀着金色图腾的筷子丢到一边，听起来力道不轻。

他俩都停下动作，池颜自顾自吃饭就显得不妥了。她轻手轻脚地放好刀叉，看似很乖巧地静等下文。

老爷子板起脸，发问：“温仪回来，你怎么没早告诉我？”

“告诉得也不晚。”梁砚成答。

“不晚？”梁霄从鼻腔发出哼气声，语气带上了斥责，“非要闹到别人眼皮子底下，大家都不好看了才叫晚？你听听外面说得多难听，真以为我们梁家什么人都进得来？”

老爷子不会网上冲浪，但底下那些老股东被剥了权，成天在家无聊得很，这几天的事都成了碎嘴话嚼烂了说给老爷子听。

他现在是单方面责怪梁砚成行动太慢，不过当着池颜的面，话说完他才察觉这不是在书房与孙子一对一交流。

他于是语气生硬地补了一句：“我说话不好听，小颜不用往心里去。”

池颜最会装乖，摇头道：“不会。”

梁霄收回视线，继续跟梁砚成吹胡子瞪眼：“要不是前段时间我把你爸这个不争气的东西遣到国外去办事，这会儿跟你闹的就不是我了。”

“嗯。”梁霄最见不得他这副模样，拍了拍桌案，“她这种喜欢翻腾的人不适合留在国内，我会安排人把她送出国休养。你没意见吧？”

梁砚成的肩背挺直成了一条线，他明白出国休养这几个字意味着什么。

时时刻刻有梁霄的人盯着，温仪后半辈子别想再踏入故土一步。

梁砚成眸光低垂，余光捕捉到垂在身侧的一截素白手臂，手指向内扣着，一圈圈百无聊赖地绕着餐布。他垂在身侧的那只手就这么鬼使神差缠了上去，借着遮挡握紧了她的手指。

“没意见。”他说。

“没意见就好。”老头阴阳怪气地说道，“看你也不是什么念旧情的人，问了也等于白问。”

池颜被他突然缠上的手指弄得一头雾水，不绕餐布了，改在他掌心磨蹭。骤然听老头这么说一句，池颜替他不开心，故意插了嘴：“爷爷，您别老说他了，阿砚自己做事有分寸。再说，他挺懂人情味的。”

后半句声音很小，不过近在咫尺的人听到了。

平时梁霄也是这么好一句坏一句地说话，养成了习惯，一边喜欢着唯一的孙子，一边又对他极其苛刻，像是把对儿子的爱都转移到了他身上，又像是顺带把对温仪的反感也同时糅合到了一起。

以至于对他时好时坏，脾气难捉摸得很。

池颜是个不肯吃亏的人，连带着不肯让梁砚成吃亏。

当头听梁霄说这么一句，立即要替他反驳回来。

搭在她手背上的手指轻轻敲了两下，好像在说他不介意。

池颜撇嘴，没发挥各人自扫门前雪的优良传统，又说道：“爷爷，事情都处理完了，就这么过了吧。难得回家吃顿饭，大家都高兴高兴的好吗？”

因为是她开的口，老头哼了哼气没说话，就是脸还是黑的。

池颜偏头，用口型说：“小意思。”

她开口打了岔，饭桌氛围就没任由这么僵持下去。

摸透了老木头和小木头的脾气，池颜给布了菜从中斡旋，老头的脸立马缓和下来。

饭后也没再叫梁砚成去书房谈。

池颜颇有成就感，窝进沙发里吃着水果给闺密炫耀：“我们家得开个林场，估计比现在赚钱多了。家里老的小的都是木头，还挺好玩儿。”

江瑞枝隔着屏幕胆气很大地说：“还是你心理强大，我就你办婚礼那会儿见过一次小木头的爷爷老木头，我天，我到现在都忘不掉那张严肃的脸。”

裴芷也赞同：“是有点严肃，我也记得。”

池颜手指飞快地敲着：“不至于吧，宝贝们，你们要真这么说，梁砚成冷脸的时候也不比他爷爷弱吧？”

她这边在愉快地聊天，王妈叫人收拾好餐桌跟进了书房，小声和老爷子说：“刚才您那个位置看不见，我看他们小夫妻俩好着呢，餐桌底下还拉着小手儿。您甭操心。”

老头冷着脸，满脸不痛快：“好着也不给我生重孙，儿子养废了，孙子半废不废，我成天在家连个趣事儿都没有，没着没落。”

“急不来，”王妈劝慰，“感情好，重孙就这两年的事，您不能给压力。”

“我不给，我不给就让他俩瞎折腾？”他气不过，杵了杵豹头拐，“汤炖好没？我盯着吃完才能走。”

“好了好了，我这就叫人去上。”

王妈出了书房径直朝楼下客厅去。

这事多少有碍男人面子，她在楼道口朝池颜招了招手：“小颜，来一趟。”

池颜字打一半，把手机丢在桌上就去。

王妈找了个借口找池颜去看别人送到老宅来的珍贵物件儿，让她随便挑喜欢的叫人送到新居去。

客厅那边，梁砚成从外面接完电话回来刚坐下，一盏腾着热气的人参鹿茸汤就送到了面前。

他垂眸盯着看了一会儿，平静问道：“什么意思？”

满屋子用人只有王妈年岁长，堪比长辈，除了王妈，其他人都怕这祖孙俩。

送汤的用人沉默了许久，小声说：“老爷子交代的。”

她木头桩子似的杵在沙发边，好像他不喝完就不走似的。

梁砚成看这阵仗就明白了老头的意图，太阳穴一个劲地跳。不远处池颜和王妈说话的声音越来越近，他抿了下唇没管还烫不烫，闷头就喝了个精光，继而冷声道：“拿走。”

这声比鬼催还有效，用人端起空盏就跑，生怕被留下。

池颜挑完东西回来，看他已经回到客厅，脸色在客厅白光下阴沉沉的，额头却沁出了一层细密薄汗。

她一下想到了自己丢在桌案上的手机，刚离开之前，话题还停留在不怎么文雅的地方。

更何况……她记得当时手机就停留微信界面上，说不准，还被他瞧见了自己的备注。

要不然他脸色怎么这么难看？

这回真是运气不好，才说完小木头冷脸不比老木头差，就叫她碰上了。

池颜左右各看一眼，王妈去了厨房，客厅又剩下他们二人。

她尴尬地清了清嗓子挨边坐下，摸过手机偷看一眼。

池颜用肩蹭了他一下，小声说：“你知道吧，就是有的夫妻之间会给对方起昵称，就会显得亲密一些……”

梁砚成这碗补汤喝得冒出了细细密密的汗，身上并不舒坦，当下表情并不好看，敷衍道：“嗯。”

池颜只以为他真的很介意以此为备注，当着他的面切换进名片，递给他，说道：“那行吧，不喜欢你换一个，叫什么都行。”

男人的目光轻飘飘落在名片备注上。

梁砚成觉得现在自己不止太阳穴，连眼皮都在跳，他才明白过来池颜刚才一系列莫名其妙的话是什么意思，还有她为何以前时不时叫他一两声木头。

他喉结滚了一圈，问道：“万年……朽木？”

池颜心虚，索性抢回手机当着他的面删掉了备注名，嘴里小声叨叨：“其实木头也挺可爱的，这是情趣嘛，算了，你欣赏不来我换就是。”

她手指在空白界面上停了停，输入一个“梁”，又删除。

她的眸光在他脸色上打了个转儿，乖乖巧巧一字一字地输入：老公。

“行了吧？”

梁砚成：“嗯。”

再怎么有效的补汤不可能起效那么快。

不知是被她无辜的眼神看得灼热，还是三伏天那一盏汤喝得太急，他额上细密的汗层出不穷，身上更甚，脖颈往下被衬衣包裹着的皮肤散不尽热似的，思绪也跟着氤氲起来。

池颜没注意到异样，手心朝上摊开，问道：“你的手机呢？不会私底下也给我备注什么奇奇怪怪的名字吧。”

梁砚成抬手解开第一颗扣，声音微哑：“没有。”

“怎么还出汗了？”池颜挑眉，“不会被我猜中了心虚吧？”

出汗是因为那盏要命的汤。

梁砚成把唇线抿得死紧，一点不愿意叫她知道老头逼他喝了那玩意儿。

婚后夫妻生活很规律，只是因为避孕做得好，一直就没动静。

谁知道老爷子会以为他不太行。

梁砚成越想脸越阴沉，想着在老宅多半还有眼线盯着，他扯松了领口，说道：“池颜，先回家。”

池颜满脸狐疑地盯着他：“我现在合理怀疑，你就是给我备注了什么奇奇怪怪的东西，所以一直在逃避话题。”

她偏纠缠不放，梁砚成无奈地揉了把眉骨，把手机丢给她。

池颜轻车熟路地点进去，一眼看到了“老婆”两字。

她诧异抬眼，见他长身直立，站在客厅敞亮的灯光下朝她伸出手。

“回家。”

“好。”

她就这么傻愣愣地把手递到了他掌心。

他的手滚烫的，像被火燎过。

车内空调开得很低。

池颜把外套丢在了后座上，就穿着一件吊带长裙，烟灰色的细长肩带松松垮垮歪着，手臂正对出风口，被冷风吹得发寒。

她把风叶往上顶了一下，偏头看主控板上的温度显示已经20度以下了。

这辆SUV婚后就没见他用过，丢在老宅地库里保养得不错，内饰崭新，散发着淡淡的皮革香，空调出风口大概是添了什么香，空调一开，车内就萦绕着一股清幽气味。

和她睡前喜欢点的佛手柑香薰味道很相近。

这种味道定心神。

她看了眼窗外，道路两边竹影婆娑，笼着一层月光清辉。

从老宅回思明区通常走市区那条路，但这个点市区还拥堵着，反而靠近陵山

风景区的景观道车辆稀疏。

池颜生在陵城，没上过几次陵山，对路也是一知半解。

第一次发现陵城的夜晚除了灯红酒绿，竟然还有这样的景致。

她开了一丝窗缝，温热的山风从夹缝中争先恐后钻了进来，与车内冷空气撞到了一起。

驾驶座的人安静了一路，终于出声，问她："不热？"

"不啊。"

池颜条件反射地答了，再扭头看他。

景区夜晚的灯间隔十几米才开一盏，黯淡光线透进车玻璃一盏盏晃过去。

他肤色冷白，暖黄色的光线一扫而过，映照出他额头的细密薄汗。

颈口也不知什么时候开了两粒扣子，真像热急了似的，泛着浅淡红晕。

池颜下意识去看中控板，还是20度以下没错，她顿了数秒，抬手去摸他的脖子。

指腹蹭过他的颈间动脉，跳得厉害。

"你不会发烧了吧？"

刚才那一下，他条件反射地往旁边侧了一下，池颜有些不敢确定。

她从副驾探身，想去摸第二下。

梁砚成低声答："没有。"

"你热得不太正常。"池颜还是不放心。

这么热的天谁喝一盏滚烫的茶都得出一身汗，更别说补气养生的汤了。

梁砚成绷了一路，内里热气并没有散完，被池颜冰凉的指腹一碰，触电似的。

他放慢车速调了下空调，把温度提到22度，生硬地解释道："刚才喝了两杯热茶，内热。"

池颜不放心地问："没不舒服？"

"没。"

她稍稍放心一点，趁他专心开车没注意，探手又摸了一下。

这次梁砚成没来得及躲，她的手掌牢牢贴紧了他颈侧，像给他鞠了一捧山泉水，冰凉的，柔弱无骨。

车轮在地上划出一道黑色痕迹，"吱"一声紧急靠边停下。

池颜以为自己动作太突然吓到了他，面露尴尬："不是玩闹……就试试温度对不对。"

景观道竹影摇曳，车子停在两盏路灯中间，车内光线黯淡。

"对了吗？"

男人偏过头直勾勾看着她，眸色幽深。

池颜抿了下唇：“对了……”

不知为什么，她在这个前不着村后不着店的地方，从他眼中看出了点浓重的情欲。

池颜嘴上功夫了得，能脸不红心不跳地跟江瑞枝开玩笑，但细数起来，出格的事就是在琴房的那一回。

被他压在钢琴上，琴音变成了噪音，乱七八糟往外冒。

她前后望了一眼，飞快提醒道：“你疯了，这可是外边。”

再怎么沉静的男人也有顽劣的时候，就像现在。

梁砚成压着快要上扬的嘴角，想知道他这个脑子里稀奇古怪念头的太太到底还要往哪儿想。

他故意欺身靠近，问道：“所以呢？”

“所以？你还好意思问所以？你知不知道现在路面高清摄像头有多少，看着没人是吧，但是你所有的行动……”

顿了顿，她握了下拳，放轻了声音继续说：“都能被人看到。不行，这儿真的不行。虽然是挺刺激的，但是真的不行。”

她边说边撑着座椅微微后仰，还找空隙调了下座椅位置。

好像怕有人仗着 SUV 车身宽敞真的不当人。

夜色里，男人轻笑一声，重新启动车子。

开出几十米后，池颜放松警惕慢慢软进靠背里，然后听到他说：“你要是喜欢，回车库一样。”

池颜的耳朵瞬间烫了。

黑色 SUV 驶入花园后没停在往日的停车位上，而是径直下了私人地库。

管家提前十分钟就收到先生太太要回家的消息，只不过紧接着还有先生额外的一条信息，叫他不用接。

车子驶入地库很长时间了，电梯都显示停在负一层没有动过。

大约又过了半个多小时，管家再次路过一楼大厅时，才发现电梯数字发生了变化，红色数字停在了二楼。

想先生和太太不会再下来，他才一路熄了灯结束一天的工作。

池颜气得眼睛都红了。

她“啪”一声摔了门，把臭男人关在了浴室门外。

“你自己去客房洗，烦死了，都是你弄的。”

门外脚步声停了片刻，他耐心地敲了敲门：“衣服放门口了。”

进得太急，她连衣服都忘了拿了。

池颜一转头，就在全身镜里看到了自己红透的脸。

她以一个很别扭的姿势站着，刚才车里的事慢镜头似的在眼前播放。

池颜烫红着脸，打住乱飞的思绪，别扭地够长手臂去拉吊带裙后的拉链。

脱掉衣服，她赶紧站到花洒底下，没忍住又朝浴室外骂了一句："梁砚成，你是不是浑蛋？"

回答她的只有浴室回音。

洗完澡，弄干净，气也消得差不多了。

池颜从浴室出来，就看到刚才被她骂了一千遍一万遍的男人靠在床头闭目养神。

她没好气地伸腿动了动他："干吗，累成这样？"

他的眼镜摆在床头柜上，也就能很清晰地看到他长睫覆着，轻轻抖了一下，没睁开。

池颜抹完身体乳，然后把手心还没化开的一点直接抹到梁砚成脸上，像报仇一样恨恨地说："叫你弄我身上，我也弄你一脸。"

浅淡的玫瑰香扑鼻而来。

梁砚成没睁眼，循着味一把擒住她的手臂，把人拉到了怀里。

就这么扑了个满怀。

池颜看着他鼻尖上的一点白，惊喜地说道："木头，你这样有点好看。"

"哪儿好看？"

他终于出了声，眼皮一掀，尽显温柔。

"这儿，"她点了点他的鼻子，用指尖把乳液划开一道痕，像猫须，"应该再多来几道。"

从她出来起，梁砚成就听着她的一举一动，眼睛也没有真正合拢。

眼看着她是涂完小腿才凑过来的，缓缓出声："涂不完腿就抹我脸上？"

"那怎么了？"池颜扬起下颌，"这是你的荣幸。"

她说罢轻轻拍着他的脸颊，揶揄道："三十岁的老男人该保养保养了，要不然老得快，精力又跟不上。以后你再放新闻出去说梁氏和大池联姻，网友看着你的老脸都不信了。"

横竖不过差了四岁，被她说得像差了辈。

男人寡淡的神情终于被其他所替代，像闷葫芦开了窍，生动起来。

"老得快，精力跟不上？"

在池颜以为他只是简单重复自己说过的话时，男人突然话锋一转："我得转变一下你错误的观念。”

她整个人跟着天旋地转，仰头倒在了床上。

床头灯骤熄，他们像两个初学者，在黑暗中摸索着接吻。

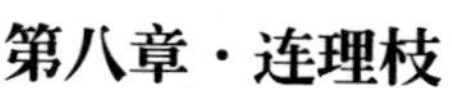

第八章·连理枝

不是不爱你，是怕表现得太过让你沾沾自喜，
以为我容易得到而不珍惜。

池颜两天没去公司。

有关诉、翁永昌和章生生随时给她汇报消息，她平时去得也不算特别勤，因此没人觉得奇怪。

只有池颜的小闺密群知道，她这两天连家门都没出去过。

江瑞枝干啥啥不行，嘲讽第一名，这两天群里的聊天记录一眼望过去全是她的“哈哈哈”。

今天又来了，一大早就在群里内涵——

江瑞枝：“宝贝今天可以出来喝酒蹦迪了吗？你这身体素质很差，折腾一晚要歇好几天？”

池颜除了第二天始终觉得睡眠不足，其实没什么问题。

就是有人开了戒，连续两次……

好像是三次，她后来嗓子哑了迷迷糊糊也记不清，总之都没做措施。

她这两天在家时不时还有腿心一热的错觉，就犯懒不想出门。

池颜：“不喝不蹦，佛系养生。”

江瑞枝：“那多亏你没碰到你老公二十多岁的时候，年轻气盛血气方刚，啧，不得了。”

池颜：“你怎么就知道二十多岁血气方刚不得了了？”

池颜：“哦，抱歉，我忘了你男朋友二十出头……”

池颜：“宝贝你帮我回忆回忆之前是谁说要同居试婚，然后好几天没上班的？那人是不是姓江来着？”

江瑞枝把自己禁言，表演当场地遁。

池颜一对一对线从来没输过，发了个得意的表情。

下一秒，江瑞枝的嘴跟开过光似的，催来了池颜先生还血气方刚时就认识的好友，也是大学时期对她颇有好感的学长，江源。

因为后来与梁家联姻，这层关系略有些尴尬。

即便两个当事人都不当回事，但池颜是个很讲究人情分寸的人，回国后没怎么和江源再联系过。

梁砚成也不是个回家会说琐事的人，江源的消息在她这儿基本就是断的。

近几年，池颜只在茶余饭后听说江家陆陆续续给江源介绍了不少名门闺秀，都没有结果。

她实在没想到江源突然找她能有什么事。

池颜回了个问号。

江源：“不好意思，小学妹，有事请你帮个忙。”

江源：“你可以先听我说，说完觉得可以帮那就帮忙做个中间人，要是不方便也没事，别介意。”

江家做酒庄生意，大池是科技板块，池颜在脑海里过了一整圈，没联系到一起去，更想不到什么忙梁砚成帮不了要找她。

不过她还是爽快地回复：“嗯，好。”

江源：“我家老头不省心，硬是给我介绍了个对象，人你认识，就是林家的林霜。”

池颜：“林霜啊。”

林霜性格柔，但是骨子里还是要强的，池颜心说林霜大概率不会喜欢江源那样能说会道又玩得开的富二代。

她也只是心里想，并不能帮谁做决定。

池颜听江源说完才知道，原来他家里一早就看上林霜了，就是林家出的那档子事才拖到了现在。

如今林老爷子只认林霜一个孙女，对这些因为身份而结识到一起的联姻来说，其实没多大区别。

江家又动了心思，原本就一心想找个性格好的姑娘配自己家的二世祖，于是再次把事情提上了议程。

池颜听完来龙去脉，没好意思说合适不合适。

倒是江源嘴快，直接提了请求：“我其实没多大兴趣，不知道你那边方不方便和林小姐说一声，事后与家里说不喜欢不合适就行。”

江源玩心未定，没有耽搁别人家姑娘的打算。

池颜刚想答应下来，林霜的电话赶巧打了进来。

她看着屏幕抿了下唇，这两人这么看倒是充满默契。

她接通一听，林霜果然也是求她帮忙来的。

池颜觉得好笑，索性问："那你什么意见，你是不想见？"

林霜不太好意思，低声笑着："他们江家生意做得更大，我怕以后不自由的地方多了，反正我也不是正经的林家千金，还是别了吧。"

"那你怎么和……"池颜临时刹车，换了个词，"怎么和林叔讲？"

林霜说："见面都安排好了，不去不太好，不然就见一面，然后回家说对方看不上我，这样就行了吧？"

池颜怕林霜心思敏感回去多想，没打算把江源刚找过她的事情说出来。

林霜支吾了一声，又说："我经常听说江先生，没见过也不了解，见了面更不知道要说什么。你这两天有空吗？就当……就当我请你吃顿便饭。"

池颜看林霜不打算和江源单独见面，就知道她确实没有心思。

池颜没什么大事，点头道："行，那你到时候发我地址，我过去。"

池颜挂了电话，越想越觉得这两人有意思。

她把刚才的事情三言两语发给梁砚成，很得意地评价："可别说你朋友看不上我朋友，我朋友是好姑娘，心气儿一样高着呢。"

她还以为梁砚成要替江源辩驳两句，没想到他更妥协。

没一会儿他发来回音。

老公："你朋友眼光确实好，江源不配。"

不知道是不是备注的这两个字加成，池颜觉得现在在聊天框里的每条消息都说在她心坎儿上。

池颜换了个舒服的姿势斜躺在沙发上，发散思维："那你当时知道要和我们池家联姻时，你怎么想的？"

池颜："你不会跟江学长一样，到处找人托关系回绝吧？"

池颜："我仔细想想，你这个人还真有可能做这种事。而且在英国时，江学长的事你也知道吧？好歹因为朋友，你也不会答应吧？"

池颜："不过你找了谁？怎么就没能回绝成功？我还挺好奇的。"

她已经开始代入自己的故事往下讲。

手机振了一下，梁砚成很简单地回复："没找人。"

池颜："？"

老公："我。"

池颜："？"

老公："很荣幸。"

微信这头，江源舒了口气：“对啊，就是要这么回，要不然我保证你今晚连家门都进不去。”

江源在顶楼办公室，没能看到前面那段，自顾自倒了杯水，路过梁砚成边上只看到了他在和老婆发消息追忆往事。

江源实在看不下去才插手帮忙。

梁砚成盯着发出去的消息看了半晌，抿了下唇，没说话。

他其实想说以梁氏和大池的利益来看，两家结合没有任何弊端。

爷爷态度是强硬，但他也不是任人左右的个性。他自己也说不清当时处于什么心理，很顺从地应了，不想反驳。

或许是于他来说与谁都一样的婚姻，怎样都行。

如若当时未果，池颜嫁了别人，如今再这么做假设……

不，连假设都做不了。他光是想想就觉得胸口堵着郁气，要真有这么个男人，他绝不会让对方好过。

梁砚成天生与花言巧语无缘，但看到聊天框跳出颗粉嫩的心时，还是觉得哄人的本事总得学两招才算不亏。

他笨拙地找到表情包库，找到爱心发射，回了过去。

江源坐得近，把他的小动作看得清清楚楚，在一边阴阳怪气地咳嗽。

梁砚成没搭理，把手机放到一边，问另一侧的男人：“这次过来待几天？”

江源大白天出现在梁氏顶楼不完全为了相亲的事。他虽然找池颜帮忙，但为了避嫌，还是先到这里来和梁砚成知会一声。

当然，知会完全可以通过手机，他出现在这儿最重要的是因为他们有个共同好友老赵，这两天路过陵城，便过来小坐片刻。

老赵家早年辉煌过，后来家境中落。

他没接受任何一方的帮助，而是跑去当了兵。这些年磨炼下来，与他们这些养尊处优的贵公子从骨子里开始产生了差别，做事依然强硬，气质却更痞。

时过境迁，与昔日旧友关系依然没变。

梁砚成一问，老赵坦言：“就这两天，不多待。”

“干吗不多玩会儿？”江源疑惑，“你一没老婆二没孩子，急着干吗去？”

“怎么，没老婆没孩子也是你嘲笑的点？”老赵两指夹烟抖了下，笑道，“你有吗？”

江源“啧”了一声：“你这么说就没意思了，咱俩有必要互相伤害吗？”

在场只有梁砚成是已婚，老朋友到陵城，照理要和池颜一道请人吃顿饭。

这里面细想，颇有些微妙。

毕竟老赵上回见到池颜的时候，是退伍后去英国见好友，只远远看了一眼。

那时候江源还是剃头担子一头热，正追得火热，逢人就说他那个小学妹漂亮有气质，非要拉着他去远瞻小学妹的绝世美颜。

一转眼，小学妹还是小学妹。

就是嫁给了好兄弟。

老赵也没想过最终是这样的结果，掐了烟想了一会儿，转头对梁砚成说："没想到最后是你运气好。"

要不是运气好，就梁砚成这破脾气，他们私底下都说能找到愿意跟他结婚的，挺难。

婚后能相处得好的，难上加难。

除非就是为了钱，能勉强忍一忍。

老赵说着补了一句："你和你太太怎么样？看着不大合适的样子。"

梁砚成眯起眼问道："怎么不合适了？"

"哪儿合适？我记得是挺娇气的小姑娘，家境也好，那样的都需要哄。"

老赵说完嫌弃地看着他："哄，你会吗？你又不会。"

梁砚成冷嗤出声："你怎么知道我不会？"

这需要知道吗？

刚才那下子，要是没江源从中帮忙，确实晚了连家门都进不去。

老赵把烟掐了，兀自笑道："这事没必要单独拿出来讨论吧？江源，你出来说句公道话。"

"真没必要，"江源很给面子，"有些人脸长得好，可惜不配有嘴。"

梁砚成被两方夹击，拨弄着腕上袖扣内心讥笑。

他心想，有些事，用不着和你们两个单身汉说明白。

哄人有什么难的，说不成就靠做。

老赵在陵城待的第三天，被江源生拖硬拽拉出去吃饭。

知道江源多半就是胁迫他去作陪相亲宴，老赵死活不愿意去，一米八五的个子杵在车前像堵墙。

僵持不过几秒，后座车窗缓缓下移，露出另一人的俊颜。

梁砚成手搭窗棂，不耐烦地扫了他们一眼："还走不走？"

"走啊，"江源忙不迭点头，回身道，"老赵，赶紧的。"

老赵不相信自己所见，戳了戳眼镜，低声问："奇了，我都不愿意陪你去，他怎么乐意凑热闹？你给下了什么蛊？"

“我？”江源哼笑两声坐回驾驶座，“显然是他老婆下的蛊，人家姑娘那边叫了我那学妹一起。”

池颜要陪林霜相亲的事晚间顺嘴和梁砚成说了一声，梁砚成当时没作声，这会儿江源随口问了句要不要一起，身体很诚实地一道来了。

江源看老赵还尬着一张脸，耸肩说：“你尴尬什么，全场最尴尬的是我。”

“不是，这么大群人陪着相亲，我没见过。”老赵坦言。

“你就当聚餐，”江源往后打了个手势，“他请客。”

到餐厅的时候，门口停车坪有对夫妻在吵架。

三人绕开往餐厅方向走，江源正和老赵说话，不小心瞥见身侧梁砚成的脚步顿了一下。

他偏头问道：“怎么了？你不会还有看热闹的潜质没开发出来吧？”

梁砚成睨他一眼：“想太多。”

不远处那对夫妻吵个没完，女人委委屈屈地骂着：“说你是木头你还真是，你什么时候能办件体贴事？我嫁给你真是倒了八辈子的霉。我今天就带孩子住回娘家去，我受够你了，死木头。”

梁砚成回望片刻，抿唇进了餐厅。

江源这有三个人，林霜就带着池颜，凑一凑相亲局来了整整五人。

池颜见着梁砚成也一脸讶异，她放慢脚步停在餐厅过道上等他，压着声问：“你怎么来了？江学长相个亲怎么要带这么多人？”

梁砚成看了一眼前面人模狗样和林家小姐打招呼的江源，答道：“壮胆。”

“你是在夸自己胆子大吗？我记得当时咱俩见面的时候，就来了你一人。”池颜想起往事，忍不住翘了下嘴角，然后去勾他的手，“旁边那个谁啊？没见过。一会儿我们单开一桌坐边上，让他们单独聊，知道吗？”

梁砚成收拢手指，把她的手包入掌心，“嗯”了一声：“听你的。”

三人隔开过道坐在另一侧，梁砚成朝老赵示意。

“这是我太太，池颜。”梁砚成扣着她的手指随后点了两下，声音放轻，“赵劲行，老朋友。”

前后两句话的语气一般人听不出多大差别，不过在座的两位都不是普通人。

池颜察言观色第一名，又与梁砚成生活在一起那么久，摸明白了他语调里每个转折的意义。

至于老赵，从进来不小心看到这个冷脸朋友一直握着自己太太的手起，就开始怀疑自己前两天说他不会哄人是不是得打上问号了。

老赵觉得新奇，执着于观察对面两人。

就多看了两眼，他几年的部队经验立马告诉他，有道不善的目光落在自己身上。

他只好偏开目光，落在隔壁那桌上。

短短几秒，情况更不对了。

池颜偷偷观察着，轻扯梁砚成的袖口，低声说：“完了，林霜脸好红，不会看上江学长了吧？江学长如果还是之前的想法没意愿，那就难办了。”

餐厅轻音乐环绕，他们贴耳交谈声并不明显。

梁砚成偏过头，薄唇落在她耳侧几厘米处：“看起来不像。”

池颜视线被他挡了一半，只看到林霜红透的耳根，看不见她的表情。

她借着说话的姿势歪头多看了一会儿，突然发现，让林霜脸红的源头好像出自……他们这一桌。

她沉默了片刻，闷声问道：“赵先生，单身吗？”

老赵好像听到自己的名字，重新坐正：“怎么了？叫我？”

池颜没当着人面调查背景的经验，表情不太自然。

就听身边男人面不改色地答：“没叫你。”

梁砚成垂眸，手指在手机上按了几个键，递给池颜。

“单身，退伍创业，家世清白。”

池颜接着往下敲字：“那很合适，不知道赵先生有没有这个意思，你一会儿问问？”

梁砚成接过手机：“嗯。”

他接了任务，结束后没和池颜同时出去，反而晚了一步落在最后。

江源虽然不感兴趣，但还是很绅士地把人送到车上。

餐厅门廊下，此时只剩梁砚成和老赵。

老赵燃了根烟夹在指尖，说道：“想说什么说吧。”

都是聪明人，梁砚成没明说，反问：“你什么想法？”

“我能有什么想法，”老赵低笑了几声，“我就不祸害人姑娘了。再说，我一个陪相亲的，叫江源面子怎么过得去。”

也是。

江源都被梁砚成抢了小学妹了，要再被老赵抢了相亲对象……虽说江源本就无意吧，但面子上确实难看，搞得他市场很不好似的。

老赵给梁砚成递了根烟，梁砚成没接，只是勾了下唇，说道：“这事，江源有经验了。”

“嘴还是毒。”老赵收了烟，靠在门廊石柱上，“我挺好奇，你平时和你老婆也这么说话吗？也不怕有家不能回？”

他这么说是故意扯开了话题。

梁砚成抄手回兜，明白了意思：“操你自己的心。”

池颜在车上等了好一会儿才见梁砚成出来。

她迫不及待地问：“怎么样？”

梁砚成不是个会说婉转话的人，对上她那双漂亮的眼睛，顿了顿，还是给将要说的话加上了“暂时”两个字：“老赵暂时没那个意思。”

“哦，没想法，”她轻轻眨了眨眼，“那挺可惜的。我还觉得林霜和赵先生挺合适的。”

梁砚成：“江源就不合适？”

池颜看着指尖精致的宝石蓝，坦言道：“江学长看起来没那么靠谱。”

如果没记错，这个称呼今天出现频率很高。

梁砚成空白两秒，声调微扬：“江学长？”

池颜好像有点懂他怎么回事了，下一秒改口：“江……源？”

“嗯。”男人温声应着，手指碰了碰她的，“怎么突然这么操心别人的事？”

“没有啊，”池颜反手有一下没一下轻轻敲着他的掌心，随口道，“我就是心里觉得合适，跟你随便一说，没有帮谁操心的意思。而且这事儿也没问过林霜，谁知道是不是我们猜错了。”

她想了想又说：“不过以林霜的性格，还真适合沉稳一点的。”

“那你觉得我们合适吗？”他突然问。

放在以前，梁砚成不会问这样的问题。

合适不合适于他来说并不是两个人的事，而是两家公司的事。

对公司有益，那就是合适的。

而在一起生活的两个人性格合不合，只是整个环节中无足轻重、很微末的一个环节。

他问合不合适的时候，池颜像给自己打了个结，没立马明白过来他指的是什么。

池颜很认真地思考了这个问题，想了一会儿才答道：“以前觉得不合适。我喜欢热闹，你话少，在家说什么都像得不到回音一样，很没有意思。”

梁砚成：“以前？”

那就是还有现在，他松了口气。

“现在好多了，”池颜斜支在扶手上，托腮看他，“现在看到别的男人话

多我就烦。如果两个人都很多话，就容易吵架；都话少，容易冷战。你看我们这样，其实特别般配。”

池颜越说越明白很早以前裴芷教她的顺毛捋是什么意思。

她好心情地用指尖飞速点着自己的脸颊，看他眉心的蹙起慢慢舒展，神色趋于柔和。

男人“嗯”了一声，语调上扬。

般配两字足以消弭所有，过去从前不值一提。

他刚想说什么，见她突然凑了上来，双手捧住他的脸仰头一啄，亲在喉结上。

他的喉结不受控制地滚了一下。

准备说的话瞬间咽了回去，他克制着，小心翼翼地扶稳了她的腰，怕司机突然急刹碰了她，也怕动作太大，吓到她。

“我觉得我们特别般配，”池颜小声重复了一遍，“以前总觉得女孩子都喜欢听好听的，但谁叫我嫁了个木头呢。”

“嗯。”

她狡黠笑着：“连喜欢都不好意思当面说，勉为其难过吧，能怎么……”

“喜欢。”

男人突然开了口，声音暗哑。

最后那个“办”字还含在嘴里没说出去，池颜佯装冷静地问：“嗯？你刚才说什么？”

好像过了那个气氛，话就更难出口。

街景飞速倒退，却没法把几秒前的场景倒带回来。

梁砚成眸色深沉与她对视，半晌才回答：“没什么。”

池颜：“不行不行。”

那句喜欢说得太快，快得还没眨眼就过了。

池颜心想几百年才能等铁树开一次花，怎么能就这么白白错过。好歹让她做个心理准备，再竖着耳朵仔细听一遍。

她两手扳着他的脸左右乱晃：“你再说一遍，我刚刚走神了没听清。木头你再说一遍，就一遍好不好？”

池颜眼巴巴地望着：“我真的没听清，木头，木——头——你不说我生气了？”

梁砚成太阳穴跳了一下，肩线紧绷：“胡闹。”

“生气了。”池颜甩开手，身子后仰退开一大截，故意说，“我回华江住了，很生气。”

她第二次打算往后退，快要贴到车门时，手腕上一股力道突然把她拉了回去。

他妥协了，语气别扭却无奈：“嗯……喜欢。”

三伏天最热的时候暴雨来袭，连刮了几场台风。

陵城气象局发布了橙色预警。

池颜在家多待了几天没去公司，等台风过境，手头攒了一堆事需要去现场处理。

她起了个早，下楼的时候餐厅已经有了动静。

小宝睡眼蒙眬趴在餐厅台阶上等着天上掉馅饼，一听脚步声，立马昂起头朝楼梯这边看。

池颜俯身摸了摸小脑袋，觉得小宝又胖了些，抬头问还在用早餐的男人。

“最近给它吃什么了？怎么这么圆？”

梁砚成丝毫没顾忌那双小黑豆眼里的真挚，诛心道：“中年发福吧。”

把小宝捡回家的时候它还没成年，怎么可能短短几个月就到狗生中年，池颜狠狠揉着小狗的脑袋，安慰说：“别理爸爸。”

但也真的不敢给小宝多吃了。

池颜回餐桌坐下。

桌垫上一杯咖啡、一杯牛奶，咖啡杯里躺着小银勺，牛奶杯满满的还没动。

她顺手拿起牛奶在嘴边抿了一口，就听男人突然说了句：“我倒的。”

池颜下意识把杯子放回原位。

起得早，大脑还没完全开工，她脱口而出：“哦，对不起，我没注意。”

这句话回得很奇怪。

短暂沉默过后，梁砚成发现她会错了意，重新措辞：“我给你倒的。”

男人眼神淡淡落下，在牛奶杯上停留片刻。

池颜后知后觉，猛地拿起杯子喝了一大口，拍马屁道：“谢谢老公。”

语气像得了嘉奖的小学生，甜腻得不行。

梁砚成保持理智垂手系领带，短促地应了一声：“不谢。”

而后起身，他看她一眼：“公司有早会，我先走了。”

“好。”

池颜斜支着下巴，小口小口喝着牛奶，红唇沾上乳白，把人惹得迷了眼。

刚系好的领带何其无辜，又被扯松了几分。

梁砚成转身往外走了两步，垂着眸，怕眼底的炽热流露得过于明显，失了风度。

他前脚刚迈出，后脚就听管家在里边问。

“太太晚上想吃点什么？燕窝要在饭前炖好吗？”

平时家里吃什么都听她的，她要是出门，管家都会提前问好以便准备。

她想了想才答道：“上次谁买的那批燕窝？品相不够好，要还是那批的，我就不喝了。”

管家还没说话，梁砚成停下脚步，回过身说道：“今天吃新到的这批。”

“新到的？”池颜没听管家说过。

梁砚成说：“刚从印尼空运到港。”

往常他说到这里就是给了解释，只不过这次中间微顿，特意补了一句：“我托人买的。”

至于买给谁，梁家全家上下就她这么一个精细供着的梁太太，何必多说。

池颜换上明艳笑容，远距离比了个小心心：“爱你，老公。”

男人未置可否转过身，微不可察地扬了下嘴角，只留下背影和藏着情绪的声音：“浮夸。”

池颜如今手里握着一本木头使用手册，内容玄奥，只她一人看得懂。

浮夸的意思呢，就是虽然很做作，很矫情。

可他，就是喜欢。

池颜从家到了公司，章生生在专用电梯口等着她。

池颜看到那一坨花白络腮胡，就预感到一大堆工作即将压在头上。

果然章生生抓紧分分秒秒，从进入了电梯就开始跟她说：“和梁氏联合开发的法国那块地，广宣的预算出来了，一会儿叫人给你放桌上看看？”

“行，看。”池颜很认命。

章生生把手里的小本子往后翻页，继续说：“还有这个月，海城新区出了新政策，只要入驻科技园区对高新科技公司优惠很大。现在上面政策扶持都在往海城那边靠，应该是想重点培育的。”

“我听过类似消息。”

池颜仔细回想一圈，才想到是在朋友圈，之前梁砚成介绍给她认识的海城肖总，同是科技公司的那位发过新闻。

她当时也有一瞬心动，后来再想，觉得海城颇远，飞机来回还要六个多小时。

如果没有牢靠的人在那儿管理，左右还是不够放心。

电梯“叮”一声停在总裁办，章生生突然想到别的：

“还有，关诉也找你，刚我下去的时候他已经先上楼了，估计这会儿在办公室门口。”

池颜心里苦，心想请了人管理公司依然头大，玩儿起来也不像以前那么放肆，随时随地都得想着肩上的担子，还有公司上千员工的饭碗。

她连点两下头，刚从章生生手里脱救出来，就看到了关诉穿着浅灰色西装等在办公室门口。

她对着关诉的时候真实情绪更多一些，露出了一副愁眉苦脸的样子，问道：“我才几天没来，怎么就要一个个排队找我了？”

关诉听到脚步声就抬了眼，晃了晃手里的 U 盘：“你上次交代的事。”

池颜都快忘了上次交代什么了，脸上空白的表情被逮了个正着。

关诉先一步替她推门进去，说：“你叫人盯着池硕的。这段时间他陆陆续续拷了些东西出去，我让人复制了一份，你看看。”

最近公司顺风顺水，京城的全景看房项目也签了下来。

看样子拷出去的东西对公司毫无影响。

她开了笔记本，插上 U 盘扫了一眼，语塞。

都是些研发部的鸡零狗碎，谁迟到早退被扣了全勤，谁请假缺了几天，谁把敲的无用代码改了改做成了小游戏……

里边最接近商业消息的大概就是实景模拟构图。

但这些都不重要，甚至连核心边缘都没触摸到。

池颜沉默了几秒，说道：“池硕搞半天是来监督你们研发部工作的吧？”

关诉也不明白用意，笑着说：“所以顺藤摸瓜往下查，最后查出来是你派进来的吧？”

两人互相在对方表情里找到了揶揄。

池颜把 U 盘还到他手里，勾着笑：“行了，不说这个。我记得……你是本地人吧？”

“嗯，对。”

池颜问道：“那你以后是不是打算一直在陵城发展？”

这话问得奇怪，关诉被问笑了：“听起来我像是要被辞退了。”

“怎么可能，我就随口一问。”

池颜发觉在一起待久了，关诉也变得敏锐起来。她索性把从章生生那听来的建议当玩笑话再说给关诉听：“老章说海城那边对科技的扶持力度大，我们不是有个子公司在那儿嘛，本来想可以扩展下业务。”

关诉一下捕捉到重点：“本来想？”

“是啊，”池颜略有些遗憾，“不过没有合适的人管理就算了。”

“我可以过去，”关诉突然打断，“章总和我说过这事，我也觉得大池很多业务适合迁过去发展。如果需要人盯着的话，我没问题。”

怕池颜拒绝，他又加了一句：“没什么本地人不去外地发展这种道理。梁氏当年不也是从北方迁来陵城的吗？”

池颜心里最合适的人选自然还是关诉。

她以为自己是在为对方考虑，谁知对方一样有去的打算。

他眼底的坚持是池颜不曾想到的。

于是，池颜沉默了好久才开口：“好。”

中途助理进来了一趟，打断对话，把梁氏发过来的投资预算放在了桌上。

关诉看她还有别的事要忙就没多留。

池颜翻了两页报告，想到梁砚成与海城肖总更熟，可以叫他帮忙问问海城那边的具体情况。她快速翻阅完，给梁延迟发消息。

“报告我看过了，我这边没什么问题。”

老公：“好。”

池颜：“你在忙吗？”

那头梁氏集团例会还没结束。

旗下子公司的业务经理汇报到一半，发现小砚总手里那支钢笔被抛到了另一边，眼皮微微下垂。

经理这么一下明显的停顿，立马感受到了对方突如其来冷漠的眼神。

他硬着头皮往下汇报，认定这项计划书写得不尽如人意，迟早挨批，连说话时的气息都敛了几分。

而会议主桌上坐着的男人垂下的眼，落在了手机屏幕上。

耳边是业务经理紧着声汇报业务计划的声音，他敲了几个字，发出去：“还好，不算忙。”

池颜：“嗯嗯。”

池颜：“海城那边说对科技公司政策优惠很大，你和肖总熟，能帮我问下具体条件吗？需要第几年才能拿到优惠，要是这两年扩大出去还赶得上政策变化吗？或者需不需要验资？”

大池要跑去海城发展？

他心里闪过这个念头，抬了下手指。

汇报的声音戛然而止，经理战战兢兢地站着听候发落。

下一秒，听到主座的男人好脾气地对他说：“抱歉，有个急事先暂停几分钟。”

经理以为要挨小砚总的批，没想到等来一句抱歉。

他忙不迭点头：“好的好的，您先处理急事。”

梁砚成边拨电话边转进右手边休息室，短暂的等待音过后，他开门见山地问：“大池想去海城发展？”

好好发着消息，他的电话来得突然。

池颜蒙了一下才反应过来，隔空点头：“那边着重发展科技，形成圈子后资源会更广。不过主要还是在陵城吧，毕竟扎根在这里，全部搬过去挺伤筋动骨的。”

梁砚成低声道：“是，会很辛苦。”

早年梁氏也是从北方迁移过来才到陵城的，愿意跟来的高管股东不少，不过日后因为此事邀功的也很多，不胜其烦。

未扎稳根基的那几年，梁遇又撂了担子，肩头重担都压在梁老董身上。

也正是如此，想快速在陵城站稳，才找了池家商议联姻。

现在想起来，结果都是好的，但不能否认过程的确艰辛。

当年他还小，却依然记得初期跟着梁霄奔波于两地的辛苦。

梁砚成忆起些往事，蹙起眉问道：“你自己也打算长期在那儿？”

“不会。”

池颜的声音传了过来：“如果真要过去的话，交给关诉就行。”

那倒是可以接受。

他扯了下嘴角，觉得是自己小气了，遂改口：“好，既然这样，我会帮你问。”

池颜挂断电话才一点点回味过来。

什么叫既然这样？

那不然怎样，原本还不打算帮我这忙了？

池颜打算回家好好拷问拷问，什么叫既然这样。

车行到花园门口，突然停了下来。

没拉隔音挡板，池颜从前挡风玻璃往外瞥，看到少年瘦长的身影直挺挺站在花园门口。

多日暴雨，空气里还沾着湿气。在傍晚橘色的光线下，那一圈轮廓也像带着微湿的水汽。

“池硕？”她愕然，“你怎么来了？”

车窗缓缓下移，池硕看到是池颜回来，再往侧边看没发现第二个人，不由得松了口气：“姐……找你有点事。”

池硕是第一次来，一进门就被一双小黑眼睛直勾勾地盯上了。

他有点怕狗，杵在门口没动。小宝也伏低上半身，隔开三四米对他虎视眈眈的。

直到池颜打了个响指，小宝才屁股一蹲，彻底趴倒在地上打了个滚儿，把圆

鼓鼓的肚皮露给来人看，似乎在表达——别怕，我只是只弱小无助又可怜的小狗狗。

池颜上楼换了身衣服的时间，管家已经泡好了茶送到客厅。

两张单人沙发那儿，池硕盘腿像打坐，小宝歪着屁股坐在他脚边。

一个不太想被舔脚心，一个眼巴巴地等着对方的脚底落地。

池颜路过揉了把狗脑袋，问道：“你怎么突然想到来看我了？”

少年两手抓着背包，指节泛青，结结巴巴地说：“有点……正事。”

池硕以前可没这么拘谨，池颜尾音上扬“嗯”了一声，就见他从包里拿出个U盘放在茶几上。

“姐，这是我在公司拷的，”他抿了下唇，“想了好久，还是想和你说一声。”

白天关诉已经拿过备份给她看。

她还笑说池硕是派去监督研发部考勤的。

对U盘里的内容，她和关诉都觉得不明所以。

池颜盯着那个金属U盘看了一会儿，装不知道白天的事，抬眼问道：“这是什么东西？”

“你看看就知道了。”少年局促地抓了下背包。

取了笔记本再插上U盘，里边的内容与白天看到的一样，都是些公司无关紧要的东西。

池颜翻完，推开鼠标，说道：“嗯，看过了。”

她的语气稀疏平常，但耐不住小宝的眼睛黑黢黢盯着他。

池硕莫名心虚，说一句缓一口气。

“我爸说……只要有技术，我们可以有第二个大池。我不理解为什么要有第二个大池，就像我们家一样，从小到大伯伯和我们都是一家，爷爷也在，为什么现在就要变成你家我家？这些天我在家想了很久，想到小时候伯伯对我特别好，家里有什么好玩的，要是两份咱俩一人一份，要是只有一个，总是跟你说要谦让弟弟先玩。

“我记得咱俩还为了一个航空公司的飞机模型打了一架，你把我头给砸破了，我把你辫子拆了，现在想想那破模型有什么好的。”

“我也不明白。”池颜说。

池硕继续说：“但那模型我还留着，虽然不知道有什么好，就想留着。”

“进公司实习这段时间，我拷了这些出去，”池硕握紧手指，像背负了很大压力，“姐，我是来认错的。这些东西我也不知道拷出去对公司会不会有影响，思来想去还是打算来自首。”

池硕才刚成年，没那么多成年人的心思。

又被叔叔婶婶惯得想法单纯，什么都写在了脸上。

他说出自首两个字的时候，池颜没忍住笑出了声，看他满脸紧张的样子便安慰了一句：“你在小看公司吗？这点东西当然不会有影响。”

池硕初来乍到，根本不知道研发部哪些东西涉及核心，只觉得自己往外拷东西就是错的。

真正听到池颜说没有影响，他才算松了口气：“那就好。”

他松下紧绷的神经，腿也顺势往下垂。

被底下盯着的小宝抓了个正着，逮着机会就舔了下脚心。

少年像是脚底装了弹簧似的又蹦起来，全部缩回沙发，挠挠头，很突兀地问了一句：“那飞机模型，你还要吗？”

小时候和池硕吵闹次数是不少，但是越长大越不愿意计较，到现在很多吵架原因早就忘了，包括这架引得两人大打出手的飞机模型。

池颜想到很多以前的事。

临山别墅的那一大家子，房子里的角角落落、点点滴滴，都遗落在了时光缝隙里。

她沉默不语期间，池硕因为没了负担，恢复了半点从前的样子。

他抱腿防备着虎视眈眈的小宝，说道：“现在我爸在大池不管事，其实我觉得挺好的，上个月我们去了海港度假，再上次一起出去玩我都已经不记得是什么时候了。”

池颜点点头：“嗯。”

“这样挺好，对我来说其实都没什么改变。大池原先就是爷爷和伯伯管着，现在还是回到姐姐你那里，就算物归原主。”

“哪有什么物归原主，也有属于你的那份。”池颜提醒。

“姐，我没那么大野心。”池硕摇头，“这么说吧，我就想当个快乐的人。你赚钱，我花钱，哪有比这更好的日子。”

某种意义上来说，他说得不错。

池颜被逗笑了，“嗯”了一声：“确实。”

池硕推了推摆在桌上的 U 盘，说道：“这 U 盘我不要了。这个暑假实习真的是我过得最憋屈的日子，希望这辈子，以后每一天，我就是个有钱人，我没别的梦想。”

池硕为以防万一，双手合十请求：“还有个事情，姐你一定要帮我。”

“什么？”

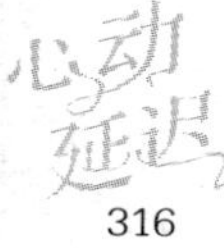

“下次要是还有人提让我去公司实习，你一定要拒绝，我真的不想去了。”

池颜万分理解他的心态，点了点头。

他说了这么多，不经意露出了最柔软的地方，也像很多年前爷爷说过的那样，兄弟不分家。

上一辈走歪了的路，他们这一辈或许还能再走回来。

池硕认完错急着要走。

池颜打算留他吃晚饭，他一个劲地说回家晚了少不了一顿训。

池颜还狐疑，家里什么时候管那么紧了。

迈出大门时，汽车引擎声从花园那头隐隐传了过来，没多会儿停在正门门口。车门打开，男人徐徐下车，见到姐弟俩。

“池硕来了？”

“姐夫。”池硕瞬间把腰杆绷得笔直。

“嗯，那留下用晚饭吧。”他把搭在臂弯上的西装外套递给管家，几步走到池颜身边，侧身低头问道，“新到的燕窝怎么样？”

“还没尝呢。”

池颜顺着他的脚步往前走了两步，发现池硕还停在原地没动。

她刚想回头，就见身侧的男人先顿下脚步，眸光淡淡落下：“不进去？”

池硕心里发怵。

别问，问就是不敢动。

他怕极了姐夫，面冷心善这个词是不是真实存在他不知道，但姐夫的脸，冷是真的冷。只要不疾不徐瞥姐夫一眼，就跟来了一圈南北极单人游一样，很考验心理素质。

池硕不敢拒绝，硬着头皮留下吃晚餐。

吃饭期间，他连呼吸都放得极轻，更别提说话了。

落在池颜眼里，原本挺好的小少年就被硬生生培养成了小木头。没有她调节氛围，这顿饭就是木头和小木头在线竞技，比比谁更沉默。

直到送走池硕，她靠在门框上好笑地看着梁砚成：“你干吗跟一小孩儿过不去？”

“我？”梁砚成不明所以，“什么时候？”

池颜抬手戳了戳他嘴角：“一直啊。你这个表情，真的得改改。”

他偏过一点角度，薄唇碰了碰她的手背，说道：“好。”

还好池硕不在场，要是在了，肯定会摇着头万分拒绝。

压根儿无法想象姐夫对他噙着浅笑的模样，一想背后就是一层鸡皮疙瘩。

池颜如今不怎么藏心事，转头就跟他说了今天池硕过来的目的，自嘲一笑：“我还以为池家早就把我当作仇人了。”

她叹了口气：“还是小朋友好。”

她孤单了很久，骄傲又自卑，自信又敏感。

说这话的时候，梁砚成突然想到刚结婚的那段时间，她一个人独自谋划着要拿回股份。

举目望去四面坑坑洼洼，举步维艰，连个可靠可信的人都没有。

他不懂怎么安慰人，沉默了半晌才说：“你不也是个小姑娘。”

这话说得很中肯，池颜年纪确实不大，到过年也就二十七周岁。她只是把自己和刚成年的池硕比，才一口一个小朋友。

但梁砚成说她是个小姑娘，这就歪打正着戳了每个少女的敏感心。

生活给了你很多角色，但很少有人会永远把你当成一个长不大的少女。

前后才一句话的工夫，她就开心了，转身扑进了男人怀里，捧着他的脸狠狠亲在下巴上：“木头，你怎么这么好？”

哦，说仙女她会高兴。

说小姑娘，她会更高兴。

梁砚成默默记下，抬手揉了揉她额前散发：“少想心事。”

“我没那么爱折磨自己，”她仰着头，忽然想到，“我其实还算好的，大不了就是没人管更自由。还是你比较惨，做什么都要被爷爷挑刺。”

“嗯。”

池颜问道：“爷爷对你的态度，是不是还挺畸形的？”

梁砚成不置可否，指骨下移，轻轻捏了捏她的后颈。

确实如她所说，爱和期待都是畸形的。

他没说话，又听她自己一个人嘀嘀咕咕说开了：“不过总不会害你，吵吵闹闹也是一种相处方式。以前在老宅没搬出来的时候，他还给我看过你小时候的照片。”

男人眼皮跳了一下，听她继续说：“没看之前我都不知道你小时候那么可爱，就那么点高。”

池颜趴在他怀里抬手比了下：“还穿背带裤，戴小黄帽，要不是爷爷说，我都不敢认。”

她越往下说，他太阳穴越跳。

“还有一张是趴在石狮子上的，像这样——”她还演了起来，“比了个V，那张也超可爱。你现在怎么就……长歪了呢。”

夜风从门廊穿堂而过，拂动裙边。

池颜像树懒一样半挂在他身上，低声引诱：

“木头，要不我给你生一个？”

“我们一起看看，怎么长歪的吧？”

上次在车库惹毛了池颜。

这期间就没再有过了。

她说的是正经事，但语气令人想入非非，是个男人都抗拒不了。

何况还是名正言顺又浓情蜜意的夫妻。

她脖颈后仰，露出一截优美的弧线，似笑非笑地眯起眼，问道：“漂亮吗？”

“嗯……”

她下一句转低了声线，像说悄悄话似的在夜风中拂动。

“你最喜欢的地方，要不要……吻我？”

他喜欢亲吻她的耳后，喜欢颈侧细嫩的皮肤。

那里有最炽热的跳动，好像紧紧贴着，就能拥有手下的一切，对他这样乐于掌控的人是致命的诱惑。他总是习惯从亲吻耳后开始，如同过去的每一次一样。

偌大的房子，骤然降临的夜。

无人敢搅。

“裴小姐，今天还是全套水疗吗？”

裴芷换完浴袍出来，就发现约她做 SPA 的池颜歪头睡倒在了沙发上。

美容师不敢打搅，只好转头问她。

“嗯，先做我的吧，”裴芷把薄毛毯往上提了提，掩到池颜胸口，“先让她睡一会儿。”

水疗做到半程，池颜才悠悠转醒。

空调风调低，毯子又盖得严严实实，她是被热醒的。

她睡眼蒙眬，抿了口柠檬水，问道：“我怎么睡着了？”

“累的吧？”见她醒了，裴芷趴着望过来，“我都做一半了，你还做吗？”

池颜盘腿坐直，慢悠悠伸了个懒腰又缩回沙发：“不想做了，不舒服。”

她怀里揣了个抱枕，下颌靠在枕边上，抱怨道：“可能大姨妈要来了，肚子有点沉沉的。”

池颜日常保养得特别精细，属于不太有生理期反应的那类人。

最多就是月经来之前有些肚子酸沉的预告，只不过这次预告雷声大雨点小，好些天前就开始沉了，就是不见来下一步。

那天因为不舒服，她故意引诱完木头，最终也就做了一次。

和在车库里不一样，那是第一次两人心照不宣地没采取措施，肌肤触碰带来的心理上的刺激远远超于预期。

她那晚特别热情，样态微醺，浑身滚烫。

再到第二次时，她觉得不舒服，耍赖不肯要。

他那晚是没尽兴的。

池颜抱着抱枕想了一会儿，绯红从脖颈蔓延而上。因为穿着浴袍，颈前敞开大片肌肤，很轻易就被旁人发现了。

裴芷好笑地看着她，问道：“想什么呢？”

多年闺密，池颜光看裴芷的表情就知道后面没憋着好话，于是把脸埋进抱枕里，小声说：“想心事，你不懂。”

“哦，你慢慢想。”裴芷笑了声转过头，没多久又转回来，问道，“你和你老公是不是最近要重拍婚纱照？”

“婚纱照？”

池颜一脸迷茫。

左思右想后，她突然记起被她一气之下嫌弃至极的那套照片。

梁砚成说约了团队重拍，但后来因为去京城给耽搁了，京城过后又飞了法国，再回来就是温仪的事，琐碎的事一堆。

后来他就没再提过。

池颜理清思绪，问道：“你怎么知道？”

裴芷挑了下眉：“你忘了我干吗的？”

哦，对。有这位裴摄影师在，同圈子的消息多少能听到些。

裴芷看起来很同情对方团队，笑着说：“我听说的时候还以为只是重名，心说你俩要拍什么婚纱照，不早拍过了吗？这团队啊挺难约的，好像这次被请来陵城待了挺久的，说是大客户付了钱就没后文了。”

“好吃好喝把人留在陵城待着，钱也一分不少，就是安排不出时间来拍。”

顿了顿，裴芷给她抛了个眼神：“原来你们有钱人都是这么造作的。”

池颜无语。

不，真的只是忘了。

她摸出手机低头给梁砚成发消息：“老公，你钱多吗？”

池颜没开后台，发了条新的过去：“钱多可以给我花呀！”

叮叮两声，短信进来，银行卡转账收到一笔钱。

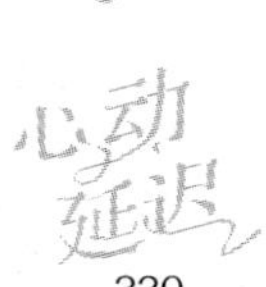

这次直接跳在了池颜面前，她愣了一下，反应过来刚才两句话听起来像是在要零花钱。

她这位木头老公当了真，前后两次都是擦着单日转账额度的上限给她打了两笔钱。

池颜闷咳两声，把手机转给裴芷看："这才叫造作。"

花的是自己家的钱，池颜还是心疼的，又给他发短信："你是不是忘了留了个摄影团队在陵城？每天花着钱呢，易俊也不提醒你？"

"你有空了？"他回复。

可能因为打了两笔零花钱，现在看他的消息自带金光特效。

池颜隔着屏幕眯了下眼，好像还真没空。

前几天闲着的时候是她不知道这件事，现在知道了，往后细数一二三四……是真的排满了。

海城的政策很适合大池发展，说要全权交给关诉，她也不可能完全当甩手掌柜。

池颜订了第二天的飞机，要和关诉一起去那边确认下前景。

她乖乖闭嘴："不敢说话。"

就因为这事，昨晚某人还跟翻了醋坛似的，反复确认了好几遍她几号回陵城。

晚一天就要亲自飞去捉人似的，又凶又冷。

池颜见他不回，追加过去："我回来就拍，真的，小宝的狗头担保。"

老公："。"

池颜："回来随你折腾，总行了吧。"

老公："行。"

这就真的不当人。

池颜熄了屏，脸在臂弯里埋了一会儿，脸还臊得慌。

陵城机场客流量很大。

自从上次被温仪摆了一道后，池颜出入机场都比往常更注重隐私。

墨镜、宽边帽一样不落。

她等进了贵宾等候室见到关诉才褪下墨镜，问道："怎么这么早？"

"离得近，不堵车，"关诉盯着她看了几秒，突然问，"你脸色怎么不好？"

早上起来就一直有些头晕，池颜当是昨晚没休息好，在车里补了会儿觉，现在还是晕。

她是化了淡妆的，还被看出脸色不好，那是真的挺差的。

她在沙发椅里坐下，拍了拍脸：“可能睡眠不足。”

手包里随身带着镜子，池颜取出对着镜子看了一阵，叹气。

“不知道为什么，这几天睡眠质量差，明明都睡得挺久的，起来还是没精神。”她抿了下唇妆，抱怨道，“人家都说春困秋乏，我这两边不沾的，大概就是纯偷懒。”

她自己说着突然顿了一下，无意识摸了下肚子。

还是沉沉的，有点酸痛，等了好些天的大姨妈就不肯给个痛快。

关诉在旁边与她说了几个海城的政策，她这会儿心不在焉听得不真不切，手指在屏幕上点了半天，搜索着早期怀孕症状。

每个人反应多多少少不太一样，搜出来什么症状的都有。

池颜硬生生给自己套着症状，竟发现有好几个都是能重合得上的。

她想了片刻，突然问道：“几点登机？”

“还有半个多小时，怎么了？”关诉疑惑。

“今天还有其他航班飞海城吗？”

“有是有……”关诉往后查了下，“晚上还有一班，你是突然有什么事？”

池颜觉得自己的想法听起来还挺荒谬的，只胡乱应了一声：“嗯，有点别的事。如果搞定我就晚上再飞过去，你不用等我。”

关诉没多问，点头道：“好。”

司机驶离机场没太远，就接到了太太电话。

他立马掉头接人，一听说要去医院，欲言又止。

池颜大概猜到他想什么，说道：“没事，我就突然有点不舒服，别和先生说。”

她发话，司机不敢再问，只好默不作声把人送到了医院。

司机思来想去觉得不合适，给管家发了个短信：“太太最近身体不好吗？”

池颜去的这家医院是私立的，人很少。

抽完血有专门的休息室，小护士给她盖上薄毛毯静等结果。

前后不过半小时，池颜就被人叫醒，她的检验单已经送到了医生那儿又转了回来。

“池小姐，恭喜。”

池颜睁眼看着透白的墙纸，一下没反应过来自己在哪儿。

她缓了好几秒，视线才落在主治医生结论那行字上——确认妊娠。

她抬指点了一下，不可置信地问：“是有了？”

“对的。”小护士态度很客气，“不过您的数值不是特别好，所以建议您打一针留院观察。”

她张了张嘴，声音还带着刚睡醒的闷：“多久了？”

“快三周了。”

那就是……

平时反应特别快的她算了半天才算明白，或许是在车库那次。

池颜有点蒙，虽说是自己主动来查的，但没做好心理准备。

谁知道木头枪法那么好……

感觉自己脸颊又烫了起来，她赶紧打断想法，放缓脚步乖乖跟着护士。

轻手轻脚躺下，轻手轻脚拉高被子，真正躺好了，她才敢把手覆在小腹上，慢慢消化这个消息，也后知后觉想到了护士说的数值不好。

她有些懊恼，这几天总是在来回折腾。

要是能早点知道，她一定会好好躺着好好养。

好在，小木头还很坚强。

她摸出手机，看着聊天框发了半天呆，一时之间竟然不知道怎么开口。

最后发了张照片过去，是医院的豪华病房和半入镜的比了个 V 的手指。

从梁氏集团到医院，最快也要四十分钟。

十五分钟后，病房门被猛地撞开，梁砚成不知是因为走得太急还是心情紧张，西装扣还扣错了位，有些搞笑。

但池颜没能笑出声，嗓子眼酸酸的。

梁木头这个人，总是不太会表达，什么都藏在心里。

爷爷斥责他的时候，他云淡风轻；送走温仪的时候，他连眼皮都没抖一下。

可是撞开病房门的瞬间，池颜看到他红了眼角。

她伸手，朝他张开：“抱抱。”

最先是管家打电话说太太去了医院。

易俊没敢耽搁，立马汇报进去。

办公桌后那声玻璃杯的磕碰声来得突兀，易俊不等揣摩，立马领会。

十分钟后的集团大会推迟，三分钟后司机备车等候，中途还得见缝插针给医院去电话叫人把太太的病历调出来以备后用。

于是四十分钟的车程在池颜眼里来得未免太快。

她伸着手臂晃了晃：“要不要抱抱，不要算了。”

“抱。”

男人俯身把她搂进怀里，动作很轻很小心，像在对待稀世珍宝。

他的手掌抵在她脖颈后侧，顺着如瀑长发，思绪飘得很远，以至于一时失了语。

刚刚微信里其实什么都没说，看他的状态怕是路上就知道了。

池颜借着动作便利揪住他衬衣衣角，问道：“你怎么来这么快？你就在这附近办事吗？”

“在公司，”他眸光低垂，落在她唇边，“管家说你在医院。”

池颜撇了撇嘴，原来在她之前，早有奸细告密。

她现在有点恃宠而骄的意思，故意瞪他：“那你什么都知道了？”

梁砚成如实地说：“嗯，知道了。”

他抱够了，这才坐直，只是声音还是哑的，像是没从情绪里缓过来。

“可是医生说我数值不太好。”池颜有点担心。

“会好的。”他语气笃定。

“我今天没飞成海城，放了关诉鸽子。”

“叫老章去。”

池颜还是有些担心：“那陵城这边呢？老章去海城，这里不就空了缺口了吗？”

“我把易俊借你。”

一来一回，他总能一句话把她说服。

池颜歪着头看他，试探地问：“听你这个话，我怎么觉得是要软禁我，让我躺十个月的意思？”

梁砚成点头：“可以考虑。”

“做你的美梦吧，”池颜把他推开，气定神闲地哼了哼气，“我不喜欢医院，还认床，今天就要住回家。”

她就是随意发发牢骚，没想到木头能答应下来。

当天傍晚，池颜就回到了自家的二楼卧室，只不过同她一道回来的，还有医护团队。

配楼客房多得很，很轻松就安排下了整个团队。

不仅如此，第二天起来，池颜发现书房隐隐有说话声。她近日睡意浓，人懒散，起来已经过了十点，照理书房早就没人了才对。

书房门一开，赫然发现梁砚成还在家，只不过，他把会议安排成了远程视频。

手边一沓文件，易俊从旁辅助，看这架势就准备在家待着哪儿都不去了。

池颜咋舌：“我怀孕你怎么还偷懒不去上班？你不赚钱谁养我？”

梁砚成眼神示意易俊把沙发椅搬过去，自己则批完最后的文件，说道：“看着你才放心。”

“看着我？”

池颜一头雾水，不知道自己什么时候那么不让人放心了。

家里有个医护团队还不够，他还要留下添乱？

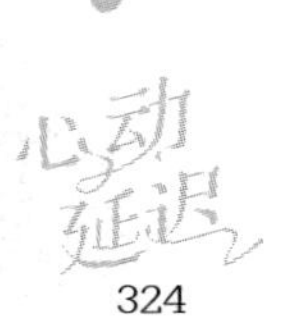

她只觉得未来生活很让人头大，嘟着嘴说：“小宝都不需要人看着……”

刚提到小宝，他突然打断：“忘记和你说了，它这两天不在家。”

要说的话都咽了回去，她半颗心都提了起来。

梁砚成这人是古板是无趣，但不至于思想那么落后，不允许孕妇和动物接触吧？

愣神的档口，他已经走到身边，抬手戳了戳她的脑门，温声道：“想什么呢？送它去温习功课。这些天有点兴奋过头了，要改掉扑人的坏习惯。”

“这样，”池颜松了口气，“它不在家我还挺不习惯的。”

拐弯抹角提醒他小宝的重要性。

想当初还是多亏小宝，她才勉为其难原谅孩子的父亲，父亲总不能过河拆桥。

池颜自己乱想一通，看他们还有工作要处理，没打算多留，往外走了两步突然记起别的，转身目光落在易俊身上，问道：“哎，你不是说把易俊给我的吗？”

梁砚成抓重点的能力绝对一流，瞥了易俊一眼，强调道：“是借。”

易俊原本好好当着工具人，突然被提名，只好硬着头皮解释：“夫人，我的人事关系已经转到了大池，您什么时候想让我过去都可以，这两天就是在和砚总做交接。您放心，不用操心大池，我一定会尽力的。”

易俊这一手人事关系转得猝不及防，顶楼助理小组都羡慕得不得了。

看起来从梁氏到大池是降了格，但内部人员心知肚明，去大池当总助，那是在整个体系里拔高到了夫人手底下第一员大将，况且还保留梁氏的总助位置。

这要不是升职那什么才算？

人生赢家也不过如此。

易俊这几天少不了被同事起哄要请吃饭，只有他自己心里还忐忑不安。

这么久接触下来，他自然知道夫人不是省油的灯。他一得完美接手新的工作不能有疏漏；二得谨防小砚总醋坛子翻得突然，最难不过就是把握尺寸分度。

比如现在，夫人随口说一句“把易俊给我”，就翻了车。

更要命的是，夫人像是在存心揶揄，故意多说一句：“怎么叫借，我们大池不好吗？到时候你问问易助，是喜欢在我们大池还是回你们梁氏。这得看人家自己做决定，人性化一点儿成吗？哪儿有替别人做决定的。”

这叫他怎么说？

说想回梁氏，夫人不开心，四舍五入约等于小砚总不开心。

说想留在大池，小砚总可能有“杀”他的心。

横竖怎么做都是错。

易俊叫苦不迭，就听小砚总凉飕飕地接了一句：“行，让他自己决定。”

易俊无语。

天要亡我。

接手大池事务，就免不了常来新居做客。

易俊还深刻记得从前有一次，就因为夫人叫厨房准备了他爱吃的粤菜，有段时间小砚总没让他往家里送文件。

他现下帮忙管理大池，凡事小心翼翼，说正事也尽量挑小砚总在的场合，以免小砚总吃飞来横醋。

他为了不被嫌弃，费尽心力。

他们通常是在书房谈事，不过这天小宝被接了回来，池颜怀孕后又特别感性，几天不见小狗，激动得眼睛红了一圈，为了看小宝四处溜达，谈事地点被迫改在了露台花园。

小宝好几天没回家，在花园里撒野，跑跳不过瘾，还打着滚扑蝴蝶，扑不到就“嘤”一声，委屈巴巴来蹭蹭池颜的脚脖子，等换来一顿安慰又高兴地去扑。

午后阳光充沛，池颜在露台阳伞下坐着听汇报，梁砚成就坐在一边，帮她翻阅手头的文件。

这两天攒的文件易俊都理好了，一一递过去，说道：“这是海城那儿发来的传真，政策优惠我们都能赶上。关副总和章总都觉得尽快把业务拓展过去，目前在内部发了通知，自愿去海城的员工会在年终职级评定上提升两级。这份是目前已经定下的名单。”

洋洋洒洒好几张纸。

看起来在工作上愿意参与变动的员工不少。

池颜记忆力极佳，通常看过的人都不怎么会忘，扫了一眼心里都有了数。

她提笔圈了几个名字出来转给易俊：“老章那边要选部门管理人员的话，这几个就说是我提名的。”

“好。”易俊取出下一份文件，“这是刚统计出来的产品年度销售曲线，可以作来年重点项目参考。”

大池几款产品都只在梁氏平台上发售，两边数据相通，池颜现在看到的数据梁砚成也在内部会议上看过。

他不想自己太太孕期还这么劳心费力，手指点了点桌面，对易俊说：“你在梁氏大小事都处理过来了，这点事自己没判断基准吗？直接敲定结论再汇报上来。”

易俊怎么敢不尽心，初期磨合，他也在试探自己的工作权限要放到哪一步。

闻言他刚打算点头接受批评，夫人好心替他圆了回来。

“好啦，易助汇报得详细点又没错。我没什么变化，你倒是脾气越来越大了。”

她又去拽他点在桌面上的手指，放轻声音：“生气老得快，知不知道？”

“好。”

“而且你现在这也不让那也不让，我都快无聊死了。难得易俊过来多说两句，你还嫌他。”

易俊偏开目光，一边翻下一份文件，一边在心里祈祷夫人就此为止。

要再多说两句，可能天上要平白落酸雨，现在就能闻着一股醋味儿。

很不幸，池颜没感应到易俊的祈求，又说：“你要真嫌弃，那我就不还你了。你自己再找个总助吧。”

易俊腹诽：求您别再说了。

他冒着被批的风险，利索地把后面几份文件一齐递过去：“这份，还有这份。如果您没意见的话，签字就行。公司还有别的事，您签完我得回去处理。”

“签字啊。”

池颜手上剥着葡萄，随手塞进梁砚成嘴里，顺便在他手心捻干净汁水，唰唰几笔签完落幕。

她转头还笑眯眯地问梁砚成：“好吃吗？”

男人抽过纸巾半点不恼，慢条斯理擦完手心的残留果汁，忍着酸意咽下去：“还行。”

趁着这个当口，易俊立马捧着文件快速消失，走时还听到身后夫人的声音满是得意劲儿。

“说话酸里酸气的，看我还治不了你。”

易俊脚步轻松心下妥帖，第一次感受到自己确实是升了个大职。

他打开手机，重新正视那些要他请客吃饭的起哄。

“易助，什么时候安排撮一顿？”

易俊回道：“这周末吧，叫上助理组所有人，地方你们定。”

“大池好还是梁氏好？别乐不思蜀了吧？给点小道消息，明年老板安排你回梁氏还是继续留大池？”

“老板还没说，不确定。”

“你不是说要跟小砚总誓死争取回梁氏的吗，怎么变成不确定了？”

“听老板娘的。”

……

知道池颜怀孕后，梁砚成连个文件都不让她翻。

听易俊来汇报公司业务已经是很大程度上的妥协了。

除易俊外，家里第二号重点观察人物是小宝。小宝上完培训课回来，确实不再扑人，但改不了黏人精本性，不扑，但总是绕着池颜的腿蹭来蹭去。

趁爸爸不注意，就吐出一截舌头讨好地舔两下，很会见缝插针。

它很乖，不捣乱，但耐不住一靠近，就有道目光随之而来紧张兮兮地落在它身上。

小宝享受了成倍增长的注目，私以为爸爸爱它爱得深入骨髓，一刻也不能离开。

于是更讨好地在身边绕。

一人一狗时常“深情”对视，池颜一点办法都没有。

她觉得木头紧张过头了，这个结论最初只是个苗头。在某天晚上起夜时，赫然发现床边有道阴影，就那么默不作声直挺挺坐着。

她的蒙眬睡意顷刻被吓散了，猛地坐起来。

与那道阴影平起平坐后，她才看清梁砚成穿着黑色绸质睡衣，几乎与黑夜融为一体。

他目光半垂，眼神柔和，半夜不睡觉只顾看她一点都看不出隆起的肚子。

但这个时候，惊吓多余其他，池颜抬手“啪”一声拍在他胳膊上，埋怨道：“你存心吓我吧，臭木头。”

刚被吓清醒，她手上的力道软绵绵的。

落在他胳膊上那一记挠痒痒似的，撒娇成分更多。

黑暗中，男人拉过她的手握在掌心，顺毛似的轻轻揉捏：“抱歉，没睡着，想了点事。”

“想什么，想你家小木头叫什么？”池颜翻了个白眼，“叫梁森森好不好？全是木。”

相处那么久，梁砚成自然知道这句话是在调节气氛。

他配合地笑了一声，问道：“女孩子呢？”

“梁林林。”池颜随口答完，慢吞吞爬起来去洗手间。

尽管主卧洗手间干湿分离，但因为某人不放心，铺上了防滑垫。

平时她起夜动静再小，他也会惊醒，不多说，就先她一步进去检查地上有没有水渍才让进。

这次也一样。

池颜从洗手间出来，看他像雕像似的靠在门边，抬手戳了下他腰窝：“困吗？”

“不困。”

借着还未熄灭的顶灯，能看清他眼底不甚明显的血丝。

池颜无奈地叹了口气："你是不是太紧张了？"

他那样在公司下任何决断眼都不眨一下的人，会急得扭错西装扣，会把工作精简到家，还会半夜偷偷盯着她的肚子看，说出去她自己都快要不信了。

种种迹象表明，梁砚成是真的很紧张。

明明在她懊恼说孕期指标不好的时候，他还会笃定地安慰她说没事。

这样那样的压力都被他自己一个人吞了，慢慢消化。

叫他回答，他肯定会说不紧张。

池颜拉了下他的手，传递着掌心温度："行，我们梁氏集团的负责人怎么会因为这种小事紧张呢？十几个亿的合同在他眼里都不算回事，是吧？"

男人轻笑道："我儿子比十几亿的合同值钱。"

池颜瞪他："怎么还重男轻女呢？"

"那更不止了，"他轻声，"女儿是无价之宝。"

难得说句人话，池颜心满意足。

但她有点担心梁砚成的情绪，第二天一早起来就给闺密群发消息求助。

池颜："别不信，昨天晚上起夜吓死我了。我老公坐在床边盯着我肚子看，虽然眼神是充满父爱的，但讲实话我有被吓到。"

池颜："虽然跟你俩讨论也没用，你俩没经历过，我这也没别人可问了，你们说他是不是紧张过度？怎么办？"

江瑞枝："看你描述的症状是了。"

裴芷："分分心，干点别的就不紧张了。"

池颜："看看人家，你说的什么鬼话，能发挥点人的作用吗？"

江瑞枝："你都说我说的是鬼话了，那我再鬼一下。据说释放压力缓解紧张情绪最好的办法是——"

池颜："是？"

江瑞枝："做爱。"

池颜："挥挥小手，我们再见。"

唯一能当回事的人话就是分分心，干点别的。

池颜想了一圈，主动去书房敲门。

梁砚成在家待得也够久了，得找几个朋友来走动走动缓和气氛。

书房里，他的声音从门缝里传了出来，可能是她如今习惯了他对自己的温声低语，乍一听他在外时偏冷的声线，还有些陌生。

"看不出这份报告和一周前有什么区别，如果一周时间就做了这些修改，我可以合理怀疑你平时工作效率也是同样低下。副板块销售改版的重要级已经能放到我面前来做决策了？不如你来坐我的位置，我去当你的部门经理。重视陈律师提出的问题，今后合同上不想看到再有类似情况出现。

“如果是易俊没交接清楚，我会责问他。除此之外，是你的失职。”

池颜不禁怀疑，她是不是理解错了？

这人哪有半点紧张情绪，不还是之前那个面冷嘴毒的梁氏小砚总。

视频那端不再有动静，她才听到里面的人冷声朝门口道：“进。”

池颜只推开一点门缝，露出半个脑袋。

刚才还冷峻着脸的男人变得极快，放轻声站了起来：“是哪儿不舒服了？”

“没有。”池颜眨眨眼，“就是想问问，在家这么久了，你要不要……叫点朋友来玩？”

梁砚成蹙眉：“我？我不用，别闹着你。”

“你不无聊吗？”池颜很耐心地诱导，“好吧，就算是我无聊，我想找人来玩儿。”

“好，那你请来家里。”他毫不犹豫地应了。

池颜当然会把人请来家里，但不是她的朋友。

她转头就叫上了江源。

江学长人看着不靠谱，但嘴皮子利索，最能用他那套胡搅蛮缠法开解人。

池颜上学时就知道他能说会道，且跟梁砚成关系铁。她能看出来的，想必对方也能在梁砚成身上摸出点情绪来。

江源确实有段时间没见着梁砚成了。

之前隔三岔五拎着酒去顶楼找他，不过最近他闭关不出门，有多久没出过门，江源就有多久没见过他。

江源屡次想来新居探望，都被冷冷打了回去。

理由如出一辙：别吵到我太太。

这回可是池颜亲自请上门的，江源底气十足，开着那辆红色的跑车就来了。

梁砚成看到江源来，也没绝情到让管家把人关在门外，只是抬了下眼皮，不冷不热地问：“你来做什么？”

江源提起手里的红酒晃了晃，不解地问：“你这人怎么回事？好事不和兄弟说一声也就算了，非得我问了才说。跟出了家似的，不出来庆祝，不出来工作。怎么，红尘没有留恋？”

“声音轻点。”梁砚成睨他一眼。

江源有些纳闷：“你老婆叫我来的，她不怕吵，你倒怕？”

“吵得头疼，门在那边。”

梁砚成抬手虚指了下，面露嫌弃。

话是赶人走的话，不过却起身反方向拿出酒杯支在客人面前："倒你自己的，我不喝。"

"你别这么紧张兮兮的，"江源带任务而来，边倒酒边劝说，"你这样容易加重孕妇紧张情绪。要我说你就正常出门正常工作，别没事在家耗着。到时候孩子没生，老婆成天见你，烦了。"

酒杯轻轻磕在大理石面上，梁砚成抿了下嘴唇，冷冷地说："要喝就喝，话怎么这么多。"

他不完全是紧张害怕。

不知为什么，就算知道如今小种子或许刚钻出嫩芽儿什么都看不见，就是不想错过任何成长的瞬间。

日后再回忆，能与孩子说上几句——

你第一次害妈妈吐了，爸爸就在边上手足无措；你第一次伸展拳脚踢到妈妈，爸爸也在边上攥了拳头……

虽然孩子不一定愿意听，但对于他来说都是有意义的。

江源与他关系再好，没做到父亲这层，想不到这么多。

江源是纯调侃来的，也是占便宜来的，两口红酒下肚，挑着眉宣示："等你孩子出来，我得当个干爸爸。干爸也是爸，我想想不亏。"

当初没追上人家，现在小学妹生的孩子都得叫自己一声干爸，细想就是血赚。

江源迎头就被一声冷哼噎了回去。

梁砚成指了指窗外："你看外面天气。"

天还热着，但过了立秋，蝉鸣鸟叫不歇，树叶悄无声息染了圈黄边。

江源不解其意。

然后就听梁砚成说："天凉了，你们江家酒业该破产了。"

他呵呵两声，闭嘴，这人说起冷笑话真的冷气十足。

一杯见底，江源从兜里掏出车钥匙拍在桌上："一会儿你叫人去我车后厢拿点东西，给小孩买的。做不做这个干爸爸，我总得出点血。对，再把司机借我，我喝了酒了。"

他靠在沙发上，添了一句："你还挺沉得住气，就不问问你老婆叫我来干吗？"

梁砚成沉默地看了他半晌。

"你一进来不就说了？"

"呵，你怎么知道那不是我要对你说的？"江源问。

"你没那么细心，"梁砚成单手揉着太阳穴，"知道了，我自己和她说。"

可能是怕自己的情绪真的影响到她。

梁砚成反思自己近期的行为，意识到神经确实过于紧绷。

他想好措辞，打算晚上好好同池颜解释。

卧室门推开，月光从露台外透进，柔和铺洒一地。

她躺在满室清辉下，圣洁得像仙女降临，神态却带点小恶魔般的顽皮，长腿交叠，露在睡衣外。

她用食指点了下自己的红唇，娇声问："木头，你想不想……"

他的喉结急促地滚了一圈，又听到自己骤然加速的心跳和喑哑的声线。

"别闹……"

"很稳了，我问过没关系的，"她跪坐起身，手指盈盈一勾，"再说，我们可以试试……别的。"

梁砚成不知为什么，脑子里全是她刚才轻点红唇的动作。

明知她是出于关心，想缓解下他的压力。

但这一刻，梁砚成忽然觉得，偶尔精神紧张一两次，好像也不赖。

池颜嘴皮子是厉害，但出格的事一做就耳根子发烫。

在琴室、在车库都是梁砚成的坏主意。

真叫她做什么，最多就是主动敞怀假意勾引，看似主动了，但心里还是惴惴不安的。

怕梁砚成这样清冷的人不上钩，无动于衷。

不过正是因为如此，克制的人偶尔放纵才最令人无法自拔。

池颜特别爱他眼角沾染柔情，目光暗含缱绻的模样。

她等了一会儿，不见他有动静，佯装兴致恹恹地跪坐回去，衣襟也拢严实了："不玩儿吗？真没劲。"

隔了几秒，池颜脚踝触到掌心燥热，是他的手握了上来，目光黑沉沉的。

"玩。"

梁砚成抓住她的脚踝并到了一起。

月光把室内渲染得柔和静谧，荧荧微光铺洒在床边，她能看见却不敢看，明明计划是想让他放松的，却走偏了剧本。

浓郁夜色下，池颜掩着薄被，身心放松后，眼皮都上下打架了还不忘揪着他问："木头……"

"嗯。"

"你要不要……我可以……"

他全身都还烫着，热情居高不下，最后只是抬手轻轻拍她额头："困了就睡，别想那么多。"

池颜闭上眼，困意阵阵袭来，缩在他怀里"嗯"了一声："下次……"

话都没说完就睡着了。

等她彻底睡熟，梁砚成才把胳膊从她颈后小心翼翼撤开，把她散乱的长发拢到脑后。

他伏身在她鼻尖轻轻落下一吻，音色沙哑。

"好，下次。"

"欠我的。"

这晚过后，梁砚成回到了正常工作状态。

白天到公司，下班一刻不留准时回家。

池颜被迫在家躺了这么久，对外面世界向往得很。每天早上只要她醒着，就和小宝一样，眼巴巴地望着他，眼睛里写满了我也想出去玩的请求。

有医护团队的悉心照料，她各方面的体检报告都过了关。

被这样的眼神多盯几次，很容易让人卸下防备。

池颜算准了他对自己越来越心软，于是委屈巴巴地问："老公，你觉得我现在快乐吗？"

梁砚成受不了她的眼神，偏开眼，生硬道："快乐。"

"不，我不快乐。"

这位太太演什么像什么。

她说着眼睛就红了一圈："老公，你知道被关在城堡里的公主是什么感受吗？"

"不知道。"男人狠了狠心。

"我就是那个公主，每天有好多人照顾我，但是不能出门没有自由，永远在这房子里打转，我太不快乐了。"

一旦破例，太太就会时刻往外跑。

管家很能体会先生的忧虑，大公无私地帮腔："太太，加上花园是八百平方米，很够您玩了，如果再算上配楼……"

"你别捣乱，"池颜假凶，"你是不是也拿了爷爷的红包，心向着老宅了？"

管家确实拿了红包，心虽然还在这儿，但还是心虚默默闭嘴。

池颜转过头继续："老公，我不快乐。你看我的眼睛，你看到了什么？"

梁砚成无语。

"我的眼睛里写了三个字，叫作'不快乐'。"

池颜一肚子委屈的话想说，还想加点料，就发现梁砚成已然招架不住，叹了口气：“你可以跟我去公司。”

“好。”

她一个劲地点头，心想今天能去公司，明天就能环游世界了。

解禁第二周，她又开始蠢蠢欲动。

“木木，头头。”

男人把手里的报告放到一边，眉间流露出些许无奈：“又怎么了？”

“你这个办公室我逛腻了。”

池颜发现了怀孕的好，想做什么都能找到借口：“小木头说想玩点别的。”

如今才微微有一丝隆起，梁砚成目光落在她小腹上，想起昨天与医生的谈话。

小木头才初具人形，哪有什么想要这想要那的意识。

他好似习惯她的耍赖一般，“嗯”了一声：“那想玩什么？”

池颜得逞，生怕他反悔：“你之前不是一直把人家摄影团队扣在陵城了嘛，我想拍照，要不我们就把婚纱照拍了吧？”

她指指肚子：“再晚就不好看了。等能拍了说不定要明年，万一，我说万一身材没恢复过来，我找谁哭去。”

“拍照很累。”他不同意。

“就拍一套，家里那面墙空着很难看的，”池颜睁着眼睛胡诌，“而且不吉利。”

梁砚成顿了一下，反驳道：“可以把之前的重新挂上去。”

“你最好了，”池颜双手合十，看起来要多可怜有多可怜，“拜托拜托。”

男人静默片刻，伸出一根手指：“只拍一套。”

“还要带上小宝。”她乘胜追击。

“老公。”池颜又叫了一声。

几秒后，梁砚成从抽屉里取出一盒她最不愿意吃的钙片，说道：“医生让你补钙，吃了就拍。”

梁砚成不允许池颜去外面摄影棚。

梁氏大楼中间有个休息层，大平层视野开阔。梁砚成临时让人把那片地方改成了摄影区域，就供她拍照。

一大早，摄影团队就到位做好了准备，反复调试灯光设备，怕怠慢了白养他们几月有余的金主爸爸。

这些天小砚总总是带夫人来公司，寸步不离。

公司众人茶饭不思，狗粮管饱。

到下午，公司各部门八卦小群陆陆续续有人出来吃狗粮。

“下楼买咖啡看到老板了，助理保镖跟了一大串，阵仗好大。”

“我也看到了。但重点难道不是小砚总从头到尾一直牵着夫人的手吗？超级宠！这个世界上有钱与我无关，帅哥与我无关，老婆奴也与我无关。”

“别说了，我觉得我连保镖手里牵的那条狗都不如。”

“狗？那是普通的狗吗？”

“我看着平平无奇，不就是外面很常见的小土狗吗？难道是什么我没见过的名贵品种，就是长得略有点像土狗的那种？”

……

此时在摄影棚里挑造型的池颜压根儿不知道，小宝已经成了众人口中的“小少爷”。

小宝自从被带回新居之后，第一次回梁氏。

养尊处优的生活并没有让它忘记梁氏花园的灌木丛，所有的一切对它来说熟悉又陌生。

当初它只不过是保安队捡到的小流浪狗，对过去的味道长久地存在于记忆中。

初回到梁氏，小宝比谁都兴奋，四个爪子在地上奋力扒拉，想脱离牵引绳四处撒丫子跑一圈。

它一个劲地想往灌木丛钻，钻灌木不成鼻头翕动，闻到过去熟悉的味道就闷头猛冲。

保安队没换人，远远看到小狗径直想往身上扑，也有点蒙。

心想这狗看着挺陌生，毛色油亮身形健硕，看着就是条金光闪闪散发着金钱味道的名犬，就是热情劲儿像极了之前收养的小狗崽。

保安队队长没认出来，问边上的同事：“这小狗崽子怎么往我们这儿冲？谁身上装火腿肠了？”

有人眼尖：“这狗崽子像不像以前捡的那条阿旺？”

这样一说，大家就陆陆续续反应过来了。

保安队队长忍不住感叹：“易总助说把狗带走，我还以为公司不允许再养，没想到这狗崽……”

一行人从旁经过，或许他们声音略大，小砚总抬了下眼往这淡淡一瞥。

保安队队长到嘴边的话猛地急刹车，他本想说狗崽运气好，一紧张就说成了：“小少爷福气好。”

小砚总许是专心顾着夫人没听到，但称呼传开了。

小宝莫名其妙荣升小少爷。

摄影棚这边有专门的工作人员和小宝互动，建立熟悉感更容易配合一会儿的拍摄。

池颜答应只拍一套，挑得很细致。她个人偏爱复古风，深知自己这样明艳的长相最能衬托美，但家里原先那套被取下的照片就是这种风格的，于是反复纠结，又偏头与工作人员商量。

“听说你们团队很难约，一样的风格能拍出不同的味道来吗？”

“梁太太您放心，我们拍的照片一定是独一无二的。”

池颜指了指相册：“我喜欢这套，我先生搭什么西装会适合一点？”

工作人员愣了一下，随即反问：“您先生之前有交代过说自己会准备，他没和您说吗？”

池颜没听梁砚成提过，刚想出去找他，另一边为男士服务的工作人员就喜气洋洋地进来了。

“梁太太，您先生已经准备好了，他说不急，您可以慢慢挑。”

池颜借敞开的门缝往外面看，没捕捉到梁砚成的身影，只好问：“他穿的哪款西装？”

说到这个，工作人员忍不住夸赞：“您先生品味实在太好了，我记得那套衣服像是去年秋天的巴黎时装周高定，哑黑色，肩后有重工刺绣的翅膀。看得出来梁先生是个很时髦的人。”

要不是周围人多，池颜一定憋不住笑场。

一个被爷爷养大的顽固木头，有生之年竟然与时髦两个字搭上了边。

池颜在心里默默夸自己：那还不是我衣服买得好。

她“哦”了一声，忍着笑：“他吧，就还行。”

因为就拍一套造型，下午的时间很宽裕。池颜惯例要睡会儿午觉，但在化妆镜前坐着，为了不打瞌睡就时不时与造型师聊两句。

免不了说到之前把人家整个团队晾了好几个月的事。

池颜挺抱歉的：“之前确实有段时间挺忙的，就把拍照的事忘了。”

“没关系，没关系，”造型师很热情，“我们都很适应陵城的生活。”

“哦，那拍完后面有别的单子吗？又要去哪儿？”

造型师笑眯眯地抿嘴，笑道：“太太，我们都在陵城固定下来了。现在我们整个团队都是梁太太您的御用团队，不走了。”

池颜“啊”一声，从镜子里看到了自己愕然的神情。

几秒后，声音转为埋怨：“他怎么什么都不说。”

“梁先生一定是怕您操心，等您有时间了，第二套第三套，随您什么时候愿

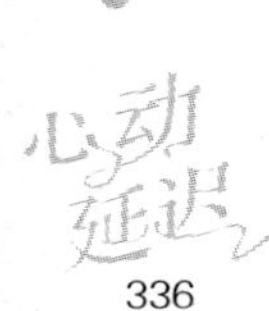

意拍就拍。太太，您先生对您可真好。”

大概是池颜说话温和不摆架子，另一边工作人员忍不住插嘴。

“那可不是，家里有梁太太这样仙女似的太太就是福气。”

几个人围着你一言我一语，把池颜哄得心情愉悦。

梁砚成等到那边门开，就看到他太太身着暗金绣纹旗袍，优雅矜贵，立领下是长短不一错落感很强的两串珍珠，颗颗饱满丰润，泛着浅粉色珠光。

她搭了条纯白貂毛披肩，整个人像从剧里走出来似的，华贵感十足。

旗袍边高高开衩，如玉肌肤隐隐可见。

他像被夏日残留的余温炙烤着，西装底下包裹着躁动不安的心。

他朝她的方向伸出手，低声说：“过来。”

池颜不是不愿意过去，只是她也没料到梁砚成这番只存在于她想象中的造型会那么吸引人。

她买的那套西装自不用说，她就是知道一向沉默寡淡的木头穿上这样略带时髦感的西服会更有生气，鸦色棉线与金丝混成一股，每个针脚细密紧凑，钩织出肩后的羽翅暗纹。

不会那么浮夸，是恰到好处的亮眼。

像为他量身定制一般，从肩胛到袖口，再到腰线，每一寸都完美贴合。

在这样无与伦比的适配之下，他还破天荒地应了她某日随口一说的要求——鼻梁上那副金边眼镜坠下两根玫瑰金细链，慵懒地缀在两边。

如她想象中一样。不，应当是出乎她意料之外的惊喜。

华贵却清冷。

这样的照片或许他只会硬着头皮奉陪一次，但她大概会回去反反复复看上一千、一万遍。

全身上下每一处，好像都是随着她喜爱的样子设计的，完美无瑕。

见她不过去，男人眯了下眼，不知是因为习惯不了这副造型感很强的眼镜，还是其他。

他才抬了下手，就听池颜原地心急火燎地叫停：“不准摘，就戴着。”

她有点不好意思似的，双颊微红地说：“很好看，不准摘。”

那就是喜欢了。

梁砚成起身，不等她过来就径直走到她身边，目光落在她小巧耳垂上的两粒圆润的珍珠上，低声道：“我之前说错了，钻石和珍珠，你戴都很适合。”

池颜从里边被夸到外边，心情一阵接一阵愉悦：“那怎么办，最好看的那副，我早就送黎老师了。”

“再买，”他说，“买多少都行。”

不远处小狗看到他们出来，已经按捺不住内心，嘤嘤撒娇一声高过一声。

池颜勾了勾他的手指，歪头道：“走吧，小宝急死了。”

补光灯下。

池颜最注重形象不过，旗袍很考验身材。因为有一点点显怀，她不愿意坐着，非要用椅背挡住小腹。

小宝热得歪了舌头，哼哧哼哧坐在最亲爱的爸爸腿边，两条腿往同一个方向顺拐，坐姿喜人。

梁先生和梁太太无可挑剔，在镜头前随意的姿态入镜都是美景。

摄影师来回调整多遍，功夫几乎都花在表情千奇百怪的小狗身上。

如果非要挑出一点点瑕疵的话，那就是梁先生的表情过于冷淡。

他张了几次嘴，无从出口。

池颜站的位置很容易看清摄影师的表情，她又是个会读心的人，嘴角噙着笑意，低头说：“你要不要开心一点，好歹也是我们第一张全家福。”

她用小腹轻轻蹭他的手臂：“小木头说，爸爸笑一下。”

梁砚成不是个容易展露情绪的人，抬手碰了碰她的手指，回道：“好。”

后来拿到照片，池颜仔仔细细看了很多遍。

照片上男人的表情依然偏冷，但与他相处这么久，不难发现他嘴角那抹极淡的笑意。

很温柔，像他这个人一样，做的总比表现出来的多。

那天其实她伏在他耳边，还说了另一句话。

她问：“木头，你是什么时候爱上我的？”

男人抿了下唇，没回答，只是握着她的手更紧了一些。

从来就不是不爱你，是怕表现得太过让你沾沾自喜。

以为容易得到我而不珍惜。

什么都不说就以为我不知道了吗？

池颜躺在他怀里，抬手戳了下他的睡颜，心想：笨蛋，你不说我也知道。

（正文完）

番外

梁砚成的儿子命中缺木。

这事谁都没想到。

大名叫梁逸松还不够，小名更夸张，叫小森林，掰手指一算，名字就带了七个木，足够召唤神龙。

梁逸松学会写字之后，充满好奇，捧着自己练的字去找池颜。

“麻麻（妈妈），为什么森林宝宝的名字是好多好多木头呀？”

能说因为你太爷爷是老木头，你爸是大木头，你们一家都是臭木头吗？

显然不能。

池颜想了想，便换了种说法：“因为咱们家开林场的。”

大小木头齐聚一堂，可不就是林场吗？

梁逸松深以为然，去抱梁砚成的西裤裤腿儿：“叭叭（爸爸），林场里有小鸟吗？有小鹿吗？有乌龟吗？有兔子吗？我想去看林场。”

梁砚成如今对木头的称号已经免疫。

他用余光扫了下自己太太偷乐的脸，说道：“在家就能看到。”

“咦？”

在家就能看到？

林场在哪儿？

梁逸松迷惑了，他挠挠小脑袋，扒着落地窗往花园里看。

底下是一排低矮灌木，刚修整过，能闻到满院子青草的芳香，几棵桂花树分布在玫瑰花廊两侧，再往外是修得圆润的观赏型小松树。

一二三四五……

他默默在心里数数，好多树呀，这就是林场吗？

梁逸松煞有介事地说道：“森林宝宝看到林场了。”

“嗷呜——”

小宝睡醒起来伸了个懒腰，仰头应和了一声，好像在说——

小主人说得没错，我也看到了。

被小宝吸引到注意力，梁逸松不再执着林场，搂着小宝毛茸茸的脖子一起摔倒在地毯上。

他习惯了和小狗撒娇，把头埋进狗脖子里，兴奋地说：“小宝哥哥，我好想你。”

梁逸松这张嘴，幸好随了池颜，见人说人话，见狗还能说狗话。

要是像了梁砚成，多半又是个小木头。

这会儿他正在絮絮叨叨跟小狗表达，在它睡午觉的半个小时期间，自己有多么想念它。

小宝很吃这套，被小主人搂在怀里，满满都是甜蜜。

它被压制在身下，非常努力地蹭了蹭小主人的脸颊：“呜——”

好像在说——小宝也很想你，小宝梦里都是你。

一人一狗表达完爱意，齐齐栽倒在毛毯上。

池颜伸手拨了下梁砚成手里的文件，偷偷用下巴朝他示意：“你快看。”

冬日午后暖阳和煦，把他们俩衬得毛茸茸的，极其可爱。

梁砚成不着痕迹地牵起嘴角：“像你。”

他们以前经常会探讨小森林到底像谁这个问题。

越探讨越觉得没有意义，反正是他们家的小宝贝，像爸爸像妈妈都无所谓。

只是梁砚成私心里想小森林更像池颜一点，没有他那么木，没有他那么无趣，或许将来追女孩子不至于那么辛苦。

要不是他能恰好碰到池颜这样的个性，多半会被对方误会到底。

他们两个好像天生互补，梁砚成喜欢池颜经常挂在嘴边说的“般配”。

今晚是大年三十，连续两年在新居过的年。

梁砚成伸手捏了捏池颜的手指，低声问：“今年说好了去老宅过的，你想去吗？”

“我都行。”池颜贴心点头，“那就去那边过吧，总不能叫爷爷每次来凑我们的时间。”

“好，”他想了想，又多加了一句，“要是你觉得无聊，我们就早点回来。”

“那小森林呢？”池颜追问。

梁霄特别喜欢这个重孙，每次待在一起都舍不得让他们回家。

记得小森林刚出生那年过年，硬是留他们在老宅住了半个多月才不情不愿放他们走。

老头现在每天闲云野鹤，办事没原来那么强势了，但固执一直残存在骨子里。如今就是个脆弱的倔老头。

说到小森林，梁砚成瞥了一眼已经在地毯上和小宝滚到一起去的小东西，替他做了决定：“他可以多陪爷爷几天。”

果然是该冷酷无情就冷酷无情的老父亲。

老宅里里外外充满了年味，前来拜年的宾客络绎不绝。

一直到晚上开宴前，书房门还虚掩着。

王妈小声说:“老爷子估计和人下棋呢,不喜欢被打扰,这会儿没人敢上去叫。”

梁砚成“嗯”了一声：“我去吧。”

他前脚刚上楼，池颜带着小森林就从餐厅转完一圈出来了，没见着梁砚成，问道：“他人呢？”

王妈朝楼上努嘴：“去叫老爷子吃饭了。”

池颜始终觉得老木头总和木头不对付，怕他遭受无妄之灾，拉了拉小森林的小手，说道：“宝贝，你去帮爸爸叫太爷爷吃饭，好不好？”

梁逸松还在回味刚才偷吃的那块牛肉，半晌才点头：“妈妈一起去。”

小朋友蹦蹦跳跳走在前面，走两步回头看一眼池颜。

池颜只好无奈跟了上去。

绕过壁柱,小森林捕捉到刚刚消失在楼梯拐角的一抹身影,小声喊:“爸爸！”

梁砚成的身影微顿，重新退回拐角处，朝他做了个招呼的动作，温声问：“怎么上来了？”

“妈妈叫森林宝宝陪爸爸一起去叫太爷爷吃饭。”

梁砚成瞬间懂了池颜的用心，再抬眼，她也出现在了楼梯拐角，笑意盈盈望了过来。

他面上浮出浅淡笑意，说道：“好。”

他单手扛着小朋友，小朋友够长了手臂还要拉着妈妈的手，一家三口谁都不落一步停在了书房门前。

书房大门留了一条缝。

里边传来隐隐说话声。

“将军。”

“啪嗒”一声，棋子下落定音。

“还是您老厉害，”另一人赔着笑，“把把都能将死我，我这还得回去练练再和您下。”

老头哼声：“真没让我？”

“哪能呢，我什么水平您还不知道？”

“嗯，你下棋水平倒是真没管理公司来得厉害。最近怎么样？”梁霄收了棋子，随口问道，“公司还行吧？”

“小砚总管着当然行了。就是……最近和大池业务太频繁了，我看这意思，两家你中有我我中有你，是朝这方面发展了？”

池颜在外听到这句话，轻轻眨了下眼。

她还没来得及看向梁砚成，就听里边的人说“我年纪大了，该放的都得放了。”

梁霄沉默片刻，补充道：“他们都是有主意的，公司只会越来越好。”

本来想着试探的那人连连称是：“对对对，我也这么觉得。”

这是老爷子第一次在外人面前服老。

池颜朝梁砚成使了个眼色，用气音说：“你和小森林去叫爷爷，我先下去。”

他深深看她一眼，点头：“好。”

池颜下楼没多久，楼上房门大敞，沉闷的拐杖敲击声从走廊尽头一路传开，时不时还能听到小森林炫耀式的小嗓门。

“太爷爷，我今天要吃两大碗饭，太爷爷吃三碗，爸爸吃五碗！”

“哦，为什么你爸爸要吃五碗呀？”

小朋友想了想，大声回答：“因为爸爸最厉害！厉害的人就要吃好多饭。”

池颜看着王妈在边上布菜，听到楼上传来的回答勾起了嘴角。

一行人慢悠悠下楼。

老头拄着拐杖走在最边上，到了楼下空出拄拐杖的手，才揉了把梁逸松的小脑袋，笑呵呵地说：“那太爷爷是第二厉害了？”

“唔……”

小森林发出努力思考的声音，偷偷瞥了一眼他爸爸。

趁爸爸注意力飘到餐厅里妈妈的身上时，他底气足了许多，偷偷告诉太爷爷：“太爷爷最厉害。但是太爷爷有白头发了，妈妈说年纪大了不能吃好多饭，会肚子疼的。”

这就解释了为什么饭碗数排第二，一眨眼工夫却变成了最厉害的原因。

老头被哄得容光焕发，连说了几个好字。

小朋友自以为自己声音压得很低了，没想到还是被其他人听了个全。

池颜看梁砚成从旁落座，用肩拱了下他：“你儿子真的很会。”

他面色很淡，但嘴角还是隐隐有笑意：“油嘴滑舌。”

“那怎么了？”池颜故意说，“不像某些人，平白长了一张嘴，可是好听的话都不会讲。”

“某些人？”他反问。

池颜说反话："那一定不会是我们小砚总。"

他向来被她的招压得死死的，闻言无奈道："你想听什么？"

"我教了你，你再说给我听，那多没意思。"

看桌上的菜布得差不多了，池颜不与他一般见识，说道："算了算了，先陪爷爷吃饭。"

他那头沉默了数秒，忽然靠过来捏了捏她藏在桌子底下的手指。

"池颜，新年快乐。"

啊？

这就没了？

池颜静等片刻，没等到下文，心里叹了一声：木头。

这几年城区禁燃烟火，区政府今年便组织了一场新年烟花秀，就在思明区的人工湖边。

从半山腰的老宅往外看，能把整片墨色夜空尽收眼底。

饭后王妈极力挽留一起看烟花，就把茶点都搬到了顶楼暖房。

烟花秀还没开始，梁逸松就坐不住了，挨不过想调皮的小心思，自己溜去了楼下花园玩。

池颜左边靠着梁砚成，再往左是老爷子。

极其难得地，两人都没谈公事，而是有一茬没一茬说着家常。

说是聊天，基本就是老爷子自己絮絮叨叨讲着从北边迁来陵城后的琐碎杂事，梁砚成在空白的那一两秒不咸不淡"嗯"一声以作回答。

"等得了空，我让人送我回那边祭祖。好些年没回去了，也不知道现在是什么样子了。"

"好。"梁砚成点头。

"你要是闲了，就跟我一起跑一趟，家里那些叔叔伯伯，好些你都不认得了吧？最好叫小森林也回去，总要认认祖。"

"嗯。"

"算了，你公司年后更忙，走不开。小森林上学更忙，不叫你们小的跟着我折腾，我自己去吧。年纪大了，飞机坐得不安稳。"

梁砚成这才说："我叫人陪您坐高铁回去。"

"好，就这么办，我就回去几天，不打紧。"

他们两人说着话，池颜在一边安静地听，并不打扰。

过了一会儿，发现老爷子说话变得断断续续，她偏头看了一眼，老爷子身上盖着暖烘烘的羊毛毯，说话时不住地点头，犯了食困。

暖房温度适宜，梁砚成也有些困了，眼皮子耷拉起来。

池颜声音低了几分，跟梁砚成说："爷爷困了，要不就不看烟花了吧。"

她明明很小声，老头却倏地晃了晃身形："看，得看。好不容易一家都聚在一起，过个团圆年。"

"好。"池颜笑，"您别睡着感冒就行。"

人年纪大了就喜欢全家待在一起。

池颜往身侧靠了靠，依偎在梁砚成怀里，忽然感觉到了木头这一家别扭的温馨。

她拨弄着他手腕上的表，问道："是快开始了？要叫人去找小森林吗？"

男人反手握住了她的手掌："我让人去叫。"

他打开手边的通讯键说了几句，没多会儿，小森林猫悄儿掩了进来。

下楼前，小朋友穿了件羽绒小外套，此刻外套鼓鼓的，再配上表情，有种欲盖弥彰的滋味在里边。

池颜一眼看穿，却不说透，只悄悄碰了碰梁砚成的手指："看你儿子藏了什么好东西。"

梁砚成目光落在他身上，一言不发。

小森林天不怕地不怕，就怕爸爸闷不吭声。

他捂着肚子前隆起的一小团，很小心翼翼地讨好："爸爸，我好喜欢你。"

话音刚落，那团东西好像活了，突然把衣服拱出了另一种弧度。

池颜也吓了一跳，从梁砚成怀里坐直起来，问道："宝贝，你衣服里藏了什么？"

另一边，梁砚成也皱起了眉。

本来以为小朋友顽皮，就藏了吃食，没想到是个活物。

小森林慢吞吞挪动步子靠近，走动间，怀里的小东西终于忍不住了，咪一声探出了头。

是只小奶猫，虽然只露出个脑袋，但两人一眼看出还是只布偶猫。

小朋友立马摆出认错的表情："爸爸，我错了。"

梁砚成肃起脸，问道："哪儿来的？"

"就……就太爷爷家的树底下捡到的。它好小，它快冻死了，爸爸，我想救救它。"

听到太爷爷三个字，老爷子也彻底摆脱瞌睡醒了醒神，一眼看到重孙抱着只小东西低头认错的样子。

他心疼地问："怎么啦？又犯错了？"

"宝宝也不知道。"小森林委屈巴巴地说。

他本意很单纯，看到一只冻得瑟瑟发抖的小猫，下意识就想救它。

只是爸爸严肃的神情让他不明白自己这件事做得到底对不对。

梁逸松从小和小宝一起长大，对小动物充满爱心。

总不能责怪一个小朋友对世间万物的怜悯之心。

梁砚成下意识严肃起来，只是怕外面的小动物带了细菌，而且又被梁逸松塞进贴身的衣服里。

他和池颜交换了个眼神后，把小森林招呼到身边，细致地与他讲了利害关系，随后问："在哪儿捡的，带爸爸妈妈去看看。"

梁逸松刚被叫来谈完心，立马点头带路。

小猫是在灌木丛底下的小洞里捡到的。

梁逸松指完路，眼巴巴地看着池颜，问道："妈妈，我们可以养它吗？我想叫它二宝。"

哪里会有独自在外生存的布偶猫？

池颜料定是别人家走丢的猫，于是摇头道："不行，要是小宝走丢了，你是不是会很着急？那二宝跑来咱们家了，它的主人也会很着急要找它的。"

"那我们要送二宝回家吗？"他仰头问。

"对啊。"

小猫不知在外面流浪几天了，梁砚成叫了人带小猫去医院检查了一番。

等再回来，医院那边说它没有皮肤病，耳朵也很干净。

所有人这下才放了心。

只是下一句，又让人不忍。

被梁逸松找到的这只小布偶，极大可能是只被前主人遗弃的猫，因为做完检查发现它的眼睛都看不见，是只残疾猫。

第二天天亮，王妈去附近问了一圈，也没人认领小猫。

于是它顺理成章留了下来，依了梁逸松，叫二宝。

布偶的眼睛是出了名的好看，里边像藏着星辰大海。可是二宝的瞳仁里蒙着一层浅淡白雾，循声东张西望的时候，丝毫找不到焦点。

这并不妨碍小朋友喜欢它。

于是继土狗小宝之后，家里又多了一只眼睛有残缺的小布偶二宝。

梁逸松八岁以后，还认养了马场里一匹瘦弱无力的小马。

当然，这是后话了。

他在外人眼里，是梁氏集团矜贵的小太子爷；但在家里，在梁砚成和池颜眼里，只是个善良、温柔的小朋友。

某天午后，学了绘画的梁逸松趴在书桌上画了一幅画。

画里有房子，有花园，有爸爸妈妈，有太爷爷，还有他自己，脚边是小宝，另一边趴着二宝。

他大笔一挥，写道：小森林的家。

后来，梁砚成回书房办公看到这幅画，不知想到什么，呆呆地看了许久。

他用钢笔在角落留下一行小楷：年年岁岁与朝朝。

再后来，池颜也不小心看到了这幅画。

她的目光落在最后那行小楷上，又添了一句：与之共度。